Sur l'auteur

Née en 1896, Betty Smith passe toute son enfance dans le quartier de Williamsburg, à Brooklyn. En 1919, elle épouse George Smith, un étudiant en droit dont elle aura deux filles. En 1938, elle divorce, s'établit en Caroline du Nord avec ses filles et multiplie les petits travaux. L'année 1943 est un tournant puisqu'elle rencontre Joseph Jones, qui deviendra son second mari, et que paraît *Le Lys de Brooklyn*, qui va devenir instantanément un immense best-seller. Le succès est tel qu'il sera adapté par Elia Kazan au cinéma en 1945 et en comédie musicale jouée à Broadway en 1951. Même si elle écrira trois autres romans, aucun ne connaîtra le même succès. Betty Smith s'est éteinte en 1972 dans le Connecticut, à l'âge de soixante-quinze ans.

Du même auteur
aux Éditions 10/18

Le lys de Brooklyn, n° 5107
La joie du matin, n° 5453

BETTY SMITH

LA JOIE DU MATIN

Traduit de l'anglais (États-Unis)
par Gisèle Bernier

10
18

BELFOND

Titre original :
Joy in the Morning
publié par Harper and Row, New York

ISBN 978-2-264-07420-1
Dépôt légal : mai 2019

« Les pleurs peuvent durer toute la nuit, mais la joie vient le matin. »

Psaume 30,5

1

C'était l'hôtel de ville démodé d'une ville universitaire moderne, à l'avant-garde du progrès, dans un État du Midwest. Le couloir était long et sombre, avec des banquettes étroites, disposées à égale distance contre le mur ; près de chaque banquette il y avait un crachoir en cuivre.

On était en 1927, et peu d'hommes chiquaient encore du tabac ; personne n'avait cependant le droit d'enlever ces crachoirs. Ils restaient donc là. Tous les matins, le portier les faisait reluire et y versait un demi-doigt d'eau fraîche. Ainsi avaient fait tous les portiers avant lui, depuis cinquante ans.

Carl et Annie occupaient l'une de ces banquettes. Près de la jeune fille était posée une petite valise rouge, toute neuve, qu'elle tapotait de temps en temps d'un geste possessif. Le garçon fumait une cigarette après l'autre, comme par nervosité ; mais il n'en était rien.

Carl Brown était venu au monde sous le nom de Carlton Braun – Carlton comme le patron de son père. M. Braun avait travaillé pour M. Carlton depuis l'âge de douze ans. Le travail était dur, les heures longues, le salaire insuffisant et les augmentations rares.

Chaque fois qu'il en demandait une à son patron, M. Braun voyait celui-ci poser son bras autour de son épaule et lui dire d'une voix douce : « Ne vous tracassez pas, mon fils. Je m'en occuperai, mon fils. Quand je mourrai, il y aura quelques obligations dans ce coffre-là, mon fils, au bénéfice de William Braun. »

C'est pourquoi, à sa naissance, le bébé fut appelé Carlton, afin de rappeler au patron sa promesse relative aux obligations. Le garçon avait six ans quand M. Carlton mourut. On ouvrit le fameux coffre : il ne s'y trouvait aucune obligation pour William Braun. Le père fut déçu et abrégea le nom du garçon en Carl.

Pendant la guerre, quand les gens parcouraient les rues au cri de « À bas le Kaiser ! ». M. Braun obtint légalement le changement de son nom en celui de Brown. Né en Allemagne, il désirait que personne ne doutât qu'il se fût rangé du bon côté.

Telle fut l'origine du nom de Carl Brown. La jeune fille, Annie McGairy, avait tout simplement été baptisée Annie, en souvenir de sa grand-mère maternelle allemande ; le nom de McGairy était évidemment celui de son père, originaire de Dublin, Irlande.

À vingt ans, Carl était un beau garçon – grand, blond, avec un air de maturité virile qui le faisait paraître plus âgé. Ses vêtements étaient bon marché, mais il les portait si bien qu'ils avaient l'air coûteux. Son élégance désinvolte attirait l'attention et suscitait la sympathie.

Annie avait dix-huit ans, mais elle en paraissait quatorze. On eût dit qu'elle avait emprunté les vêtements de sa grande sœur pour la journée. Petite, mince mais bien faite, elle avait de beaux cheveux longs d'un châtain très clair, arrangés en chignon derrière la tête. Elle avait un joli teint clair, une bouche expressive et des yeux gris au regard grave. Elle n'attirait pas autrement l'attention, sauf quand elle parlait. Alors on était obligé de remarquer son accent.

Carl et Annie étaient assis, tout près l'un de l'autre, sur la banquette, la main dans la main ; ils attendaient d'être mariés. De temps à autre se faisait entendre un léger sifflement, quand Carl jetait dans le crachoir une cigarette à moitié consumée. Chaque fois, Annie serrait la main de Carl et disait : « Nerveux ? » Chaque fois il lui rendait la pression de sa main et répondait : « Non. Et toi ? » Invariablement elle répliquait : « Un peu. » Et de nouveau leurs mains resserraient leur étreinte.

Une secrétaire s'avança vers eux ; Carl s'apprêta à se lever. « Ne vous dérangez pas, fit la femme sur un ton aimable.

— Devrons-nous attendre encore longtemps ? demanda Carl en regardant sa montre. Nous ne voulons pas manquer le match.

— Le juge Calamus ne vient pas d'habitude ici, le samedi, observa la secrétaire. Mais il fait une exception en votre faveur. Nous avons pris contact avec lui à son domicile ; il sera ici dans quelques minutes.

— Bon !

— À propos : avez-vous la licence ? » Carl fit un geste pour prendre le document dans la poche intérieure de sa veste. « Oh, il n'est pas nécessaire que je la voie. Simple vérification, dit-elle. D'où venez-vous ?

— De Brooklyn, fit Carl.

— Tous les deux ? »

Carl acquiesça. « Mais j'habite ici depuis un an.

— Il va au collège ici, précisa Annie avec fierté.

— À l'école de médecine ?

— À l'école de droit, précisa Carl.

— C'est bien, se contenta de noter la secrétaire, avant de se tourner vers Annie. Et vous, depuis combien de temps êtes-vous ici ?

— Depuis deux heures.

— Elle est arrivée de New York par le train de nuit, ajouta Carl.

— Alors notre Midwest doit vous paraître étrange, dit-elle à Annie.

— Oh non. Je me doutais de ce qu'il serait. J'ai lu des livres qui parlaient du Midwest – comme *Winesburg-en-Ohio* et *Grande Rue* ainsi que *Sœur Carrie*. Pour moi le Midwest ne semble pas très différent de l'endroit où j'habitais. Assurément, *Sœur Carrie* aurait pu exister à Brooklyn aussi bien qu'à Chicago. »

Carl pressa la main d'Annie en signe d'avertissement. La jeune fille s'arrêta de parler et constata que la secrétaire la dévisageait avec curiosité.

« Bien sûr ! Oui, eh bien… » La secrétaire semblait confuse. Elle s'éloigna en direction de son bureau en lançant par-dessus son épaule : « Le juge s'attendra à recevoir une petite gratification pour son dérangement, vous savez.

— C'est tout naturel, fit Carl.

— Carl, ai-je dit quelque chose d'incorrect ? demanda Annie sur un ton d'inquiétude.

— Mais non, chérie.

— Alors pourquoi voulais-tu que je cesse de bavarder ?

— Je voulais simplement qu'elle ne restât pas là. » Il n'avait nulle envie de préciser que la secrétaire avait été surprise par l'accent d'Annie. Carl parlait avec un léger accent de Brooklyn ; mais celui d'Annie était fortement marqué, et son vocabulaire était mêlé de patois irlandais.

« Eh bien, elle aussi parle d'une drôle de façon », dit Annie brusquement.

Par moments, Annie semblait mystérieusement connaître les pensées de Carl. Cela le mettait mal à l'aise. « Tu t'habitueras à leur façon de parler, fit-il, de même qu'ils s'habitueront à la tienne, je veux dire à *notre* façon de parler.

— Je sais que parfois je ne m'exprime pas clairement, mais j'apprendrai, Carl. Tu verras. J'apprends très rapide.

— Rapidement ! » Il avait corrigé spontanément la faute.

Annie fut sur le point de dire : n'aie jamais honte de moi. Elle se borna à observer : « Ne t'inquiète pas pour moi.

— M'inquiéter ? Jamais ! Quoi, tu es intelligente, Annie. Tu ne sembles pas savoir à quel point tu es intelligente.

— Non, Carl. Je ne suis allée à l'école que jusqu'en huitième.

— Tu es aussi intelligente que la plupart des étudiantes diplômées.

— Tu n'en penses rien.

— Mais si, ma chérie. Je le pense.

— Je m'instruirai, Carl. Tu verras.

— N'exagère pas. Je ne veux pas que ma femme devienne un fort en thème.

— Rien à craindre. Je n'ai aucune ambition particulière. Mais je veux quand même en savoir assez pour ne pas te faire honte quand tu seras devenu grand juriste, ou peut-être même gouverneur.

— Pourquoi pas président ? fit-il en raillant. Je vois que tu n'as pas grande confiance en moi.

— Tu sais ce que je veux dire, Carl.

— Je le sais, chérie. Mais je t'aime exactement telle que tu es. » Il posa un baiser sur sa joue.

« Cette attente me rend nerveuse. Quelle heure est-il à ta montre ?

— Onze heures dix. Diable, le match commence à une heure trente, et je dois me débarrasser de ta valise ; et puis, nous devons prendre le lunch et…

— Je ne voudrais pour rien au monde manquer le match, coupa-t-elle. Je n'ai jamais vu un match de football, mais j'y suis toute préparée. » Elle effleura le chrysanthème jaune, orné d'un ruban noué aux couleurs du collège, que Carl avait épinglé à son manteau, à sa descente du train ; puis elle brandit l'étroite banderole bleue qu'il lui avait mise dans la main, l'agita et chuchota : « Rah ! Rah ! Rah ! »

La secrétaire vint leur annoncer que le juge était arrivé et les pria de bien vouloir la suivre, sans oublier la valise. Non que l'on pût la voler, expliqua-t-elle, mais on ne savait jamais, avec tous ces étrangers en ville, venus pour le match.

Le nom était sur la porte : *Willis J. Calamus*. En dessous *Juge de paix* et en bas, dans un angle, *Officier d'état civil*. Carl émit une remarque cinglante à propos de cet officier d'état civil qui se disait lui-même juge… Annie fit : « Chut, il pourrait t'entendre. »

Le juge semblait occuper tout l'espace dans le petit bureau, si gros était son ventre. Annie s'attendait à le voir porter une robe comme les juges au cinéma. Mais il était vêtu d'un pantalon trop ample avec un large fond ; sa chemise était propre mais repassée sans soin ; sa veste d'alpaga déboutonnée remontait dans le dos puis descendait par-devant, toute fripée, comme si les poches étaient pleines de bouts de ferraille.

Le juge envoya la secrétaire chercher une certaine miss Vi, comme second témoin. Il prit la licence des mains de Carl et passa derrière le guichet afin de la lire. D'abord sa main tâtonna sur ses vêtements, tandis qu'il levait les yeux : c'était ainsi qu'il cherchait ses lunettes. Il les trouva finalement dans la poche de sa chemise, et les ajusta cérémonieusement sur son nez. Carl prit nerveusement son paquet de cigarettes dans sa poche. Le juge fixa son regard sur le paquet, puis dévisagea le jeune homme. Carl n'insista pas.

Le juge soufflait bruyamment en lisant la licence, sans en omettre un mot ; parfois il jetait un regard vers Carl ou vers Annie, comme s'il cherchait lequel des deux était le coupable. Carl contenait difficilement son impatience, et Annie était perdue dans ses pensées.

Tout cela n'est pas réel, songeait-elle. Où est mon voile ? Ma robe blanche ? Où est la chapelle paisible, avec les rayons du soleil pénétrant par les fenêtres, et l'orgue qui joue, et maman, en train de pleurer, mais fière tout de même ?

Carl ne put supporter d'attendre plus longtemps. Il leva son poignet pour vérifier l'heure. Le juge cessa de lire et le dévisagea. Avec insolence, Carl secoua la montre et la porta à son oreille. Le juge lui adressa un long regard avant de terminer la lecture de la licence.

Dieu m'est témoin, pensait Annie, j'ai fait ce que j'ai pu pour me marier convenablement – dans une église, en présence de maman, de mes petits frères et des voisins, et avec Arlène comme demoiselle d'honneur. J'ai dit à maman…

« Maman, j'aurai dix-huit ans mercredi prochain.

— Comme le temps passe vite !

— Carl et moi nous voulons nous marier.

— Ne dis pas de bêtises. Tu n'es qu'une gamine.

— J'ai cessé d'être une gamine à quatorze ans ; quand j'ai dû travailler pour la première fois.

— Peu importe. Tu es encore une gamine.

— Je veux me marier à l'église. En ta présence, maman.

— Pour le moment, ôte-toi cette idée de la tête. Tu ne vas pas te marier à l'église, ni autre part.

— Maman, je t'en prie, ne me pousse pas à me marier en cachette, à l'hôtel de ville.

— Que de mots inutiles ! Tu n'as pas vu ce garçon depuis plus d'un an.

— Il est resté ici tout l'été.

— Et tu sortais avec lui ?

— Oui.

— Sans en parler à ta mère ?

— J'avais peur… tu aurais pu en parler à Dan.

— Écoute, Annie. Tu crois que tu as envie d'épouser Carl. Mais tu es trop jeune pour savoir ce que tu veux. Carl n'est pas pour toi. Un jour, l'homme qui te convient se trouvera sur ta route, et tu seras heureuse d'avoir attendu.

— Je ne peux pas attendre, maman. Je dois me marier.

— Tu dois ? Veux-tu dire qu'il faut que tu te maries ?

— Ce n'est pas ce que tu crois, maman.

— Dis-moi ce que je crois. Dis-le-moi.

— Tu me fais mal au bras, maman.

— Je t'ai dit de tout me raconter !

— Il vaut mieux que tu ne saches pas.

— Quand as-tu eu tes dernières règles ?

— Ne dis pas de vilaines choses, maman.

— Tu n'as pas à m'apprendre ce que j'ai à dire, petite… petite putain !

— Maman, si tu répètes ça…

— Putain !

— Tu vas trop loin, maman.

— Comment oses-tu lever la main sur moi ! Quand je pense… quand je pense aux souffrances que j'ai endurées en te mettant au monde ! et aux sacrifices que j'ai faits pour toi…

— Ne pleure pas, maman. Je t'en prie, ne pleure pas.

— Et voilà tout le remerciement ! Si ton père pouvait entendre sur quel ton tu me parles…

— Mon père est mort.

— Dan est ton père. Il est davantage un père pour toi que ton père ne l'a été. Pourquoi crois-tu que j'ai épousé Dan ? Un homme de vingt ans plus âgé que moi ? Je ne l'aimais pas. Je le respectais, oui. Mais sans l'aimer.

— Pourquoi donc t'es-tu mariée sans amour, maman ?

— Pour donner un père à mes enfants. Un homme qui veillerait à ce qu'ils aient un intérieur décent, une nourriture suffisante, des vêtements convenables…

— Mais, maman, Dan…

— Quoi, Dan ?

— Rien.

— Quoi, Annie ? Je sais que tu ne l'aimes pas. Pourquoi ?

— La façon qu'il a de me regarder… de m'embrasser pour me souhaiter bonne nuit, quand je suis au lit.

— Il vous embrasse tous pour vous dire bonne nuit.

— Mais je ne suis pas une enfant.

— Pour lui, tu es un bébé.

— Je suis une femme.

— Pas à ses yeux. Il t'aime de la même manière qu'il aime tes petits frères. Il n'a jamais eu des enfants à lui. C'est un homme si bon… Ah, Annie, ne pleure pas. Ne pleure pas… »

Carl pressa la main d'Annie et chuchota : « Cesse de rêver, chérie. »

Elle sursauta en revenant à la réalité. Le juge demandait à Carl s'il était bien Carl Brown, et Carl répondit : « Oui.

— Votre âge ?

— Vingt ans.

— Et vous, jeune dame, êtes-vous Annie McGairy ?

— Oui, monsieur.

— Et votre âge ?

— Dix-huit ans.

— Depuis quand avez-vous dix-huit ans ?

— Depuis mercredi dernier.

— Vous avez votre acte de naissance ?

— Non, monsieur, mais… »

Le juge plia la licence et la poussa vers Carl. « Revenez quand elle sera grande, mon fils.

— La licence mentionne l'âge exact de la jeune fille, monsieur. » Carl repoussa la licence.

« Vraiment ? Peut-être avez-vous pu tromper le secrétaire qui l'a délivrée, fit le juge. Mais pas moi. Non, monsieur. Pas moi. La jeune dame ne paraît pas avoir plus de quatorze ans, et ici nous ne sommes pas au Tennessee, vous savez. Il existe des lois, dans cet État, qui interdisent le mariage d'enfants mineurs. » Il poussa de nouveau la licence vers Carl.

Annie avait fouillé dans son sac à main ; elle en retira une feuille de papier qu'elle tendit à Carl. C'était son certificat de baptême. Carl se douta que la mère d'Annie avait refusé à sa fille son acte de naissance, et que celle-ci avait dû obtenir du prêtre ce certificat de baptême. Il le posa sur la licence qu'il fit glisser une dernière fois à travers le guichet.

La secrétaire entra juste à ce moment, suivie par miss Vi. Miss Vi était une petite femme d'âge moyen, à l'air empressé. Elle se dressait sur la pointe des pieds, pour regarder le couple par-dessus l'épaule de la secrétaire. Elle accrocha le regard d'Annie, sourit, et lui adressa un clin d'œil. Annie lui rendit son sourire, mais non le clin d'œil : elle n'était pas sûre que ce fût un clin d'œil plutôt qu'un tic. Les mouvements du petit bout de femme étaient nerveux. Annie ne voulait pas la vexer, si c'était vraiment un tic.

« Nous sommes prêtes si vous l'êtes, monsieur le juge », fit la secrétaire avec gaieté ; elle s'efforçait de mettre une note joyeuse dans le déroulement de la cérémonie.

Le juge contourna le guichet et désigna à chacun sa place. Puis il s'arrêta pour apprécier son arrangement. Il apporta encore des changements, puis recula afin de constater l'effet produit. Il fronça les sourcils : quelque chose n'allait pas. Ah ! C'était la banderole qu'Annie gardait dans la main.

« Je vais prendre ceci, jeune dame. » Il posa la banderole sur le guichet.

Il chercha son livre du regard et tâta ses poches. La secrétaire le retira de derrière le guichet. Le juge tourna les pages une à une – pendant une éternité, pensa Carl. Il cherchait la page consacrée au cérémonial du mariage.

« Je crois que nous sommes prêts », fit-il. Il regarda autour de lui. Puisque personne ne le contredisait, il procéda à la cérémonie. « Prenez sa main droite, monsieur Brown. » Les mains se cherchèrent maladroitement ; finalement, Carl saisit la main gauche d'Annie. « La main droite, mon garçon. La main droite. »

Miss Vi cligna de l'œil vers Annie. Annie lui rendit son clin d'œil, décidant que miss Vi n'avait pas de tic après tout. La cérémonie du mariage se poursuivit. Annie écoutait avec une attention soutenue, comme si elle cherchait à graver chaque parole dans sa mémoire. Le juge arriva au passage : « Et vous, Annie McGairy, voulez-vous prendre… »

C'est la dernière fois que je serai appelée Annie McGairy, pensa-t-elle rêveusement. Le juge attendait. Carl pressa la main d'Annie. « Je le veux ! Oui ! » dit-elle d'une voix forte.

Carl abaissa sur elle un regard souriant, miss Vi eut un clin d'œil, la secrétaire roula des yeux, exaspérée, et le juge scruta l'assemblée d'un air menaçant.

L'alliance passa sans difficulté au doigt d'Annie, parce qu'elle était trop large pour elle. (« Mais tu grandiras, pour la remplir », lui avait dit Carl, lorsqu'elle l'avait essayée le matin même.) Annie était surprise que l'anneau fût si froid, alors que l'or semblait si plein de chaleur.

Et soudain, ce fut fini : elle était mariée à Carl jusqu'à ce que la mort les sépare. Elle joignit ses mains et tournoya une fois sur elle-même, comme une enfant qui joue. La secrétaire secoua la main de Carl et le félicita ; et puis elle souhaita à Annie tout le bonheur du monde. Miss Vi en fit autant.

Spontanément, Annie jeta ses bras autour de la petite femme et l'étreignit. Le juge agita le certificat de mariage, pour faire sécher l'encre des signatures, avant de le tendre au couple avec un geste galant. Carl s'avança pour le prendre.

« Il appartient à la petite dame », fit le juge. Chacun sourit. Annie prit le certificat et le serra contre sa poitrine. « Je crois, dit le juge, que j'ai le privilège d'embrasser la jeune mariée. » Il s'approcha d'Annie.

Annie se jeta contre Carl et cacha son visage dans sa veste. « Ne le laisse pas me toucher, chuchota-t-elle, au comble de l'excitation. Il est comme mon beau-père. Il lui ressemble… » Elle frissonna et pleurnicha : « Maman ! Maman !

— Elle appelle déjà sa mère ? observa la secrétaire en échangeant des coups d'œil avec miss Vi.

— Après tout, dit Carl, c'est la première fois qu'elle est partie de chez elle.

— Alors, je ne blâme pas cette petite, parce qu'elle appelle sa mère, fit miss Vi.

— Oh, ne m'en veuillez pas, supplia Annie. J'ai soudain éprouvé un peu de nostalgie. »

Carl saisit la valise et dit : « Je vous remercie tous. Nous vous remercions tous deux. »

Le juge prit un air contrit et les témoins échangèrent un sourire entendu. Annie pressa la main de Carl pour lui rappeler le petit quelque chose destiné au juge. « Oh, j'allais oublier ! » dit Carl. Le juge parut soulagé.

Annie garda la valise pendant que Carl retirait de son portefeuille deux billets de un dollar, qu'il donna au juge, l'un après l'autre. Le juge resta la main tendue ; Carl referma son portefeuille d'un coup sec. Le juge baissa les yeux avec humeur sur les deux billets fripés qu'il tenait dans sa main. Carl poussa un profond soupir de soulagement. L'épreuve était terminée.

« Allons-nous-en, madame Brown.

— Au revoir, tout le monde, fit Annie. Et merci infiniment ! »

La secrétaire referma la porte derrière eux. « Encore un bébé prématuré en perspective, je suppose, observa-t-elle.

— Allons, venez, dit miss Vi. La plupart des premiers-nés ne sont-ils pas des prématurés ?

— Sacrés gosses, fit le juge, qui enfouissait les deux billets dans la poche de son pantalon. Sacrés gosses qui ne savent pas attendre. Sont-ils pressés ! »

C'est ainsi que les nouveaux mariés reçurent leur bénédiction.

Ils s'arrêtèrent sur la première marche de l'hôtel de ville, parce que Carl avait terriblement besoin d'une cigarette. Le soleil brillait, mais l'air était frais. Annie trouva qu'il embaumait les pommes ; Carl répondit que c'était naturel : il y avait des milliers de pommeraies dans l'État ; actuellement, tout le monde préparait le jus de pomme pour l'hiver.

Annie voulut savoir d'où venaient ces gens. De partout, lui dit-il. C'était le plus grand match de football de l'année. Tous deux contemplaient la foule, du haut des marches : des étudiants allaient à leurs rendez-vous en dehors de la ville ; les filles venues de l'extérieur étaient reconnaissables à leurs vêtements flambant neufs et soignés ; des étudiantes arboraient l'uniforme du collège – jupe plissée noire, large chandail noir, épaisses socquettes blanches ; toutefois, leurs chaussures en cuir étaient plutôt sales. On pouvait voir aussi des groupes d'étudiants chevronnés, différents des étudiants ordinaires.

« En ville, les gens les appellent les *rah-rah* », expliqua Carl. Il y avait du mépris dans sa voix.

« Tout cela me semble si peu réel.

— C'est que tu n'as jamais connu une ville d'université.

— Je parlais d'autre chose : je suis entrée ici sous le nom d'Annie McGairy et, à la sortie, je suis devenue

Mme Brown. Tout cela parce qu'un homme que je n'ai jamais vu auparavant a lu quelque chose dans un livre. Et nous voici mariés jusqu'à ce que l'un de nous deux meure – et nous pouvons avoir des enfants –, et tu ne peux pas coucher avec une autre femme…

— Et toi, tu ne peux coucher qu'avec moi. L'obligation est réciproque, si tu veux le savoir.

— Et puis cela s'est fait si rapidement ! Il faut plus longtemps pour acheter un chapeau que pour se marier. Je ne me sens pas vraiment mariée.

— Écoute, ma femme-enfant : cette feuille de papier que tu serres contre ton sein est un document officiel – signé, cacheté et enregistré. Il certifie que nous sommes mariés devant Dieu, les hommes, la nation et le monde entier.

— Vraiment ?

— Je vais te le prouver. »

Il l'entoura de ses bras.

« Pas ici, Carl. Tous ces gens…

— Pourquoi pas ? Imagine que nous sommes de nouveau à Brooklyn. Nous nous sommes embrassés le plus souvent dans la rue là-bas. Allons, viens donc. » Elle tendit son visage vers lui, dans l'attente du baiser.

Des étudiants qui passaient s'arrêtèrent pour les regarder s'embrasser. L'un d'eux donna le signal qui fit pousser à tout le groupe un cri de victoire strident, à avoir la chair de poule.

« Eh bien, observa Carl, il semble que nous sommes mariés aux yeux de l'université aussi.

— Je veux bien te croire », accorda Annie.

Ils traversèrent le parc de l'université. Carl allait déposer la valise d'Annie dans son ancien dortoir. Il avait loué une chambre en ville ; mais elle n'était pas disponible avant le soir, parce qu'elle était encore louée pour la journée à un étudiant de passage.

L'allée où ils marchaient faisait un angle. « Prends ma main, dit-il, et ferme les yeux. Recule. Un tout petit peu. C'est bien. Maintenant baisse-toi. »

Elle s'assit sur un banc. « À présent, ouvre les yeux. »

Elle regarda autour d'elle. « Pourquoi, Carl ?

— Là-bas ! » Il désigna un édifice magnifique qui apparaissait à travers des arbres dépouillés de leurs feuilles. Elle aperçut des marches de marbre blanc et d'énormes colonnes blanches.

« Quel est ce bâtiment, Carl ?

— C'est la bibliothèque de l'université.

— Non ! Je ne peux pas le croire ! C'est si beau ! Vraiment splendide ! Comme un monument historique. Oh, comme j'aimerais la visiter !

— Tu la visiteras, chérie.

— Oh, Carl, reprit-elle d'un ton suppliant, je suppose qu'ils ne me laisseront pas y prendre des livres, quand ils verront que je n'appartiens pas au collège !

— Je ne vois pas pourquoi. Je te donnerai ma carte.

— Tu ferais ça ? dit-elle en étreignant son bras. Carl, voilà le plus beau cadeau de mariage qui soit au monde ! »

Cela rappela à Carl le petit cadeau de mariage qu'il avait choisi pour elle. Il glissa sa main dans sa poche pour le prendre ; mais il changea d'avis. Inutile d'atténuer l'enthousiasme d'Annie pour la bibliothèque, décida-t-il. Il le lui donnerait avant d'aller au lit.

Il jeta un regard sur sa montre. « Nous avons encore un peu de temps. Asseyons-nous ici un instant, pour organiser notre avenir. D'accord ?

— D'accord ! » Ils étaient assis l'un contre l'autre sur le banc.

« D'abord, parlons de nos finances, une fois pour toutes.

— Il me reste près de six dollars, dit-elle avec empressement, de mon dernier salaire, après avoir payé le train et tout le reste et soixante-quinze dollars sur mon compte en banque – presque soixante-dix-huit avec les intérêts. » Elle retira le carnet de comptes du fond de son sac.

« Range ça, Annie chérie. Cet argent t'appartient, et nous n'allons pas l'utiliser pour payer des factures. »

Il fit le bilan de sa propre situation financière. Sa scolarité était payée jusqu'en juin. Pour ses repas, pas de problème. Il avait droit à trois repas par jour en travaillant comme garçon auxiliaire à la cafétéria en ville. De plus, il gagnait cinq dollars pour distribuer le journal du collège de six à huit heures le matin. Enfin, sa mère lui envoyait régulièrement cinq dollars par semaine.

Dix dollars net, pensa Annie. Il avait dû faire pas mal d'économies. Comme s'il lisait ses pensées, il dit : « Je crois que j'aurais dû faire des économies. Mais j'avais besoin de… »

Il avait dû acheter des chaussures, des chaussettes, des sous-vêtements, des chemises et une nouvelle cravate de temps en temps. Il avait acheté des balles de tennis et fait resserrer les cordes de sa raquette ; il lui avait fallu faire aiguiser ses patins à glace…

« Sans parler des coupes de cheveux, ajouta Annie.

— Seulement rafraîchir, admit-il. Deux fois par mois. Un paquet de cigarettes par jour. Et puis des brosses à dents et du dentifrice, *Le Journal du dimanche*, des carnets, des timbres, des fournitures scolaires et le cinéma de temps en temps, avec des camarades ; et après, un hot dog et un peu de bière. Il y avait aussi le blanchissage et…

— On dirait que l'argent s'envole, n'est-ce pas vrai, Carl ?

— Tu peux le dire. » Il prit la main d'Annie dans ses deux mains. « Autant te le dire moi-même, Annie, avant que quelqu'un d'autre te l'apprenne. » Il eut un profond soupir. « J'ai sorti une fille pour aller à un bal du collège.

— Combien de fois ?

— Une seule fois. Cela m'a coûté un taxi aller-retour, un corsage et un souper. »

Annie fit un effort prodigieux pour avaler sa salive avant de pouvoir dire enfin : « Cela ne me regarde pas, Carl. Nous n'étions pas encore mariés. Seulement fiancés. Évidemment, cela n'a pas d'importance.

— Vois-tu, chérie, je devais bien sortir une fille de temps en temps ; autrement, les camarades m'auraient cru pédéraste. D'autre part, nous n'étions pas seuls. Nous étions toute une bande…

— Je suppose, fit-elle d'un air solennel, que moi aussi, je devrais faire une confession semblable. Pourtant, je n'ai malheureusement rien à raconter. Je trouvais que ce ne serait pas honnête envers… oh, et puis, quelle importance ?

— Allons, Annie chérie. Allons. »

Elle s'écarta de lui sur le banc. « Étais-tu capable d'économiser un peu d'argent ?

— Comment l'aurais-je pu ? Il me fallait acheter des livres de cours, et ils coûtent diablement cher, même d'occasion.

— Et les corsages coûtent diablement cher aussi, n'est-ce pas ?

— Sais-tu ce que je pense ? » Il grimaça un sourire. « Je crois que tu es jalouse.

— Oui, je le suis.

— La jalousie est un signe d'infériorité.

— Eh bien, soit : je suis inférieure.

— Arrêtons ces sottises, Annie. D'accord ?

— D'accord, à condition que cela ne se reproduise plus.

— Je le jure !

— D'accord, alors.

— Crois-tu que nous pouvons nous en sortir avec dix dollars par semaine ?

— Nous en aurons seulement cinq. Ta mère ne t'enverra plus d'argent quand elle apprendra ton mariage.

— Je n'en sais rien. Elle sera peut-être un peu contrariée quand elle apprendra la nouvelle, mais elle s'y fera. Tout ce qu'elle désire au monde c'est que je sois heureux.

— Avec elle.

— Tu te méprends complètement sur son compte, chérie. Tu aimeras Mom quand tu la connaîtras. Après tout, tu ne l'as vue qu'une fois. »

Elle avait quinze ans alors, à l'époque où il la conduisit chez lui pour voir sa mère. Les Brown vivaient dans un quartier semblable à celui de la famille d'Annie et ils avaient le même genre d'appartement. Mais l'intérieur des Brown était différent ; simple et soigné, sans nul désordre. L'intérieur de chez Annie était passablement mal tenu. Mais à ce moment-là. Annie et sa mère travaillaient à l'extérieur, et les deux petits frères ne prenaient guère soin du logement. Par contre, la mère de Carl n'avait rien d'autre à faire que de s'occuper de la maison. De plus, la famille Brown ne comprenait que des adultes. Tessie, quarante ans, la sœur célibataire de Carl, prenait soin de sa propre chambre ; de son côté, Carl tenait la sienne bien rangée.

Dans l'appartement des McGairy, le salon servait uniquement à recevoir. Dans celui des Brown, le salon avait été transformé en studio pour Carl. Quand Annie y avait fait allusion, Mme Brown avait dit que rien n'était assez bon pour son unique fils.

Carl emmena Annie dans sa chambre. Il brûlait de lui faire admirer ses médailles et ses trophées – la médaille qui avait récompensé sa victoire aux cent yards, la coupe en argent que lui avaient value ses performances de patineur sur glace, et la photo encadrée de l'équipe de basket-ball du YMCA : Carl était assis au centre et tenait le ballon, parce qu'il avait été capitaine cette année-là.

Mais Annie s'intéressait surtout à la petite bibliothèque qu'il avait fabriquée « en atelier », en septième classe, et aux livres qu'elle contenait. Elle fut impressionnée quand il lui dit que tous ces livres lui appartenaient. Annie n'avait jamais possédé un livre. Carl lui proposa de choisir celui qu'elle désirait comme cadeau.

Elle se mit à genoux devant la bibliothèque, comme devant un autel. Les mains croisées sur sa poitrine, elle était à la fois délicieusement indécise et surexcitée. Devait-elle prendre le *Sherlock Holmes* parce qu'il était épais ? Ou le petit volume des *Sonnets du Portugais* parce qu'il était si beau – relié en cuir vert souple et garni de glands, avec un signet en cordon doré ?

Carl abaissa son regard sur les lourdes boucles de cheveux qui tombaient sur les épaules d'Annie et que retenaient deux épingles en corne. Sous l'effet d'une impulsion soudaine, il ôta les épingles. Annie sauta sur ses pieds et poussa un cri perçant quand elle sentit que ses cheveux tombaient en cascades sur son dos. Elle réclama ses épingles. Il la mit au défi de les reprendre.

Elle le poursuivit autour de la pièce. Il enjamba une chaise Morris et sauta d'un bond par-dessus le lit étroit. Elle s'élança pour le rejoindre derrière le lit, mais perdit l'équilibre en accrochant son pied dans les couvertures moelleuses et s'étala de tout son long.

Il se pencha sur elle. « Maintenant, je te tiens justement où je voulais t'avoir. » À ce moment précis, sa mère entra.

« Mon Dieu ! » fit-elle.

Annie se redressa. Ses cheveux étaient en désordre, son visage empourpré. Elle essaya de ramener sa jupe courte et étroite jusqu'à ses genoux.

« Ne t'inquiète pas, Mom, dit Carl, ce n'est pas ce que tu crois.

— Tu me fais honte, Carl, tellement honte, dit sa mère. Et qu'est-ce que cette jeune fille qui se couche sur ton lit, avec les jupes remontées jusqu'au cou, et tout le reste ?

— Écoute, Mom, je lui ai pris ses épingles, et ses cheveux se sont défaits, et…

— Je ne veux pas en entendre davantage. Je pense qu'elle ferait mieux de rentrer chez elle.

— Ne vous inquiétez pas, lança Annie. Je m'en vais et je suis contente de partir. » Elle prit ses épingles des mains de Carl. « Quant à toi, Carl, je ne veux plus jamais te revoir. Et il en est de même pour ta mère. » Puis elle sortit la tête haute.

Il la rejoignit en bas, dans le vestibule ; les larmes aux yeux, et les épingles dans sa bouche, Annie essayait d'arranger sa chevelure. Ses mains tremblaient. Gauchement, il l'aida à remettre ses épingles.

« J'ai raconté à Mom comment c'est arrivé et elle a fini par l'admettre. Elle est terriblement désolée, Annie. Elle te demande de revenir ; et de rester à souper.

— Son souper me resterait dans la gorge.

— Mais tu devrais comprendre, Annie, comment Mom a pu se faire des idées fausses, quand elle t'a vue sur le lit, et moi presque couché sur toi ?

— Elle aurait dû te croire quand tu as essayé de lui expliquer comment c'était arrivé – ne le pouvait-elle pas ? Mais non ! Elle souhaitait que ce fût quelque chose d'ignoble, parce qu'elle me haïssait, dès le premier moment ; et cela lui faisait grand plaisir de me traiter comme une fille.

— Elle m'a dit qu'elle était désolée.

— Facile à dire, après le plaisir qu'elle a pris à m'insulter. Pense-t-elle que "désolé" est un mot qui efface la façon odieuse dont elle m'a jugée et les choses qu'elle a dites ? »

Annie s'était alors mise à pleurer ; elle avait pleuré si longtemps que Carl avait dû renoncer à ses cours du soir afin de l'emmener au cinéma, voir Charlie Chaplin.

Annie se souvenait ; elle soupira. « C'est bien vrai. Je ne l'ai vue qu'une fois. Si j'étais retournée pour souper, peut-être aurait-ce été différent.

— Sois juste, Annie. Et ta mère alors ? A-t-elle déroulé le tapis rouge pour moi ? Tu n'as rien pu constater de tel. Pour elle, j'étais Carl l'Éventreur, venu causer la perte de son bébé innocent. Mais jamais je ne l'ai détestée pour cela. Je supposais qu'elle était inquiète parce que tu n'étais qu'une gosse. Elle craignait de me voir te faire du tort.

— Je crois que nous aurons toujours des ennuis avec nos belles-mères.

— Mais non. Je pense qu'elles s'habitueront avec le temps. Sinon, quelle importance ? Il nous faut vivre notre vie, comme elles ont dû vivre la leur. » Il voulut prendre une cigarette, mais le paquet était vide. Il en fit une boule et le jeta. « Diable, je suis à court de cigarettes.

— Attends ! »

Elle retira un nouveau paquet de son sac.

« Voilà. Je les ai achetées juste avant de monter dans le train. J'ai pensé que si tu en manquais, je pourrais te faire la surprise.

— Tu es un amour. » Il étendit ses jambes, étala ses bras sur le dossier du banc et tira de profondes bouffées de sa cigarette. Quelque part une cloche sonna la demie.

« Heureuse ? demanda-t-il.

— Contente.

— Quand vas-tu commencer à être heureuse ?

— Oh, j'étais heureuse ce matin, quand je suis descendue du train et que je t'ai aperçu. Mais à présent je suis contente.

— Quelle différence fais-tu entre le bonheur et la satisfaction, sage enfant ?

— Eh bien, être heureuse c'est quand quelqu'un te donne un gros tas de quelque chose de merveilleux et que c'est trop gros pour pouvoir tout prendre. Alors tu retires un morceau de temps en temps, et tu le gardes dans ta main : voilà ce que c'est d'être content. En tout cas, c'est ainsi que je le vois.

— Sais-tu ce que tu es ?

— Quoi ?

— Une windividualiste. Sais-tu ce que cela veut dire ?

— N'est-ce pas être conscient de sa personnalité ?

— Je n'y avais pas pensé, mais c'est exactement ce que cela veut dire. » Il écrasa sa cigarette et prit Annie dans ses bras. « Tu ne sais pas ? Nous sommes mariés depuis près d'une heure maintenant, et je n'ai pas encore couché avec toi. Mais il y a un beau buisson bien épais là-bas, et personne ne regarde. Qu'en dis-tu ?

— Carl, tu es vraiment terrible ! » Elle fit semblant d'être choquée, mais son rire mal contenu la trahissait.

Il souleva une mèche de ses cheveux et baisa son oreille. « Cela te donne le frisson ?

— Recommence », fit-elle.

Il rit et recommença.

« Pour une fille aussi sérieuse, tu es très drôle. » Il leva son poignet pour vérifier l'heure. Annie posa sa main sur la montre.

« Il est midi trente, Carl, et tu le sais. Tu n'as pas besoin de regarder ta montre à chaque minute. »

Elle n'aimait pas cette montre. Carl l'avait reçue de sa mère comme cadeau de Noël ; parfois, quand il la regardait, elle se rappelait de nouveau le moment où elle était sur le lit et que sa mère avait cru…

« À quoi songes-tu ? demanda-t-il.

— Au repas.

— Je vais te dire quelque chose : laissons tomber le match, chérie. De toute manière nous ne serions pas à l'heure. Je revendrai sans difficulté les billets, et nous aurons de quoi nous payer le meilleur repas de noces de la ville. Qu'en penses-tu ?

— C'est formidable ! »

Elle se rafraîchit dans le lavabo de la bibliothèque, tandis que Carl se rendait dans le dortoir pour y déposer la valise. Il revint avec la lettre hebdomadaire de sa mère : elle contenait les cinq dollars habituels.

« Informe-la que tu es marié, Carl, avant qu'elle t'envoie d'autre argent.

— Je crois qu'il faut d'abord la préparer, lui écrire que tu es ici et que nous avons l'intention de nous marier ; dans la lettre suivante je parlerai de notre mariage.

— Je suis d'avis de l'en informer carrément.

— Cela pourrait lui causer un petit choc. Laisse-moi faire à mon idée, Annie.

— Eh bien, moi, je vais de ce pas télégraphier à ma mère. »

Dans son télégramme, elle disait qu'elle était mariée et heureuse. Carl écrivit sur une carte qu'Annie était avec lui et qu'ils avaient l'intention de se marier.

Il trouva facilement à revendre ses billets pour six dollars. Il était content d'avoir fait un bénéfice de cinq dollars – jusqu'au moment où il vit l'homme auquel il avait vendu les billets les revendre à quelqu'un d'autre pour huit dollars.

Ils se dirigèrent vers le plus beau restaurant de la ville et choisirent sur le menu le lunch le plus coûteux ; soixante-quinze *cents*. Carl commanda une bouteille de bière et deux verres. « Ce n'est pas du champagne, fit-il observer, mais à trente-cinq *cents* la bouteille, ce n'en est pas moins du luxe. » Annie n'aimait pas la bière, de sorte que Carl but toute la bouteille.

L'endroit était presque désert, et le serveur, les soupçonnant d'être des nouveaux mariés, rôdait autour d'eux et les servait avec ostentation. Carl et Annie échangèrent peu de paroles pendant le repas : tous deux étaient affamés. Après une seconde tasse de café, Carl alluma une cigarette, se pencha en arrière dans son fauteuil et soupira d'aise.

« C'est ça, la bonne vie, dit-il. De bons plats, bien servis, dans un restaurant chic, et non pas dans une cafétéria où l'on mange avec un lance-pierre. Nous avons tout l'après-midi devant nous. Je n'ai pas besoin de partager mon temps entre mes cours et mon Annie qui reste ici, avec moi.

— Je suis bien contente de ne pas être riche, parce que dans ce cas je ne pourrais jamais connaître un tel enchantement.

— Tu sembles vraiment aimer la vie, n'est-ce pas, Annie ?

— Tu es drôle, tout le monde aime la vie.

— Eh bien, fais-moi plaisir, ne change jamais ; reste comme tu es.

— Je ne pourrais pas te promettre une chose pareille. Non.

— Pourquoi pas, Annie ?

— C'est que les gens changent. On vieillit et, devenu vieux, on change, qu'on le veuille ou non.

— Je te pose une question simple, mon enfant, et toi, tu tournes autour du pot.

— Tout ce que je veux dire c'est que les individus changent inévitablement. Je suis un individu. Je changerai.

— Et moi, je veux te dire seulement ceci : dans ton essence, ne change pas.

— Tu dis "dans ton antienne" ? »

Il rit jusqu'à s'étouffer. Quand il reprit son souffle, ce fut pour dire : « Le mot que j'ai employé se prononce *es-sen-ce.* »

Annie regarda le serveur, espérant qu'il n'avait pas remarqué sa bévue ni la rectification de Carl. Mais le serveur ricanait, et elle baissa la tête.

« C'est un mot que j'ai lu dans un livre. Je n'ai jamais entendu personne le prononcer ; et c'est la première fois que j'essaie de l'employer. Je croyais donc l'employer comme il faut. Mais je te suis… » Elle chercha le mot. « Je te suis reconnaissante de m'avoir corrigée.

— Je suis désolé, chérie. Mais tu me demandais toujours de te corriger quand…

— Mais pas devant les étrangers. Cela me donne un sentiment de… oh, je ne sais pas… tu sais ce que je veux dire. »

Ils retournèrent à leur banc, dans le parc de l'université – et passèrent l'après-midi à évoquer des souvenirs de ce qu'Annie appelait non sans exagération « le lointain passé ».

« Rappelle-toi, si je n'avais pas commencé ce feuilleton dans ce magazine, et si je n'avais pas dû aller à la librairie pour demander le dernier numéro paru, qui contenait la fin du roman…

— Et si, le même soir, ma sœur ne m'avait pas tanné pour aller voir si *Bœufs noirs* était enfin arrivé…

— Nous ne nous serions peut-être jamais rencontrés ! » s'écrièrent-ils en même temps. Cette éventualité les fit frissonner. « Et si… » dirent-ils ensemble.

« Laisse-moi parler, Carl. Si tu ne m'avais pas raccompagnée ce soir-là, nous ne nous serions pas mariés aujourd'hui.

— Il me fallait bien t'accompagner chez toi ! Je craignais que tu ne te fisses violer dans l'une de ces rues toutes noires – une gentille petite gamine de quatorze ans comme toi.

— Je n'étais plus une gamine ! Je travaillais déjà à plein temps. J'aurais pu me défendre toute seule.

— Tu parles !

— Et puis, tu sais, quand tu m'as quittée, devant ma porte, et que tu as fait comme si tu ne voulais pas me revoir, eh bien, j'étais dans un état épouvantable.

— Je n'avais pas l'intention de donner suite à notre rencontre. J'avais alors seize ans, et tu étais trop jeune pour moi.

— Qu'est-ce qui t'a fait changer d'avis ?

— C'est quand je t'ai dit adieu : tu m'as fait un large sourire et tu m'as dit “au revoir”. Que pouvais-je faire ?

— Dis, Carl ! Tu te rappelles ce fameux dimanche où, toute la journée, nous avons fait l'aller et retour sur le bac de Staten Island, avec un seul ticket ? Nous avions une boîte de biscuits croquants et nous les jetions aux mouettes qui nous suivaient toute la journée ?

— Au fait, Annie, te souviens-tu de ce dimanche à Coney Island ?

— Et comment ! Les yeux dans les yeux, tous les deux, et couchés sur le sable…

— On était bien obligés d'y rester couchés sur le sable ! Si nous nous étions levés une seconde seulement, un autre couple se serait précipité pour prendre notre place – nous aurions dû rester assis, adossés à des étrangers. Ce dimanche-là, ce fut effroyable.

— Mais nous avions l'océan devant nous !

— Il devait y être : je l'entendais, mais ne le voyais pas. Quelle foule !

— Carl, voilà quelque chose, je parie, dont tu ne te souviens pas : ce dimanche où nous sommes allés à Manhattan – simplement pour nous promener. Nous attendions pour traverser, de Broadway à la 42e Rue ; tu m'as dit que si je t'aimais vraiment, je te donnerais un bon gros baiser, sur Broadway même, devant tous ces gens.

— Et tu l'as fait ! Comme j'étais gêné !

— Menteur ! Quoi d'autre encore ? Laisse-moi réfléchir une minute, Carl. »

Il s'attarda un moment à ses souvenirs, lui aussi. Il pensait aux vestibules sombres des immeubles de Brooklyn. Chaque fois qu'il passait la soirée avec elle, il se sentait physiquement excité. Rester la main dans la main ; s'asseoir cuisse contre cuisse au cinéma ou dans le tramway ; échanger un baiser furtif dans une rue déserte, poser une main timide sur sa poitrine dans un cinéma obscur ; en désespoir de cause, à la fin de la soirée, la pousser dans un couloir sombre pour l'étreindre avec passion – toujours en éveil, dans la crainte que quelqu'un ne vînt à entrer ou à sortir de la maison. Il hocha la tête pensivement.

« À quoi penses-tu, Carl ?

— Je pense que nous n'avons jamais été vraiment seuls tous les deux, parce que nulle part ce n'était possible. C'est en public que nous devions nous témoigner notre amour : dans la rue ; dans les métros ; dans les tramways ; dans les cinémas ; dans les couloirs des immeubles… Toujours comme des animaux à la recherche d'un gîte.

— Mais nous n'étions pas les seuls, Carl. C'était ainsi pour tout le monde. Les grandes personnes nous regardaient même d'une drôle de façon, quand nous nous embrassions dans la rue : jadis, ils avaient dû faire comme nous. Seulement ils ne s'en souvenaient pas, ou ne voulaient pas s'en souvenir.

— Non, les gens d'ici, par exemple, ne font pas ce que nous faisions.

— Voyons, Carl, tous les gens sont des êtres humains. Les jeunes aussi. Et je parie que ceux d'ici vont aussi loin que nous dans le pelotage.

— Mais il y a une différence, chérie. Bien sûr, c'est le même vieux pelotage – l'art de courtiser et de jouer à main chaude, peu importe le nom – qui continue ici. Mais il leur est possible de passer la nuit, seuls dans l'obscurité. Et par une chaude nuit de printemps, il y a la rivière ; et on peut louer un canot pour deux.

— Oui, je comprends combien les choses sont différentes, dans un endroit comme celui-ci. C'est drôle ! On vit d'une certaine manière et on croit que tout le monde vit de la même manière, parce qu'il ne peut y en avoir d'autre. Puis on s'en va vivre ailleurs, et on se rend compte qu'il y a d'autres façons de vivre. »

Une autre cigarette ; un autre temps de silence ; puis on entendit, venant du stade, un hurlement assourdi. « Nous devons être en train de gagner, dit-il.

— Oh… tu parles du match.

— Annie ? »

Il prit sa main dans les siennes.

« Peut-être ignores-tu à quoi tu t'engages. Il se peut que nous rencontrions de sérieuses difficultés.

— Elles ne seraient pas pires que celles que j'ai connues, Carl.

— Il pourrait y avoir des moments où nous ne saurions pas de quoi serait fait notre prochain repas.

— Aucun risque si je trouve du travail.

— Tu ne peux pas compter là-dessus. Compter sur le travail. Quelque chose pourrait arriver…

— Tu veux dire un bébé ? Mais nous nous arrangerons d'une façon ou d'une autre. Je l'allaiterais naturellement ; ainsi n'aurions-nous pas de frais supplémentaires pour la nourriture.

— Ce n'est pas aussi simple. Nous ne devons pas avoir un bébé tout de suite, chérie.

— Mais je ne sais pas comment faire pour ne pas en avoir.

— Je me suis renseigné autour de moi. J'ai trouvé la solution. Ainsi je m'occuperai de cette question. Je voulais simplement que tu saches pourquoi nous ne pouvions pas avoir de bébé.

— Alors il n'y a pas de problème. Je veux avant toute chose trouver du travail.

— Et te joindre à la liste toujours plus longue des femmes qui aident leur mari à terminer leurs études ?

— Où est le mal ?

— Cela ne me plaît pas.

— Carl, je suis habituée à travailler. J'ai travaillé pendant quatre ans. Et pour quel résultat ? Pour rien. Maintenant je veux que cela serve à quelque chose.

— Tu veux dire à moi ? Je l'aurai mon diplôme de droit. Mais quel sera l'avantage, pour toi ?

— Un bon départ pour mes enfants. Leur père sera un homme de loi.

— Et toi, quelle sera ta récompense ?

— Je l'ai déjà reçue. Le simple fait d'être ici, dans cet endroit merveilleux, avec toi, et d'avoir échappé à (elle se retint de dire "à mon beau-père") ma vie antérieure. Ah, j'ai tant reçu déjà.

— J'espère que tu n'auras jamais de regrets.

— Je ne regretterai jamais, Carl. Quoi qu'il arrive. »

Le match était fini. La foule envahissait le parc de l'université. Carl se rendit au dortoir et en ramena la valise d'Annie et ses objets personnels. Elle dut porter sa valise, parce qu'il en avait deux autres à lui ; de plus, il était gêné par ses patins à glace suspendus à son épaule et par sa raquette de tennis serrée sous son bras.

Voilà un côté de sa personnalité que je ne connais pas, pensa-t-elle, qu'il fût assez bon patineur pour gagner une coupe en argent, et aussi bon coureur, au point de mériter une médaille ; et puis il y a ce jeune Japonais de Hawaï avec lequel il joue au tennis, le samedi après-midi. Je serai toujours étrangère à cet aspect de sa vie.

Je me vois en train de jouer au tennis ! Moi qui ne sais pas même jouer au ping-pong !

Annie fut impressionnée par la maison, particulièrement par le grand vestibule qu'elle prit pour un salon, avec ses fauteuils et sa table en osier. Il y avait aussi une balançoire en bois, suspendue à des chaînes.

Après qu'ils eurent déposé leurs bagages, il la prit dans ses bras. « Dans cinq minutes, chuchota-t-il, nous serons au lit ensemble. Donne-moi un long baiser passionné pour m'aider à tromper l'attente. »

Elle lui offrit sa bouche.

En fait, ils durent encore patienter. La propriétaire était très compréhensive, mais ne pouvait rien y faire : la chambre était louée pour la journée, et celle-ci n'était pas encore terminée. Certes, Mme Brown était visiblement très fatiguée. Désirait-elle prendre la peine de se reposer sur le lit ? Annie fit non de la tête, et Carl dit qu'ils attendraient. Dans ce cas, le salon était à leur disposition ; ils pouvaient y attendre jusqu'à ce que leur chambre fût libre. Sur cette invitation, elle les pria de l'excuser : elle avait un gâteau à glacer.

Ils prirent place, loin l'un de l'autre, sur le divan ; ils éprouvaient de la gêne. Carl alluma une cigarette, mais Annie observa qu'il n'y avait pas de cendrier dans la pièce et que peut-être la propriétaire n'aimait pas voir fumer dans le salon. Ils sortirent dans le vestibule et prirent place sur la balançoire. Bien calée tout contre Carl, Annie commença de mettre en branle la balançoire. Il en fut irrité.

« Ne nous balance pas, que diable ! s'écria-t-il, avant d'être aussitôt pris de regret. Pardonne-moi, chérie.

— Je sais ce que tu éprouves, Carl, et j'éprouve la même chose.

— Tu ne sais pas, et tu n'éprouves pas la même chose. Tu ne peux pas savoir ce qu'un homme ressent. Une femme peut attendre son heure et patienter. Mais un homme… Moi ! Dans mon état d'esprit ! Attendre… attendre toute la journée, attendre depuis des années. Il y a de quoi rendre un homme fou !

— Je sais, Carl, je vais chercher un cornet de glace et te laisser seul quelques minutes. » Elle s'apprêta à descendre de la balançoire.

« Au diable si tu t'en vas !

— Ne crie pas après moi, à présent ; ce n'est pas ma faute. »

Il l'empoigna avec rudesse et l'attira presque sur ses genoux. Il embrassa ses yeux, ses oreilles, sa bouche et le creux à la naissance du cou. Il glissa une main dans son corsage et saisit l'un de ses seins.

« Non, Carl, pas ça !

— Laisse-moi faire, implora-t-il.

— Non ! Des gens passent et à tout moment la propriétaire peut revenir.

— Chez nous tu ne te souciais pas des gens qui passaient, ni de ceux qui entraient ou sortaient. Qu'y a-t-il de si différent ici ?

— C'est plus ouvert – davantage en plein air », dit-elle stupidement.

Cette réflexion naïve fit exploser la colère de Carl. Sa fureur aggravée par la frustration sexuelle le rendait fou. Il empoigna le haut du corsage d'Annie et l'arracha jusqu'à la taille. Les petits boutons roulèrent sur le plancher. Quand il commença à lui ôter son soutien-gorge, elle ouvrit la bouche pour crier ; mais il lui mit la main sur la bouche, juste à temps. Elle posa ses deux mains à plat sur sa poitrine et le poussa en dehors de la balançoire. Il était debout devant elle et la balançoire en rebondissant vint le frapper aux genoux. Il se sentit comme envahi par l'envie de tuer. Elle voulut crier ; mais seuls de gros sanglots étouffés sortirent de sa gorge.

« Bon Dieu ! fit-il, les dents serrées. Je vais aller arranger les choses pour de bon ! » Il se dirigea, d'un pas lourd, vers l'intérieur de la maison.

Annie revint s'asseoir sur la balançoire ; elle sanglotait à en perdre le souffle ; les larmes inondaient son visage ; de ses doigts tremblants, elle essayait de reboutonner son soutien-gorge pour cacher ses seins nus. Dans la lutte, son chapeau était tombé. Elle se leva pour l'attraper et fit rebondir la balançoire qui vint la frapper de plein fouet dans le dos. Elle tomba sur les genoux. La situation lui causait trop de honte pour qu'elle pleurât. Elle se mit à rire, comme une folle, sans pouvoir s'arrêter.

Carl revint en sifflant joyeusement : la propriétaire avait expliqué la situation aux locataires, et ils s'étaient montrés compréhensifs. Ils étaient sur le départ. Carl et Annie pourraient occuper les lieux dans quinze minutes environ.

Son sifflement joyeux exprima peu à peu la surprise, quand il aperçut Annie à genoux sur le plancher ; son chapeau avait glissé derrière elle ; son soutien-gorge était boutonné de travers ; les larmes avaient laissé des traînées sales sur ses joues ; elle appuyait son bras sur sa bouche pour étouffer son rire sauvage.

« Pour l'amour du ciel, Annie ! Que s'est-il passé ?

— La balançoire m'a frappée ! »

Il la remit sur ses pieds, boutonna son soutien-gorge, la coiffa de son chapeau, épousseta sa jupe et essuya son visage avec son mouchoir, tout en s'adressant des reproches.

Il ne savait pas ce qui l'avait pris, lui dit-il – pour avoir agi ainsi. Il n'était qu'un cochon, un chien, une punaise, et même un fils de catin. La pendaison était un châtiment trop doux pour lui ; et elle avait parfaitement le droit de le quitter ; mais il espérait qu'elle n'en ferait rien.

« Pourquoi te mettre dans cet état, Carl, fit-elle, d'une voix lasse. Cela ne sert à rien.

— Mais ça me soulage. » Elle lui adressa un long regard, puis détourna la tête, sans rien dire.

Elle resta muette pendant tout le parcours jusqu'au restaurant où il l'emmena prendre un sandwich et du café, en attendant que la chambre fût disponible. Elle ne prononça pas un mot tout au long de leur petit souper. Il savait qu'elle était très fâchée et qu'elle réfléchissait à ce qu'elle allait lui dire. Dans cette attente, il avait perdu tout appétit.

Elle but posément le reste de son café et plia sa serviette en papier aussi soigneusement qu'une serviette de damas.

« Carl ?

— Oui, ma chérie. » Il lui prit la main. Elle la retira.

« Ah, ne fais pas cela, Annie. Je t'en supplie ! Ne sois pas méchante avec moi. Je suis tellement désolé ; et je t'aime tant.

— Carl, je suis un être humain. Je n'aime pas être brutalisée sur une balançoire. » Il attendit la suite. « C'est tout », fit-elle.

Il fut soulagé : ce n'était donc pas plus grave. « Je ne l'oublierai pas, dit-il.

— Rappelle-toi aussi de ne jamais me brutaliser, en quelque endroit et en quelque circonstance que ce soit.

— Je m'en souviendrai », fit-il en écho.

Elle n'avait rien d'autre à lui dire et resta silencieuse sur le chemin du retour. Quand ils atteignirent la maison, il faisait presque sombre. La balançoire se dressait dans l'obscurité du vestibule. Annie jeta sur l'engin un regard mauvais. Espérant la faire sourire, Carl s'offrit à donner un bon coup de pied à la balançoire, si elle le lui demandait. Elle ne répondit rien.

Leur chambre était plus grande que la plupart des chambres d'étudiants, avec ses trois fenêtres et son lit à deux places ; une table, une chaise, un fauteuil à bascule complétaient le mobilier ; la bibliothèque était à moitié remplie des livres qu'il avait apportés la veille. Il y avait encore une table de toilette avec un miroir. Carl attira l'attention d'Annie sur un petit gâteau de mariage, glacé au sucre, et sur deux assiettes et un couteau, placés sur la table. Annie rompit le silence. Elle battit des mains et leva son regard vers Carl. Ses yeux brillaient de joie.

« Oh Carl ! Cela ne vient pas de toi !

— Non. J'aimerais qu'il en fût ainsi. C'est la propriétaire qui l'a préparé pour nous. Elle m'a dit qu'un mariage n'était pas un mariage, sans un gâteau. Tu sais, Annie, je suis allé dans sa cuisine, bien décidé à faire un esclandre du tonnerre, parce que la chambre n'était pas libre. Alors, elle m'a montré le gâteau qu'elle avait préparé pour nous. Cela m'a aussitôt calmé. Prenons-en un morceau, dit-il en lui donnant le couteau. Tu vas le couper toi-même.

— Pose ta main sur la mienne pendant que je coupe. C'est ainsi qu'on procède. Je l'ai vu faire dans un film, au cours d'un mariage à West Point. »

Il posa sa main sur la sienne ; elle coupa deux morceaux et posa chacun sur une assiette. Certes, ce n'était pas une pièce montée ; il n'y avait pas d'épée pour le couper ; Carl n'était pas en uniforme ; elle-même n'était pas revêtue d'une robe blanche bouffante et d'un voile. Ce n'en était pas moins un gâteau magnifique.

Elle mangea deux morceaux et se lécha les doigts, l'un après l'autre. Elle chercha du regard une serviette ou quelque chose pour les essuyer. Carl la laissa s'essuyer à sa chemise. « Elle était sale de toute manière, dit-il.

— Comment s'appelle-t-elle ? demanda-t-elle.

— La propriétaire ? Mme Hansmon.

— Je reviens tout de suite. »

La propriétaire était dans sa cuisine.

« Je suis venue vous remercier pour le gâteau, madame Hansmon.

— Mais voyons ! Ce n'est rien.

— C'est merveilleux ! Je m'en souviendrai toute ma vie.

— Bah ! Un si petit gâteau. La chambre vous plaît-elle ?

— Elle est formidable !

— Eh bien, si jamais vous avez besoin de quelque chose…

— Et si jamais je peux vous être utile, en remerciement pour le gâteau…

— Eh bien, merci, madame Brown.

— Les gens que j'aime, je préfère qu'ils m'appellent Annie.

— Annie alors. Vous êtes une chic fille, Annie ; et vous avez trouvé un gentil mari.

— Je sais. » La propriétaire appuya sur le bouton de la minuterie et attendit qu'Annie prît congé. « Madame Hansmon ?

— Oui, Annie ?

— Pourrais-je vous poser une question très personnelle ?

— Voyons », dit la propriétaire sur un ton d'hésitation. Elle supposait qu'Annie allait lui demander des contraceptifs : « Cela dépend.

— Je voulais simplement savoir si vous comprenez bien ma façon de parler ?

— Comment ? Évidemment !

— C'est tout. Je suis contente. Merci et bonne nuit. » Annie regagna l'escalier en courant.

C'est vraiment une fille épatante, se dit Mme Hansmon. Un peu bizarre peut-être…

Carl, déshabillé jusqu'à la taille, arpentait la chambre. Il avait rabattu le couvre-lit, et avait posé sur la couverture son pyjama tout neuf. Annie fit irruption dans la chambre, brûlant du désir de raconter sa visite chez Mme Hansmon. Carl ne lui laissa pas le temps de parler. Il la prit dans ses bras et l'embrassa avec fougue.

« Laisse-moi au moins ôter mon chapeau, fit-elle.

— Annie, je t'en prie, ne lambine pas. Toute la journée j'ai attendu ce moment ! »

Elle se mit à déboutonner son manteau. Elle vacilla un peu. « Je crois que la tête me tourne, observa-t-elle.

— Pauvre petite chose ! Tu es restée trop longtemps debout. Assieds-toi dans le fauteuil ; je vais te retirer les chaussures. » Annie obéit. Il lui ôta ses escarpins à hauts talons. Elle sentit que, sous sa jupe, Carl lui dégrafait ses jarretières, avant de lui retirer ses bas de soie. « De si petits pieds pour faire tant de chemin, murmura-t-il en les frottant. Veux-tu te lever une minute, Annie, et me laisser enlever ton jupon ? »

Elle se leva. « Je veux le faire moi-même. » Elle lui tourna le dos et commença de déboutonner son vêtement. Pris de pitié, il décida de lui laisser un peu de répit. « Écoute, Annie, je vais prendre une douche et me déshabiller dans la salle de bains ; ainsi auras-tu le temps de te préparer toute seule pour aller au lit. D'accord ?

— Très bien. Et merci, Carl. »

Quand il revint, revêtu de son pyjama neuf, Annie se tenait au milieu de la chambre, la brosse à dents dans une main, la boîte de dentifrice dans l'autre. Elle avait passé sa nouvelle chemise de nuit blanche et son peignoir. Carl la prit dans ses bras. Elle se raidit.

« Qu'est-ce qui ne va pas, chérie ? Ne m'aimes-tu plus ?

— Je vais me brosser les dents.

— Tu le feras plus tard.

— Non, maintenant ! » fit-elle, têtue.

Il la saisit par le chignon, tira brutalement sa tête en arrière et posa sur sa bouche entrouverte un baiser qui la meurtrit. De toutes ses forces, Annie le repoussa.

« Finis-en avec ces sottises, Annie.

— Je t'avais dit de ne pas me brutaliser. Je ne vais pas coucher avec toi.

— Mais nous sommes mariés à présent, chérie.

— Je ne vais pas, quand même, coucher avec toi.

— Mais pourquoi ? Dis-le-moi.

— Parce que tu me ferais mal. Je le sais.

— Va te brosser les dents, chérie », fit-il sur un ton calme. Elle sortit.

Il se demanda ce qui avait bien pu tourner mal ? Tout, se dit-il.

Et pourquoi, oh pourquoi lui avait-il lui-même représenté comment les choses pourraient mal tourner ? Pourquoi avait-il dit qu'ils ne devaient pas avoir un bébé tout de suite ? Était-ce si urgent ? Et la façon dont il avait perdu la tête, sur cette maudite balançoire ! Ne l'avait-il pas mortellement effrayée ?

La balançoire était-elle seule en cause ? Était-il possible que pendant tant d'années ils eussent échangé étreintes, baisers, caresses, et qu'ils eussent abordé si souvent et de façon si précise les problèmes sexuels, pour qu'elle en vînt à se convaincre que les préliminaires de l'acte suffisaient, et que la consommation de celui-ci n'était pas nécessaire ?

Cette analyse émoussa son désir. Quand Annie revint, il ne fit aucun mouvement pour se porter à sa rencontre. « Va au lit, Annie, je ne veux rien faire qui te déplaise. » Mais elle resta près de la porte, serrant sottement dans ses mains sa brosse à dents et son dentifrice. Il éprouva le besoin pressant d'une cigarette et se dirigea vers le placard pour en prendre une dans son veston. À son premier mouvement elle sursauta et lâcha la boîte de dentifrice. « Calme-toi, chérie. Je veux seulement prendre une cigarette. » Il eut un coup au cœur, quand il l'entendit pousser un soupir de soulagement.

Alors il se souvint du cadeau de mariage qu'il avait acheté pour elle. Il plaça la petite boîte sur la coiffeuse. « Je l'ai acheté pour toi, et comme un étourdi j'ai oublié de te le donner. » Il s'approcha avec ostentation de la fenêtre, loin de la coiffeuse, pour allumer sa cigarette. « Ne veux-tu pas voir ce que c'est ? »

Lentement, elle vint auprès de la coiffeuse et prit le paquet. « Mais je n'ai rien acheté pour toi, dit-elle.

— Eh bien ! Cela me donne un avantage sur toi. »

Elle ouvrit la boîte. À l'intérieur se trouvait une fine petite chaîne en or, avec un pendentif également en or, en forme de cœur, orné d'un minuscule fragment de diamant.

« C'est splendide ! » Elle alla vers lui pour poser un baiser sur sa joue. « Mets-la-moi », fit-elle. Elle lui tourna le dos et il lui attacha le bijou. « Comme c'est froid ! dit-elle. Délicieusement froid ! »

Il lui prit la main. « Annie, veux-tu t'asseoir sur mes genoux un petit instant ? » Il la sentit se raidir. « Je ne veux rien d'autre – simplement avoir l'impression que tu es mon bébé. » Elle lui adressa un regard circonspect. « Je n'ai jamais eu un bébé, tu sais.

— J'espère bien que non ! » Elle sourit timidement. « Carl, je n'aurais pas dû être si mesquine en te demandant ce que tu faisais de tout ton argent. Alors que tu l'économisais pour m'offrir ce bijou.

— Tu n'étais pas mesquine. Tu agissais exactement comme une épouse doit faire. » Elle s'assit sur ses genoux. « Pose ta petite tête sur mon épaule et détends-toi. »

Elle appuya sa tête contre son cou et il la berça, en la tenant par un bras, tandis que de l'autre il caressait son dos. Au bout d'un moment elle déclara qu'elle se sentait bien.

« Veux-tu une cigarette ? demanda-t-elle.

— Je n'en ai pas envie. » Il réfléchit aux paroles qu'il allait prononcer. Finalement il dit : « Annie, je suis peut-être grossier par moments, même brutal… »

Il se hasarda à la serrer plus étroitement. Elle ne protesta pas. « Fondamentalement je ne suis pas un monstre. N'aie donc pas peur de moi. Je suis le Carl qui t'aime, le garçon que tu as épousé ce matin. Tu te rappelles ? Je t'aime, et je ne voudrais pas te blesser ; pour rien au monde.

— Je sais. Mais tu m'as fait peur quand tu m'as brutalisée. Et puis j'ai été prise de panique. Je n'ai jamais couché avec un homme, et je ne savais pas ce que tu attendais de moi. Parce que je n'ai jamais couché avec un homme, répéta-t-elle.

— Moi non plus – avec une femme, évidemment. Je pense que tu comprends ce que je veux dire. Ainsi, je n'en sais pas plus que toi. Il ne nous reste plus qu'à nous aider mutuellement.

— Carl ! fit-elle en se redressant. Tu veux dire que jamais…

— Si je l'avais fait, j'aurais su m'y prendre autrement, au lieu de te brutaliser par surprise.

— Mais je croyais que tous les hommes couchaient à gauche et à droite…

— Pas tous. Pas moi en tout cas. Mais n'en parle à personne. On penserait que je ne suis pas tout à fait normal.

— À qui le raconterais-je ? De plus, je pense que c'est magnifique : je vais être ta première femme dans ce domaine. »

Elle se blottit plus étroitement contre lui. « Dis-moi ce qu'il faut que je sache », murmura-t-elle.

Il la cajola, la caressa et lui raconta tout ce qu'il savait sur l'acte sexuel. Pendant qu'il parlait, elle s'endormit dans ses bras.

Il abaissa son regard sur elle, sur la pauvre petite chemise de nuit nuptiale, dont le tissu portait encore les marques de fabrique, et se demanda avec quels espoirs et quels rêves elle l'avait choisie. Elle serrait toujours sa brosse à dents neuve dans sa main : Carl essaya de la lui retirer, mais, dans son sommeil, Annie serra plus fort l'objet. Ses cheveux étaient en désordre ; des cercles noirs s'étaient formés sous ses yeux ; les paupières étaient si fines qu'elles semblaient transparentes.

La tendresse qui le submergeait assagit son désir. Elle a tant de caractère, pensa-t-il, et pourtant elle manque tellement d'assurance !… Elle est si pitoyable… si pitoyable…

Carl se sentait lui-même gagné par la fatigue. Néanmoins, juste avant de sombrer dans le sommeil, il eut une pensée lucide. Plus tard il ne fut pas capable de se rappeler s'il avait réellement eu cette pensée ou s'il l'avait rêvée.

Pitoyable ? pensa-t-il, incrédule. Pour moi, cette fille est capable de m'en remontrer sur plus d'un point.

Une heure plus tard, ou peut-être même deux, il fut réveillé par quelqu'un qui le tirait par les bras. C'était Annie qui essayait de l'extraire du fauteuil et de le mettre debout. « Réveille-toi, Carl, et viens au lit comme un garçon bien sage. »

Il l'aperçut comme à travers un rideau de brume. Elle s'était baignée, avait brossé et natté ses cheveux et noué un ruban blanc dans chaque natte. Elle avait entrouvert son peignoir et se tenait devant lui, dans sa chemise de nuit transparente ; et elle sentait le talc.

Elle l'aida à se mettre debout. Il vacilla, encore tout ensommeillé. Elle l'entoura de ses bras et prétendit le soulever du plancher.

« Dois-je te porter ? demanda-t-elle.

— Je suis réveillé maintenant. Je vais marcher. »

Elle se dressa sur la pointe de ses pieds nus et lui couvrit le visage de rapides baisers. « Dépêche-toi ! » chuchota-t-elle.

Il ôta la veste de son pyjama et se rendit dans le cabinet pour l'accrocher. De là il demanda : « Si j'éteins la lumière, enlèveras-tu ta chemise, chérie ?

— Je l'ai déjà enlevée. »

2

Carl n'avait pas à distribuer les journaux le dimanche ; mais il devait travailler à la cafétéria. Quand il rentra, à dix heures, Annie était encore endormie. Il se pencha sur elle et l'embrassa. Elle se réveilla brusquement et cria : « Maman !

— Pour l'amour de Dieu, Annie ! »

Carl était surpris.

« Oh, ce n'était que toi ! » fit-elle, maintenant tout à fait réveillée. Elle paraissait soulagée.

« Attends-tu le cheik d'Arabie ?

— J'avais oublié où j'étais. Je me croyais dans mon lit, à la maison. »

Il lui avait apporté un pot de café, et un pain sucré. Il voulut qu'elle prît son petit déjeuner au lit. Elle dit qu'elle avait l'impression d'être une femme riche, puisqu'elle prenait son petit déjeuner au lit. Chez elle, sa mère le lui interdisait sous prétexte que cela attirait les punaises. Carl rétorqua que sa mère à lui insistait pour qu'il prît son petit déjeuner au lit : cela lui permettait de se reposer quelques minutes de plus. « Et comme je détestais cela !

— Elle te gâtait. N'attends pas que j'en fasse autant. »

Il accrocha sa veste et se mit à siffler : « Quand mon bébé me sourit », tout en desserrant le nœud de sa cravate ; puis il ôta sa chemise. Annie en avait terminé avec son petit déjeuner et s'apprêtait à se lever.

« Oh non, n'en faites rien, madame Brown ! »

Carl quitta le lit à onze heures, pour aller à la cafétéria préparer la salle pour le lunch. Il pria Annie de rester couchée jusqu'à son retour. Elle refusa. Mais elle promit de se remettre au lit, quand il reviendrait.

Après son départ, elle prit un bain, s'habilla, arrangea ses cheveux, prépara le lit, et rangea la chambre. Et puis elle n'eut plus rien d'autre à faire. Elle parcourut du regard les livres dans la bibliothèque, mais il y avait là seulement le dictionnaire et les *Commentaires* de Blackstone, achetés d'occasion. Elle en lut une page et la trouva ennuyeuse. Elle n'en conçut pas moins une grande admiration pour Carl : non seulement il lisait ces choses, mais encore il les comprenait.

Le temps passait lentement et lui pesait. Le retour de Carl lui causa une si grande joie qu'elle se jeta à son cou.

« Nous avons perdu ! dit-il d'un ton dramatique.

— Perdu quoi ?

— Le match. Hier.

— Mince alors !

— C'est tout ce qu'elle trouve à dire, alors que j'avais parié un quart de dollar sur notre victoire !

— Bonne leçon pour toi, joueur ! »

Il avait rapporté pour elle un sandwich et une bouteille de lait, ainsi que *Le Journal du dimanche*. Elle trouva qu'il avait l'air fatigué et l'aida à ôter sa veste, qu'elle accrocha dans le cabinet ; elle remarqua l'odeur de graisse qui imprégnait le tissu. Elle prit une bouchée du sandwich, le trouva bon, le posa et se dirigea vers le lit dont elle rabattit le couvre-pieds. Puis elle se déchaussa.

« Assieds-toi, Annie chérie, et mange un peu pendant que je jette un coup d'œil sur la page sportive. » Il prit place dans le fauteuil à bascule et posa les mains sur le journal qu'il n'avait pas déplié.

Annie termina son sandwich et son lait. Carl n'avait toujours pas regardé le journal. « Ne veux-tu pas lire le compte rendu du match ?

— Dans une minute.

— Tu as l'air si fatigué.

— C'est que nous avons eu un week-end agité. »

Elle s'agenouilla à ses pieds. « Laisse-moi t'enlever tes chaussures, chéri. » Il se sentit tout ému ; Annie employait si rarement un mot de tendresse.

Elle retira les chaussures et les socquettes. Les pieds de Carl étaient brûlants et elle souffla dessus pour les rafraîchir. Il abaissa son regard sur elle.

« Je t'aime, Annie », fit-il d'une voix calme.

En réponse, elle enlaça de ses bras les jambes de Carl contre lesquelles elle pressa sa joue. Ils goûtèrent alors un moment de paix, de joie et de profonde entente.

C'était le dernier jour de leur lune de miel, et ils avaient encore tant de choses à se dire. Ils ne se verraient pas beaucoup pendant la semaine : la distribution des journaux, le travail à la cafétéria, les heures de cours et l'étude des livres de droit entre les cours obligeaient Carl à partir le matin à six heures, pour ne rentrer qu'à huit heures du soir. Ensuite il devrait encore étudier dans la chambre jusqu'à dix heures.

« Tu ne me verras donc pas beaucoup, constata-t-il.

— Il suffit que je sache que tu existes.

— Te sentiras-tu trop seule ?

— Je n'ai que toi au monde.

— Ta mère te manque-t-elle, Annie ?

— Je m'inquiète beaucoup trop de ce qu'elle dira de notre mariage.

— Et ton beau-père ? Te manque-t-il ?

— Oh non ! » Le « non » était si explosif que Carl jugea plus sage de ne pas la questionner davantage à ce sujet.

« Et tes frères ?

— Ils me manquent. J'avais l'habitude de les emmener au cinéma tous les dimanches et de leur acheter un cornet de glace. Est-ce que je leur manque ? Je me le demande. Pleureront-ils, quand maman leur racontera que je suis partie pour de bon ?

— Ne te fais pas de souci, chérie. Tu les reverras. Peut-être viendront-ils assister à mon élection comme gouverneur.

— Tu crois vraiment que tu seras gouverneur ?

— Pourquoi pas ? Dans ce pays on est libre de rêver. Tu seras vêtue de soie et de satin et je t'achèterai des diamants.

— J'ai tous les diamants que je désire. »

Elle caressa le collier qu'il lui avait donné.

« Et des perles ?

— Tout ce que je veux c'est une paire de boucles d'oreilles en jade.

— Que sais-tu du jade ?

— J'ai lu une histoire dans laquelle une espionne portait toujours des boucles d'oreilles en jade. Regarde ! J'ai déjà les oreilles percées.

— Comme je dis toujours, mieux vaut un trou dans l'oreille qu'un trou dans la tête. »

Il l'emmena souper à la cafétéria. L'établissement occupait presque toute la longueur d'un pâté de maisons ; la devanture était tout en glaces. Il y faisait sombre, sauf près du long comptoir, installé en retrait. Les filles de salle, en uniformes blancs, les cheveux ornés d'un coquet bandeau, étaient déjà en place.

« Pourquoi n'y a-t-il aucun client ? demanda Annie.

— Ce n'est pas encore ouvert. Il faut que nous préparions l'arrivée des clients. »

La cuisine sentait la graisse chaude. Le chef de cuisine qui dirigeait en fait la cafétéria était assis, seul, à une petite table ; un bol de potage clair était posé devant lui. Carl lui présenta Annie.

« M. Félix vient de Hollande », expliqua Carl.

M. Félix se leva galamment et souleva sa toque blanche. Il avait une chevelure blanche, épaisse, soyeuse et bouclée, comme sont les cheveux d'ange sur un arbre de Noël. Il s'inclina profondément sur la main d'Annie.

« J'ai une amie qui vous ressemble beaucoup, fit-il. Elle tient une maison de thé à Chicago. Nous travaillons et nous faisons des économies, afin de nous marier et de retourner dans notre vieux monde. Avec l'argent que nous aurons mis de côté, nous vivrons riches, là-bas.

— C'est magnifique, approuva Annie, mais nous ne voulons pas vous importuner plus longtemps ; votre potage va refroidir.

— Votre femme a bon cœur, dit-il à Carl. À présent, Annie Brown, vous allez prendre place et je vous servirai le potage. » Elle interrogea Carl du regard. Carl approcha une chaise. « Je vais vous chercher du potage, dit M. Félix, et j'en rapporterai un peu pour moi. » Il s'éloigna vers le gros fourneau tout noir.

« Mais Carl, il ne t'a rien offert, à toi murmura-t-elle.

— Affaire de protocole : un employé auxiliaire ne mange pas avec le patron. »

M. Félix revint avec deux bols de potage. Carl s'en alla.

« Du potage ! C'est tout ce que je mange, expliqua M. Félix. Voilà pourquoi : toute la journée je goûte les sauces, la viande ; je respire l'odeur des choux-fleurs ; sans parler de la pâtisserie. Je ne peux donc plus manger de ces mets. Rien que du potage.

— C'est sans doute pourquoi vous avez un si joli teint clair et des joues si roses, monsieur Félix.

— Pas aussi jolies que les vôtres, fit-il galamment. Je vous attends, Annie Brown.

— Excusez-moi. » Elle saisit sa cuillère. Il attendit qu'elle eût goûté au potage avant de saisir sa propre cuillère.

« Vous aimez ça ?

— C'est bon !

— C'est de la tortue. Avec du sherry dedans.

— C'est très bon !

— Vous aimez la tortue ? Certaines dames lui trouvent un goût bizarre.

— Oh, mais je suis habituée à une nourriture bizarre. Voyez-vous, dans mon école, il y avait des Juives et des Italiennes. Nous apportions nos sandwichs pour le repas. Maman me faisait des sandwichs à la gelée. Les Juives avaient des choses comme du poisson farci, et les Italiennes apportaient du poivron en tranches, avec des oignons et des tomates en salade, et de l'ail au lieu de sel, et du pain dur. Et nous faisions habituellement des échanges. C'est ainsi que j'ai appris à aimer des aliments bizarres.

— Annie Brown, vous êtes une femme du monde. » Cela lui suggéra apparemment quelque chose : il se mit à rire si fort qu'il en était tout secoué, comme un Santa Claus de grand magasin.

« J'aime ce potage de tortue, monsieur Félix.

— Il est fait avec des tortues vivantes. Dans l'arrière-salle se trouve une caisse avec l'herbe mouillée. J'attrape des mouches vivantes, pour en nourrir mes tortues. Voilà d'où vient le potage. Je le prépare pour moi seul ; pas pour les clients.

— Des mouches vivantes ? »

Annie posa sa cuillère.

« J'aime les attraper, expliqua-t-il en toute simplicité. Aimeriez-vous regarder mes tortues manger les mouches que j'attrape ?

— Je crois que je ne suis pas assez femme du monde pour cela. »

De nouveau il laissa échapper un gros rire. « Mangez votre potage, Annie Brown. Il y a des bébés là-dedans.

— Des bébés tortues ? fit-elle, frappée de terreur.

— Non. » Il regarda autour de lui comme un conspirateur et baissa la voix. « Non. Mais cela vous donne envie de faire ce qu'il faut pour avoir des bébés.

— Mon Dieu ! » s'esclaffa-t-elle.

M. Félix se pencha en arrière dans son fauteuil, l'air satisfait et le visage détendu. Affolée, Annie chercha son mari du regard. Carl, maintenant revêtu d'une veste blanche, les avait surveillés. Il avait entendu les serveuses se plaindre que le patron leur chuchotait des obscénités.

Il vint immédiatement à côté d'Annie et lui pressa la main, pour lui faire comprendre qu'elle ne devait pas faire d'esclandre.

« Je vous reprends ma femme-enfant maintenant, monsieur Félix », dit-il.

M. Félix ne fit nullement attention à eux. Il ne leva pas même les yeux quand ils s'éloignèrent. Carl s'informa de ce qui s'était passé. Elle lui dit tout. Un muscle bougeait dans sa joue, tandis qu'il écoutait. Quand elle eut terminé, il se dirigea vers la cuisine.

« Que vas-tu faire, Carl ?

— Je vais dire deux mots à ce vieux bâtard impuissant.

— Non ! Tu pourrais perdre ta place ! De plus, si tu le frappes, il risquerait de faire un rapport au collège et on te jetterait dehors. »

Cet argument l'arrêta. Il se rappela l'entretien avec le doyen de l'école de droit. Carl lui avait parlé de son mariage imminent. Le doyen était contre.. De nouveau, il entendit le doyen dire : « À la moindre descente sur la pente, à la plus petite infraction… les conséquences seront graves. »

« D'ailleurs, reprit Annie, c'était peut-être ma faute. Maman m'a toujours dit que j'étais trop libre avec les étrangers.

— Ah non, Annie. Ta mère a tort. Tu es une chic fille, tu as bon cœur et tu aimes ton prochain. Un homme correct ne devrait pas en tirer davantage. »

La cafétéria allait ouvrir ses portes d'un instant à l'autre. Carl devait prendre son repas tout de suite, ou bien s'en priver.

Chacun prit un plateau et ils longèrent le comptoir. Carl présenta Annie aux serveuses qui leur souriaient et leur exprimaient des vœux de bonheur. La serveuse de salade leur souhaita : « N'ayez pas trop de pépins. » Tout le monde éclata de rire.

Carl présenta Annie à sa meilleure collègue, qui s'occupait du percolateur, à l'extrémité du comptoir. Mme Ridinski était une Polonaise corpulente, au visage doux, d'âge moyen. Il était évident qu'elle aimait beaucoup Carl.

« Ainsi, Carl, vous êtes allé vous marier avec une autre que moi », dit-elle avec une feinte tristesse. Carl inclina la tête, comme s'il avait honte. « Et vous m'aviez juré d'être toujours fidèle. » Elle essuya une larme imaginaire.

« Sa mère me tenait en joue avec un fusil. Que pouvais-je faire ?

— Blague à part, dit Mme Ridinski, elle est une gentille petite chose.

— Au moins, *elle* le pense », dit Carl.

Annie intervint : « Ne croyez pas un mot de ce qu'il dit, madame Ridinski.

— Cela vient trop tard, soupira la Polonaise. Mais que je vous serve d'exemple, Annie. Qu'il ne brise pas votre cœur, comme il a fait de mon pauvre cœur. »

Le caissier posa bruyamment des rouleaux de pièces de monnaie, des *nickels*, des *dimes* et des quarts de dollar, qu'il rangea dans le tiroir de la caisse enregistreuse. Carl posa un quart de dollar sur le rebord, pour payer le repas d'Annie. Le caissier refusa l'argent.

« C'est à mon compte, dit-il galamment. Félicitations. »

Ils choisirent une table pour deux, dans un angle, et y déposèrent leurs plats. Carl constata : « Quand même, il y a encore des braves gens dans ce monde. »

Ils n'échangèrent pas beaucoup de paroles au cours du repas ; comme d'habitude, ils avaient tous deux très faim. Carl mangeait rapidement ; il termina le premier. Annie musarda sur son café ; elle observait les autres garçons auxiliaires qui s'affairaient autour d'une table voisine. Sous la table, Carl pressa la cuisse d'Annie.

« Que fais-tu ? dit-elle, surprise.

— Bois ton bon café, Annie Brown, il y a des bébés là-dedans. »

Annie rit jusqu'aux larmes.

Soudain, toutes les lumières s'allumèrent. Les serveuses se disposèrent à servir les clients. Chacune tenait une assiette, comme un soldat qui présente son fusil pour l'inspection. Les portes s'ouvrirent toutes grandes ; les clients se précipitèrent à l'intérieur ; en quelques secondes une longue file se forma le long du comptoir. Puis on entendit le premier tintement de la caisse.

Comme obéissant à un ordre, les garçons auxiliaires empilèrent les assiettes sales et se dirigèrent vers la cuisine ; ils revinrent en poussant chacun un chariot muni de roulettes au caoutchouc fatigué.

Carl se leva pour finir son café, fit une pyramide des assiettes sales et s'éloigna en disant : « Ne t'en va pas tout de suite, Annie.

— J'attendrai jusqu'à ce que tu aies terminé ton travail, Carl. »

Pendant deux heures, elle l'observa qui poussait son chariot d'une table à l'autre ; il entassait les restes de nourriture laissés dans les assiettes, ramassait les « couverts en argent », vidait le fond des tasses à café, donnait de grands coups de chiffon sur le dessus des tables en marbre où stagnait de l'eau ; le chiffon devenait plus sale de minute en minute.

Le visage inexpressif, Carl ne regardait personne, n'adressait de sourires ni de paroles à personne. Il n'avait rien de commun avec le Carl Brown qui venait juste de se marier, ni avec un étudiant qui se spécialisait dans le droit constitutionnel – encore moins avec un gouverneur en puissance.

Carl était l'un des cinq garçons auxiliaires qui travaillaient pour avoir le privilège de manger.

3

Annie retourna au lit, afin de prendre connaissance du mot que Carl lui avait laissé.

Madame Brown, chère madame,

Je vous félicite de vous révéler une épouse merveilleuse. Je suis conscient de la sagesse que j'ai eue en vous choisissant, parmi un million et trois femmes, qui brûlaient de m'épouser.

Ce fut un supplice pour moi de vous quitter ce matin. Le temps me paraîtra long jusqu'à ce que je vous revoie. Soyez assez bonne pour venir à ma rencontre dans l'allée, à huit heures. J'implore la faveur de me promener avec vous sur le chemin du retour. Ne me refusez pas cet enchantement. Je reste, ô la plus chère entre toutes, et jusqu'aux chutes du Niagara,

Votre M. CARL BROWN

Elle sourit et relut la note. C'était amusant de recevoir des lettres et des petits mots. Cela lui rappela qu'elle devait écrire à sa mère pour lui communiquer sa nouvelle adresse. Elle avait l'intention d'écrire seulement une courte lettre ; mais la pauvre Annie était comme possédée, quand elle avait une plume dans la main et une feuille de papier blanc devant elle. Elle ne pouvait pas s'arrêter d'écrire. Après une heure, deux peut-être, elle finit par avoir mal à la tête, et eut envie de prendre le lunch. Elle se hâta de terminer la lettre.

... Eh bien, cela suffit pour aujourd'hui. Voilà un dollar pour Freddy et Tommy ; ils se le partageront. Tu leur diras qu'ils me manquent et que je les aime. Et n'oublie pas que je t'aime, maman. Il faut que tu m'aimes, moi aussi, parce que c'est moi que tu as mise au monde la première. Tu dois m'aimer, même si je me suis enfuie loin de toi...

Le campanile, dans la cour de l'université, sonna le quart. Annie se demanda quelle heure il était. Je dois avoir une montre. Sans montre il n'est pas possible d'organiser sa journée : elle finit par ressembler à un grand bol de bouillie, pensa-t-elle.

Elle lut la rubrique « Offres d'emploi pour femmes » dans *Le Journal du dimanche*, celui de la veille. La plupart demandaient des « femmes pour travaux ménagers faciles dans la maison et pour s'occuper de deux enfants pendant que la mère travaille ». Des travaux ménagers faciles, railla Annie avec cynisme. Tu parles qu'ils sont faciles ! D'autres annonces demandaient des « employées de bureau sachant la sténographie ». Elle retint finalement cette seule annonce : « Demande jeune fille pour travaux de bureau à temps partiel. »

Elle prit une tasse de café et un beignet dans un petit restaurant proche, d'où elle téléphona. Une femme répondit.

« Savez-vous la sténo ?

— Non, mais…

— Savez-vous taper à la machine ?

— Non, mais je pourrais apprendre.

— Désolée.

— Attendez ! J'apprends très vite. » La femme raccrocha.

Annie descendit vers la ville et rédigea une annonce pour le journal du matin. « Femme d'étudiant demande travail de bureau à plein temps ou à temps partiel. » Elle donna le numéro de téléphone de Mme Hansmon. Puis elle alla à la banque pour effectuer le transfert de ses économies. Elle dut laisser son carnet de comptes, et l'employé l'informa que cela pourrait prendre une semaine. Elle entra au supermarché pour acheter un cendrier à Carl et pour prendre son lunch. Le menu était le même que dans le supermarché de Brooklyn, où elle se rendait avec son amie Arlène : fines tranches de dinde froide, purée de pommes de terre, le tout recouvert d'une sauce brûlante, de couleur grisâtre, petite coupe en papier contenant la sauce d'airelle. Le bon café était le même, lui aussi.

Oui, elle avait l'impression d'être de nouveau chez elle, à Brooklyn ; seul l'accent était différent. Qu'est-ce qui donnait aux gens cet accent ? Était-ce l'eau qu'ils buvaient ? ou le fait qu'ils n'étaient pas aussi près de l'océan ? Était-ce à cause de l'air plus vif, plus piquant ? ou quoi ?

Elle laissa un *nickel* de pourboire. Sa mère reprochait à Annie son habitude de laisser un pourboire : elle disait qu'Annie aimait en mettre plein la vue. Carl était contre, lui aussi. Il affirmait que c'était dégradant pour la personne à qui elle l'offrait, et que cela lui donnait un air de supériorité. Mais Annie savait ce qu'elle faisait. Elle en éprouva une sensation merveilleuse ! Et cette sensation valait bien un *nickel* par jour. Annie justifiait cette extravagance en prétextant que c'était le prix qu'elle paierait pour un paquet de chewing-gum – si elle mâchait du chewing-gum. Elle sourit. Une femme d'un certain âge qui passait derrière le comptoir avec un plateau chargé de tasses renversées, fraîchement lavées, lui sourit à son tour. Ils sont vraiment gentils et affables dans le Midwest, pensa Annie.

Elle entra dans une quincaillerie. « Je voudrais un réveil bon marché.

— Notre réveil le moins cher est à quatre-vingt-dix-huit *cents*.

— Pourrais-je le voir ? »

Le vendeur prit un réveil dans un carton, le mit à l'heure, le remonta et le posa sur le comptoir. Le réveil marchait à une allure folle, comme s'il était enchanté d'être libéré du carton.

« Maintenant, nous avons un meilleur modèle, fit le vendeur. Un peu plus cher, mais écoutez ! » Il remonta le réveil plus coûteux. « Vous constatez la différence ? Vous l'entendez à peine.

— Vous l'entendriez aussi bien si vous le posiez sur du fer-blanc comme vous avez fait pour l'autre. Je prendrai celui à quatre-vingt-dix-huit *cents*.

— Cela vous regarde. Mais vous jetez votre argent par la fenêtre.

— Alors pourquoi avez-vous des réveils dans votre boutique dont vous savez qu'ils ne valent rien ? »

Il haussa les épaules. « Eh bien, j'essaie de démontrer que pour quelques *cents* de plus le client peut avoir un réveil qui ne fait pas autant de bruit.

— Il se trouve que je suis une cliente qui *aime* que le réveil fasse du bruit. » Le vendeur s'apprêta à l'envelopper. « Je veux la boîte aussi. Elle fait partie du réveil. »

Elle descendit la rue en serrant le réveil contre sa poitrine. Elle accorda ses pas au rythme du tic-tac, ce qui la fit marcher à petits pas saccadés. Un passant jeta sur elle un regard surpris.

Je ferais mieux de m'arrêter, s'admonesta-t-elle, ou bien on va croire que je suis l'Homme de Sable Japonais en personne.

Elle s'arrêta devant la vitrine d'un fleuriste pour admirer l'étalage : il y avait là d'énormes chrysanthèmes dans des pots noirs et des roses dans des vases en cristal. Juste devant, au milieu de la vitrine, une vasque en cuivre contenait quelques branches ornées de petits fruits rouges qui brillaient à l'intérieur de cosses jaunes. Elle voulut absolument connaître le nom de ces petits fruits. Elle entra dans le magasin.

« Que puis-je faire pour vous ? demanda un grand jeune homme, un peu efféminé.

— Ces petits fruits que vous avez dans l'étalage, quel est leur nom ?

— C'est de la douce-amère.

— Quel joli nom ! Il leur va si bien. Et cela pousse dans les jardins, par ici ?

— Non. Ils viennent du Nord.

— D'où dans le Nord ?

— Oh, au-delà des Grands Lacs ; au-delà… Vous connaissez la région nord de l'État ?

— Je ne suis ici que depuis deux jours.

— Je vois. »

Il dressa l'oreille, comme s'il écoutait attentivement.

« Ce n'est pas moi qui respire ainsi, expliqua-t-elle. C'est un réveil que j'ai acheté. Un beau réveil.

— Je vois, répéta-t-il. Êtes-vous française ?

— Non. Je suis de Brooklyn. » Elle le devança en disant : « Vous voyez ? » Cela le fit sourire, et c'était bien le résultat qu'elle escomptait. « Dans quelle sorte de région les douces-amères poussent-elles ?

— C'était jadis un pays très boisé. Des milliers d'acres d'arbres superbes. Puis arrivèrent les "bûcherons". »

Il soupira. « Si j'étais doué pour être écrivain, j'écrirais un livre sur ce sujet. Je l'appellerais *Le Viol des forêts*.

— Vous voulez dire qu'ils ont abattu tous les arbres ?

— C'est ce qu'ils ont fait.

— Et ils continuent ?

— La hache meurtrière ne résonne plus dans la forêt silencieuse, dit-il sur un ton dramatique.

— Eh bien ! On dirait un poème. »

Encouragé, il poursuivit : « Ils dépouillaient le paradis de Dieu et laissaient dans leur sillage un purgatoire de vilaines souches.

— Et les souches s'y trouvent toujours ?

— Tant bien que mal elles furent déterrées, dressées et placées les unes à côté des autres pour former des barrières. Et tendrement les douces-amères poussent alentour comme la bénédiction même de Dieu, sur des miles et miles de barrières sinueuses et noueuses.

— Qui donc trouva la douce-amère et la fit pousser autour des souches ?

— Eh bien, si l'on en croit la légende, ce fut un géant…

— Je sais ! je sais ! l'interrompit-elle, toute surexcitée. C'est Paul Bunyan. Paul Bunyan et son bœuf bleu, Babe. » Le fleuriste la regarda d'un air mauvais.

« Je suis désolée, fit-elle. C'est vous qui vouliez le raconter, n'est-ce pas ? » Il ne répondit pas. « Naturellement, je ne sais pas si c'est exact. J'ai lu quelque chose sur Paul Bunyan, un jour, c'est pourquoi je me suis souvenue.

— Je vois », fit-il, glacial.

Elle soupira en comprenant que le charme était rompu. « Je ne veux pas vous faire perdre davantage votre temps, fit-elle, combien vaut une branche de douce-amère ?

— Dix *cents.* »

Elle eut de la peine à croire que ce fût si bon marché. « Je prendrai un bouquet. »

Il posa les branches sur un carré de banal papier vert qu'il plia en forme de cornet. Pendant ce temps, elle lut le nom inscrit sur la vitrine.

« Ce sera un livre magnifique, monsieur Byrd. Je parle du livre que vous allez écrire sur la forêt.

— Ce n'était qu'un projet en l'air.

— Oh non ! Vous devez l'écrire, monsieur Byrd. Vous êtes un écrivain merveilleux. Je le sais. Rien qu'à vous entendre parler !

— C'est gentil de votre part de dire cela, fit-il d'un air guindé, avant de se troubler. Le croyez-vous vraiment ? demanda-t-il d'un air pensif.

— J'en suis absolument certaine, dit-elle avec le plus grand sérieux.

— Je vous remercie. »

Il détourna son regard. « Il se trouve par hasard, fit-il avec désinvolture, que je vais me rendre dans le Nord dimanche prochain. Peut-être aimeriez-vous venir avec moi ? Voir le pays de Paul Bunyan ?

— Ce n'est pas possible. Voyez-vous, dit-elle avec orgueil, je suis mariée !

— Et moi pas, fit-il tristement.

— Eh bien, au revoir. » Elle posa une *dime* sur le comptoir et sortit. M. Byrd resta un long moment avant de ramasser la *dime*.

Annie acheta encore un paquet de cigarettes pour le cas où Carl en manquerait, puis elle rentra. Elle retira ses escarpins. Des talons hauts n'étaient pas indiqués pour marcher presque toute la journée. Elle contempla les talons. Si l'un d'eux se cassait, elle serait en panne : elle ne possédait pas d'autres chaussures. Il faut que je m'achète des chaussures, décida-t-elle ; aussitôt que mon compte en banque sera transféré.

Elle lava le pot qui avait contenu le café de la veille et elle l'astiqua de façon à le faire reluire. Puis elle y disposa les douces-amères : l'effet était joli. Elle posa le cendrier sur la table de travail de Carl où il capta un rayon de soleil qui entrait par la fenêtre. Pour les cigarettes, elle changea d'avis : elle ne voulait plus lui en faire la surprise. Leur place était près du cendrier.

Mais c'était au réveil de donner une unité à l'ensemble : son tic-tac semblait animer la chambre. Annie aimait ce tic-tac bruyant. Élevée à la ville, elle était habituée au bruit – à l'harmonie du bruit. Le tic-tac du réveil la mettait tout à fait à l'aise.

Elle avisa le plateau de verre avec ses deux gobelets : ils lui parurent déplacés. Elle les enleva et arrangea ses affaires de toilette sur le plateau : une boîte de talc, une boîte de poudre, un pot de crème et du rouge à lèvres, des produits achetés au supermarché. Et son peigne ! En écaille de tortue véritable ! Carl le lui avait acheté comme cadeau d'anniversaire deux ans plus tôt. Il avait coûté un bon dollar ! Elle le tint contre la lumière. On aurait dit du miel ; une raie plus foncée le parcourait. À la brosse à cheveux, en matière plastique rose, beaucoup de poils manquaient : elle n'était vraiment pas à sa place sur le plateau, à côté du peigne. « Disparais, vieille horreur », fit-elle à haute voix à l'adresse de la brosse qu'elle jeta dans le tiroir.

Annie se demandait quelle impression la chambre ferait sur un étranger. Elle décida d'en faire l'expérience. Elle sortit, ferma la porte et descendit dans le vestibule. Puis elle revint, mit la main sur la poignée, respira profondément, ferma les yeux et entra. Quand elle ouvrit les yeux, le rayon de soleil sur le cendrier en verre irradiait les couleurs de l'arc-en-ciel. Les douces-amères, dont le miroir renvoyait le reflet, semblaient colorer toute la pièce. Les objets de toilette et les cosmétiques ne manquaient pas d'élégance. Et le réveil ! Dressé sur ses courtes pattes écartées, avec ses flancs en fer-blanc brillant et sa bonne face joviale, il semblait être un ami de longue date. Annie s'assit sur le lit, les mains serrées entre ses genoux et chuchota : « Que c'est beau ! C'est simplement trop beau ! »

À ce moment même, l'horloge de l'université sonna deux coups. Le réveil d'Annie marquait deux heures exactement ! Elle se leva, pleine d'admiration. Était-ce seulement pensable ! Un petit réveil à quatre-vingt-dix-huit *cents* donnait exactement la même heure que cette pendule d'un million de dollars de l'université ! C'était vraiment miraculeux.

À l'exaltation succéda la contrariété, quand elle constata qu'une maille avait filé dans l'un de ses bas. Elle se reprocha d'avoir marché avec ses bas, sans chaussures. Des bas de soie étaient un luxe. Le matin même elle en possédait encore deux paires. À présent il ne lui restait qu'une paire et demie. Elle prit son carnet et écrivit :

Affaires à acheter

1° *Deux paires de socquettes en laine. Blanches. Comme les étudiantes.*

2° *Des chaussures solides !*

3° *Une nouvelle brosse à cheveux* (?)

À présent il était temps d'aller à la bibliothèque. Elle se prépara comme une jeune fille qui se rend à une réception. Elle prit un bain, puis se saupoudra de talc et refit son maquillage. Elle changea de slip, de combinaison et de pantalon. Elle brossa ses cheveux, et pesta contre la brosse défectueuse ; elle était consciente que, de toute façon, avec ses longs cheveux, elle aurait l'air déplacée parmi les étudiantes coiffées à la garçonne. Elle ajouta une annotation sur sa liste.

4° *Me faire couper les cheveux* (*demander d'abord à Carl*).

Elle réfléchit un instant, puis elle barra « demander d'abord à Carl ».

Elle se sentit toute fière de traverser la cour de l'université. Je parie, pensa-t-elle, qu'il n'y a pas une seule fille de mon ancien voisinage qui ait jamais encore vu une cour d'université, et à plus forte raison en ait traversé une. Elle aperçut un homme en uniforme gris, muni d'un gros bâton, et qui se dirigeait vers elle. Elle perdit son assurance : avait-elle le droit de se trouver là, sans Carl ? Allait-on la chasser, parce qu'elle n'était pas étudiante ?

Tout enfant, on l'avait chassée des pelouses dans le parc ; chassée de la cour de l'école après les heures de classe ; chassée de la rue qui ne se trouvait pas dans son secteur, par les gamins qui y habitaient.

Elle sortit de son sac la carte de bibliothèque de Carl, afin de la présenter à l'homme. Mais celui-ci ne s'occupait que de piquer les feuilles et les bouts de papier sur le clou fiché au bout de son bâton, puis de les mettre dans le sac qu'il portait.

Annie gravit les larges marches et pénétra dans la bibliothèque, avec la vénération respectueuse qu'un admirateur d'art éprouve en entrant au Louvre pour la première fois. Elle pensa à ce que Carl lui avait raconté : il y avait plus d'un million de livres dans cette bibliothèque.

Les grandes pièces voûtées avaient la même odeur exaltante que la bibliothèque qui occupait une seule pièce, chez elle, à Brooklyn : un mélange d'encre, de colle, de cuir, de pommes et de cire ; le tout dominé par une faible senteur de moisissure.

Elle traversa les pièces l'une après l'autre, parcourut tous les couloirs, passa devant des piles de livres. Elle se délectait de la présence de ces milliers de livres. Elle aimait les livres. Elle les aimait avec ses sens et avec son intellect. Elle aimait leur odeur et leur aspect ; la sensation de les tenir en mains ; ils semblaient murmurer, tandis qu'elle tournait les pages. Tout ce qui existe au monde se trouve là, dans ces livres, pensa-t-elle. Des choses que les gens disaient et faisaient, et la façon dont ils pensaient et agissaient, même dans les temps anciens – bien avant que Jésus fût né. Tout ce qui est jamais arrivé, pourrait arriver, ou n'est pas encore arrivé, se trouve dans ces livres. Tout, depuis le commencement du monde.

Quand elle reconnut *David Copperfield*, dans le rayon *D*, elle sourit au livre et dit : « Hello, David ! »

Puis elle se retourna, confuse, dans l'espoir que personne ne l'avait entendue.

Elle avait pour la première fois lu ce livre à l'âge de douze ans. Avant, elle avait eu comme lecture des contes de fées et des romans qui racontaient l'histoire de familles victoriennes prospères, et puis des classiques en vente dans la petite librairie voisine. Elle y avait trouvé *David Copperfield*, qui avait été pour elle une révélation.

Elle décida aussitôt de le sortir du rayon, et de le relire, pour voir si elle l'aimait toujours, six ans après. Du rayon *B* elle sortit *Babbitt*. Elle avait lu *Grande Rue* et avait été impressionnée par cette nouvelle façon d'écrire ; elle se réjouit d'avance de lire ce livre.

Le troisième livre contenait le texte d'une pièce en un acte. Annie avait vu beaucoup de vaudevilles. Elle les connaissait sous le nom de « Satires ». Mais elle n'avait jamais lu de pièces. Naturellement, il y avait les pièces de Shakespeare ; mais elle les considérait comme de la poésie.

Le bibliothécaire de service ne l'arrêta pas comme elle craignait. Elle sortit, traversa la cour de l'université, avec les livres sous son bras, et en se balançant légèrement comme elle avait vu faire les étudiantes. Tout heureuse, elle croyait qu'on pourrait la prendre pour l'une d'elles. Elle dut changer d'avis quand quelques classes sortirent : la plupart des étudiantes portaient ce qu'on pouvait presque considérer comme un uniforme – jupes noires plissées, larges chandails, rangs de « perles », chaussures de cuir et socquettes. Annie se sentait déplacée, dans ses vêtements de citadine. Je ne serai jamais comme elles, pensa-t-elle tristement. Je ne ferai jamais partie de leur groupe.

Mais en arrivant à la maison, elle ajouta sur sa liste des achats projetés :

5° *Jupe noire plissée*
6° *Chandail*
7° *Rang de perles*

Puis elle s'assit et lut pendant deux heures.

Carl l'attendait devant la cafétéria. Il la prit dans ses bras et l'embrassa ; et pour la première fois elle se sentit gênée d'être embrassée en public. Sur le chemin de la maison, la main dans la main, il demanda comment elle avait passé la journée.

« J'ai fait quelques achats pour moi ; j'ai pris trois livres à la bibliothèque et j'ai écrit à ma mère.

— Est-ce tout ?

— C'est tout. Et toi ? Comment as-tu passé cette journée, Carl ?

— Oh, fit-il avec nonchalance, j'ai chassé ma secrétaire autour du bureau tout l'après-midi, mais je n'ai pas réussi à l'attraper. Elle portait ses chaussures de course à pied… Non, sérieusement, j'ai passé une sale journée, enfermé en classe, essayant de me concentrer sur les lois constitutionnelles, alors que je rêvais d'être à la maison, avec ma femme. »

Carl ne remarqua pas les changements qu'Annie avait apportés dans la chambre jusqu'à ce qu'elle attirât son attention. Il dit qu'il avait l'impression que la chambre était différente, mais qu'il ne savait pas pourquoi. Oui, elle avait l'air jolie.

« Je suis content que tu aies quelque chose à lire, dit-il. Il va falloir que je travaille dur pendant plusieurs heures. Je ne serai pas d'une compagnie très agréable pour toi. Demain, nous avons une colle avec Folly.

— Qui est Folly ?

— Le professeur Folsom.

— Se fâche-t-il, quand vous l'appelez Folly ?

— Il l'ignore.

— Pourquoi l'appelez-vous ainsi ?

— Parce que nous l'aimons bien. »

Carl adapta le rituel de ses études du soir au nouveau décor ; la table était un peu bancale, et il glissa sous l'un des pieds une boîte d'allumettes vide. Puis il disposa les notes prises dans la journée, prit un manuel dans la bibliothèque et tailla un crayon.

« Quand tu rentreras demain, j'aurai taillé tes crayons et rangé ta table de travail.

— Ah, si tu vas en ville demain, veux-tu me trouver un sous-main ?

— Oui, monsieur. As-tu une préférence pour la couleur ?

— Le vert sera parfait.

— Ne désires-tu rien d'autre ?

— Je ne vois pas, pour le moment. À propos, merci pour les cigarettes. » Il prit place devant la table et ouvrit son livre.

« Je voudrais pouvoir m'asseoir près de toi et tenir tes plumes.

— Quelles plumes ?

— Tu sais bien. Comme Dora dans *David Copperfield*.

— Mais c'est exact ! J'avais oublié. Ça fait si longtemps que je l'ai lu. »

Elle n'aimait pas qu'il s'absorbât dans ses études. « Ce sera une interrogation sur quel sujet, Carl ?

— C'est une colle sur les Préjudices.

— Quels préjudices ?

— Cherche, mon amour, comme une grande fille. »

PRÉJUDICE, disait le dictionnaire : « Acte inique, tort ou dommage en réparation duquel une action civile peut être engagée. » Elle se tourna pour regarder Carl, mais il tenait son crayon dans la main et semblait méditer.

« Travaille, Carl. Ne fais pas attention à moi.

— J'attends que tu te sois installée. » Annie prit sur la table de toilette le volume qui contenait la pièce en un acte. Puis elle fit glisser ses escarpins et s'assit dans le fauteuil à bascule.

Elle se mit à lire *Le Vaillant*, en tournant les pages avec soin pour éviter les bruits de froissement. Rapidement absorbée par sa lecture, elle arriva à la scène où elle comprit que le héros était le frère de l'héroïne. Elle eut un frémissement. Comme s'il avait choisi ce moment, Carl frappa violemment la table de sa main. Elle sursauta et lâcha le livre.

« Qu'y a-t-il, Carl ? » demanda-t-elle. Son cœur battait à se rompre.

« Ce maudit réveil ! Il fait tant de bruit que j'ai l'impression de travailler dans une chaudronnerie. »

Elle se précipita vers l'armoire, prit sa veste, y enveloppa le réveil et le posa au fond du tiroir. « Chut, maintenant ! » murmura-t-elle à l'adresse du réveil, en fermant le tiroir.

« J'aurais pu acheter celui qui faisait moins de bruit ; mais j'aimais mieux celui-ci.

— Viens ici, mon amour. » Elle alla vers lui. Il posa son bras autour de sa taille, et elle s'appuya contre lui. « Je suis désolé de m'être emporté contre le réveil. Mais écoute, Annie, je sais que cela sera très dur pour toi de rester assise toute une soirée dans cette petite pièce. Il faut bien pourtant que j'étudie pendant la soirée. Je n'ai pas assez de temps libre dans la journée. Il faut aussi que je me concentre. Je n'ai pas une mémoire aussi fidèle que la tienne. Je dois me rappeler tout – mot à mot.

— Sans vouloir chercher querelle, je me demande comment tu as pu étudier dans le dortoir, parmi tous ces étudiants ?

— Au dortoir je n'étudiais pas. Je travaillais à la bibliothèque. J'y avais ma tour d'ivoire. » Il souhaita qu'elle s'abstînt de demander ce qu'était cette tour.

« Une tour ?

— Oui, une tour. » Puis il expliqua patiemment : « Si tu préfères, un coin tranquille bien à moi.

— Merci. »

Elle posa un baiser sur sa tête.

« Je ne veux plus t'ennuyer. Je vais m'asseoir sur le lit et continuer ma lecture. »

Quelques soirées plus tard, inspirée par sa lecture, Annie décida d'écrire une pièce. Il me faut tout d'abord trouver un bon titre ; ainsi, je n'aurai plus qu'à broder autour. Elle se concentra pour chercher un titre ; mais aucun ne lui vint à l'esprit. Elle décida qu'il valait mieux écrire d'abord la pièce et puis, d'après son contenu, lui trouver un titre. Quel sujet vais-je traiter ? Je pourrais parler de Carl et de moi, par exemple. Non pas tels que nous sommes, mais comme si nous étions des personnages différents qui vivaient d'une manière différente. D'abord je nous donnerai d'autres noms. Elle réfléchit un moment avant de se décider pour Linda et Lance. À présent, où vais-je situer l'action ? Dans cette chambre ? J'en déciderai plus tard. Je vais tout d'abord noter le dialogue ; j'ajouterai le reste après. Et elle se mit à écrire une pièce.

LANCE. Viens t'asseoir près de moi, ma bien-aimée, pendant que j'étudie les préjudices.
(*Elle s'assoit.*)

LINDA. Oh, Lance, j'aimerais tenir tes plumes. Comme Dora.

LANCE. Dora ?
(*Il réfléchit.*)
Ah oui ! Ce bon vieux David Copperfield…
(*Il sourit d'un air absent.*)
Il faut que nous relisions ce livre, un jour. Ensemble cette fois, ma jolie Linda. Nous descendrons de nouveau Memory Lane, en compagnie de ce bon vieux Peggoty, de ce merveilleux Micawber et de Uriah Heep, à l'âme noire.

LINDA. N'oublie pas, Lance. Tu as un examen sur les préjudices demain.

LANCE. (*Il la corrige comme elle le lui avait demandé.*) Ce n'est pas un examen. Une colle.

LINDA. (Reconnaissante comme toujours.)
Merci, Lance.
(*Malgré le ton enjoué, ses intentions sont sérieuses.*)
À présent installe-toi pour étudier les préjudices, comme un grand garçon.
(*Il étudie les préjudices. Mais sa proximité, l'émanation de son parfum le distrait. Linda en a conscience.*)
Je crains de te distraire, Lance. Je vais m'en aller. (*Elle se lève.*)

LANCE. (*Il est pris de panique. Il se lève d'un bond.*) Non ! Ne t'en va pas. Ne t'en va jamais, car je ne pourrais pas vivre sans toi, mon seul amour.

LINDA. (*Elle maîtrise le trouble de sa voix.*)
Sans toi, il ne me resterait plus qu'à mourir.

LANCE. Viens dans mes bras, ma bien-aimée.

LINDA. (*Elle s'exécute. Ils s'étreignent passionnément. Elle se sent faiblir, mais conserve sa lucidité.*)
Mais tes préjudices ! Pense à tes préjudices !

LANCE. (*Sa voix est ferme.*)
Au diable mes préjudices ! Au diable l'ambition ! Au diable la carrière de gouverneur ! Tu es ma seule ambition. Tu es mon soutien vers la célébrité et la fortune !
(*L'étreinte devient très passionnée maintenant.*)

À ce point, Annie se trouva embarrassée. Elle ne savait pas comment poursuivre. Dans la vie réelle, s'imaginait-elle, ils se seraient déshabillés et seraient allés au lit ensemble. Mais on ne pouvait pas faire ça dans une pièce.

À ce moment même le campanile de l'université sonna neuf heures. Annie trouva le dénouement de la scène :

(*Quelque part une pendule sonne l'heure. Le son est argentin. La chambre devient plus sombre et le rideau tombe.*)

DEUXIÈME ACTE

(*Bien des années plus tard. Dans l'hôtel particulier du gouverneur. Linda et Lance sont riches maintenant. Elle porte des boucles d'oreilles de jade. Ils descendent Memory Lane en se promenant.*)

LINDA. Te rappelles-tu, il y a bien des années, quand tu disais que mon réveil faisait autant de bruit qu'une chaudronnerie ?

LANCE. Comme tu pleurais quand je le maudissais !

LINDA. (*Voix calme.*)
Je ne pleure jamais.

LANCE. Mais si, tu pleures, Linda. C'est dans ton cœur que tu pleures.

LINDA. (*Elle chuchote, pleine d'admiration.*)
Comme tu es perspicace.

LANCE. Perspicace ? Ah non. Stupide plutôt. Oui, stupide !

LINDA. Comment peux-tu dire cela ? Toi ! Le gouverneur d'un grand État ?

LANCE. Peut-être suis-je le plus jeune de tous ceux qui ont jamais réussi les examens de droit. Peut-être suis-je le plus jeune gouverneur que cet État ou n'importe quel autre État ait jamais eu. Peut-être les journaux me définissent-ils comme intelligent, moral et hostile à la peine capitale…
(*Il prend un temps avant de poursuivre.*)
… Mais dans mon cœur je suis stupide.

Annie retint sa respiration. Un titre se dessinait vaguement dans son esprit. Il était encore imprécis ; mais les nuages allaient se dissiper… Elle attendit… attendit… Et tout à coup le titre fut trouvé ! Le titre juste ; le seul, l'unique ! Oubliant que Carl étudiait, elle lança ses bras en l'air et s'écria :

« J'ai trouvé, Carl ! Le nom de ma pièce ! Il m'est venu tout seul, comme ça ! » Elle fit claquer ses doigts. « *Le Cœur stupide* ! Comment le trouves-tu ? »

À ce moment précis, l'enfer se déchaîna.

Carl referma son livre d'un coup sec et le repoussa loin de lui. L'ouvrage tomba sur le plancher, en entraînant le cendrier qui se brisa en deux morceaux.

« Pour l'amour du ciel, Annie, ne peux-tu donc pas rester tranquille au moins cinq minutes ?

— Pour l'amour du ciel, ai-je le droit de respirer, oui ou non ?

— Je suis désolé, grommela-t-il.

— Parce que j'ai le droit de respirer ?

— Tu sais bien que je dois étudier, Annie. On me flanquera à la porte, si je n'obtiens pas mes diplômes. Pourquoi me rends-tu les choses si difficiles ?

— Qu'ai-je fait ? Était-ce si terrible, pour t'obliger à jurer d'abord, et puis à briser le cendrier ?

— Je ne l'ai pas brisé. Il est tombé de la table.

— Peu importe ! Tu t'es mal conduit envers moi. Je m'amusais à écrire un dialogue et tu m'as passé un savon, comme si je faisais une chose abominable.

— Mets-toi à ma place, Annie.

— Mets-toi à la mienne. Je suis ici dans une ville inconnue, sans amis et sans parents ; et j'ai le sentiment que je ne suis pas à ma place ici, et que je ne ferai jamais partie de votre clan. Et tu t'en fiches ! » Elle se dirigea vers la porte.

« Où vas-tu, Annie ?

— Qu'est-ce que ça peut te faire ? » Elle était partie.

Il fut sur le point de la suivre, mais changea d'avis. Puisqu'elle n'avait pas pris la peine de mettre un manteau, c'est qu'elle allait probablement bavarder avec la propriétaire.

Après le départ d'Annie, la chambre était redevenue calme – si calme qu'il pouvait entendre le tic-tac assourdi du réveil dans le tiroir où Annie le posait chaque soir. Il avait toute la chambre pour lui seul maintenant. Il pouvait étudier sans être distrait. Il retourna à sa table et ramassa son livre et les débris du cendrier. Il attrapa le paquet de cigarettes qu'Annie avait acheté pour lui en faire la surprise. Il eut un coup au cœur, en pensant à la prévenance d'Annie. Il ouvrit son livre, puis le referma. Manifestement, il n'avait plus envie d'étudier. Il avait besoin de la présence d'Annie.

Il se dirigea vers le lit, prit le manuscrit et se mit à le lire : le dialogue ampoulé le fit sourire. Et pourtant… pourtant, il y avait quelque chose dans ces lignes : Annie avait rapporté l'autre soirée – non pas telle qu'elle s'était passée, mais telle qu'elle aurait pu se passer. Cela ressemblait à un conte de fées.

Il s'assit sur le lit, baissa les yeux, les mains serrées entre ses genoux ; puis il essaya de mettre de l'ordre dans ses pensées. Il aimait Annie. Mais comment pourraient-ils s'habituer à rester enfermés dans une seule pièce ? Il leur faudrait un logement plus grand – au moins deux pièces. Cela représenterait un loyer plus élevé ; où allaient-ils se procurer l'argent nécessaire ?

Carl ne pouvait pas accepter de nouvelles occupations sans se faire mettre à la porte du collège. Quant à un emploi pour Annie, il ne fallait pas y compter. Les places stables étaient occupées par les jeunes filles de la ville, et les étudiants avaient pris tous les emplois à temps partiel.

Avait-il eu raison d'épouser Annie ? Il se posa la question. Tout le monde avait été contre ; personne ne l'avait approuvé. Sa mère avait été hostile à ce mariage : tu es trop jeune, disait-elle. C'est une gentille fille d'après ce que je vois, mais elle n'est pas faite pour toi.

La mère d'Annie s'y était opposée. Bien sûr, elle voulait que sa fille se mariât un jour – quand elle serait devenue plus raisonnable. Et plus de discussions oiseuses sur le mariage avec ce garçon Brown, avait-elle dit. Tu vois bien qu'il a trop de mal à subvenir à ses propres besoins : comment s'en tirerait-il avec une femme ?

Le doyen de l'école de droit n'avait pas caché son désaccord – il n'avait d'ailleurs pas désarmé.

« Asseyez-vous, Brown.

— Merci, monsieur. » Carl prit place et attendit, pendant que le doyen parcourait le dossier qui portait le nom de Carl.

« Votre rapport est bon, dit le doyen. Bonnes études, nulle mention de mauvaise conduite. » Il ferma le dossier. « Alors, à quel sujet vouliez-vous me voir, Brown ? »

Carl ne savait pas exactement comment commencer. « Il est probable… je veux dire, j'envisage…

— Des problèmes d'argent ? demanda le doyen.

— Dans un sens, oui.

— Au vu de votre dossier, je pense qu'un petit prêt pourrait vous être consenti.

— Merci, monsieur. Mais je ne suis pas venu vous voir pour cela. J'envisage de me marier.

— Et de quitter l'école ?

— Non, monsieur. J'ai l'intention d'obtenir mes diplômes. »

Le doyen fronça les sourcils. « Nous n'apprécions pas les mariages d'étudiants.

— Mais, monsieur, de nombreux étudiants mariés ont choisi le droit, ou la médecine.

— Exact. Il y a quelques années, à la fin de la guerre mondiale, nous avons connu une affluence d'étudiants mariés – d'anciens soldats qui avaient dû interrompre leurs études. Un précédent était créé… » Le doyen s'arrêta. « Brown, votre mariage est-il une… nécessité ?

— Non, monsieur. Si c'était le cas je n'aurais pas demandé cette entrevue. J'aurais quitté l'école et me serais marié. »

Le doyen parut satisfait de cette réponse. Néanmoins, il demanda : « Quel âge avez-vous ?

— Vingt ans, monsieur. »

Impulsivement il ajouta :

« Je connais la jeune fille depuis des années, monsieur. » Les sourcils du doyen remontèrent à peine.

« Voyons cela. » Le doyen rouvrit le dossier. « À seize ans vous aviez terminé vos études à l'école supérieure. À dix-huit ans vous aviez pris deux ans d'avance, avant d'être admis au cours de droit de trois ans. J'ai appris que vos parents n'avaient pas les moyens d'assurer vos études à l'école de droit. Vous êtes obligé de travailler en dehors des heures de cours ; vous étudiez quand vous en trouvez le temps. Et vous voulez, en plus, vous charger d'une épouse ! Manifestement, les études de droit sont une occupation secondaire pour vous.

— Aussi longtemps que mes diplômes… » commença Carl.

Le doyen leva la main pour l'arrêter.

« Le droit, dit-il, n'est pas seulement l'affaire de quelques diplômes. C'est plus qu'une profession. Comme la médecine, c'est un sacerdoce. Il devrait occuper la première place dans la vie d'un jeune homme. Tout le reste devrait passer après.

— Si vous voulez bien m'excuser, monsieur, dit Carl, je n'étudie pas pour être prêtre. Je pense que la carrière juridique est une profession plutôt qu'un sacerdoce. Devenir un bon juriste, loyal et renommé, peut suffire à l'ambition d'un homme.

— Bon, admettons ! fit le doyen. Dites-moi, Brown, pourquoi avez-vous choisi le droit constitutionnel comme matière principale ?

— À cause de l'extension rapide que prend l'industrie dans l'État.

— Comment envisagez-vous vos débuts ?

— Eh bien, d'abord il me faudrait obtenir mon diplôme et passer les examens du barreau…

— Il n'est pas facile d'ouvrir un cabinet. Vous ne pouvez pas rassembler une centaine de dollars, louer une pièce vide, acheter un bureau d'occasion, faire installer le téléphone et apposer une enseigne sur la fenêtre spécifiant ICI CABINET DE DROIT CONSTITUTIONNEL.

— Non, monsieur. » Carl sourit. « J'ai l'intention de trouver un emploi dans un cabinet juridique déjà prospère.

— Mais c'est extrêmement difficile. Et même si, avec beaucoup de chance, vous réussissiez à entrer dans une telle maison, sachez que le salaire au cours des premières années est médiocre, pour ne pas dire inexistant. Et puis, trancha le doyen, des jeunes gens chargés de responsabilités, celles d'une femme et peut-être d'enfants, ont peu de chance d'être acceptés.

— Je connais toutes ces difficultés. Je ferai de mon mieux, dit Carl.

— N'avez-vous pas pensé à différer votre mariage jusqu'à la fin de vos études ?

— Non, monsieur. »

Le doyen leva les bras au ciel, hocha la tête en signe d'impatience et se leva. Carl se leva à son tour.

« Eh bien, dit le doyen, je ne peux pas vous expulser à cause de votre mariage. Mais je dois vous dire que votre mariage vous fait perdre tout droit à une bourse pour l'année prochaine – votre dernière année… Vous ne pourrez pas davantage obtenir un prêt particulier.

— Je sais, monsieur.

— Votre travail sera attentivement surveillé. Ainsi que votre conduite. Au moindre échec, à la moindre infraction… les conséquences seront très graves.

— Je comprends, monsieur. »

Le doyen précéda Carl vers la porte. « Quand voulez-vous vous marier, Brown ?

— La semaine prochaine. La jeune fille aura l'âge légal alors. »

Le doyen hocha encore la tête et poussa un profond soupir. Carl prit congé en prononçant la formule de remerciement habituelle.

Alors le doyen fit quelque chose de tout à fait inattendu. Il donna à Carl une poignée de main chaleureuse. « Bonne chance, Carl, fit-il. Je sais ce que c'est… »

Il baissa la voix.

« Moi aussi je me suis marié au temps où j'étais à l'école de droit. »

Puis il ferma la porte derrière Carl.

À présent, Carl arpentait la chambre, dans l'attente du retour d'Annie ; il se rappelait son entretien avec le doyen. Celui-ci avait sûrement raison, pensait-il. Comment vivre avec cinq dollars par semaine et dans une seule pièce ? Même s'ils y arrivaient, cela ne tournerait pas toujours rond. Leur mariage serait un échec, ou bien il échouerait lui-même à ses examens. Après ce double échec probable, il se retrouverait sans femme ni carrière.

Le plus raisonnable était qu'Annie rentrât chez elle et attendît qu'il eût ses diplômes. Ils pourraient passer l'été ensemble…

Mais non ! Il avait besoin d'Annie près de lui. Tout le temps. Il l'aimait et la désirait. Tout simplement. Leur mariage était sexuellement une réussite. Annie était une enfant affectueuse, bavarde et même naïve au cours de la journée ; elle devenait une femme tendre et passionnée, au lit, la nuit. Non, il n'avait pas fait d'erreur en épousant Annie et il ne l'abandonnerait pas – même pour un an. Il abandonnerait plutôt le droit.

Après tout, il pourrait peut-être garder les deux ! Il pouvait quitter l'école pour un an et chercher du travail à Herdstone. Il avait entendu dire qu'on payait cinq dollars par jour dans les usines d'automobiles. Ils vivraient simplement, feraient des économies ; ainsi pourrait-il retourner à l'école l'année d'après. Il prit à l'instant même la ferme décision de quitter l'école. Il devait en parler à Annie, sans plus attendre.

Il descendit les escaliers pour la trouver. Mais la propriétaire déclara qu'Annie n'était pas venue chez elle. En fait, elle ne l'avait pas revue depuis le soir de leur arrivée.

Carl fut pris d'inquiétude. Où était-elle ? Elle était partie sans manteau. Était-il possible qu'elle se promenât en jupe et corsage léger ? Quoi, elle pourrait attraper un rhume mortel… Il remonta en courant pour chercher son manteau, avant de sortir pour la retrouver.

Annie était debout devant l'armoire, en train de glisser son manuscrit dans le tiroir.

« Annie ! Où étais-tu ? » Il la secoua avec rudesse, si grand était le soulagement que lui causait son retour.

« Je suis sortie, dit-elle. Je suis sortie pour te laisser travailler. »

Il la prit dans ses bras, la porta jusqu'à la chaise à bascule et la fit s'asseoir sur ses genoux. Elle semblait avoir terriblement froid. Pas étonnant ! Sans manteau ni chandail…

« Ne t'enfuis plus jamais par un temps pareil, sans manteau. Tu aurais pu mourir de froid.

— Je ne suis pas folle ; je suis revenue quand j'ai eu trop froid.

— Ce que je veux dire c'est de ne plus jamais me quitter, quoi que je dise ou fasse. Tu dois simplement essayer de t'habituer à moi. Tu entends ? » Elle ne dit rien. Il la serra plus fort, pour la réchauffer. Puis il la berça et la caressa un petit moment.

« M'aimes-tu, Annie ?

— Je t'aime, Carl.

— M'aimerais-tu si j'étais un ouvrier d'usine ?

— Naturellement. Mais tu n'es pas un ouvrier d'usine. Tu vas être un homme de loi. Tu *dois* devenir un homme de loi. J'ai raconté aux enfants que leur père est un homme de loi.

— Quels enfants ?

— Les enfants que je vais avoir.

— Que *nous* allons avoir.

— C'est moi qui vais les avoir. Toi tu peux veiller.

— Plaisanterie à part, mon amour, je dois quitter l'école.

— Ne sois pas ridicule, Carl. Rien qu'à cause d'une petite querelle que nous avons eue…

— Non, Annie. Je suis décidé. Le doyen avait raison.

— Non. Il t'a simplement mis à l'épreuve. Il voulait voir si tu avais assez de cran pour devenir un homme de loi.

— Comment le sais-tu ?

— Je ne sais pas pourquoi je le sais. Je le sais, simplement.

— Nous n'y arriverons pas, Annie. Vraiment nous ne pourrons pas y arriver.

— Nous vaincrons, Carl.

— Dis-moi comment, s'il te plaît.

— Nous vivrons au jour le jour. Nous prendrons chaque jour comme il vient.

— Cela ne marchera pas.

— Cela marche déjà. Nous avons eu la meilleure part d'une semaine que nous avons presque vaincue – ai-je raison ?

— Oui, mais…

— Carl, pense aux jours magnifiques que nous avons connus, à la gentillesse de Mme Ridinski et du caissier. Bien fait pour M. Félix !… Et puis, Carl… Carl chéri, pense combien il est merveilleux d'être au lit ensemble. N'est-ce pas la récompense de tous nos soucis ?

— Oui, chérie, je sais. Mais je dois quitter l'école ; trouver un travail stable. Ce ne sera que pour un an. Après, je retournerai à l'école.

— Tu n'y retournerais jamais. Personne ne retourne jamais à ce qu'il a quitté. » Il ne trouva rien à répondre. « Carl ? » Elle attendit. Il resta silencieux. « Carl, regarde-moi ! » Il abaissa son regard sur son visage. « Écoute ! Et écoute bien ! Si tu quittes l'école, je te quitterai !

— Non, tu n'en ferais rien, trésor. Tu as promis.

— Peu importe ce que j'ai promis. Si tu quittes l'école, ce sera à cause de moi. Je le saurai. Et je te quitterai. Je le jure ! »

Elle se laissa glisser de ses genoux, prit ses affaires de toilette et se dirigea vers la salle de bains, pour le laisser méditer tout seul.

Quand elle revint, avec sa démarche silencieuse, Carl était assis, à la table, la tête couchée sur ses bras repliés.

Il releva la tête brusquement en respirant l'odeur du talc ; il espérait qu'Annie ne l'avait pas vu ainsi.

« Les choses ne vont pas aussi mal qu'elles en ont l'air, Carl. Mes économies seront arrivées d'ici lundi au plus tard.

— Tu en auras besoin pour t'acheter des vêtements d'hiver, Annie.

— Je ne dépenserai pas toute la somme – soixante-quinze dollars. Il en restera assez pour patienter jusqu'à ce que j'aie trouvé du travail. » Elle s'approcha de Carl, dont elle appuya la tête contre sa poitrine. « Tu n'as pas vraiment envie de quitter l'école, n'est-ce pas ? » Soudain, elle sentit qu'à l'endroit où reposait la tête de Carl, sa chemise de nuit paraissait humide. Ce n'est pas possible, pensa-t-elle. Un homme ne pleure pas.

« Oh, que se passe-t-il, chéri ? demanda-t-elle.

— Rien, je suis simplement heureux. » Il se leva et la prit dans ses bras. « Je suis heureux parce que je t'ai trouvée et parce que, peut-être, je ne serai pas obligé de quitter l'école tout de suite. Et maintenant, j'ai le sentiment que le doyen, comme tu disais, m'a mis à l'épreuve – et qu'il n'était pas aussi dur avec moi que je pensais. Et…

— Tout va très bien. Allons au lit. Je suis fatiguée. J'ai dû faire des kilomètres à pied aujourd'hui – pour aller en ville et en revenir ; et j'ai tourné pendant dix minutes au moins autour du pâté de maisons, ce soir.

— Tu as aussi écrit une pièce, observa-t-il dans l'espoir de la faire sourire.

— Cela ne m'a pas fatiguée ; la marche non plus, en fait. J'ai beaucoup réfléchi ; et c'est pourquoi je suis exténuée. » Elle prit sa brosse à cheveux dans le tiroir.

« Laisse-moi t'aider, chérie. »

Il prit la brosse et la passa maladroitement sur les cheveux d'Annie qu'il répartit en deux grosses nattes et entoura de rubans, comme s'il ficelait un colis. Puis il la coucha dans le lit et la recouvrit avec soin. Tout en prenant son pyjama et ses objets de toilette, il dit : « Tu sais, je pourrais cesser de fumer ; j'économiserais un demi-dollar environ par semaine.

— Non. Tu tiens tant aux cigarettes. Tu serais à bout de nerfs, si tu ne fumais pas. Mais tu n'as pas besoin de jeter les cigarettes après une seule bouffée, Carl. Si tu les fumais complètement, tu n'aurais pas besoin d'acheter un paquet par jour, ou presque.

— Je ferai comme tu dis. Je reviens tout de suite. Ne t'en va pas. »

Il fit sa toilette et se rasa. Quand il revint, Annie dormait profondément.

4

Il faisait encore noir lorsque Annie se réveilla le lendemain matin. Elle était curieuse de savoir l'heure. Afin de ne pas réveiller Carl, elle sortit du lit, se dirigea sur la pointe des pieds vers l'armoire, se mit à genoux, et ouvrit le tiroir du fond, centimètre par centimètre.

Une voix sortit de l'obscurité. « Il y a des gens qui n'achètent des réveils que pour les cacher. »

Elle sursauta un peu. « Est-ce toi, Carl ?

— Qui d'autre ? Qui attends-tu ?

— Tu m'as fait peur. Je te croyais profondément endormi. Au fait, as-tu l'heure ?

— Oui, j'ai l'heure. » Il rejeta les couvertures et sortit du lit.

« Eh bien, pourquoi ne me la dis-tu pas ?

— Tu ne me l'as pas demandée. Tu demandais si j'avais l'heure, c'est tout.

— S'il y a une chose que je déteste, dit-elle, c'est un type qui fait le malin si tôt le matin. »

L'horloge de l'université sonna six coups. Annie porta son réveil à la fenêtre d'où venait un peu de clarté. « Le campanile du collège avance, dit-elle. Mon réveil indique seulement six heures moins cinq.

— Il y a fort à parier que c'est ton réveil qui retarde.

— Tu retarderais aussi, toi, si tu devais passer la nuit au fond d'un tiroir.

— Tu es une noix, dit-il.

— Appelle-moi Noisette tant qu'à faire. »

Il grogna. « C'est trop fort pour mon estomac à jeun. »

Ils se taquinaient, riaient et s'amusaient, comme si la soirée de la veille n'avait jamais été troublée par une querelle.

Annie conclut un marché avec lui : elle l'accompagnerait jusqu'à la librairie où il recevait les journaux à distribuer, à condition qu'il restât avec elle pendant qu'elle prendrait son petit déjeuner. Dans le café, au coin de la rue, elle prit une grosse portion de gâteau au fromage avec son café.

« Je me demande comment tu peux avaler ça, dès le matin.

— Ça calme la faim, dit-elle en coupant un gros morceau avec sa cuillère.

— Je ne peux pas regarder ! »

Ils se dirent au revoir à la librairie.

« Alors, à ce soir ? Devant la cafétéria ? demanda-t-il.

— D'accord. » Elle lui donna un baiser d'adieu. « Bonne chance pour ta colle sur les préjudices.

— Veux-tu savoir ce que c'est qu'une colle ?

— Non.

— Je te l'expliquerai quand même. C'est, en argot d'étudiants, une interrogation de contrôle.

— Bah ! Qui s'en inquiète, si tôt le matin ? » Elle s'éloigna et prit le chemin du retour.

« Au revoir, chérie.

— Au revoir ! » cria-t-elle en écho en lui adressant un signe de main. Il fit semblant de s'élancer à sa poursuite. « Quelle heure as-tu ? » demanda-t-elle. Il regarda sa montre pour vérifier. Quand il leva les yeux, elle était partie ; elle avait tourné un coin de rue et avait disparu.

Il eut un sentiment d'abandon. Il en avait toujours été ainsi ; c'était sa façon bien à elle de disparaître brusquement. À Brooklyn, elle l'accompagnait jusqu'aux marches de l'école du soir, et quand il tournait le dos pendant une seconde, pour ouvrir la porte, elle s'éclipsait. Mais je sais, maintenant, pensa-t-il, qu'elle reviendra toujours. Je la reverrai ce soir. Elle m'attendra…

Il sifflota joyeusement en distribuant les journaux dans les maisons ; il était plein de courage et débordait de bonheur. Il ne quitterait pas l'école : ce cauchemar s'était dissipé. Annie n'avait manifesté aucun ressentiment tapageur à la suite de leur querelle de la veille. Et le doyen avait raison.

Il fit irruption dans la cafétéria et adressa à chacun un large sourire. Il se fit servir un copieux déjeuner sur son plateau. Mme Ridinski lui jeta un regard par-dessus l'épaule, tout en remplissant une tasse de café pour lui. « Vous êtes très en forme aujourd'hui, dit-elle. Le mariage doit vous réussir.

— Et comment ! Vous devriez un jour essayer, mon chou.

— Il faudra que j'en parle d'abord à mon mari. » Elle se mit à rire, comme si elle avait dit quelque chose de très drôle. Carl l'imita ; et les autres serveuses aussi.

Les rues étaient désertes. Annie avait l'impression que tout le monde dormait encore et qu'elle était seule au monde. Elle aimait cette impression. Il était à peine sept heures du matin ; elle décida de ne pas revenir tout de suite dans leur chambre. Elle se dirigea vers le parc de l'université, calme et désert également.

Elle prit place sur ce qu'elle considérait comme son banc nuptial. De là, elle pouvait apercevoir la bibliothèque ; elle prenait plaisir à contempler le beau bâtiment. Le soleil, encore bas sur l'horizon, était brillant ; mais il ne répandait pas beaucoup de chaleur. Après tout, on était presque fin octobre. L'air sentait la résine, bien qu'il n'y eût pas de pins dans le parc.

Elle se demanda si l'odeur venait du nord, où de jeunes pins devaient pousser pour remplacer ceux qui avaient été abattus. Le vent souffle-t-il de cette direction pour apporter cette senteur de si loin ? Elle pensa aux douces-amères et au fleuriste : avait-il commencé d'écrire *Le Viol de la forêt* ?

Elle contempla le ciel. Par endroits, là où ne se dressaient pas de bâtiments, il semblait toucher la terre. À la maison, pensa-t-elle, je devais aller m'étendre sur le toit et fouiller du regard au-dessus de moi pour apercevoir autant de ciel qu'ici en restant assise et en regardant droit devant moi.

Quand je pense qu'il y a des gens qui, moins de vingt-quatre heures après leur naissance, sont destinés à venir vivre ici, pour faire leurs études dans ce collège !

Carl a bien de la chance ! Il n'était pas né pour tout ceci. Mais il y est arrivé quand même. Il n'était pas né pour aller au collège. Mais il a réussi à y être quand même ! Et j'en ai moi aussi de la chance. Je suis ici. Assise ici… Je peux aller à la bibliothèque. C'est presque comme si j'allais au collège.

Le campanile sonna l'heure. Soudain, le parc de l'université s'anima. Des étudiants y convergeaient, venus de toutes parts – des maisons d'étudiants, des auberges, des dortoirs, des maisons particulières et des chambres meublées.

Les garçons balançaient un ou deux livres qu'ils tenaient serrés dans une main ; les filles portaient leurs livres dans leurs bras. Ils arrivaient par couples, ou en groupes. Ils bavardaient et riaient, se saluaient d'un signe de la main, ou en poussant des exclamations.

Annie enviait leur naturel et leur assurance. Elle enviait leur façon de se vêtir, simplement mais coûteusement : les chandails de qualité, les chaussures de bonne marque. Elle se sentait mal à l'aise dans son ensemble trop habillé, avec son chapeau ridicule dont la voilette lui descendait jusqu'au nez, et ses gants de cuir trop étroits. Elle eut conscience qu'elle manquait d'éducation, qu'elle employait certains mots à tort et à travers et prononçait mal ceux qu'elle connaissait, sans parler des fautes de grammaire. Elle savait qu'elle n'était pas à sa place ici et qu'elle n'appartiendrait jamais à ce milieu.

Alors elle se leva et s'en alla.

« Tu as donc pensé à m'acheter un sous-main, dit Carl.

— Et un nouveau cendrier aussi.

— Voici un baiser, pour te récompenser d'avoir été une fille sage. » Il regarda autour de lui. « Mais où sont mes cigarettes ?

— Qu'as-tu fait du paquet que je t'ai acheté hier ?

— Qu'as-tu fait des cent dollars que je t'ai donnés hier ?

— J'ai acheté un paquet de cigarettes pour toi. Le voici. » Il en alluma une immédiatement. « Quelle note as-tu eue pour la colle ?

— Un zéro.

— Pourquoi un zéro ?

— J'ai oublié de mettre un point sur un "i".

— Oh toi ! »

Elle le poussa contre la table. Il rattrapa le cendrier de justesse.

« Attention poulette. » Il s'apprêta à écraser sa cigarette dans le cendrier.

Elle arrêta son geste. « Tu as promis de les fumer jusqu'au bout.

— Ça va, ça va ! Cesse de me tarabuster. As-tu reçu des coups de téléphone pour ton annonce ?

— Un seul. Cet homme disait qu'il avait besoin d'une employée de bureau à temps partiel, pour faire les commissions, tu sais ? Par exemple acheter des timbres ; et aussi faire du classement. Un dollar par jour.

— As-tu accepté ?

— Eh bien, il m'a dit qu'il avait d'abord une autre fille à voir et qu'il me rappellerait demain.

— N'y compte pas, chérie. » Carl se prépara pour étudier.

« Carl, es-tu d'accord pour que je sorte quelques minutes ?

— Quel est son nom ?

— Oh, arrête ! Je veux acheter quelque chose pour faire des sandwichs de façon à éviter de sortir pour déjeuner demain. Je ne veux pas manquer le coup de téléphone.

— Bon. Mais n'oublie pas ton manteau, cette fois-ci. » Elle prit son sac dans le tiroir et voulut enlever le réveil. « Laisse-le là, Annie, dit-il. Il vaut mieux que je m'habitue à ce maudit truc. » Il se pencha en avant pour caler une boîte d'allumettes sous la table branlante. Quand il leva les yeux, Annie était déjà partie.

Elle trouva une petite épicerie faiblement éclairée, un pâté de maisons plus loin. Elle dit : « Bonsoir, comment vont les affaires ces temps-ci ? »

Sans lever le regard, l'homme répondit avec froideur : « En quoi cela vous intéresse-t-il ? »

Elle réagit instantanément à la rebuffade. « Cela ne m'intéresse pas. Je fouine seulement. J'aimerais… » Elle changea de ton. Il ne méritait pas sa politesse. « Je veux un pain et quatre tranches de ce fromage. » Rien d'étonnant à ce que l'endroit soit sombre et désert, pensa-t-elle ; avec sa manière de recevoir les clients !

Un peu plus loin, elle s'arrêta pour acheter un cornet de glace, afin de donner un peu plus de temps à Carl pour étudier seul. Elle ôta ses chaussures avant d'entrer dans la chambre. Mais il l'entendit entrer. Il étendit le bras et prit sa main.

« Annie, n'es-tu pas sortie à cause de moi ?

— Non. J'avais vraiment besoin de faire ces achats. » Elle posa le pain et le fromage sur le rebord de la fenêtre.

« Parce que c'est bien simple : je ne peux pas étudier si tu es loin de moi.

— Je suis là maintenant. Et ce soir je ne ferai pas de bruit. »

Elle tint parole. Elle s'assit sur le lit et commença la lecture de *Babbitt* qui l'absorba immédiatement. Elle lisait et lui étudiait. Le silence de la chambre était seulement troublé par le tic-tac du réveil. Une voix criarde se fit soudain entendre.

« Oh, Lance, j'aimerais pouvoir tenir les plumes pour toi, comme Dora. » Puis une voix caverneuse déclama : « Ah non, je ne suis pas intelligent, je suis stupide. J'ai un cœur stupide. Tout est stupide en moi. »

Carl lisait le manuscrit d'Annie, et improvisait à partir de son dialogue. Elle sauta du lit. « Je ne trouve pas ça très drôle, Carl », fit-elle avec froideur. Il mima une grimace horrible. « Est-ce que mon sourire lointain est réussi ?

— Rends-moi ma pièce, je te prie, Carl. »

Il la brandit en l'air. « Viens le reprendre !

— Sacré crétin ! » Elle s'élança vers lui. Ils luttèrent farouchement à travers la table, autour du manuscrit. Dans la mêlée, le nouveau cendrier tomba et se brisa.

« Cette fois, c'est toi », dit-il. Elle saisit le manuscrit et s'apprêta à le mettre en morceaux. Il la retint par la main pour l'en empêcher. « Ah, mon amour, ne le détruis pas. Je n'avais pas l'intention de me moquer de toi. Il est épatant. Honnêtement.

— Il n'était pas destiné à être épatant. Maintenant, trêve de sottises, Carl. Retourne à tes préjudices.

— Quels préjudices ? Dis-moi quels préjudices ? C'est toi mon préjudice ; mon seul et unique préjudice. La première fois que je t'ai vue, je me suis dit : elle est le préjudice le plus préjudiciable au monde. Et il est à moi. »

Annie ne put s'empêcher de rire. « Imbécile », fit-elle avec tendresse.

« *Monsieur* l'Imbécile, pour te servir. » Il étreignit son bras. « Dis *monsieur* ou je t'arrache le bras.

— Bon, monsieur l'Imbécile. Et maintenant, lâche-moi. »

Il lui rendit sa liberté. Elle rangea le manuscrit dans le tiroir. Carl s'assit dans la chaise à bascule et caressa son genou. « Viens ici.

— Non.

— Je te prie, Annie ?

— J'ai dit non ! »

Sur l'air du *Bébé mélancolique*, il improvisa : « Viens à moi, mon petit préjudice mélancolique. »

Annie ne put y résister. Elle répondit en chantant : « Tu te tais ou nous allons en finir. »

Ils éclatèrent de rire et se mirent à improviser des paroles sur d'autres airs en vogue.

Ils avaient en quelque sorte besoin de se libérer, après la tension des derniers jours. Ils s'étaient inquiétés des réactions de leurs familles à la suite de leur mariage ; ils s'étaient tracassés à propos d'argent ; ils avaient redouté d'avoir un bébé. Carl s'était fait du souci pour sa colle, pour Annie, pour ses études au collège, et Annie s'en était fait parce qu'elle avait vu Carl malheureux à la suite de leur première querelle ; elle craignait de ne pas pouvoir s'adapter – de ne pas être assez bonne pour Carl.

C'est pourquoi tous deux éprouvaient le besoin de faire éclater leur insouciance, en riant, en chantant, en faisant les diables, en se comportant comme deux gamins sans complexes. Et avant d'aller au lit, ils mangèrent tout le fromage et la plus grosse partie du pain.

5

Le lendemain, Annie fut matinale. Son chapeau, ses gants et son sac étaient posés sur le lit. Elle était prête à partir pour travailler, aussitôt que cet homme l'appellerait. À midi, il n'avait pas encore téléphoné. Annie se rendi à l'épicerie pour acheter de quoi manger : elle avait donné des instructions à la propriétaire, au cas où le téléphone sonnerait pendant son absence.

L'épicier lui dit : « C'est vous qui vouliez savoir, hier soir, comment vont les affaires ?

— Je me moque de savoir comment vont les affaires.

— Et moi je vous dis qu'elles vont mal.

— Quel dommage, fit-elle, sur un ton sarcastique. Je veux un bocal de gelée de groseilles.

— On ne la vend qu'en boîtes.

— Bon ! Vendez-m'en une. »

Elle paya, puis observa : « Je ne sais vraiment pas pourquoi je viens ici. »

Qu'est-ce qui le rend si grincheux ? se demanda-t-elle. Peut-être sa femme ne veut-elle pas coucher avec lui ? Je ne l'en blâme pas. Alors il se venge sur les clients.

Annie en était à la moitié de son premier sandwich à la gelée, quand le téléphone sonna dans le vestibule.

Elle vint se mettre en surveillance en haut de l'escalier. Le protocole exigeait que la propriétaire répondît au téléphone et qu'elle appelât Annie, si c'était pour elle. Mme Hansmon sembla s'éterniser avant de sortir de la cuisine, puis elle resta dans le couloir pour s'essuyer les mains sur son tablier. Lorsque la logeuse répondit enfin « Allô », Annie était à mi-chemin dans l'escalier. Mais ce n'était que la voisine qui appelait pour une recette de cuisine.

Annie avait besoin de ce travail. Elle s'était persuadée que le succès de Carl dépendait de ce travail qu'elle devait décrocher. Elle essaya de jeter un sort à l'appareil : si je tourne en rond dix fois dans la chambre, les yeux fermés, et si je ne me cogne à rien, il sonnera, se dit-elle. Elle tourna en rond, les yeux fermés, mais le téléphone resta muet. Elle essaya d'autres sortilèges. Le téléphone ne sonna pas davantage.

Elle pensa à sa camarade de bureau, Arlène, qui avait attendu un jour un appel très spécial. Et il n'était pas venu. À présent, elle comprenait combien son amie avait dû souffrir, et Annie se sentait plus près d'elle.

Arlène était une fille douce et timide au visage ingrat, qui n'avait jamais eu un ami. Les autres filles la prenaient en pitié. L'une d'elles avait un frère aussi timoré que laid. Elle organisa une partie, afin qu'Arlène rencontrât le jeune homme. Il ne se passa pas grand-chose. Arlène et le garçon restèrent assis chacun dans un coin de la pièce. Il regardait Arlène quand elle regardait ailleurs, et elle le regardait quand il ne regardait pas. Au moment de partir, le garçon, sans doute aiguillonné par sa sœur, lui dit : « Je vais vous téléphoner un de ces jours, Arlène. »

Arlène n'était plus la même, quand elle pénétra dans le bureau, le lendemain. Ses cheveux étaient arrangés d'une manière nouvelle et seyante ; ses yeux brillaient ; il y avait comme un reflet rose sur ses joues ; elle était presque jolie. Elle fredonnait gaiement en classant le courrier.

Mais la semaine passa, sans qu'il y eût de « coup de téléphone ». Alors, Arlène perdit son éclat en même temps que ses espoirs et ses rêves ; elle redevint comme avant – maussade et sans charme.

L'après-midi passa, et Annie comprit qu'il n'y aurait pas d'appel téléphonique ce jour-là. Mais en elle l'espoir avait la vie dure. Il appellera demain, se rassura-t-elle. Il fait faire un essai d'abord à l'autre jeune fille, et elle ne fera pas l'affaire. Alors, il m'appellera.

Le lendemain, elle se rendit à l'épicerie pour acheter une pomme qu'elle mangerait avec son sandwich à la gelée. « Hier, dit l'épicier, vous vous demandiez pourquoi vous veniez ici.

— Je ne saurais vivre plus longtemps sans connaître la réponse, persifla-t-elle.

— Je vais vous la donner : c'est que vous y trouvez votre commodité.

— Comment vous appelez-vous ?

— Pourquoi ?

— J'aime bien connaître les noms des gens qui me déplaisent. » Elle prit sa pomme et sortit. Ce sera une bonne leçon, pensa-t-elle.

Annie ne l'aimait pas. Elle éprouvait le vague sentiment que l'épicier était responsable de ce que l'homme de l'annonce n'avait pas téléphoné. Elle était habituée à voir les gens répondre avec amabilité à ses gentillesses. L'épicier n'y avait pas répondu. Cela lui donnait un sentiment d'infériorité ; elle doutait de ses capacités et perdait confiance en elle-même. Elle était persuadée que son état d'esprit se communiquait par la pensée à l'homme qui proposait un emploi : cet homme ne voulait pas d'une employée de bureau qui manquât d'assurance. Voilà pourquoi il n'avait pas téléphoné.

Pourtant, le téléphone sonna un peu avant midi. Annie attendit en haut des marches. « Qui ? » demanda la logeuse. Il y eut une pause. « Je vais voir. » Elle appela dans l'escalier : « Annie – e – e ?

— Me voilà. » La propriétaire sursauta. Annie était déjà derrière elle.

« C'est pour vous, Annie », dit Mme Hansmon inutilement. Puis elle retourna à la cuisine.

« Allô ? fit Annie vivement, d'un ton assuré.

— Annie ?

— Oh ! Ce n'est que toi, Carl ?

— Pour l'amour du ciel, Annie, tu dois reprendre ce mot malheureux "que toi". Je me sens devenu quantité négligeable.

— Je pensais que c'était l'homme, pour l'emploi.

— Voilà pourquoi je t'appelle : tu sais que d'habitude je joue au tennis avec mon ami japonais, le samedi ?

— Quel est son nom ? »

Carl le lui dit. Cela sonnait comme « Horatio Jonesie ». « En somme, il m'a demandé si je voulais jouer avec lui, ce samedi qui vient, l'après-midi.

— Et tu y vas ?

— Eh bien, samedi, nous serons mariés depuis une semaine ; je pensais que nous pourrions célébrer ça – toi et moi. Je ne suis pas obligé de jouer au tennis.

— Tu joueras, Carl. Je viendrai te regarder. Ce sera la dernière fois pour cette année. Les courts ferment la semaine prochaine.

— Bien. Ne manque pas cette rencontre. D'où m'appelles-tu ?

— De la cafétéria. Tu m'aimes ?

— Oui.

— Dis-le-moi.

— Je t'aime.

— Au revoir, Linda, ma bien-aimée. » Il rit et raccrocha avant qu'elle pût placer le dernier mot.

Eh bien, Annie n'aurait jamais son appel téléphonique.

Le courrier de l'après-midi lui apporta une lettre de sa mère. Annie n'avait jamais reçu de lettre de sa mère. Elle savait comment sa mère parlait, mais n'avait aucune idée de la façon dont elle écrivait.

Ma chère fille,

Je t'écris,

Tu as mal agi en t'enfuyant de la maison, après toutes ces années où j'ai fait des pieds et des mains pour t'élever correctement.

Mais tu as mal grandi.

J'ai planté un rosier et c'est de la mauvaise herbe qui a poussé.

Oui, c'est ça.

Maintenant tu es mariée, tu dis.

Je dis : ce qui est fait est fait.

Maintenant, si je te dis ça, c'est parce que je suis ta mère.

Si tu as un bébé, ne le crie pas sur les toits.

Tiens la chose secrète, parce que ça ne regarde personne que le bébé arrive plus tôt qu'il ne devrait arriver.

À ce moment-là, déménage dans un autre endroit où personne ne te connaît. Ainsi personne ne pourra compter sur ses doigts, à propos de ton affaire.

Je vois des temps difficiles pour toi, dans les feuilles de thé.

Je suis ta mère.

C'est pourquoi je ne te souhaite pas de connaître les temps difficiles que j'ai connus.

Je te souhaite de ne connaître que la moitié de ce que ta mère a connu comme difficultés. Ainsi tu sauras au moins combien tu as mal agi envers ta mère.

« Ne me maudis pas, maman », pleurnicha Annie. Puis elle relut la lettre, avec objectivité cette fois-ci.

La lettre lui fit éprouver un sentiment de tendresse attristée envers sa mère. Elle en parla à Carl, quand il rentra, et lui demanda de lire la lettre.

« Elle est plutôt blessée qu'en colère, dit-il.

— Mais, Carl, avait-elle besoin de me souhaiter de la malchance ?

— Personne n'a besoin de souhaiter cela, Annie. C'est gratuit.

— Je suppose que nous allons avoir bientôt des nouvelles de ta mère, Carl.

— Dieu sait ce qu'elle va écrire.

— Elle va me passer un bon savon.

— Tu sais, Annie, toutes les mères sont comme ça.

— Ma mère n'a rien dit contre toi.

— Elle n'a même pas mentionné mon nom ! Pour elle, je suis mort.

— J'espère que ta mère ne parlera pas de moi.

— Annie, regardons les choses en face. Il va y avoir une drôle d'histoire, quand la lettre de Mom arrivera. Ne prenons donc pas les devants. D'accord ?

— D'accord. »

Le Japonais apporta la lettre le samedi après-midi, quand il vint chercher Carl pour jouer au tennis. Annie était impatiente d'en connaître le contenu. Mais elle devait attendre jusqu'au soir.

L'ami de Carl l'appela « madame Brown ». Annie ne répondit pas « appelez-moi Annie », comme elle faisait quand elle voulait témoigner sa sympathie à quelqu'un. Carl fut déçu. Il aurait tant aimé voir son ami et sa femme se témoigner une sympathie mutuelle. Mais Annie se sentait mal à l'aise en présence du jeune Japonais : son anglais parfait lui rendait plus sensible la médiocrité de son propre langage et ses fautes de grammaire ; de plus, elle se sentait incapable de soutenir la conversation, malgré les efforts polis du Japonais pour qu'elle participât.

Assise sur un banc, elle les regardait jouer au tennis. Elle ignorait la règle du jeu et cessa rapidement de s'intéresser à la partie. D'ailleurs, sa nuque lui faisait mal à force de tourner la tête d'un côté puis de l'autre, pour suivre les mouvements de la balle.

Elle s'intéressait davantage à la jeune fille qui jouait sur le court voisin : jolie, vêtue d'une courte jupe blanche plissée et d'un ample chandail blanc, elle souriait beaucoup à son partenaire et avait une curieuse façon de secouer la tête, en faisant flotter ses cheveux, coupés court. Annie aurait voulu lui ressembler. Elle essaya de secouer la tête, mais sa chevelure étroitement enroulée ne voulait pas flotter au vent.

La jeune fille manqua une balle qui vint rouler aux pieds de Carl. Celui-ci laissa passer sa propre balle, afin de ramasser celle de la jeune fille. Il la lui tendit en souriant. La jeune fille resta un instant sans reprendre la balle, tandis qu'elle rejetait sa tête en arrière, en faisant flotter ses cheveux. Alors, elle fixa son regard sur Carl, prit la balle et fit de nouveau flotter sa chevelure avant de hocher la tête en signe de remerciement. Annie prit la décision irrévocable de se faire couper les cheveux, dès que son argent serait arrivé.

Après la partie, Carl proposa que son ami vînt à la maison prendre un verre avec eux. Annie resta muette et n'appuya pas l'invitation. Carl en fut gêné ; mais le Japonais se conduisit avec tact : il assura que c'était un grand honneur pour lui d'être invité chez eux, mais qu'il avait déjà pris rendez-vous…

Sur le chemin du retour, Carl constata : « Tu ne t'es pas beaucoup amusée n'est-ce pas, chérie ? » Elle en convint. « Veux-tu m'en parler franchement ? » demanda-t-il.

Elle avait envie de lui dire combien elle s'était sentie inférieure et déplacée ; combien elle souffrait de se savoir stupide et inadaptée. Mais elle n'eut pas le courage de s'abaisser elle-même.

« C'est simplement parce que je n'ai pas l'habitude de parler à des Japonais. Et je ne connais pas grand-chose en *ath-a-létisme.* » Il ne corrigea pas la faute pour ne pas aggraver l'état de dépression où il la voyait. « Je suis désolée, Carl, de ne pas l'avoir invité chez nous. Mais j'étais préoccupée par la lettre de ta mère qui nous y attend.

— C'est donc cela qui te tracasse ! »

Il se sentait soulagé.

« D'autre part, dit-elle de but en blanc, je vais me faire couper les cheveux.

— Pourquoi cette idée ?

— Peu importe. D'ailleurs, nous voici arrivés. »

Elle voulut lui faire lire la lettre tout de suite. Mais il hésita. « Laisse-moi d'abord enlever mes chaussures de tennis et ensuite prendre une douche.

— Tu le feras quand tu auras lu la lettre.

— Annie, viens t'asseoir sur mes genoux un petit instant, veux-tu ? Et aimons-nous un peu avant que commence la grosse dispute, à cause de la lettre.

— Oh, je n'ai pas l'intention de me disputer avec toi ! Peu importe ce qu'elle écrit. Et même si nous devons avoir une dispute, finissons-en vite, pour avoir le temps de nous calmer avant d'aller au lit. »

Un mandat postal tomba de la lettre. Annie le ramassa. « Un mandat de dix dollars, Carl ! Ta mère n'a pas été trop fâchée. » Ils échangèrent un sourire ; Annie prit place sur les genoux de Carl et parut se détendre ; Carl commença la lecture à haute voix.

Ce furent d'abord quelques phrases banales. Comment Carl se portait-il ? Avait-il besoin de quelque chose, par exemple des socquettes de laine pour l'hiver ? Tout allait bien à la maison, sauf que papa avait quelques ennuis avec son dos. Et la montre qu'elle lui avait donnée pour Noël ? Marchait-elle bien ? Carl devait le lui dire, avant qu'elle effectue les derniers versements.

Vint alors le passage essentiel.

« *Je suis surprise*, écrivait sa mère, *qu'Annie t'ait suivi là-bas. Je me demande quel genre de mère elle a, pour la laisser faire une chose semblable.* »

Annie se mit debout, tremblante d'indignation.

« Calme-toi, chérie, supplia Carl. Je t'en prie ! Je t'en prie !

— Je vais très bien. Continue. Lis-moi ce qui ne va pas encore dans mes rapports avec ma mère.

— Si tu te comportes ainsi, je déchirerai la lettre sans lire le reste.

— Lis !

— Alors, assieds-toi et reste calme. »

« *Évidemment, tu ne peux pas parler sérieusement, en disant que tu vas te marier* », lisait Carl. Il se rendait compte qu'il arrivait au passage dangereux et parcourut rapidement les lignes suivantes avant de les lire à haute voix. « *Ne sois donc pas stupide, et ne te laisse influencer par personne pour te marier.* » Il lut les phrases suivantes pour lui seul. « *Elle n'est pas si sotte. Elle est assez intelligente pour comprendre que tu as un avenir plein de promesses devant toi...* »

« Lis à haute voix ! cria Annie. Que dit-elle d'autre ? »

Carl improvisa. « Voyons, Annie est une jeune fille très gentille…

— Elle n'a pas dit ça. Tu inventes.

— Ça va ! Bon, au diable la lettre ! » Il la déchira en deux morceaux qu'il jeta dans la corbeille à papier.

« Tu aurais dû lui écrire que tu étais marié, Carl.

— D'accord ! J'aurais dû le lui dire. Je vais le lui apprendre tout de suite. » Il prit place devant la table et s'apprêta à écrire un mot.

« Écris simplement que nous sommes mariés depuis une semaine, et…

— Eh bien, fit-il avec patience, c'est toi qui écriras à ma place. » De la feuille, il fit une boule qu'il jeta dans la corbeille à papier.

« Maintenant, écoute un peu, Carl Brown ! C'est à moi d'être en colère. Pas à toi. »

Il rédigea le mot et le lui donna à lire, pendant qu'il écrivait l'adresse sur l'enveloppe.

Chère Mom,

Annie et moi nous nous sommes mariés samedi dernier. Nous sommes très heureux. Je l'aime beaucoup et elle m'aime. Quand tu connaîtras vraiment Annie, tu l'aimeras autant que moi. Ma tendresse pour papa, pour Tessie et pour toi, Mom. Carl.

Il attendit qu'elle eût fini de lire. « Ça va ?

— Ça va, fit-elle.

— Tu as un timbre sur toi ? » Elle en sortit un de son sac. « Annie, vois-tu un inconvénient à ce que j'écrive un post-scriptum : "Tendresse d'Annie" ? »

Elle réfléchit. « Non, Carl. Elle sera déjà assez mauvaise en recevant la nouvelle. Inutile d'aggraver les choses. » Il sortit pour poster la missive.

Naturellement, Annie ramassa les morceaux de la lettre dans la corbeille à papier et les assembla. Elle lut ce que Carl avait évité de lire – si quelqu'un avait intérêt à hâter le mariage, c'était Annie. La mère de Carl voulait savoir s'il y avait une grossesse en cours. Elle le mettait en garde, et lui recommandait de ne pas se laisser prendre à un tel piège. Elle écrivait en substance :

… rappelle-toi que si elle t'a laissé faire, c'est qu'elle en a fait autant avec d'autres hommes. Renvoie-la donc chez elle, immédiatement. J'envoie dix dollars pour son billet de retour, afin qu'elle n'ait pas l'excuse de manquer d'argent pour retourner chez elle.

Annie fut prise d'un accès de fureur. Elle déchira la lettre en mille morceaux et les jeta dans la corbeille à papier. Elle fit des confettis du mandat postal et les jeta aussi dans la corbeille. Elle retira sa valise du placard, la posa sur le lit et l'ouvrit. Elle enveloppa son réveil dans sa blouse déchirée et rangea le tout dans la valise. Elle ajouta les douces-amères, le pot et tout le reste. Puis, brusquement, elle se mit à sangloter – bruyamment, d'une voix rauque. Elle courut vers la salle de bains, s'y enferma, fit couler l'eau afin que personne ne pût l'entendre et pleura à fendre l'âme.

Carl rentra, portant un cornet de glace pour Annie. Son regard fit le tour de la chambre déserte. Il aperçut la valise ouverte sur le lit. « Annie ? » appela-t-il. En guise de réponse, elle entra dans la chambre.

« Annie, ne fais pas ça ! Ne disparais pas chaque fois que je tourne le dos.

— J'étais dans la salle de bains.

— Je t'ai apporté un cornet de glace.

— Oh, merci, Carl. »

Elle prit le cornet.

« Tu as sorti ta valise. Tu ne pensais pas me quitter ? Rien qu'à cause d'une lettre ?

— Où irais-je ? fit-elle en suçotant le cornet. Mais je devais bien faire quelque chose ! Écoute, j'ai reconstitué la lettre et j'ai tout lu.

— Était-ce pénible, mon amour ?

— Pire ! C'était ignoble !

— Annie, ne sois pas trop dure avec Mom.

— Tu ne veux pas que je lui télégraphie mes remerciements ou quelque chose de ce genre ? » Elle jeta le reste du cornet dans la corbeille.

« Mets-toi à sa place.

— Je ne fais que ça. Il fut un temps où elle était une jeune fille comme moi, amoureuse de ton père. Suppose que la mère de ce dernier lui ait écrit de ne pas l'épouser, parce qu'elle était enceinte et qu'elle avait couché avec bien d'autres hommes en plus. Eh bien ! Comment crois-tu que ta mère aurait pris cela ?

Comment aurait-elle pris la chose, si la mère de ton père avait agi…

— Écoute, Annie. Ta mère a dit la même chose, et tu ne t'es pas mise dans cet état.

— Peut-être croit-elle que je suis enceinte, mais elle pense que c'est de toi ! Uniquement de toi ! et pas d'un régiment tout entier. » Elle alla vers lui et lui frappa la poitrine de ses poings. « Mais ta mère croit que j'ai couché avec tout le monde. Comprends-tu ? (pan ! pan !) Oui ? Mais je ne l'ai pas fait ! Ce n'est pas vrai ! cria-t-elle.

— Je le sais, mon cœur. Je le sais. »

Il lui immobilisa les poings dans ses mains, les garda contre sa joue et les baisa l'un après l'autre.

« N'en fais pas un drame, Annie. Un jour tu auras peut-être un fils. S'il allait t'apprendre son mariage brusqué…

— Je serais de son côté. Je ne serais pas égoïste.

— Tu réagirais de la même manière. »

Ils se disputèrent, ils plaidèrent, avant de finir par discuter franchement. Carl estima que sa mère avait agi odieusement, en écrivant comme elle avait fait. Annie n'était pas de cet avis :

« Qu'importe ce qu'elle fait ou dit maintenant ? Après tout, elle t'a donné une enfance merveilleuse, Carl.

— Je n'en sais rien, Annie. Oui, elle était une bonne mère, qui me donnait tout ce que je désirais, ou plutôt ce qu'*elle* désirait pour moi. Je me demande de plus en plus, en prenant de l'âge, pourquoi elle m'a poussé ainsi.

« L'été, quand les autres enfants partaient camper aux Catskills, elle m'obligeait à aller à l'école d'été pour passer mon examen à douze ans au lieu de quatorze ans.

Elle agit de même pour l'école supérieure. J'ai fait quatre ans d'études en deux ans et trois sessions d'été. Et ce fut Mom qui décida que j'étais doué pour le droit.

— Mais tu avais envie d'étudier le droit, n'est-ce pas, Carl ?

— Il se trouve que je m'y suis intéressé. Je n'en étais pourtant pas sûr, avant de venir ici.

— Je n'aime pas ta mère, Carl ; et je ne l'aimerai jamais. Mais je dois reconnaître qu'elle a fait beaucoup pour toi.

— C'est ce qu'elle m'a dit. Très souvent, Tessie et papa me l'ont dit aussi. Quand j'ai passé mon examen à l'école supérieure, Tessie a dit un jour : "La prochaine nouvelle que vous apprendrez, ce sera le départ de Carl et son mariage." Mom me regarda et dit : "Pas Carl. Il a du bon sens. Il va être un homme de loi, et nous aidera à avoir une vie meilleure."

— Qu'as-tu dit ?

— J'ai dit : "Bien sûr." Que pouvais-je dire d'autre ?

— J'aurais aimé que ma mère fût comme ça, dit Annie pensivement. Ma mère ne m'a pas obligée à aller à l'école. Je lui étais reconnaissante de me permettre d'y aller. Je dois être bizarre, ou je ne sais quoi, mais vraiment j'aimais l'école. »

Elle réfléchit un instant.

« C'est drôle, quand j'y pense, je ne peux pas me souvenir d'avoir eu beaucoup d'amusements. On ne m'a jamais fêté mes anniversaires, comme à toi ; je n'ai jamais eu le droit d'amener des amies chez moi. Ma mère ne disait jamais : "C'est bien" quand je rapportais de bonnes notes à la maison. Quand j'y pense, je crois que je n'ai jamais eu une véritable enfance. À quatorze ans, je commençais à travailler. Je me faisais passer pour une fille de seize ans. Mais je ne garde aucun ressentiment contre maman. Mon père était mort ; mes frères étaient tout petits et nous devions travailler, maman et moi. C'était tout naturel.

— Pourtant, Annie, tu aurais pu aller à l'école supérieure, quand ta mère a épousé Dan. Tu me l'as dit.

— Oui. Mais à ce moment-là, je n'en avais pas envie. J'avais seize ans. Je ne voulais pas retourner à l'école avec des gamines de treize ou quatorze ans. Et puis il y avait Dan. Il y avait quelque chose chez lui… Oh, peu importe. De toute façon, j'ai continué à travailler parce que cela représentait l'indépendance.

« Je me rappelle comment j'ai quitté mon premier emploi. C'était au second étage d'un grand magasin dans la Fulton Street. Un jour j'eus l'impression étrange que j'étais enterrée – vraiment finie –, morte, ou tout comme. Oui, vraiment enterrée, avec des gens qui marchaient au-dessus de moi toute la journée. Après l'heure du déjeuner, je n'y retournai pas. Mais maman m'obligea à reprendre le travail. J'étais impressionnable, disait-elle, et je ne devais pas me laisser aller à des idées aussi folles.

« Après tout je ne peux pas trop la blâmer. Elle voulait me voir courageuse, je suppose. Elle avait connu une vie si dure, après la mort de mon père. »

Il commençait à faire sombre dans la chambre, mais ils n'allumèrent pas la lumière. Elle restait assise sur ses genoux et lui parlait de son enfance. On aurait dit qu'elle manipulait les pièces d'un jeu d'assemblage et qu'elle mettait les bons souvenirs dans une boîte et les mauvais dans une autre.

Il écoutait assez distraitement, mais c'était très bien ainsi. Il savait que c'était bon pour elle de donner libre cours à ses souvenirs, qu'il fût attentif ou non.

Il avait ses propres soucis à affronter. Contrairement à ceux d'Annie, ils concernaient le présent et non le passé. Il pensait à sa lettre, que sa mère n'allait ouvrir qu'après le dîner. Alors elle dirait qu'il y avait une lettre de Carl. Sa mère, son père et sa sœur seraient assis autour de la table, dans la cuisine. Et Tessie dirait qu'elle espérait apprendre de bonnes nouvelles ; et son père dirait qu'une lettre de Carl était toujours une bonne nouvelle. Alors sa mère ouvrirait la lettre et lirait : « *Annie et moi nous sommes mariés*... »

Rien qu'à imaginer leurs réactions, Carl se sentit submergé par la tristesse.

6

« J'ai cru que mon argent n'arriverait jamais ! soupira Annie, tout heureuse.

— Ces choses-là prennent du temps, dit le caissier de la banque. J'ai calculé les intérêts.

— Est-ce croyable, fit Annie. Soixante-huit *cents* ! Je les ai gagnés sans avoir besoin de rien faire pour cela.

— C'est l'avantage de l'opération, observa le caissier avec philosophie.

— Je voudrais retirer vingt-cinq dollars de mon argent à moi. Mais ne touchez pas aux intérêts.

— Vous voulez donc garder les intérêts pour qu'ils fassent des petits, c'est bien cela ?

— Eh bien, oui. N'est-ce pas logique ? »

Il haussa les épaules. « C'est une méthode pour devenir riche. »

Annie acheta une jupe plissée bleu marine et un chandail assorti. Le chandail était trop large pour elle. Elle désirait un chandail collant, bien que ce ne fût plus la mode, parce qu'elle était plutôt fière de ses seins bien fermes.

« Oh non, dit la vendeuse horrifiée. Ces chandails collants manquent de chic. » Annie acheta un chandail ample.

Le manteau était marron clair, avec une martingale. Annie trouva qu'il ressemblait à un pardessus de garçon. Elle eut un regard d'envie pour le manteau noir, orné d'un col en peau de lapin, et qui était suspendu à un cintre.

« Je ne sais pas, fit Annie, indécise. Vous n'avez pas l'impression que ce manteau me donne l'air d'un garçon ?

— Pas avec ces jambes.

— Merci.

— Eh bien ! explosa la vendeuse. Vous n'avez pas l'air d'être fière de vous, pas vrai ? »

Mais elle souriait.

« Non, c'est vrai. Et vous ? » De nouveau, le visage de la vendeuse exprima la confusion. « Je n'ai pas de jambes tordues et je le sais. J'aurais l'air bête si je faisais semblant de le croire, pas vrai ?

— Je ne sais pas », fit la vendeuse en encaissant la rosserie.

Le vendeur de chaussures était petit, frêle et un peu affecté. Un freluquet, c'est le mot qui convient, pensa Annie. Ses cheveux noirs étaient pommadés et il portait une petite moustache. Ses manchettes qui dépassaient de plusieurs centimètres les manches du veston étaient ornées de boutons d'un symbolisme dramatique : l'un représentait le Masque de la Comédie et l'autre celui de la Tragédie. Mais les chaussures usées aux talons manquaient d'éclat.

C'est donc ainsi, se dit Annie. Un homme qui vend des chaussures ne peut pas prendre soin de ses propres chaussures – comme un écrivain qui ne sait pas s'exprimer. Comme moi.

Annie contempla ses nouvelles chaussures en cuir. Elle n'avait jamais vu de cuir blanc auparavant et elle le comparait à de la crème fouettée. Je n'en reviens pas, songea-t-elle ; elles sont vraiment trop belles.

« Je les prends. Avec la boîte.

— Naturellement, dit le vendeur, en dénouant les lacets, elles auront l'air tout à fait comme il faut quand elles seront un tout petit peu salies.

— Mais je n'y pense pas ! Les salir ! Jamais !

— Mais il le faut, chère madame, insista le vendeur. Des chaussures en cuir propres ne sont pas considérées comme impec, à l'université. »

Annie n'avait jamais entendu l'expression étrange, mais elle avait une vague idée de ce qu'elle voulait dire. « Vous voulez dire *holpec* ? »

Le vendeur ignorait ce que *holpec* signifiait ; mais il avait trop d'amour-propre pour avouer son ignorance. « Pourquoi pas ? » fit-il, débonnaire.

Elle s'arrêta ensuite chez le coiffeur.

« Quelle coupe désirez-vous ?

— En coup de vent.

— Vous voulez dire la coupe hollandaise ?

— Si c'est ainsi que vous l'appelez », dit-elle, dubitative.

Annie était comme prisonnière sous l'ample peignoir. Le coiffeur fit jouer ses grands ciseaux et agita le peigne comme s'il se préparait à l'attaque. Elle ferma les yeux et mordit les lèvres pour s'empêcher de crier, quand la première mèche tomba à terre. Il avait fallu toute une vie pour faire pousser ses cheveux aussi long, et maintenant ils étaient coupés.

« Vous pouvez ouvrir les yeux à présent », dit le coiffeur, comme eût fait un dentiste après une extraction.

Avant d'ouvrir les yeux, Annie secoua sa tête pour constater si sa chevelure flottait. Ça y était ! Elle soupira d'aise. Peu importait de quoi elle aurait l'air. Elle ouvrit les yeux. Elle ne se reconnaissait plus, mais l'aspect était satisfaisant. Le coiffeur ôta le peignoir, le secoua, puis le disposa de nouveau autour des épaules d'Annie. Il poudra sa nuque avec du talc qu'il épousseta avec une brosse douce. La sensation était agréable. Alors, il vaporisa sur ses cheveux une lotion au parfum délicat et la frictionna vigoureusement. Ce fut encore plus agréable. Lorsqu'il passa enfin le peigne dans ses cheveux, des bouclettes se formèrent aux extrémités ; et ce fut pour Annie la chose la plus agréable de toutes.

Le coiffeur ramassa les mèches tombées sur le plancher et les tint au-dessus de la corbeille, comme pour les y faire tomber. « Vous n'en voulez pas, n'est-ce pas ? fit-il.

— Bien sûr que si !

— Qu'allez-vous en faire ?

— Je ne sais pas. Je les veux, c'est tout. »

Il haussa les épaules. « C'est vous qui commandez. » Il les mit dans un sac en papier. Elle paya et donna un *nickel* comme pourboire. Le coiffeur jeta un regard dans la paume de sa main et dit : « Êtes-vous sûre de pouvoir vous en passer ?

— Non, je ne le peux pas. Mais c'est l'usage. »

Il sourit, la remercia et lui dit de revenir bientôt.

Annie entendit Carl qui montait l'escalier. Elle prit la pose, le dos contre la glace de l'armoire. Au moment où il ouvrit la porte, elle secoua la tête, pour faire flotter sa chevelure. Carl ne jeta sur elle qu'un bref regard.

« Oh pardon ! fit-il. Je me suis trompé de porte. Excusez-moi. » Il redescendit l'escalier. Annie lui courut après.

« Reviens Carl. Reviens ! » Il revint sur ses pas et l'examina de haut en bas.

« Pouvez-vous me dire ce qu'est devenue une jeune femme de ma connaissance nommée Annie Brown ?

— C'est moi ! fit-elle d'un ton théâtral.

— Eh bien, mademoiselle Moi, où est votre chevelure ?

— Dans le sac. » Elle le lui montra.

« Et ta poitrine ? Où est-elle ? Dans un autre sac ?

— Oh, je l'ai toujours.

— Voyons un peu. » Il remonta le devant de son ample chandail.

« Arrête maintenant ! » Elle repoussa ses mains.

« Je voulais simplement vérifier qu'il ne te manquait rien.

— Tu n'as même pas remarqué mes nouvelles chaussures.

— Mais si. En premier. Mais il y a une tache sur celle de gauche.

— Je l'ai salie exprès. Des chaussures propres ne sont pas à la mode.

— Tout ça me dépasse. » Il accrocha sa veste et relâcha le nœud de sa cravate. Puis il se mit à tailler un crayon.

« Tu n'as pas dit de quoi j'ai l'air dans mes nouveaux atours, fit-elle tristement.

— Tu es belle, comme tu es maintenant. Tu étais belle, aussi, dans ta vieille robe. Mais tu es encore plus belle sans rien du tout. » Il fit tomber le crayon sur la table. « Viens t'asseoir sur mes genoux, une seconde, chérie.

— Plus tard, Carl. Tu dois étudier ; et moi, je dois aller au magasin.

— Tu ne *dois* aller nulle part et tu le sais. Tu veux simplement montrer tes nouveaux atours.

— Est-ce un crime après tout ? »

Annie était sûre que l'épicier ne la reconnaîtrait pas. Sans lever les yeux, il dit : « La dernière fois que vous êtes venue, vous m'avez demandé mon nom.

— Je veux une boîte de croquettes, fit-elle.

— Eh bien, mon nom est Henry.

— Je veux aussi une boîte de figues de Newton, si elles sont fraîches.

— Quel est votre nom ? demanda-t-il.

— Je vous le dirai un jour. »

Elle s'arrêta au bazar pour acheter un paquet de cigarettes et pour s'offrir un cornet de glace. Tout en le suçant, elle pensa à l'épicier. Elle finissait par s'habituer à son comportement hargneux. En fait, elle était plutôt satisfaite de leurs rapports. Elle s'était renseignée auprès de Mme Hansmon et avait appris qu'il vivait seul. Son unique fils s'était fait tuer dans les combats en Argonne, et sa femme était morte quelques années plus tôt. Lui-même se faisait vieux, il avait bien la soixantaine, au dire de la propriétaire.

Annie eut comme une révélation soudaine. Voilà pourquoi il se comporte de cette manière. C'est qu'il ne veut pas qu'on le plaigne à cause de sa solitude !

Elle retourna à l'épicerie, qui était plongée dans l'obscurité, à l'exception de la caisse. L'épicier comptait sa recette. Annie ouvrit la porte et passa la tête dans l'entrebâillement.

« Hep ! appela-t-elle.

— La boutique est fermée, fit-il sans lever les yeux.

— Mon nom est Annie Brown. » Puis elle ajouta : « Henry ». Et elle déguerpit aussitôt.

Sans lever les yeux de son manuel, Carl tapota la main d'Annie en signe de remerciement, quand elle posa les cigarettes sur le coin de la table. Elle grimpa sur le lit avec un carnet, un crayon, et *Ce côté du paradis*. Mais elle était trop excitée pour lire. Elle pensait à toutes les personnes dont elle avait fait la connaissance depuis son mariage. Elle décida d'en dresser la liste. Elle écrivit en haut de la feuille : « Nouvelles Connaissances Qui Sont Entrées Dans Ma Vie. » Elle les nota par groupes.

NOUVEAUX AMIS

Mme Hansmon – propriétaire
Mme Ridinski – cafétéria
M. Byrd – fleuriste et écrivain
Henry – épicier

ENNEMIS

M. Félix – potage de tortue

VAGUES CONNAISSANCES

Caissière au restaurant
Employée du supermarché
Où j'ai acheté le réveil – homme
Homme à la banque
Vendeuse – magasin de confection
Homme – magasin de chaussures
Le coiffeur
Bazar – cigarettes. Homme et garçon aux cornets de glace

GENS DU COLLÈGE ET DE L'UNIVERSITÉ

Là, elle s'arrêta : personne dans cette catégorie ne lui avait jamais adressé la parole. Elle pensa au partenaire de Carl, au tennis. Il fait partie de l'université, décida-t-elle. Et elle nota : *Étudiant japonais.*

Elle arracha la feuille et la tint à bout de bras : « Pas si mal, fit-elle à haute voix, vu que je ne suis ici que depuis peu de temps. »

Elle se rendit compte qu'elle avait parlé à haute voix, alors que Carl étudiait ; elle se rappela à l'ordre par le cri de guerre de Carl : « Pour l'amour de Dieu ! Annie ! » Mais la chambre demeura calme. Elle glissa un regard dans sa direction. Il était absorbé dans son livre, mais il souriait. Elle poussa un soupir d'aise en pensant : nous nous accordons bien maintenant, Carl et moi. C'est ce que les gens appellent « le rodage ».

La lettre était pour Carl. Sa sœur Tessie l'avait écrite – tapée à la machine, au bureau. Le ton était froid et précis.

Ta lettre nous a causé un grand choc. Mère a eu presque besoin du docteur, et Père a été si bouleversé qu'il n'est pas allé à son travail pendant deux jours. Vu les circonstances, tu ne peux pas espérer que nous allons continuer à t'aider financièrement. Aussi demandons-nous à être remboursés de tout l'argent que nous t'avons avancé depuis l'année dernière jusqu'à ce jour...

« Avancé, Carl ? Je croyais qu'ils te le donnaient. » Il ne fit aucun commentaire. La lettre continuait ainsi :

... Ci-inclus le décompte de ce que tu nous dois. Si tu veux garder la montre que Mère t'a donnée pour Noël, tu devras effectuer les deux derniers versements.

Dommage que tu sois obligé de quitter le collège, après être allé aussi loin.

« Mais, Carl, tu ne leur as pas dit que tu allais interrompre tes études, j'espère ?

— Non, non ! » dit-il avec impatience.

Il jeta un regard sur le décompte. Il devait quatre cent cinquante dollars. Une fiche du joaillier indiquait qu'il restait encore deux paiements à effectuer, chacun de deux dollars. Il s'assit et passa et repassa la paume de sa main sur son front.

« J'ai encore cinquante dollars à la banque, Carl. Nous allons les leur envoyer immédiatement.

— Ne dis rien pendant un instant, Annie. Ne parle pas. Laisse-moi réfléchir.

— Bon. » Elle se rendit dans la salle de bains, afin de le laisser seul. Quand elle revint, il arpentait la pièce et tirait nerveusement des bouffées de sa cigarette. Une ride verticale barrait son front, entre les yeux. Annie ne l'avait jamais remarquée auparavant.

« Il n'y a qu'une solution, Annie.

— Carl, je ne veux pas que tu quittes… »

Il posa les mains sur les épaules d'Annie. « Je ne vais pas abandonner mes études. Et toi, tu ne vas pas te démunir de tes cinquante dollars.

— Je trouverai quelque chose à…

— Et tu n'accepteras pas de travaux ménagers. Je vais établir pour Mom une reconnaissance de dette, amortissable en cinq ans, à six pour cent.

— Mais comment pouvons-nous payer…

— Début des paiements un an après mon dernier diplôme.

— Mais elle va être folle. Carl, et si elle nous poursuivait en justice ?

— Elle ne le fera pas. Cesse de te tourmenter et laisse-moi faire. » Il s'assit et rédigea le reçu.

Le lendemain, ils descendirent en ville ensemble. Il fit taper la reconnaissance de dette par la secrétaire de la mairie et fit légaliser leurs signatures. Il dut demander à Annie cinquante *cents* pour les frais d'expédition. Puis il envoya le document à sa mère, par lettre recommandée. Annie pensa au mandat de dix dollars qu'elle avait déchiré et voulut envoyer la somme en prélevant le montant sur son compte en banque. Mais Carl l'avait inclus dans ses comptes. Carl mit sa montre-bracelet en gage pour sept dollars et envoya un mandat de quatre dollars au joaillier, en demandant un reçu en règle pour la somme complète.

« Maudite montre ! La voici entièrement payée maintenant, dit-il. Si jamais je te surprends à acheter quoi que ce soit à crédit…

— C'est drôle d'avoir une montre entièrement payée et de ne pas en disposer.

— Je vais te dire quelque chose encore plus drôle. Nous sommes mariés depuis moins d'un mois et déjà nous avons plus de quatre cents dollars de dettes. Que dis-tu de ça ?

— Au diable ! fit-il.

— Oui, au diable. »

Ils allèrent déjeuner dans le restaurant où ils avaient pris leur repas de noces. Cette fois-ci, ils prirent le menu à cinquante *cents*. Puis Carl emmena Annie au Magasin du Collège, après le déjeuner, pour lui acheter une écharpe. Celle-ci était en laine moelleuse, aux couleurs du Collège ; elle coûtait un dollar et demi.

L'employé montra à Annie comment la porter ; roulée une fois autour du cou, avec une extrémité qui pendait dans le dos et l'autre par-devant. Il montra encore comment on pouvait en faire un capuchon, en passant la partie arrière par-dessus la tête.

« Je pense que ça ira », dit Carl. Il paya et ils quittèrent le magasin.

Annie donna un coup de coude dans les côtes de Carl et lui dit : « Jaloux ?

— Qu'est-ce qui te fait penser cela ?

— Toi.

— Ne sois pas ridicule. »

Elle chantonna quelques mesures d'une rengaine. Elle chantait faux.

... des jolies fleurs je suis aussi jaloux,
et du baiser qu'elles ont eu de vous...

« Es-tu obligée de chanter ça dans la rue ? demanda-t-il.

— Oui !

— Alors chante à haute voix et distinctement.

— Carl ! fit-elle en pressant son bras. Je suis si heureuse de t'avoir trouvé.

— Petite noix ! » Il abaissa un regard souriant vers le visage qu'elle lui tendait.

Et plus d'une personne âgée soupirait et souriait sur leur passage, en pensant combien il était merveilleux d'être jeune, et de ne pas avoir de soucis en ce monde !

La quatrième semaine de leur mariage ne commença pas sous de bons auspices. Quand arriva la date fixée pour son interrogation par le doyen, et après qu'il se fut préparé à subir cette épreuve, Carl apprit que le doyen avait remis le rendez-vous à une quinzaine. Il en conçut de l'inquiétude. Que se passait-il donc ? Sa mère avait-elle écrit au doyen, pour lui reprocher en quelque sorte de ne pas avoir empêché ce mariage ? Le doyen retardait-il la décision de l'exclure de l'université ?

Dès son retour, ce soir-là, il eut un autre sujet d'inquiétude : la chambre était plongée dans l'obscurité. « Annie ? » appela-t-il d'une voix mal assurée. Il ne reçut pas de réponse et fut pris de panique. Depuis combien de temps était-elle sortie ? Où était-elle ? Il alluma la lumière. Annie était couchée sur le lit, complètement habillée, mais sans ses chaussures. Elle avait posé sur son front une serviette pliée qu'elle enleva en descendant du lit.

« Que se passe-t-il, Annie ? Qu'y a-t-il, chérie ?

— Rien. Je me sens très mal, c'est tout. »

Il toucha son front. Il était brûlant ; mais ses mains étaient glaciales. « Retourne au lit et couvre-toi bien. Je vais t'aider à te déshabiller. » Il s'apprêta à ôter son chandail.

« Ne me touche pas, fit-elle d'un ton sec.

— Pour l'amour du ciel, Annie. »

Il recula d'un pas, tout surpris.

« Écoute, je ne suis pas fâchée contre toi, Carl. C'est simplement que je me sens fragile comme du verre. J'ai l'impression qu'il suffirait que quelqu'un me touche pour que je tombe en miettes. »

Elle se déshabilla, se remit au lit et s'entoura de la couverture. Désireux de se montrer secourable, Carl enleva sa veste et voulut l'en envelopper.

« Retire cette veste, fit-elle avec irritation. L'odeur de graisse me rappelle M. Félix. »

En l'accrochant au vestiaire, Carl pensa qu'il faudrait la faire nettoyer ; mais il se demandait ce qu'il allait porter pendant qu'elle serait chez le teinturier.

« As-tu dîné, Annie ?

— Non. Je ne veux pas dîner. Rien qu'une tasse de thé.

— Je vais la chercher. »

Mme Hansmon était dans sa cuisine. « Je ne sais pas comment vous le demander, madame Hansmon, dit Carl, mais Annie… eh bien, elle ne se sent pas bien, et elle voudrait une tasse de thé et…

— Asseyez-vous, monsieur Brown. C'est vous qui paraissez malade… »

Il s'assit à la table de cuisine, pendant que la propriétaire mettait la bouilloire à chauffer et disposait sur le plateau une tasse, une soucoupe et une petite théière marron.

« Il commence à faire froid, dit-elle. Je ne serais pas surprise que nous ayons de la neige.

— De la neige ? » dit-il distraitement.

Elle versa l'eau bouillante dans la théière et posa un cachet d'aspirine sur le plateau. « Faites-lui avaler ça. Cela ne lui fera peut-être pas beaucoup de bien ; en tout cas, celui ne lui fera pas de mal. »

Carl se leva pour prendre le plateau. « Je ne sais comment vous remercier. Si je peux vous rendre service en retour…

— Eh bien, si vous êtes encore ici au printemps, peut-être pourriez-vous m'aider à monter les stores ?

— Bien entendu, dit-il avec empressement.

— Prenez cela. » Elle lui donna une thermos qu'elle avait remplie d'eau de la bouilloire.

« Pourquoi cela ?

— Annie saura. » Au moment où il sortait, elle dit : « Quel âge avez-vous, monsieur Brown ? »

— Vingt ans. »

Elle hocha la tête et sourit avec compassion.

Annie apprécia le thé chaud, prit l'aspirine et fut reconnaissante pour la thermos d'eau chaude. Quand elle eut terminé, Carl posa le plateau sur la table et s'assit au coin du lit.

« Il ne faut pas que je t'empêche d'étudier, dit-elle, comme s'ils étaient des étrangers.

— Tant pis pour mes études. Je veux rester ici avec toi, Annie.

— Non, Carl, reprit-elle sur un ton irrité, va-t'en étudier, veux-tu ? »

Inquiet et vexé à la fois, il entreprit les préparatifs rituels : il coinça la boîte d'allumettes sous le pied de la table, disposa son manuel et son sous-main, tailla ses crayons. « Penses-tu qu'il soit nécessaire d'appeler un médecin ? demanda-t-il anxieusement.

— Laisse-moi seule, veux-tu ? » Sa voix exprimait une profonde tendresse, tandis qu'elle se tournait sur le côté, le visage contre le mur.

Carl fit de son mieux pour étudier ; mais les préjudices n'avaient aucun sens pour lui. Au lieu de prendre des notes, il griffonna sur le papier, partagé entre l'envie de fumer une cigarette et la crainte que la fumée n'incommodât Annie. Celle-ci était si calme qu'il se demandait si elle était endormie. Il chercha à percevoir le bruit de sa respiration, mais ne put l'entendre à cause du tic-tac du réveil. Il se dirigea vers le lit et se pencha pour écouter : Annie était endormie et respirait calmement.

Il se déshabilla dans la salle de bains pour ne pas la réveiller. De retour dans la chambre, il posa la main sur le commutateur dans l'espoir que le déclic ne la réveillerait pas. Précautionneusement il se glissa dans le lit ; il s'étendit sur le bord et prit soin de laisser un espace entre elle et lui. Annie se retourna et il sentit son contact.

« Prends-moi la main, chéri. Rien que la main. »

Il prit sa main dans les siennes. Cette main, à présent, était chaude : il en fut soulagé. « Es-tu souvent sujette à de tels malaises, chérie ?

— Oui, chaque mois, dit-elle d'un ton las. Tous les vingt-huit jours. »

Il ne dit rien.

« Ne le savais-tu pas, Carl ?

— Non, j'aurais dû savoir, mais je ne savais pas. Je suppose que je suis complètement stupide. Je ne m'étonne pas que la propriétaire m'ait demandé quel âge j'avais.

— Je ne sais pas pourquoi j'en souffre tant, dit-elle avec humeur. J'ai une si bonne santé, à part ça ! Mais je deviens si susceptible, pendant ces périodes : il faudra que tu en prennes ton parti, Carl.

— Tu es parfaite, dit-il. Tout simplement parfaite. Et tu peux être aussi susceptible que tu voudras.

— Je suis désolée, Carl, mais pendant quelques nuits nous ne pourrons pas…

— Chut ! coupa-t-il. Ça va bien. Tout va bien. L'essentiel est que tu sois là, quand je rentre le soir.

— Oui, murmura-t-elle, l'essentiel est qu'on se retrouve le soir. »

Il lui tint la main jusqu'à ce qu'elle s'assoupît. Puis, il resta longtemps sans dormir, soulagé à la pensée qu'elle n'était pas enceinte. Alors il se sentit honteux d'avoir eu cette pensée. Cela ne devrait pas exister, se dit-il. Non. Pas ainsi.

7

C'était un mardi de novembre. Un écriteau annonçait que l'épicerie de Henry était « fermée ». À l'extérieur, une toile d'emballage était enroulée de façon à constituer une sorte de sac. L'intérieur était rempli de noix. De l'autre côté de la rue, Annie observa un groupe d'écureuils qui s'approchaient du sac, prenaient une noix et s'empressaient de disparaître. Annie traversa la rue en courant et dispersa les écureuils qui battirent en retraite, dans une bousculade désordonnée.

Henry sortit du magasin et demanda à Annie ce que, pour l'amour du ciel, elle était en train de faire. « C'est un service que je vous rends, dit-elle. Les écureuils volaient toutes les noix. Je les ai chassés.

— Mais, Annie, les noix étaient disposées là pour les écureuils ! Il en est ainsi chaque année, le jour de mon anniversaire. Je ferme la boutique pour que les gens ne les dérangent pas.

— Votre anniversaire, Henry ?

— Soixante et un ans aujourd'hui.

— Vous ne les paraissez pas ! »

En fait, il les paraissait bien. Il le savait, et Annie aussi. Mais c'était gentil, de sa part, de dire qu'il ne les paraissait pas.

À présent les écureuils assis en demi-cercle au milieu de la rue fixaient leurs regards sur les noix. L'un d'eux, plus courageux que les autres, bondit en avant ; avec un air de défi, il se saisit d'une noix et s'enfuit. Les autres s'enhardirent, quand ils le virent regagner sans mal le groupe. « Regardez ! » dit Henry. Il prit une noix, s'accroupit et la tint à bout de bras. Un écureuil, prompt comme l'éclair, vint la lui dérober. Annie essaya à son tour. Un petit écureuil était assis sur son derrière, les pattes croisées, le nez animé de contractions spasmodiques, la queue agitée de frissons. Finalement, tremblant de tout son corps, il se saisit de la noix, l'enfouit dans sa joue et s'éclipsa. Annie était au comble de la surprise. Comme elle continuait à nourrir les écureuils, Henry lui raconta qu'il agissait ainsi depuis onze ans.

« Depuis l'âge de cinquante ans, précisa-t-il. Et vous savez, Annie, ils connaissent exactement la date. Ils ne la manquent jamais. Il y en avait des centaines, alors que maintenant ils ne sont plus qu'une poignée.

— Qu'est-il arrivé aux autres, Henry ?

— Eh bien, la ville a pris de l'extension ; les maisons sont plus rapprochées ; on a coupé les grands arbres pour libérer du terrain à bâtir ; la plupart des écureuils ont quitté la ville ; ils ont cherché refuge dans la forêt. Chaque année ils sont moins nombreux.

— Vous ne savez pas, Henry ? Vous êtes un homme très bon.

— Non. Je crois simplement que je représente quelqu'un – pour des êtres auxquels je manquerai, quand je ne serai plus de ce monde. »

Henry lui raconta comment, bien des années auparavant, son comportement à l'égard des écureuils, le jour de son anniversaire, avait connu la célébrité : les journaux en parlaient ; il y avait des photos ; l'une d'elles couvrait même la moitié d'une page. Et puis, on parlait de son fils défunt ; on rappelait sa mort courageuse, à la guerre. Henry avait conservé le journal.

« J'aimerais le voir, dit Annie.

— Peut-être vous le montrerai-je un jour – ou peut-être pas », fit-il.

Annie eut un sourire.

Dans ses nouveaux vêtements à la mode de l'université, Annie se sentait plus confiante. Elle s'arrangea pour se trouver dans la cour, à la sortie des classes. Elle portait ses livres et se mêlait aux étudiants, comme si elle appartenait à leur groupe. À un moment, elle sourit, leva la main et cria « hi ! ». Elle ne s'adressait à personne, mais une étudiante dans la foule la confondit apparemment avec quelqu'un d'autre et lui rendit son salut. Encouragée, Annie prit une nouvelle initiative. Elle se joignit à un groupe d'étudiants et pénétra dans le Casson Hall, comme si elle devait assister à un cours.

Elle se pencha sur la fontaine et but à même le jet d'eau : à sa surprise, l'eau avait le même goût que n'importe quelle eau. Puis elle s'approcha du tableau des Communiqués et des Annonces et le parcourut d'un regard intéressé, les sourcils froncés. Ici, une note résumait un débat ; là, quelqu'un signalait que sa chambre devenait libre. Un étudiant cherchait à vendre une caméra ; un autre voulait acheter à bon prix une machine à écrire. Quelqu'un avait perdu une chaussure d'homme – celle du pied gauche, précisait-il ; un autre avait trouvé un gant et l'avait piqué sur le tableau à l'aide d'une punaise. En bas, dans un angle, on lisait un message personnel : *Nancy, rendez-vous à trois heures, à la confiserie Liva. Ed.* Au-dessous, de nombreux loustics avaient écrit : *J'y serai. Doug Fairbanks*, disait l'un. Un autre ajoutait : *Moi aussi. Walt Whitman.* Et un troisième : *J'y serai, Nancy. Sig. Freud.*

Absorbée par la lecture du tableau, Annie n'avait pas remarqué que les étudiants avaient gagné leurs classes respectives, et qu'elle se trouvait maintenant seule dans le hall désert. Elle se dirigea vers la sortie, puis s'arrêta pour écouter le cours donné dans une classe : la porte était ouverte ; elle s'appuya contre le mur et tendit l'oreille.

« … naturalisme n'est qu'un autre mot pour désigner le réalisme.

— Qu'en pense la classe ? demande la voix du professeur. Vous avez levé la main, monsieur Boyton ?

— Ce sont deux choses différentes.

— Expliquez-vous.

— Deux choses différentes. C'est tout.

— Mademoiselle Decoe ? Je vois votre main.

— Eh bien, le réalisme est un naturalisme décanté.

— Selon vous, le naturalisme est en somme le rebut du réalisme ? »

La classe se mit à rire. Annie rit aussi, la main sur la bouche. Elle ne savait pas si c'était drôle, mais elle aurait tant voulu faire partie de l'auditoire ! Elle entendit la voix d'un garçon.

« Le réalisme est primitif et dur. Il fait une large place au meurtre et au sexe. »

Un autre étudiant intervint d'une voix flûtée : « Le naturalisme traite également du sexe. Peut-être le sexe est-il plus près de la nature que de la réalité. Mais…

— Nous nous écartons du sujet, observa le professeur.

— Puis-je faire une remarque ? » C'était la voix d'une jeune fille.

« Oui, mademoiselle Downing.

— Le réalisme s'exprime en phrases courtes et utilise peu d'adjectifs. Le naturalisme affectionne les phrases longues ; il s'attache moins à l'action qu'à la réflexion. Mais le réalisme offre une lecture plus facile.

— Nous commençons à entrevoir le sujet », dit le professeur. Puis il fit son cours jusqu'à la fin de l'heure, expliquant les différences entre le naturalisme et le réalisme. Pour terminer, il recommanda des livres qu'il fallait lire. Annie qui en connaissait quelques-uns regrettait de ne pas avoir sur elle un carnet et un crayon, afin de noter des noms étrangers comme Zola et Gorki, et un autre qui se prononçait comme *Duffyetski*. Néanmoins, elle se rappela le titre du livre de cet auteur. Elle se précipita hors du hall et alla prendre le livre à la bibliothèque.

Lorsque Carl rentra à l'heure habituelle, Annie ne courut pas vers lui pour l'embrasser. Elle était couchée à plat ventre sur le lit, absorbée par sa lecture. Elle tourna une page avant de lever les yeux.

« Tu rentres tôt ce soir.

— C'est pourtant mon heure habituelle… Eh bien !

— Eh bien quoi ?

— Me voici de retour à la maison, après mon dur labeur quotidien dans les mines de charbon et…

— Oh Carl ! » Elle courut vers lui, déboutonna sa veste et mit ses bras autour de sa taille, sous la veste. « J'ignorais qu'il fût si tard.

— Comment s'appelle mon rival ?

— Que veux-tu dire, Carl ?

— Qu'es-tu en train de lire qui te fasse oublier ma personne ?

— Oh rien. Rien d'autre que la meilleure histoire policière du monde. *Crime et Châtiment.* »

Le lendemain, munie d'un carnet et d'un crayon, Annie prit position dans le Casson Hall. Mais la classe resta vide. La déception la mit au bord des larmes. Elle avait à peine dormi, la nuit passée, si grande était son impatience de se retrouver dans le hall, pour écouter le cours. Elle en parla à Carl le soir même. Il lui expliqua que certains cours n'étaient pas quotidiens. « Puisque ce cours a eu lieu un jeudi, ajouta-t-il, c'est que probablement il y en avait un autre mardi. »

Effectivement, le mardi suivant, le cours eut lieu. Le professeur donna un travail pour le prochain cours : il fallait résumer en deux cents mots un livre choisi parmi ceux dont on avait parlé en classe. Annie n'eut rien de plus pressé que de courir chez elle pour faire ce travail, bien qu'il n'eût aucune chance d'être jamais lu. Elle potassa longuement *Crime et Châtiment*. Son résumé dépassait largement les deux cents mots autorisés.

Le rendez-vous de Carl avec le doyen, longtemps différé, eut enfin lieu. Le doyen se borna à poser des questions et à attendre les réponses.

« Vous êtes marié. »

Ce n'était pas une question, mais une constatation.

« Oui, monsieur.

— Et vous en avez informé votre famille.

— Oui, monsieur.

— Comment a-t-elle accueilli la nouvelle ?

— Pas très bien.

— Alors, je suppose que vous ne pouvez plus compter sur une aide financière de ce côté.

— Pour le moment, non.

— Votre femme a-t-elle trouvé du travail ?

— Non, monsieur. Pas encore. »

Le doyen joignit l'extrémité de ses doigts et tourna son fauteuil vers le côté. Carl se sentit inondé de sueur. En quoi cela concernait-il le doyen, pensait-il, que ses parents eussent réagi favorablement ou non ? Ou qu'Annie eût trouvé un emploi ou non ? Du moment qu'il avait payé sa scolarité et que ses notes étaient satisfaisantes, le doyen n'avait pas le moindre droit…

« Votre femme a-t-elle terminé ses études à l'école supérieure ? »

La question prit Carl au dépourvu.

« Elle n'a jamais fréquenté l'école supérieure, laissa-t-il échapper brusquement. Elle a quitté l'école primaire à quatorze ans. »

De surprise, le doyen haussa les sourcils. Il ramena son fauteuil dans sa position initiale, appuya ses deux mains sur le bureau, comme pour se lever et fit comprendre à Carl que l'entretien était terminé.

« Mais elle n'est pas pour autant illettrée, monsieur, dit Carl. Elle est très intelligente.

— Quelles sont ses occupations ?

— Ses occupations ? »

Carl avait du mal à comprendre.

« Je vais poser la question autrement : à quoi s'intéresse-t-elle ?

— Eh bien, surtout à la lecture. Elle lit beaucoup. Et puis elle écrit un peu – ou tout au moins elle essaie. Elle fait en quelque sorte… Comment dire ? Elle collectionne les portraits des gens. Et elle a du flair – excusez l'expression, monsieur –, une sorte de sixième sens pour les choses, par exemple pour une pendule… » Carl resta sans voix : il était conscient qu'il défendait mal la cause d'Annie.

« Et encore ? insista le doyen.

— Eh bien, quand une certaine classe a lieu dans le Casson Hall, elle reste dans le couloir, pendant toute l'heure, à écouter le cours ; elle prend des notes, puis elle fait la lecture recommandée. Je crois qu'il s'agit de la classe de littérature moderne comparée. »

Le doyen se saisit d'un crayon et tapota le bureau avec l'extrémité en caoutchouc : manifestement, il cherchait une solution. Il posa le crayon et se leva.

« Conduisez votre femme ici.

— Amener Annie ici ? » La voix de Carl monta d'un ton, sous l'effet de la surprise.

« Amenez Annie ici, répéta le doyen d'un ton sec.

— Mais, monsieur…

— Demain à quatre heures. »

Le doyen avait terminé. Il se mit à signer des lettres. Carl exprima les remerciements d'usage. Le doyen continuait de signer, sans lever les yeux. Carl sortit.

Le soir même, quand il lui raconta que le doyen voulait la voir, Annie montra autant d'enthousiasme que si elle avait été invitée à une partie. Elle annonça qu'elle allait se laver les cheveux : ainsi, le doyen la trouverait-il jolie ; elle emprunterait aussi le fer à repasser à la propriétaire pour repasser sa blouse et…

Comme convenu, ils se retrouvèrent le lendemain, peu avant quatre heures, devant le bâtiment de l'école de droit. Elle demanda, non sans inquiétude, si elle avait l'air convenable. Il la rassura : elle était parfaite.

« Alors je suis prête, si M. Doyen est prêt.

— Il ne s'appelle pas M. Doyen. Nous nous adressons à lui comme à notre doyen. Son nom est Darwent.

— M. Darwent, alors.

— Nous ne l'appelons pas Darwent.

— Comment l'appelez-vous ?

— Monsieur. Nous utilisons "Monsieur" comme formule de politesse. Par exemple : "Monsieur, puis-je me permettre de poser une question ?" Si tu ne comprends pas quelque chose, ne pose pas de question. Dis : "Monsieur" sur un ton interrogatif.

— Monsieur par-ci, monsieur par-là ! Est-il un chevalier ancien ou quelque chose comme ça ? Dois-je lui faire la *ré-hé-vé-rence* ?

— La révérence, corrigea-t-il. Surtout, ne lui manque pas de respect. Autre chose : pas de poignée de main, à moins qu'il ne tende la main le premier.

— Donne-moi encore d'autres conseils », dit-elle sur un ton lourd d'appréhension.

Il tomba dans le piège. « Eh bien, s'il dit qu'il est content de faire ta connaissance, ne va pas dire : "Et moi donc !"

— Je ne dis jamais ça ! Pour l'amour du ciel, Carl, as-tu honte de moi, ou quoi ?

— Non, Annie. Jamais, chérie ! Mais…

— Laisse-moi donc être une imbécile avec naturel, au lieu de chercher à me transformer en cinq minutes.

— Je ne voulais pas te changer. Je voulais simplement que tu fasses bonne impression sur le doyen.

— N'est-ce pas plutôt à lui de *me* faire bonne impression ?

— Voyons, Annie, fais un effort. C'est si important pour moi !

— Carl, dit-elle doucement, aurais-tu peur du doyen ?

— Que ça te plaise ou pas, oui, j'ai peur de lui.

— Il ne faut pas en avoir peur. C'est un homme comme les autres. Et ne t'inquiète pas pour moi. Je ferai attention à ce que je dis.

— Je reconnais bien là ma petite gosse. » Avisant le livre qu'elle portait, il demanda : « Pourquoi gardes-tu ce livre ?

— C'est pour le cas où je serais prise de panique : j'aurai quelque chose à quoi m'agripper. »

Le doyen ne s'était pas attendu à ce qu'Annie fût… précisément Annie. Il avait imaginé qu'elle avait soit le type de la fille très sexy, capable de pousser un garçon au mariage, soit celui de la fille plus mûre, plus avertie. La plupart des étudiants en médecine ou en droit qui se mariaient en cours d'études semblaient avoir une préférence pour ce dernier type de femme. Mais cette gamine ! Elle ressemblait à des centaines d'autres jeunes filles. En fait, elle rappelait au doyen sa propre fille qui était en seconde année.

Annie fixa son regard dans les yeux du doyen. Elle avait lu quelque part que si l'on regardait son ennemi droit dans les yeux, il était comme désarmé. Mais le doyen devait avoir lu le même livre, car lui aussi, il regarda Annie droit dans les yeux.

Carl la présenta comme sa femme, Mme Brown. La main droite d'Annie se crispa, prête à se tendre instinctivement. Mais le doyen n'offrit pas sa main, et Annie se contenta de serrer étroitement son livre.

« Comment allez-vous, madame Brown ?

— Comment allez-vous, vous-même ? » fit-elle en écho.

Il la pria de prendre place. Elle s'assit, sans cesser de le fixer du regard, au point qu'elle manqua presque le siège. Carl resta derrière elle, la main posée sur le dossier.

« Comment vous plaisez-vous dans notre ville universitaire, madame Brown ?

— Ne voulez-vous pas m'appeler Annie ? » fit-elle impulsivement.

Le doyen esquissa un sourire fugitif. Carl était au supplice : la voilà qui commence, pensa-t-il. Il lui pressa l'épaule. Les yeux d'Annie eurent une expression affolée. Elle ramena son livre contre sa poitrine et l'y appuya de ses deux bras.

« Voulez-vous m'excuser... » Elle prit un temps, avant d'ajouter, en soulignant un peu trop le mot : « Monsieur. »

Il y eut un silence. Le doyen attendit. Carl fit une douce pression sur l'épaule d'Annie pour lui rappeler qu'elle n'avait pas répondu à la question du doyen. « Oh ! dit-elle, vous voulez savoir – je veux dire, vous me demandiez si je me plaisais ici ? » Le doyen acquiesça. « Je me plais ici. Il y a tant de ciel, et l'air sent si bon !

— Votre mari m'a raconté que vous aimiez la lecture.

— J'adore lire ! fit-elle, la gorge serrée, avant d'ajouter : Monsieur.

— Que lisez-vous ? »

Si elle cite des titres de livres, pensa Carl, elle va le faire sourire.

« J'avais l'habitude de lire tout ce qui me tombait sous la main. Mais à présent j'ai un programme... monsieur.

— Quel genre de programme ?

— Eh bien, je reste dans le hall pendant un certain cours ; personne ne peut me voir ; je note les livres dont le professeur recommande la lecture et je vais les chercher à la bibliothèque. Et je les lis. Oh ! J'allais oublier ! Parfois, le professeur propose aux étudiants un sujet de rédaction, à traiter à la maison…

— Voulez-vous dire une dissertation ? coupa le doyen.

— Une dissertation ? Merci, monsieur. Eh bien, je rentre à la maison et je fais la dissertation.

— La donnez-vous à corriger ?

— Oh non, monsieur. Je reste simplement dans le hall. »

Le doyen resta un instant silencieux. Annie serrait plus fortement son livre contre sa poitrine. Carl tapota son épaule.

« Ainsi, reprit le doyen pensivement, vous restez dans le couloir, vous assistez au cours, et vous faites les travaux prescrits. Bien qu'ils ne soient pas soumis à l'appréciation du professeur !

— Oui, monsieur. » Il y eut un autre long silence. « Est-ce bien, monsieur ? »

Il la regarda dans les yeux. « C'est tout à fait bien », dit-il. Puis il se leva et ajouta : « Merci d'être venue.

— Vous voulez dire, dit Annie avec soulagement, et sur un ton d'incrédulité, que l'entretien est terminé ?

— Oui, Annie. Votre épreuve est terminée. » Il tendit sa main. Elle la serra avec ferveur.

Puis, se tournant vers Carl, il déclara : « Prenez bien soin de votre atout, Carl. »

Quand ils se retrouvèrent dans le hall, elle demanda anxieusement : « Ai-je bien fait ?

— Tu as été parfaite, chérie. Je suis fier de toi.

— Étais-tu inquiet ?

— Un petit peu seulement, au début.

— Moi, j'ai eu peur tout le temps. Le doyen était peut-être inquiet, lui aussi. Ce serait drôle, n'est-ce pas ?

— Inquiet ? Mon doyen inquiet ? » Carl était stupéfait.

« Tiens ! Maintenant c'est "mon" doyen.

— Il est formidable, Annie. Il est formidable !

— Carl, qu'a-t-il voulu dire par "votre atout" ?

— Si je te le disais, la vie deviendrait impossible. »

Ce soir-là, elle chercha le mot dans le dictionnaire, pendant que Carl accomplissait le rituel de ses préparatifs. *Atout* : couleur choisie ou retournée dans les jeux de cartes, qui l'emporte sur les autres !

Les yeux d'Annie s'embuèrent. « Voici ma revanche, conclut-elle à voix haute. Qu'importe désormais le mandat que ta mère a envoyé pour que je retourne chez moi ?

— Que dis-tu ? » fit Carl distraitement. Il était déjà absorbé par son travail.

« Rien. Excusez-moi, *monsieur* ! »

Annie se tenait à sa place habituelle, dans le couloir ; elle avait appliqué son carnet contre le mur et, le crayon en l'air, s'apprêtait à prendre des notes. La classe avait commencé : Annie s'étonnait qu'elle fût si calme. Un homme sortit tranquillement de la salle, les mains dans les poches.

« C'est donc vous, madame Brown, le fantôme qui hantait ma classe.

— Il a dit que c'était bien, répliqua Annie sur un ton de défi. *Tout à fait bien*, voilà ses propres termes. C'est du doyen que je parle.

— Je suis le professeur Newcool ; on m'appelle "Prof".

— Mon nom est Annie Brown.

— Je sais. »

Ils échangèrent une poignée de main. « Désirez-vous vous joindre à nous ?

— Vous voulez dire entrer là, et m'asseoir ?

— Ce sera plus confortable que de rester debout dans le couloir ; et d'ailleurs, beaucoup de places sont inoccupées. »

Annie prit place au dernier rang. Elle croyait vivre un rêve. C'est comme si j'étais une étudiante, pensa-t-elle.

Annie vécut une heure d'extase. Sans relâcher une seconde son attention, elle approuvait les commentaires du professeur, prenait des notes, fronçait les sourcils quand un étudiant répondait maladroitement à une question sérieuse. Le cours prit fin, trop vite à son gré. Quand le professeur vint lui dire son espoir de la voir assister à tous les cours, Annie, éperdue de bonheur, ne sut que balbutier de vagues remerciements.

« Regarde-moi, Carl.

— Je regarde.

— Ne me trouves-tu pas changée ?

— Pour moi, tu es comme d'habitude.

— Regarde mieux.

— Eh bien, tes chaussures sont un peu plus sales, tes cheveux un peu plus longs.

— Je pensais que ça se voyait. Je suis une étudiante ! Ou tout comme. » Et Annie lui raconta comment elle avait été invitée à assister au cours.

« Comment as-tu fait ?

— Le prof me l'a demandé. Et il connaissait mon nom ! Carl, comment pouvait-il savoir ? Qui a pu lui dire… ?

— Toi, évidemment.

— Mais, il le connaissait déjà. Crois-tu que peut-être le doyen ?…

— Naturellement. »

Pendant toute la semaine, Annie vécut sur le souvenir de ces deux heures de cours. Passionnément attentive, elle prenait des notes, lisait tous les livres recommandés, répondait mentalement à toutes les questions posées aux étudiants. Parfois, le professeur lui adressait un regard encourageant, et semblait l'inviter à intervenir dans le débat. Annie n'avait jamais osé le faire ; elle répugnait à prendre une part active à la classe, puisqu'elle n'avait pas payé la scolarité.

Une fois, le professeur demanda aux étudiants de traiter en deux cents mots environ le problème du réalisme et du naturalisme, en s'inspirant des exemples de *Babbitt* et de *Crime et Châtiment*.

Annie commença de rédiger, au fil de la plume ; les idées se bousculaient dans son esprit. Lorsque le professeur ramassa les devoirs rédigés par ses élèves. Annie plia sa feuille et se disposa à la mettre dans la poche de sa veste ; mais le professeur tendit la main, et prit le devoir qu'il joignit aux autres copies.

Au cours suivant, il lut quelques devoirs à haute voix. Annie pria le Dieu du ciel que son travail ne fût pas lu : il n'était pas bon, et elle redoutait les moqueries des étudiants.

Mais déjà le professeur s'éclaircissait la voix, et réclamait l'attention de toute la classe. Puis il lut le devoir d'Annie.

Tout individu possède au moins un défaut dominant, parmi bien d'autres petits défauts. Qu'un homme marié entretienne une autre femme, c'est là une grave

faute. C'en est une autre que d'aspirer à devenir riche et d'écraser son prochain pour mieux parvenir à ses fins.
M. Sinclair Lewis n'a pas affligé Babbitt d'un grave défaut, mais d'une multitude de petits défauts qu'il analyse patiemment, avant de se moquer finalement de son personnage. M. Lewis n'a jamais eu pitié de Babbitt, parce que M. Lewis n'avait nulle come-passion.

Le prof prit un temps ; l'orthographe d'Annie, toute phonétique, le fit sourire.

Maintenant, prenons Crime et Châtiment. *Dans ce livre, le héros était affligé du pire défaut qui soit au monde : il était un meurtrier. L'auteur de ce livre ne vous invite pas à prendre en pitié le meurtrier ; mais il s'ingénie à expliquer les mobiles qui l'ont poussé à tuer cette femme qu'il croyait être méprisable. Si l'auteur a su nous faire comprendre cela, c'est parce qu'il avait pour son personnage de la* come-passion.
Quant à la différence entre le réalisme et le naturalisme, je crois que le réalisme consiste à présenter les gens dans des situations véridiques, tandis que le naturalisme met en évidence leur humanité...

Invités à exprimer leur avis, les étudiants parurent peu disposés à commenter les arguments d'Annie. Un garçon fit observer que c'était minimiser la nature d'un meurtre que d'en parler comme d'une simple faute. Une étudiante demanda pourquoi l'auteur du devoir n'avait pas employé le mot « maîtresse » au lieu d'une « autre femme ». Il y eut quelques autres remarques, plutôt défavorables. Le prof mit fin au débat.

« Je m'étonne, dit-il, que personne n'ait remarqué le point de vue original de l'auteur, la simplicité de son expression ; la… »

Il parle de moi, pensa Annie. Il parle de moi ! Elle était en extase.

« … façon de suggérer l'inexprimable. »

La cloche mit fin aux commentaires du professeur.

Ce soir-là, elle embrassa Carl avec plus de tendresse que d'habitude, et lui chuchota d'une façon nouvelle et timide qu'elle l'aimait beaucoup.

« Qu'est-ce qui me vaut cet accueil ? » fit-il.

Il n'en était pas moins charmé.

« Rien. Simplement, je suis si heureuse que je pourrais mourir de bonheur. »

8

James W. Darwent, doyen de l'école de droit et le professeur d'anglais Victor Newcool étaient des amis de longue date. En dépit de leurs occupations, ils s'arrangeaient pour déjeuner ensemble, de temps en temps, au club de la faculté.

« Vous disiez… fit le doyen.

— Oui, je disais qu'elle a tous les dons d'un écrivain virtuel. C'est trop stupide qu'elle ne puisse pas se révéler.

— Ce cours d'art dramatique pour débutants, Vic, qui donc l'assure au prochain semestre ? demanda le doyen.

— C'est Haise, je crois.

— Pouvez-vous obtenir de lui qu'il la fasse assister à ses cours ?

— Je crois que oui. C'est tout à fait ce qu'il faut. Elle a vraiment le sens du dialogue, vous savez.

— C'est très bien ! »

Le serveur tint la cafetière au-dessus de la tasse du doyen. « Encore du café, monsieur ?

— Non, merci, Harry. J'ai une réunion cet après-midi, et une troisième tasse de café pourrait m'empêcher de dormir. »

Le jour même, le compte en banque d'Annie ne se montait plus qu'à vingt-huit dollars. Elle avait dû prendre sur ses économies les cinq dollars par semaine que ne recevait plus Carl. Elle se rappelait comment, le jour de leur mariage, sur un banc du parc de l'université, ils avaient établi leur budget, théoriquement. Ils avaient tenu compte des imprévus – brusque maladie, soins dentaires, grossesse. Heureusement, rien d'aussi dramatique ne s'était produit. Mais les petites dépenses, celles qui se soldaient en menue monnaie, prenaient, de jour en jour, l'apparence d'un fléau.

Un bloc de papier, ce n'est pas cher ; mais il en fallait beaucoup. Les crayons ne coûtaient qu'un *nickel* – une affaire, à considérer les milliers de mots qu'un seul crayon permettait d'écrire ; mais les crayons s'usaient vite. Et il y avait les lames de rasoir.

« Honnêtement, Annie... » Carl avait besoin de savon à barbe. « Bien sûr, chérie... » Il pouvait lui couper ses cheveux à elle, pour économiser les frais de coiffeur, en revanche Annie ne pouvait pas lui couper les cheveux, à lui. Le coiffeur était donc nécessaire. Non, il ne pouvait pas attendre encore une semaine. Les cheveux lui tombaient déjà sur le cou. « Voudrais-tu que les garçons se mettent à siffler sur mon passage ? »

Bien sûr, c'était moins cher que d'acheter de nouvelles chaussures, mais tout de même ! Cinquante *cents* ! Rien que pour refaire les talons ! « Je t'aime bien, Annie, mais... » Mais à l'endroit où elle avait reprisé ses chaussettes, le bourrelet commençait à provoquer un durillon. « Je sais bien que tu apprendras... » Après tout, une paire de chaussettes ne coûtait que quinze *cents*. Ils en étaient arrivés à leur dernier quart de dollar, mais... « Je ne peux tout de même pas me passer de rouge à lèvres... — Et ce talc, Annie, qui te fait sentir si bon… » « Je ne voulais pas t'en parler, Carl, mais il me faudrait des serviettes hygiéniques… Et l'on n'en trouve jamais en solde, se plaignait Annie.

— Ne pourrais-tu pas me procurer une boîte de préservatifs ? »

Elle fronça les sourcils. « Ne dis pas de saletés, Carl.

— C'est l'un des privilèges du mariage. D'autre part, tu connais tous les gros mots.

— Cela ne signifie pas que je les aime. Non que je sois bégueule ; mais ils blessent mes oreilles – comme la craie qui grince sur le tableau noir.

— Sais-tu que la plupart de ces mots que tu appelles "sales" viennent en droite ligne de Chaucer ?

— Cesse de plaisanter !

— Lis donc les *Contes de Canterbury*, un de ces jours.

— Je les prendrai demain à la bibliothèque.

— Je ne comprends pas, Annie, qu'une fille aussi affranchie use des euphémismes les plus naïfs…

— Des quoi ? Que veut dire cela ?

— Tu en connais fort bien le sens : tu parles à mots couverts pour dire que tu vas à la salle de bains ; et ton expression outrée du genre "Oh ! le vilain garçon", quand il m'arrive de m'exprimer crûment, dans la tradition anglo-saxonne.

— Dis-moi : as-tu besoin d'employer de vilains mots pour t'exciter au lit ?

— Non, je n'ai pas besoin d'employer de vilains mots, fit-il sur le même ton, par dérision. Je vais te dire de quoi j'ai besoin. J'ai besoin d'un quart de dollar… » Il regarda autour de lui en feignant d'être inquiet que quelqu'un pût entendre. « … pour *ce-que-tu-sais*. »

Elle rit, pour toute réponse. Puis, tout en fouillant dans son sac, toujours trop bourré, pour chercher des *nickels*, des *dimes* et des *pennies*, elle dit : « Je me demande pourquoi on appelle ça l'amour *libre*, tu sais, comme à Greenwich Village.

— Annie, ne peux-tu pas trouver un autre *nickel* ? Je n'aime pas payer avec des *pennies*.

— C'est toujours de l'argent, observa-t-elle.

— Mince, fit-il sur un ton exagérément admiratif, as-tu trouvé ça toute seule ? »

Elle étendit ses bras d'un geste large, et dit avec une intonation dramatique : « Embrasse-moi, mon grand fou ! »

Il l'embrassa et se dirigea vers la porte. La main sur la poignée, il lança : « Écoute bien, mon petit ! La façon dont tu te refuses à employer de vilains mots, comme tu les appelles, ou la façon dont tu me répètes que tu ne veux pas les employer est plus excitante que si tu les disais effectivement…

— Oh, toi alors… ! » Elle attrapa le cendrier. Mais il avait prestement refermé la porte derrière lui. Le cendrier tomba sans se casser, cette fois-ci : il était en métal.

Carl ouvrit la porte, passa juste la tête dans l'embrasure. « Et le plus fort, c'est que tu le sais ! »

Il courait plus vite qu'elle ; il était presque arrivé à la rue, qu'elle se trouvait encore dans l'escalier.

Quelques soirs plus tard, au retour de Carl, elle lui annonça sur un ton tragique : « J'ai enfin trouvé du travail. »

Il se sentit sur le moment transporté de joie. Enfin, leur situation financière allait s'améliorer un peu ! Mais presque aussitôt, il eut honte de sa joie. Carl était vieux jeu, à certains égards. De son éducation, il avait retenu qu'un homme n'était qu'un « propre à rien », si sa femme devait l'aider financièrement, que ce fût en totalité ou en partie. Carl se sentait honteux, et comme diminué à ses propres yeux. Ce sentiment lui déplut. Il le transféra dans un mouvement d'humeur.

« Et où vas-tu travailler ?

— Au supermarché, le samedi, toute la journée. De plus, je vais garder une petite fille deux soirées par semaine, pendant l'absence de sa mère.

— Faut-il que je prenne rendez-vous pour te voir quelquefois ? » Le ton était sarcastique.

« Oh, Carl ! Je croyais que tu serais si content !

— Comment as-tu trouvé ces occupations ? Pardon : ce travail ?

— Eh bien, j'ai demandé au directeur du supermarché. Il m'a dit qu'il pouvait m'employer le samedi, à cause de l'afflux des clients, à l'approche de Noël. Et puis il y avait une annonce sur le tableau, dans le Casson Hall : une dame cherchait une jeune fille sérieuse pour s'occuper dans la soirée d'un enfant bien élevé, et…

— Comment s'appelle cette dame ?

— Mme Karter.

— Karter ? fit-il, l'esprit en éveil. Avec un "K" ou avec un "C" ?

— Avec un "K". »

Karter, pensa-t-il, Karter ! Ce nom lui rappelait quelque chose.

« Carl, veux-tu me laisser m'asseoir sur tes genoux ? Je t'en prie. »

Ils prirent place dans le fauteuil à bascule. Elle l'entoura de ses bras et le tint étroitement serré. « Je devais trouver du travail, Carl. Il le fallait. Il ne reste que huit dollars à la banque. »

Il enfouit son visage dans sa nuque et dit : « Je sais, chérie. Je sais. »

Elle le garda dans ses bras, et ils restèrent pendant un instant silencieux.

Puis il dit brusquement : « Tu n'aurais pas besoin d'abandonner tes cours, j'espère ?

— Oh non ! C'est pourquoi j'ai cherché une occupation plutôt qu'un emploi fixe.

— J'en suis très heureux ; je sais combien tu tiens à ces cours.

— Oh, Carl ! » Elle se redressa brusquement. « J'oubliais de te dire… C'est une chose absolument merveilleuse ! Tu connais mon professeur ? Eh bien, il m'a informée qu'au prochain semestre il recommence le programme, et qu'à son avis je devrais prendre mes cours dans une classe différente. Et il va faire le nécessaire pour que j'assiste au cours d'art dramatique. Qu'en penses-tu ?

— Je pense que c'est magnifique !

— Tout s'arrange merveilleusement, Carl. Pendant les vacances de Noël, je pourrai travailler tous les jours du matin au soir, m'a dit le directeur du supermarché.

— Moi, je m'occuperai de quincaillerie ; de neuf heures du matin à neuf heures du soir. Vingt dollars par semaine, jusqu'à la Noël.

— Nous passerons un Noël sensationnel ! Notre premier Noël ensemble, Carl.

— Annie, dit-il brusquement, est-ce que le prénom de cette femme Karter est Beverly ?

— Oui. Pourquoi ?

— Oh, je ne sais pas. J'ai dû entendre parler d'elle quelque part. Ce n'est pas très clair dans mes souvenirs.

— Sais-tu qu'elle est gentille, Carl. Elle habite une belle maison. Elle a une petite fille de quatre ans,

Joanny, qui est si mignonne. Pas vraiment jolie, vois-tu, comme sa mère. Mais j'aime bien ce petit bout de chou.

— Karter… Bev Karter. Hmm… hmm… » Il hocha la tête. « Il vaut mieux que tu ne travailles pas pour elle jusqu'à ce que je sois sûr.

— Que veux-tu insinuer, Carl ?

— Je pense à quelque chose que j'ai appris, je ne sais pas où.

— Tu la connais ! lança-t-elle aussitôt, prise d'un soupçon. Tu crains que je n'apprenne quelque chose.

— Je n'ai jamais vu cette femme.

— C'est toi qui le dis.

— C'est la vérité, Annie.

— Eh bien, je vais travailler pour elle. Et si j'apprends quoi que ce soit sur vous deux…

— Annie, ne sois pas aussi jalouse. Cela te va mal. Et si j'étais jaloux, moi ? Tu parles tout le temps de ton épicier ! Supposons que je sois jaloux de lui.

— Henry ? Jaloux du pauvre vieux Henry ? Mais tu es fou !

— Chérie, n'accepte pas ce travail ; pour l'amour de moi.

— Je l'ai déjà accepté. »

9

Bev Karter était moins jeune qu'elle ne voulait paraître. Elle était un peu trop maquillée. Les pommettes étaient saillantes, les seins petits et fermes, mis en valeur par des robes décolletées ou très serrées. Le ventre et les hanches étaient plats. Bev Karter savait s'habiller ; elle avait ce qu'Annie appelait « du chic ». Elle se passait d'accessoires et sa seule fantaisie était un bracelet orné d'une douzaine d'amulettes qui tintaient chaque fois qu'elle bougeait le poignet. Un délicat parfum exotique flottait dans son sillage.

Son attitude envers Annie était correcte. Elle ne la traitait ni en servante ni en amie. Elle l'aimait bien, mais sans s'intéresser vraiment à elle. Annie était éblouie par le luxe de l'appartement.

« Si tu voyais toutes ces fenêtres, raconta-t-elle à Carl. Il n'y a pas de tapisserie ; les murs sont peints en jaune pâle. Et les tableaux ! Ce ne sont pas des tableaux comme *La Grand-Mère* de Whistler.

— *La Mère*, corrigea-t-il.

— Enfin, elle n'en a pas de ce genre. Ses tableaux, il faut demander ce qu'ils représentent, parce qu'on ne trouve pas tout seul. Mais ça n'a pas d'importance : ce sont les couleurs qui vous frappent ; et

Mme Karter dit qu'il n'est pas nécessaire de savoir ce qu'ils représentent. Il suffit que l'on sente ce qu'ils veulent exprimer.

— Fichtre ! fit Carl sur un ton d'admiration moqueuse.

— C'est une veuve, je crois.

— Disons, une "veuve joyeuse".

— Son mari a dû lui laisser une assurance importante.

— Le mot juste serait *pension alimentaire.*

— Comment le sais-tu ?

— Elle appartient à un type de femme bien classé. Il y en a une comme elle dans presque chaque ville universitaire. On les appelle des "veuves joyeuses".

— Qu'est-ce que c'est ?

— La veuve joyeuse, expliqua-t-il sur un ton doctoral, est une institution universitaire. Sa maison, généralement accueillante, est, si l'on peut dire, le paradis pour tout jeune homme solitaire mais séduisant – étudiant en fin d'études de médecine ou de droit, ou qui travaille à son doctorat de philosophie. Elle les invite à une soirée culturelle. En général, il y en a un qui reste quand les autres sont partis. Il passe la nuit avec elle – ou une partie de la nuit, s'il a cours de bonne heure le lendemain matin.

— Se fait-elle payer ?

— Non. Tout le plaisir est pour elle.

— Comment sais-tu tout cela ?

— Oh, Annie ! C'est le secret de Polichinelle. »

Annie réfléchit. Mme Karter donnait une soirée culturelle une fois par semaine. C'était le travail d'Annie de faire dîner la petite Joanny, de la mettre au lit, puis d'aider Mme Karter pour les préparatifs. Elle aidait à confectionner des bouchées, à dresser la table de bridge, à placer des cendriers aux endroits stratégiques et à ranger sur une petite table les disques que Mme Karter avait choisis. Quand les garçons arrivaient, Mme Karter disait : « Ce sera tout, Annie ; et merci. » Elle donnait à Annie son dollar, et Annie quittait la maison.

« Carl, si tu ne veux pas que je travaille pour elle, je ne le ferai pas.

— Annie, je t'aime de tout mon cœur. Mais tu m'exaspères. Tu sais que je n'aime pas que tu travailles pour cette femme et tu dis que tu vas quitter la place, mais tu continues à y travailler.

— Nous avons besoin de cet argent, Carl, dit-elle calmement.

— Oui. L'argent. » Il soupira, s'approcha de la fenêtre et regarda dehors, sans rien voir. Elle vint tout près de lui.

« Carl, l'homme du supermarché m'a proposé un emploi à plein temps. Je pourrais le prendre et quitter Mme Karter. Mais alors il faudrait que j'abandonne mes cours. Mais, vois-tu, je n'aimerais pas faire ça.

— N'abandonne pas tes cours, Annie. Peu importe ce que tu fais d'autre.

— Mais, Carl, alors ne me reproche pas sans cesse de travailler pour Mme Karter.

— C'est plus fort que moi, chérie. J'ai honte qu'à cause de moi tu sois obligée de travailler pour une… »

Elle posa sa main sur la bouche de Carl avant qu'il eût prononcé le mot « putain ». « Ne dis pas ça, Carl. Tu ne sais pas si elle l'est vraiment. N'importe comment, il n'y aura pas de cours pendant les vacances de Noël, et j'accepterai l'emploi à plein temps au supermarché et je n'irai plus chez Mme Karter.

— Mais après Noël ?

— D'ici là, on trouvera bien quelque chose. Tu verras. » Il poussa un soupir et se prépara à étudier. « Carl, avant que tu commences, pourrais-je te poser une question ?

— Vas-y !

— Supposons une femme non mariée : elle couche avec un homme qui est un vieil ami. Si elle ne se fait pas payer, est-elle quand même une putain ? Ou seulement une femme légère ?

— C'est là une question litigieuse.

— Que veux-tu dire ?

— Eh bien, en langage juridique…

— Aucune importance, Carl. Tu n'as pas besoin de m'expliquer maintenant. Demain, il fera encore jour.

— Je serais très surpris qu'il en soit autrement. » Il sourit pour la première fois de la soirée. Annie se sentit le cœur plus léger.

« Tu es trop savant, mon chéri.

Elle avait pris *The House at Pooh Corner* de Milne à cause de son titre amusant. Maintenant, elle notait ses impressions de lecture, même si personne ne devait jamais lire son travail en effet, le professeur n'avait pas recommandé ce livre à la classe.

C'est trop simple (écrivait-elle). *C'est le genre de livre que des adultes lisent en pensant combien ils l'aimeraient s'ils étaient de nouveau des enfants.*
Malgré tout... (Elle barra cela et recommença la phrase.) *Pourtant, le livre a un certain charme...*

Un charme, pensa-t-elle. Ce mot est envoûtant au possible. Mais ce que j'écris n'est qu'une histoire à dormir debout. C'est de l'eau bénite. Elle arracha la page. En fait, tandis qu'elle écrivait, elle avait pensé à Mme Karter. Et cela ne lui plaisait pas.

Annie ne voyait aucun mal à ce que Bev Karter reçût des garçons, à l'occasion d'une soirée culturelle. Elle pensait plutôt à l'homme, au vieil ami, avec qui Mme Karter sortait chaque vendredi soir. Elle ne rentrait pas avant minuit. Annie supposait qu'il s'agissait d'une idylle, que l'ami était jeune, célibataire, séduisant, et qu'il avait de bonnes manières.

En général, Annie se trouvait dans la chambre à coucher avec Joanny, quand il arrivait. Mais elle n'avait jamais pu l'apercevoir. Un soir, il était un peu en retard, et Annie eut l'occasion de le rencontrer. Elle fut déçue. Il était effectivement un « vieil » ami ; il était sur la fin de la cinquantaine, plus petit que Mme Karter, avec des lunettes aux verres épais ; presque entièrement chauve ; et il avait un gros ventre.

C'était une semaine après la discussion qu'Annie avait eue avec Carl au sujet de Mme Karter. Il pleuvait à torrents. La pluie était mêlée de flocons de neige et de grésil ; il soufflait un vent glacial. Dans la chambre à coucher, Annie faisait la lecture à Joanny, qui tardait à s'endormir. Quand l'ami de Bev arriva, la porte de la chambre à coucher était entrouverte. Annie l'entendit qui disait :

« Inutile de sortir par un temps pareil. J'ai apporté une bouteille de Scotch – de l'extra. On me l'a apporté du Canada. » Mme Karter ferma la porte de la chambre, et Annie n'entendit plus rien.

L'enfant s'endormit. Annie aurait voulu avoir un livre ou quelque chose à lire. Elle se sentait troublée. De plus, elle ne supportait pas d'être enfermée dans une petite pièce. Elle resta debout devant la fenêtre à observer le déluge incessant et la fine couche de glace qui s'était formée sur le trottoir et qui scintillait sous l'éclairage de la rue. Et me voilà sans bottes, pensa-t-elle. Comment vais-je pouvoir rentrer avec tout ce verglas ?

Elle aperçut la voiture du vieil ami, garée devant la maison voisine ; une longue auto grise, d'apparence cossue, avec un vase de cristal à l'intérieur et, dans le vase, une rose rouge naturelle.

Elle retourna s'asseoir sur la chaise basse près de la tête de l'enfant. Comment était physiquement le père de Joanny ? Les traits de la fillette rappelaient-ils les siens ? Annie était songeuse. Elle espérait avoir un jour une petite fille semblable à Joanny. Mais Carl préférait sans doute un garçon. Pourvu que mes enfants lui ressemblent ! se dit-elle. Elle estimait que le physique de Carl était plus attrayant que le sien.

Depuis un moment, le bruit assourdi d'une conversation lui parvenait de la salle de séjour. À présent, dans le silence de la pièce, elle pouvait surprendre quelques-uns des propos échangés.

Sa voix à lui : « … autant passer la nuit ici. C'est plus confortable que cet hôtel. » Annie ne put saisir la réponse de Mme Karter. La voix masculine reprit : « En rentrant chez moi vers une heure, elle ne soupçonnera rien. »

Annie se dirigea vers la porte, avec l'intention de demander à Mme Karter si elle pouvait rentrer. À présent, elle entendait distinctement la conversation. La main sur la poignée, elle attendit l'occasion d'une pause pour sortir de la chambre.

« Il n'en est pas question, Bev, en dépit de tout le bien que je pense de toi.

— Mais qui en souffrirait ? Tes enfants sont grands maintenant ; ils ont eux-mêmes des enfants. Et tu as reconnu que tu ne l'aimais plus.

— C'est exact. Mais je ne voudrais pour rien au monde lui causer du chagrin. »

Il y eut un silence. Annie allait ouvrir la porte quand la voix de Mme Karter s'éleva de nouveau. « Sais-tu que je te respecte pour cela ? Sincèrement.

— Edna et moi ne nous accordons pas. C'est la vérité. Mais elle fut une bonne épouse pour moi, dans le passé ; et une bonne mère pour les enfants.

— Éprouves-tu du remords à la tromper, chéri ?

— Pourquoi en éprouverais-je ? Je ne la néglige pas. Je lui donne tout ce qu'elle désire ; elle a sa voiture personnelle, un compte en banque, de l'argent…

— Cela me rappelle que je dois payer le terme…

— J'y ai pensé. J'ai posé l'argent sur la coiffeuse.

— J'aurais besoin, exceptionnellement, de cinquante dollars, à cause de Noël qui approche.

— Je ne les ai pas sur moi, Bev.

— Fais-moi un chèque.

— Je ne peux pas. Edna pourrait l'apprendre, et ce serait l'enfer. Mais voyons. Oui. Je dois avoir une trentaine de dollars en espèces. Voici. Je t'enverrai un billet de vingt dollars dans la matinée. »

Elle accepte donc de l'argent ! pensa Annie. Elle prend de l'argent pour coucher avec cet homme marié ! Puis elle entendit de nouveau la voix de l'homme : « … je ne divorcerai jamais. Bev. Pas même pour toi ; et pourtant, je tiens beaucoup à toi. »

Annie s'éclaircit la gorge pour les avertir de sa présence et sortit de la chambre à coucher. Elle les vit, sur le sofa. Mme Karter avait les jambes repliées sous elle et comptait l'argent sur ses genoux. Le vieil ami s'était installé confortablement. Il avait desserré sa ceinture pour mettre son ventre à l'aise. Son col dur détachable, le bouton de col en or, et la cravate étaient posés sur la table, à côté de la bouteille de Scotch.

« Mon Dieu, Annie ! » Mme Karter posa les billets sur la table et se leva. « Je vous avais complètement oubliée !

— Si vous n'avez plus besoin de moi, ce soir… commença Annie.

— La jeune fille aimerait peut-être boire un verre, suggéra le vieil ami.

— La jeune fille n'aimerait pas boire un verre, répliqua sèchement Mme Karter.

— … je pensais que je pourrais rentrer, dit Annie.

— Naturellement. » Mme Karter se tourna vers l'homme. « J'ai besoin de un dollar pour Annie. » Il désigna les billets posés sur la table. « Ce sont des billets de cinq et de dix dollars », dit Mme Karter.

Le vieil ami dut presque se coucher sur le dos pour attraper un dollar dans la poche de son pantalon. Bev tendit le billet à Annie, qui le prit d'une main tremblante. Il la paie, et elle me paie, pensa-t-elle. Elle se considérait un peu comme complice.

Elle avait du mal à boutonner son manteau. « Laissez-moi faire ! » fit Mme Karter. Elle boutonna le manteau d'Annie et arrangea l'écharpe en forme de capuchon. Annie avait détourné son visage, en écoutant le tintement musical des amulettes du bracelet et en respirant les effluves délicats du parfum de Bev. Elle se demandait comment une jeune femme aussi propre, aussi jolie, qui sentait toujours si bon et qui avait une si belle petite fille pouvait bien coucher avec un porc pareil.

« Merci et bonne nuit, madame Karter.

— Attendez ! Il pleut à torrents. Je vais vous prêter un parapluie.

— Je n'en ai pas besoin. Merci quand même.

— Mais si. Vous le rapporterez la prochaine fois.

— Je… je ne reviendrai plus.

— Annie ! » s'écria-t-elle en lui saisissant les bras. Elle était bouleversée. « Vous ne pouvez pas me faire ça ! Vous êtes la meilleure jeune fille que j'aie jamais eue, et Joanny vous aime tant !…

— Je crois que j'aurais dû vous en parler plus tôt, dit Annie d'une pauvre voix.

— Mais pourquoi, Annie ? Pourquoi ? » Elle lui donna une petite secousse amicale. « Est-ce une question d'argent ? Est-ce que je ne vous paie pas assez ?

— Ce n'est pas pour ça. » Annie se tourna vers l'homme vautré sur le sofa. Leurs regards se croisèrent. « C'est simplement que mon mari ne veut pas que je… travaille le soir.

— Peut-être, si je lui parlais… »

Annie secoua la tête. « Au revoir, madame Karter. »

Annie passa devant la voiture du vieil ami. Oui, c'était une rose naturelle dans le petit vase en cristal. C'est incroyable, s'émerveilla-t-elle. Une véritable rose en plein hiver !

Ses chaussures méconnaissables, complètement détrempées, faisaient un bruit de clapotis, tandis qu'elle montait les escaliers. L'écharpe en laine, que chaque goutte de pluie avait imbibée, pesait lourdement sur sa tête et sa nuque. Pour comble de misère, Carl n'était pas rentré. C'est donc ainsi, pensa-t-elle. Il ne m'attendait pas avant minuit ; et il est sorti.

À ce moment même, Carl entra dans la chambre. Ils parlèrent en même temps : « Où étais-tu, Carl ? » « Que fais-tu si tôt à la maison ? » Il répondit le premier. « J'étais en bas, dans le vestibule, en train de me raser. » Elle dit : « J'aurais dû t'écouter, Carl. Tu avais raison.

— Regarde-toi un peu, fit-il, tu inondes le plancher. Pour l'amour du ciel, Annie, veux-tu attraper une pneumonie ? »

Il lui ôta l'écharpe qu'il tordit au-dessus du lavabo. Puis il lui enleva ses chaussures détrempées et tordit ses socquettes en marmonnant que la femme aurait au moins pu lui prêter un parapluie.

« Elle me l'a proposé, Carl, mais je n'ai pas voulu le prendre. Tu comprends, je ne voulais pas écouter, mais…

— Tu me raconteras ça plus tard. » Il lui frottait les pieds avec une serviette, afin de les réchauffer. Après qu'elle eut pris un bain chaud, il lui fit absorber deux comprimés d'aspirine, la mit au lit et la couvrit chaudement. Alors seulement, il lui demanda ce qui s'était passé.

« Carl ! elle accepte de l'argent !

— Mais qu'est-il arrivé ?

— Eh bien, j'étais dans la chambre de Joanny. Je n'ai pas pu m'empêcher d'entendre… » Elle lui raconta tout en détail, avant de conclure : « Tu avais bien raison sur son compte, Carl.

— Je n'aurais pas dû te laisser travailler pour cette femme. Mais enfin, Annie, ne savais-tu pas ce qu'elle était ?

— Je m'en doutais ; mais je me refusais à le croire.

— Voyons, tu n'es pas idiote ; et, comme tu dis, tu connais tous les mots…

— Eh bien, on peut savoir qu'une chose est vraie et pourtant ne pas la croire.

— Mais je t'avais prévenue, fit-il avec entêtement. N'était-ce pas suffisant ?

— Il me fallait découvrir la vérité moi-même.

— Tu aurais pu t'attirer un tas d'ennuis. Suppose que sa femme ait demandé le divorce et qu'elle ait cherché des preuves contre lui, pour pouvoir exiger un arrangement financier avantageux : alors quoi ? Tu aurais été un témoin important, le témoin principal.

— Mais je ne dirais pas au juge ce que j'ai entendu. Je dirais que je ne sais pas rien du tout – je veux dire pas la moindre chose, se corrigea-t-elle.

— Alors tu serais poursuivie pour faux témoignage. »

Elle haussa les épaules. « Et puis quoi encore !

— Tu serais mise en prison. Voilà "quoi encore" ! »

Elle bondit hors du lit et se serra contre son mari. « Oh Carl ! Nous serions déshonorés ! Personne ne ferait jamais confiance à un homme de loi dont la femme serait allée en prison. Carl ! Pourquoi m'as-tu laissée travailler pour elle ?

— Moi ? » La surprise donnait à sa voix un timbre aigu. « C'est moi qui t'ai laissée travailler pour elle ? Ça, c'est la dernière nouvelle !

— Mais, Carl, que vais-je faire ? Que vais-je faire ?

— Ne le prends pas comme ça, chérie. Il n'y a qu'une chance sur dix mille que sa femme le fasse surveiller pour en tirer avantage.

— Pourquoi donc m'as-tu fait si peur, alors ? »

Il leva les mains au ciel. « J'abandonne !

— Carl, quand je serai vieille, tu ne prendras pas une autre femme, dis-moi ? Tu ne me diminueras pas devant elle ?

— Une autre femme ? fit-il incrédule. Dieu m'en préserve ! J'ai assez affaire à celle que j'ai déjà. »

Annie ne pouvait pas comprendre pourquoi la vérité qu'elle avait apprise sur Mme Karter l'avait à ce point bouleversée. Annie était innocente, mais pas stupidement naïve. Depuis son enfance, elle connaissait l'existence des prostituées, des putains et des filles qui « tournaient mal ». Ce qu'elle ne savait pas, les autres enfants le lui avaient raconté. Elle connaissait donc seulement par ouï-dire l'existence de ce genre de femmes, mais n'avait jamais éprouvé pour elles un intérêt particulier.

La fille qui tournait mal, c'était autre chose. Annie en avait connu quelques-unes, parmi ses camarades de classe, à l'école. Cela commençait vers quatorze ou quinze ans. Elles évitaient presque toujours le pire, parce qu'elles savaient se débrouiller. Mais il arrivait qu'une jeune fille fondamentalement bonne, pas trop jolie, et dont les parents étaient trop sévères ou trop indifférents, répondît de trop bonne grâce aux avances du premier mâle qui lui témoignait un intérêt affectueux : cette fille-là avait des ennuis – souvent un enfant illégitime ; et elle finissait dans une maison de correction.

C'était le cas de Ruth, qui avait habité le logement au-dessus de celui d'Annie : elle mourut en donnant naissance à un enfant illégitime. Et elle n'avait que quinze ans ! Toute une nuit, Annie était restée allongée dans son lit, tout éveillée, et le coussin qu'elle avait mis sur son visage et contre ses oreilles ne parvenait pas à étouffer l'horreur des cris stridents et inhumains qui venaient de la chambre du dessus. Pendant deux jours, le crêpe blanc sur la porte (blanc pour les enfants, mauve pour les adultes et noir pour les vieillards) lui avait rappelé cruellement que le prix du péché était la mort, et rien d'autre.

Ruth avait une excuse : elle voulait s'attacher le premier être humain qui, croyait-elle, l'aimait. Les prostituées avaient une autre raison. L'argent, bien sûr.

Et la vie en commun, dans un bordel, leur convenait. La putain aimait son métier ; c'était dans sa nature. Annie croyait fermement que chacun avait une raison pour être ce qu'il était ou n'était pas. Sa morale lui interdisait de trouver excusables ces raisons ; mais elle les comprenait.

Or, elle ne comprenait pas la liaison de Bev Karter avec son vieil ami. Bev n'était ni une prostituée, ni une putain, ni une fille qui avait mal tourné. Elle avait de l'éducation, de la culture, et sortait manifestement d'un milieu aisé. Alors, quoi ? pensa Annie, quoi ? Certes, elle couchait avec son vieil amant, et acceptait de l'argent de lui. Mais l'argent n'expliquait pas tout : il devait y avoir un mobile plus impérieux. Annie était à ce point tourmentée et obsédée par ce mobile hypothétique qu'elle imagina une explication plausible de la conduite de Mme Karter et de son vieil amant. Elle prit une feuille de papier et se mit à écrire.

Elle est ainsi parce qu'elle n'a peut-être jamais eu un frère qui la taquinait et la bousculait, mais qui pensait que sa sœur était simplement formidable. Ou peut-être son père ne lui a-t-il jamais dit d'une façon et d'une autre qu'elle était la fille la plus épatante du monde. Peut-être encore l'homme qu'elle avait épousé n'était-il pas comme Carl ; il ne la faisait jamais s'asseoir sur ses genoux pour la bercer et la caresser. Elle n'a peut-être jamais connu de choses de ce genre. C'est pourquoi, maintenant, elle recherche sans espoir ce qu'elle n'a jamais connu dans son existence ; la tendresse. C'est, je crois, ce qu'elle n'a jamais connu, et qu'elle essaie de trouver.

Et l'homme ? Peut-être est-il vraiment un vieil ami. Elle a pu le connaître depuis longtemps, quand il était encore jeune, mince, séduisant, plein d'entrain. (Elle barra le mot *entrain* et le remplaça par *romantisme.*) *Mais il épousa quelqu'un d'autre...*

Ainsi Annie trouva-t-elle une explication à la conduite de Mme Karter. Ce n'était peut-être pas la véritable explication ; mais elle s'en contenta.

10

Dès le début, elle aima son travail au supermarché. Elle avait l'impression d'être de nouveau une gamine, en train de jouer à l'épicerie pour de bon. Elle s'intéressait à ses clients, faisait preuve de patience avec eux, se donnait du mal pour envelopper leurs paquets avec goût, et ne manquait jamais de dire « merci » et « revenez nous voir ».

Les choses changèrent quand l'affluence de Noël commença. Les clients semblaient devenir de plus en plus grincheux, ils s'estimaient mal servis, prétendaient qu'on leur avait vendu des jouets cassés, que la jeune vendeuse était consciente de les avoir vendus cassés.

On faisait venir le directeur. Lui et Annie collaboraient à une petite comédie. Il savait qu'elle n'était pas à blâmer ; mais il feignait de s'indigner contre elle, parce que le client était roi. Annie jouait le jeu. Au début, elle présentait des excuses si obséquieuses que le directeur la pria de ne pas exagérer.

La caisse enregistreuse la rendait folle. Elle était placée si haut qu'avec sa taille d'un mètre cinquante-sept Annie devait se dresser sur la pointe des pieds pour l'actionner. Elle en éprouvait des douleurs continuelles dans les muscles des jambes. Un jour qu'elle faisait ses comptes, elle se retourna pour répondre à un client : alors le tiroir sortit brusquement et la frappa au menton.

Henry, l'épicier, remarqua la trace violacée et lui demanda ce qui s'était passé. Conformément à la règle du jeu, Annie promit de le lui dire – le lendemain. Mais elle craignit que l'épicier ne crût que Carl l'avait frappée ; et elle raconta à Henry l'incident de la caisse enregistreuse. Il alla chercher une petite caisse en bois, dans l'arrière-boutique, y fit monter Annie pour vérifier si elle supportait son poids. La caisse tint bon. Annie l'apporta au supermarché, pour actionner plus commodément la caisse enregistreuse.

La dernière semaine avant Noël, le supermarché resta ouvert jusqu'à dix heures. Au lieu de leur payer les heures supplémentaires, on offrit aux vendeurs un dîner gratuit au buffet. Comme les garçons auxiliaires, dans la cafétéria de Carl, Annie prit soin que son assiette fût toujours bien remplie.

De son côté, Carl était libéré de son travail à la cafétéria : les étudiants étaient partis en vacances et il y avait moins à faire. Il trouva à s'employer à plein-temps, et même à faire des heures supplémentaires à la quincaillerie où Annie avait acheté son réveil.

Tous deux s'étaient mis d'accord pour ne pas s'acheter des cadeaux de Noël. Ils avaient besoin de cet argent pour vivre. Mais Annie avait terriblement envie d'envoyer un cadeau à ses petits frères. Carl l'approuva. Il se rappelait le temps où il était lui-même un petit garçon et savait combien les enfants souhaitaient recevoir des cadeaux. De plus, ils ne pouvaient pas oublier la propriétaire qui avait la complaisance de laisser Annie disposer de son fer à repasser pour les chemises de Carl. Carl ne fit pas d'objection, au souvenir du thé, de la bouteille d'eau chaude et de l'aspirine.

Au fait, il devait penser aussi à Mme Ridinski : elle s'était si bien occupée de lui, avant son mariage. « Tu vois, Annie, par exemple recoudre un bouton arraché, et des choses comme ça. » « C'est bien naturel », admit-elle. Carl serait un monstre d'ingratitude s'il oubliait Mme Ridinski. Il y avait bien quelque chose dont il n'osait pas parler. « Pour ce qui est de ma mère… » Annie réfléchit, puis conclut qu'après tout c'était sa mère, et qu'elle avait droit à un cadeau. Alors, Carl pressa Annie d'acheter un cadeau pour sa mère à elle. « J'y avais pensé, dit-elle ; mais je n'osais pas t'en parler. » Elle apprécia qu'il ne fît pas d'objection. Puis elle décida :

« En tout cas, je ne veux pas que tu m'achètes quoi que ce soit. Tu es mon plus beau cadeau, et cela me suffit. De plus, nous avons tellement besoin de cet argent.

— Je ne t'achèterai rien, à condition que tu fasses de même. D'accord ?

— D'accord. »

Annie avait envie d'acheter un arbre de Noël, un tout petit, qui ne coûtait pas cher ; mais les ornements chiffraient vite ; et qui pouvait se payer le luxe de les acheter tous d'un seul coup ? Il fallait les acheter petit à petit, chaque année ; souvent un enfant était devenu adulte avant qu'il y eût chez lui un arbre de Noël parfaitement décoré. Annie décida qu'ils se contenteraient de quelques branches de houx.

L'étalage du fleuriste était plein de poinsettias, de géraniums rouges et de bégonias roses, en pots. Mais Annie avait un faible pour une petite plante aux feuilles velues, présentée dans un pot de couleur rose. Le fleuriste était en train d'écrire sur un registre.

Il leva le regard vers la vitrine, puis se replongea dans ses écritures. Il n'avait pas reconnu Annie, qu'il n'avait encore jamais vue sous son nouvel aspect.

Quand elle entra dans le magasin, il referma son livre de comptes, leva les yeux et demanda : « Que puis-je faire pour vous ?

— Cette plante velue dans l'étalage, comment s'appelle-t-elle ?

— Vous ! s'écria-t-il sur un ton théâtral. Je vous ai reconnue au timbre de votre voix. Je vous avais prise pour une étudiante qui restait ici pour connaître notre Noël local. Comment allez-vous, madame… »

Tout heureuse d'avoir été prise pour une étudiante, elle répondit : « Appelez-moi Annie.

— Appelez-moi Anthony, alors. » Ils se serrèrent la main par-dessus le comptoir. « J'ai gardé un bon souvenir de vous, Annie.

— Moi aussi, Anthony. Je me rappelle la façon dont vous parliez des souches d'arbres et de tout le reste.

— Quelles souches d'arbres ?

— Vous savez bien : *Le Viol de la forêt* ? Cela me fait plaisir de voir que vous êtes en train de l'écrire. » Elle désigna le registre.

« Oh, ça ? Je vérifiais mes comptes.

— Vous n'écrivez donc pas un livre ? »

Sa déception était visible.

« Je ne suis pas prêt. Je dois d'abord méditer. L'écriture n'est rien. La méditation, c'est tout.

— Mais ne pourriez-vous pas penser et écrire en même temps ?

— Et vendre des fleurs aussi ? Franchement non.

— Franchement au revoir, alors. » Elle se disposa à sortir.

« Attendez ! Le nom de la plante dans l'étalage est saintpaulia, vulgairement appelée violette africaine.

— Je me moque de son nom. Je ne constate qu'une chose, c'est que vous n'écrivez pas votre livre.

— Cela vous fait quelque chose ?

— Je suis déçue.

— Pourrais-je savoir pourquoi ?

— J'ai toujours eu envie de connaître un écrivain.

— Je vois. Un fleuriste ne vous intéresse pas ?

— J'en ai déjà connu un. À Brooklyn. Il n'aurait pas été capable d'écrire un livre, même s'il avait essayé. Mais vous…

— Je vais écrire le livre ! annonça-t-il.

— Vraiment ? Promis ?

— Je promets de commencer à l'écrire dans quelques jours, le 1er janvier 1928.

— Comme j'en suis heureuse, Anthony !

— Je veux être digne de votre confiance, vous voyez. »

Ils discutèrent encore quelque temps sur le livre ; puis elle acheta trois branches de houx, pour une *dime*. Il insista pour qu'elle acceptât le houx comme cadeau ; mais elle refusa. Alors il ajouta une autre branche, gratuitement.

Et puis ce fut le soir du réveillon. Le supermarché ferma à six heures. Annie reçut sa paie et un billet neuf de un dollar dans une pochette de Noël, comme cadeau. On lui offrit également de continuer à travailler le samedi, de neuf heures du matin jusqu'à neuf heures du soir, pour deux dollars et le repas gratuit. Elle accepta.

Sur le chemin du retour, elle acheta une boîte de cerises au chocolat pour la propriétaire ; puis elle fit un saut chez Henry, l'épicier, pour lui souhaiter un joyeux Noël. Il lui fit cadeau d'un panier de fraises, conservé depuis l'été, rempli de noix.

« Henry ! Comme vous êtes gentil ! Mais c'est que je n'ai rien pour vous !

— Bah ! ce ne sont que des noix.

— Penchez-vous au-dessus du comptoir. » Il s'exécuta, et elle posa un léger baiser sur sa joue rêche.

« Vous savez, Annie ! C'est le plus joli cadeau que j'aie jamais reçu ! »

Quand elle rentra, elle entendit Carl qui appelait de quelque part : « Où étais-tu ?

— Dis-moi d'abord où tu es ?

— Dans le cabinet de toilette.

— Qu'y fais-tu ?

— Je médite.

— Sors, et regarde ce que Henry m'a donné pour Noël.

— C'est gentil. Mais regarde ce que la propriétaire nous a donné. »

C'était un gâteau blanc en forme d'étoile, avec un petit ange en papier posé dessus. Annie lut la carte qui accompagnait le cadeau : « Joyeux Noël, de la part de Margo Hansmon. » « C'est le plus beau gâteau que j'aie jamais vu. Et puis, Carl, elle a un prénom !

— Tout le monde a un prénom. Qu'y a-t-il de si extraordinaire ?

— Eh bien, on ne pense simplement pas que des propriétaires peuvent avoir un prénom, c'est tout. »

Ils descendirent pour remercier Mme Hansmon. Elle venait juste de terminer la décoration d'un petit arbre de Noël. Elle demanda à Carl de le porter dehors, dans le vestibule, et de le poser sur la table, afin que tout le monde en profite. Annie pensa que c'était là un geste charmant, et elle le lui dit. Mme Hansmon déclara que M. Brown et Annie avaient fait preuve d'une grande délicatesse en lui offrant un présent.

Annie accrocha le houx sur l'abat-jour, les tiges tournées vers le haut. Pendant ce temps, Carl se rendit dans le cabinet pour y prendre deux boîtes et quelques cartes de Noël. Il avait demandé à la propriétaire de les mettre de côté, afin d'en faire la surprise à Annie. Il posa les boîtes et les cartes sur la coiffeuse. Annie voulait ouvrir les boîtes tout de suite ; mais Carl insista pour qu'ils sortent et aillent d'abord prendre un sandwich et du café. Il n'était que sept heures, et s'ils ouvraient maintenant les boîtes, Noël serait passé en dix minutes. Néanmoins, il la laissa ouvrir les enveloppes.

L'une venait de sa famille à lui, et l'autre de sa famille à elle. Il y avait une carte de son amie Arlène et une autre d'une tante qu'elle n'avait pas vue depuis des années. D'une enveloppe épaisse, de couleur crème, elle retira la dernière carte et lut : « James et Janet Darwent vous présentent leurs vœux pour la nouvelle année. »

« Darwent ? fit Annie, intriguée.

— C'est le doyen ! Que dis-tu de cela ? »

Carl semblait très content.

Quand ils regagnèrent leur chambre, Annie jeta son manteau sur le lit, lança son sac dans le tiroir, sans prendre la peine de refermer celui-ci et dit : « Vite ! À toi d'abord. »

Carl décida de la taquiner un peu. « Accroche d'abord ton manteau. » Elle s'exécuta. « Ferme le tiroir de la coiffeuse. » Elle le ferma d'un coup sec. « Maintenant, va te laver les mains.

— Pourquoi ?

— Parce que je l'ai dit.

— À quoi bon ? As-tu peur que je touche au cadeau de ta mère, et que je le salisse ?

— Annie, pas de dispute. Surtout le soir de Noël. »

Elle l'entoura de ses bras et pressa son visage contre sa poitrine. « Je suis désolée, Carl. Ne fais pas attention à ce que je dis, chéri. » Puis elle recourut à l'une des plus vieilles excuses féminines : « Vois-tu, ça va être la période du mois où je suis susceptible, pour un rien.

— Je te taquinais simplement, chérie.

— Je sais. À présent, ouvre le paquet. »

Mme Brown avait envoyé à son fils deux ensembles de sous-vêtements – du genre à manches et à jambes longues, avec le fond de pantalon qui s'ouvrait dans le dos.

« Je ne sais pas ce qui lui a pris, Mom, dit-il. Elle sait que je déteste les caleçons longs et je n'en porte jamais. Je n'en ai jamais porté.

— Eh bien, comme dit le proverbe, Carl, il n'y a que l'intention qui compte.

— Je veux bien le croire. »

Sur une carte épinglée aux sous-vêtements, ils lurent : « Pour mon fils, avec tout mon amour. » Sur le couvercle d'une petite boîte plate figurait le nom d'Annie. La boîte contenait un mouchoir.

« Au moins Mom se souvient de toi », dit-il.

Il nota une lueur glacée dans le regard d'Annie. Sans autre commentaire, elle ouvrit le paquet envoyé par sa mère. Sur la carte, il y avait ces mots : « Pour Annie et Carl, de la part de nous tous. » Elle montra la carte à Carl. Il resta silencieux ; mais un muscle bougeait dans sa joue. Le cadeau consistait en une couverture en laine, dont le dessin reproduisait de larges carrés rouges et noirs alternés.

« Nous disposons déjà d'une couverture, observa-t-il.

— Mais elle appartient à la propriétaire. Celle-ci est à nous. Elle sera utile, quand nous aurons un intérieur à nous. C'est un cadeau dont nous pouvons profiter l'un et l'autre. Ce n'est pas comme celui de ta mère ! Nous ne pouvons pas partager les sous-vêtements ni le mouchoir. C'est sa façon à elle de nous séparer.

— Très bien, madame Freud. Très bien. »

Il y eut un silence inquiétant. Chacun attendait qu'une autre remarque blessante déclenchât la dispute. Annie parla la première. « Pas le soir du réveillon, Carl.

— Pas le soir de Noël », accorda-t-il.

Il appuya sa joue contre la sienne.

« Je sais, chérie. Je sais ce que tu éprouves. »

Elle rangea le mouchoir, avec sa boîte, dans le dernier tiroir d'en bas, sachant qu'elle ne s'en servirait jamais. Elle disposa les sous-vêtements sur l'étage supérieur du cabinet, sachant qu'il ne les porterait jamais. Il lui demanda si elle voulait ranger aussi la couverture. « Non, dit-elle en la pliant pour la poser au pied du lit. Cela égaie un peu la chambre, ne trouves-tu pas ?

— Annie, si tu veux connaître mon avis… commença-t-il.

— Pas le soir du réveillon », coupa-t-elle précipitamment. Ils échangèrent un sourire.

Carl prit place dans le fauteuil à bascule. « Eh bien, joyeux Noël, chérie. » Annie fixait les cartes de Noël dans le cadre du miroir. « Viens t'asseoir sur mes genoux.

— Laisse-moi finir ceci, Carl. » Il se leva pour aller prendre une cigarette. Annie en profita pour retirer un petit paquet de son sac.

« Ouvre la main et ferme les yeux, et tu auras quelque chose qui te rendra sage », dit-elle. Il ne semblait pas comprendre, mais il s'exécuta. « Voici ! fit-elle en lui remettant une petite boîte enveloppée de papier de Noël, et nouée avec un ruban rouge.

— Mais, Annie, nous nous étions promis…

— Ouvre la boîte ! »

Carl aperçut sa montre. Annie l'avait reprise chez le prêteur sur gages ! « Je… ne sais pas quoi dire, balbutia-t-il.

— Dis merci.

— Merci, merci beaucoup, chérie. Annie, si tu savais comme elle m'a manqué ! Non parce que c'était un cadeau de Mom ; mais j'étais perdu sans elle. J'ai absolument besoin d'une montre pour organiser mon temps, courir avec les journaux, arriver à l'heure à la cafétéria, me dépêcher pour assister au cours. J'avais toujours peur d'être en retard. » Il la mit à l'heure et la remonta. « Encore une fois, merci. »

Annie s'assit sur ses genoux et lui passa la montre au poignet.

« Annie, dit-il d'une voix hésitante, sans vouloir provoquer de dispute le soir de Noël, j'ai toujours eu l'impression que tu haïssais cette montre, parce qu'elle venait de ma mère.

— Ce n'est plus le cas à présent. Nous avons effectué les deux derniers paiements et sur le reçu tu as écrit que tu lui étais redevable pour les autres paiements. Ainsi j'ai l'impression qu'elle l'a peut-être choisie mais que c'est nous qui l'avons payée.

— Annie, je suis dans tous mes états.

— Il ne faut pas. Sois content de ta montre.

— Je veux dire que je n'ai pas de cadeau pour toi.

— Quoi ? » Elle bondit de ses genoux. « Tu veux dire que tu n'as rien du tout pour moi ? » Le ton exprimait l'indignation.

« Mais tu m'avais fait promettre de ne rien t'acheter.

— Et tu m'as crue ?

— C'est bien ce que tu avais dit !

— Mais je ne le pensais pas ! Ne le savais-tu pas ? C'est comme quand tu dis : "Je suis enchanté de vous voir", quand tu n'es pas enchanté du tout. Tu aurais dû t'en douter.

— Tu ne peux pas savoir combien je suis désolé.

— N'en parlons plus » fit-elle sur un ton glacial. Elle arracha une feuille de houx encore parfaitement verte.

« Eh bien, si tu le prends ainsi… » fit-il avec irritation. Il entra dans le cabinet de toilette.

« Je ne voulais pas dire ça, Carl. Je n'en pense rien. Ne sors pas ! Je ne suis pas fâchée. J'ai simplement éprouvé une déception pendant une minute. Carl ? »

Il sortit du cabinet avec le cadeau qu'il y avait caché. « Pourquoi prends-tu tout au sérieux, Annie ? Naturellement, j'ai un cadeau pour toi ! »

C'était un grand bloc de feuilles détachables, relié en cuir souple grenat ; dans l'angle supérieur, à droite, était imprimé son nom : *Annie Brown*, en lettres dorées. Annie eut le souffle coupé. Puis elle poussa un soupir de ravissement tandis qu'il lui donnait quelques tapes dans le dos.

« Comme c'est beau ! C'est comme à l'église. C'est plus que beau. Il doit y avoir un mot plus fort que le mot "beau", et j'aimerais le connaître.

— Regarde à l'intérieur. »

Sur la première page était dactylographié ce titre, sur deux lignes : « *Pot-pourri – Par Annie Brown.* »

« Que veut dire peau-pour-rire, Carl ?

— On prononce po-pou-ri. Cela veut dire un peu de tout ce qui est gentil. »

Carl avait fait taper les manuscrits d'Annie par la secrétaire de l'hôtel. Il avait fait reproduire les titres originaux, quand il y en avait, et en avait trouvé lui-même, lorsque Annie n'en avait pas mis. Le premier manuscrit était titré *Le Cœur stupide* ; le Babbitt non titré, il l'avait appelé *Réalisme et Naturalisme*. La critique du livre de Milne avait pour titre *Pour adultes seulement*, et l'essai sur Mme Karter *Histoire triste*.

« C'est comme si j'avais fait imprimer un livre, dit-elle. Et ce qui me rend le plus heureuse, c'est que tu dois croire en moi, en quelque sorte.

— Et comment donc !

— Veux-tu t'exprimer plus clairement ?

— Tu seras écrivain, un jour.

— Merci, Carl. Mais tu ne le crois pas réellement, n'est-ce pas ?

— *Toi*, tu le crois. C'est l'essentiel.

— Je sais. Mais on aime être un peu encouragé. Je sais que ma grammaire est mauvaise et mon orthographe aussi. Et je ne sais pas écrire une phrase de plus de six mots sans me sentir perdue. J'ai donc besoin d'encouragements.

— Annie, tout ce que tu as décidé de faire, tu le feras. Avec ou sans encouragements. Je te connais assez bien pour le savoir.

— Je ne serai jamais vraiment un écrivain. Mais j'aime écrire, quand même. J'ai pris courage en lisant *In Our Time*, de Hemingway, pendant le déjeuner et le dîner au supermarché. Tu sais qu'il écrit en phrases courtes ? Il doit connaître les mêmes ennuis que moi avec les phrases. Et il écrit en dialogues parce que, comme pour moi, c'est plus facile. Je pense que si lui s'en sort aussi bien, j'en serai capable moi aussi. D'ailleurs, j'ai une nouvelle histoire toute prête ; sur notre premier Noël passé ensemble. Voyons, comment je vais l'appeler ? Carl, tu es si fort pour les titres. Dis-moi comment l'appeler.

— Que penses-tu de *Notre premier Noël ensemble* ?

— C'est bon, Carl. Très bon. Laisse-moi le noter avant de l'oublier. Laisse-moi écrire la première phrase, tant qu'elle est fraîche dans ma mémoire. Une minute seulement. » Annie se mit à rédiger.

Il commença dans l'enthousiasme – notre premier Noël ensemble. Puis on aurait dit que cela tournait mal. Alors quelque chose de merveilleux se produisit – un véritable miracle de Noël, comme dans une nouvelle de O. Henry.

Maintenant, assise devant la coiffeuse, Annie écrivait à une vitesse folle ; elle avait complètement oublié qu'elle ne voulait écrire qu'une phrase. Carl arpentait la pièce, fumait une cigarette après l'autre. Il se sentait de trop. Quand il fut enfin à bout de patience, il alla lui prendre le crayon de la main.

« Annie, nous sommes si rarement ensemble… et c'est le soir du réveillon… »

Elle fut aussitôt prise de remords. « Je suis véritablement impossible, dit-elle en allant ranger livre et papier dans le tiroir. Je me demande pourquoi tu me supportes. » Elle l'entoura de ses bras. « Mais je suis si heureuse !

— Il est à peine huit heures, et je pensais que nous pourrions nous offrir une distraction. Que penses-tu du cinéma ? On donne Laurel et Hardy.

— Je ne crois pas qu'il soit indiqué de voir Laurel et Hardy la nuit de la naissance de Jésus.

— C'est juste, accorda-t-il.

— De plus, même si ce n'était pas le soir de Noël, je n'aime pas leur façon de se taper mutuellement sur la tête tout le temps. Cela me rend malade.

— Eh bien, que dirais-tu d'une promenade, comme au bon vieux temps ?

— Ce serait grandiose. Nous pourrons contempler tous les arbres de Noël à travers les fenêtres des gens. »

C'était une nuit délicieuse. « Le sol recouvert de neige, dit Carl. Les étoiles qui brillent. Voilà un vrai temps de Noël froid et clair.

— Je préférerais qu'il fasse un peu plus chaud, dit-elle. Et brumeux. Ainsi les étoiles apparaîtraient mystérieusement à travers la brume. Comme dans un rêve. Je ne voudrais pas de neige. Jésus naquit dans un pays chaud. Sur toutes les images qui représentent la crèche, les bergers et les Rois mages, je n'ai jamais vu la moindre neige. Et toi ?

— À bien y réfléchir, non. »

Ils marchaient la main dans la main, s'arrêtant par moments pour admirer un arbre de Noël aperçu à travers une fenêtre. Une fois, ils virent des enfants autour de l'arbre. Un tout-petit tenait une nouvelle poupée. « Voici ma fille, dans cinq ans, dit Annie.

— Et où est mon fils ? demanda Carl.

— Quelque part là-haut. »

Un peu plus loin, on avait décoré un arbre énorme, qui poussait naturellement devant la porte de la maison. « Voici ce que je ferai quand nous aurons notre maison, dit-elle. J'ornerai l'un des arbres du jardin, devant notre porte, avec des bougies, des boules dorées, et des anges, et tout le monde l'admirera.

— Je t'en crois capable. Tu es naturellement exhibitionniste.

— C'est faux. Je suis née méthodiste !

— Si c'est une plaisanterie, tu me pardonneras de ne pas rire. »

Ils parvinrent devant une église. La porte était ouverte. De l'autel émanait une lumière chaude, faite de points rouges et blancs ; les cierges semblaient projeter alentour des étincelles brillantes. On respirait une odeur d'encens. « Entrons un instant, Carl.

— Mais, chérie ! Nous ne sommes pas catholiques.

— L'église ne fait pas de distinction. Viens ! » Ils s'assirent tranquillement sur le dernier banc, pendant un petit moment.

Ils terminèrent la soirée en allant prendre un rafraîchissement au drugstore. Elle prit une demi-bouteille de jus de banane. Carl prit une coupe de crème glacée au café.

« Je serais désolée de vieillir, dit-elle.

— Qui ne le serait pas ?

— Je veux dire que les gens âgés ne sont pas aussi gourmands de jus de banane.

— Je dois avoir vieilli avant l'âge, dit-il. Je ne pourrais pas avaler une mixture pareille.

— Tu ne sais pas de quoi tu te prives. »

En se préparant pour aller au lit, il vida son argent sur la coiffeuse. Elle joignit ses gains à ceux de Carl. À eux deux, ils totalisaient près de trente dollars.

« Avec ça et tes cinq dollars par semaine pour les journaux, nous aurons assez pour tenir le mois prochain, et en février ; et en mars aussi, parce que le mois de février est court.

— N'y compte pas, chérie.

— Quoi ? Nous avons juste à payer le loyer et ma nourriture.

— Tu auras bientôt besoin de chaussures neuves. Et moi, je devrai acheter des livres pour le prochain semestre. » La ride qui barrait son front sembla se creuser davantage.

« Ne te fais pas de soucis, chéri. » Elle chercha à effacer la ride.

« Tu ne tiens pas compte des imprévus.

— Il n'y en aura pas. Et même dans ce cas, j'ai encore huit dollars à la banque ; et puis tu peux toujours engager ta montre pour sept ou huit dollars.

— Mais cette situation précaire…

— Notre pauvreté n'est pas sans espoir. Nous sommes pauvres, mais c'est pour quelque chose. Pour toi, ce sera ta licence en droit ; quant à moi, il suffit que je sois autorisée à assister aux cours.

— Mais…

— Il n'y a pas de mais. Être pauvre ne m'inquiète pas tellement. J'y suis habituée, je suppose. De plus, j'ai le sentiment que quelque chose de merveilleux se produira avant que notre argent soit épuisé. C'est un sentiment très rassurant. Cesse donc de te faire du souci. »

En fait, quelque chose de vraiment merveilleux se produisit.

11

Comme la plupart des institutions importantes, l'université avait sa ville satellite. Trop petite, en fait, pour être appelée une ville, elle était plus qu'un simple village. Lopin était séparé de l'université par un stade d'athlétisme de deux cents places, qui faisait office de terrain de base-ball au printemps et de terrain de football en automne : c'était le stade d'athlétisme de l'école supérieure de Lopin. À l'une des extrémités, on avait édifié un logement pour le gardien et un club équipé de quatre douches. L'agglomération de Lopin était à l'autre bout.

Lopin était peuplé d'êtres taciturnes aux yeux noirs, dont beaucoup avaient dans leurs veines une goutte de sang indien ou même plus. Rares étaient, parmi eux, ceux qui fréquentaient l'université. Les Lopinois montraient à l'égard des étudiants un mépris que ceux-ci leur rendaient bien.

Au vrai, les deux groupes étaient indispensables l'un à l'autre. L'université avait besoin de Lopin, et Lopin avait besoin de l'université. Les hommes de Lopin travaillaient comme électriciens, plombiers, réparateurs, gardiens, peintres, laveurs de vitres, etc., pour le compte de l'université. Les femmes de Lopin en étaient les couturières, les blanchisseuses, les femmes de ménage, les gardes d'enfants. Les fils et les filles étaient employés comme secrétaires, dactylos et téléphonistes dans les différents services de l'université.

Lopin devait sa lointaine origine à un petit Français. Celui-ci faisait partie d'un groupe de prospecteurs qui parcouraient la région des Grands Lacs, en quête d'un territoire qu'ils pourraient occuper. Le Français renonça à poursuivre l'expédition, débarqua sur la plage la plus proche et se mit à marcher jusqu'à ce qu'il trouvât un endroit à son goût. Une tribu d'Indiens nomades et pacifiques y était installée pour le moment. Le petit homme blanc fut enchanté à la fois par cette terre et par une jeune Indienne bien en chair, avec des yeux noirs et un regard noyé. Il adressa aux Indiens des discours passionnés, dans sa langue natale : les Indiens n'en comprirent pas un seul mot. Mais un mot, Lopin, revenait tout le temps dans les discours du Français. Il disait : « Un lopin de terre. Un lopin de terre ! » Il demandait un peu de terre pour lui, mais les Indiens croyaient qu'il disait : « Mon nom est Lopin. » Ainsi l'appelèrent-ils Lopin.

En automne, les femmes indiennes plièrent les tentes et la petite tribu émigra vers le sud, où la vie était plus facile.

La jeune Indienne bien en chair demeura ; elle et le Français se marièrent. Il procéda lui-même à la cérémonie. La jeune épouse l'aida à défricher un peu de terre, et il construisit une cabane. Sa femme l'appelait Lopin, croyant que c'était son nom ; et, avec le temps, il finit par y croire lui-même.

Sept Lopin naquirent, qu'il baptisa lui-même : il les appela Jacques, Alain, Paul, Bill, Albert et Franck. Quand le septième et dernier fils vint au monde, il fut prénommé Lopin et s'appela ainsi Lopin Lopin.

Tandis que les garçons grandissaient, des Suédois aux cheveux d'un blond de lin et aux yeux bleus s'installèrent à proximité. À leur maturité, les fils Lopin épousèrent des filles suédoises. Pendant que les quarante petits-enfants Lopin grandissaient, le chemin de fer fut construit jusque chez eux : des ouvriers irlandais s'établirent sur les lieux ; leurs enfants épousèrent les petits-enfants indo-franco-suédois, et ainsi de suite, de génération en génération. Mais il restait toujours une goutte de sang indien ou davantage dans les veines de chaque Lopinois.

Carl reçut une lettre mise à la poste à Lopin. Elle était signée d'Albert Lopin, principal de l'école supérieure de Lopin. M. Lopin souhaitait voir Carl le plus tôt qu'il lui serait possible de venir.

« Je te disais que quelque chose se produirait, exulta Annie. Je parie qu'il va te demander d'apprendre aux garçons à jouer au football.

— Entraîneur de football ! fit Carl d'un air absent. Je me demande comment il a trouvé mon nom ?

— Le doyen a dû le lui communiquer. Qui d'autre l'aurait fait ?

— Eh bien, je vais aller voir ce qu'il veut. »

Albert Lopin était un petit homme accueillant, empressé, au sourire radieux. Il raconta à Carl toute l'histoire de ses ancêtres – leur établissement dans le pays, et comment, avec l'aide d'une femme indienne naturellement, avait été fondée la dynastie des Lopin. Carl s'agita nerveusement, car il craignait de manquer son prochain cours. Finalement, le petit homme en vint à l'essentiel. L'entraîneur d'athlétisme qui enseignait aussi l'anglais et l'algèbre, et qui occupait la maisonnette du gardien, venait de partir : il avait accepté une place de répétiteur à Pittsburgh, où il n'enseignait qu'une seule matière. Un nouveau répétiteur-enseignant allait prendre ses fonctions en mars. Jusque-là, quelqu'un devait s'installer sur le stade, pour s'occuper du chauffage du club et pour empêcher les étudiants et leurs petites amies de pénétrer dans la maisonnette du gardien, à l'aide d'un rossignol : ils utilisaient, en effet, le local pour faire ce que M. Lopin appelait l'amour illicite.

Cette constatation amena M. Lopin à épiloguer sur le sens moral de la jeunesse actuelle. Eh bien, de son temps… Carl regarda sa montre. Sachant qu'il manquerait son prochain cours, il pensa qu'il valait mieux se détendre. Il interrompit M. Lopin pour lui demander l'autorisation de fumer. M. Lopin la lui donna et accepta lui-même une cigarette. Enfin, il en arriva à l'objet de l'entretien.

« Voilà, monsieur, je suis allé voir Jim Darwent – le doyen est un vieil ami à moi – et je lui ai demandé de me recommander un jeune homme sérieux, de préférence marié et… À propos, j'ai étudié le droit pendant un an… »

Il était reparti : Carl dut apprendre comment il avait cherché sa vocation, comment il avait constaté qu'il n'était pas fait pour le droit, et que ce n'était pas un métier pour lui. Et…

« Excusez-moi, monsieur. À propos de la maisonnette ?…

— Ah oui ! » Carl pouvait habiter dans la maisonnette sans payer de loyer, à condition de s'occuper du chauffage du club. L'électricité et le gaz pour la cuisine étaient également gratuits. Il disposait du téléphone, évidemment pas pour appeler l'Inter.

Carl accepta, sous réserve qu'Annie fût d'accord. M. Lopin lui donna la clé ; il souhaitait que Carl et Annie occupassent les lieux sans délai. Et puisque Carl était sur place, voudrait-il mettre un peu de charbon dans le chauffage ? Cela éviterait à M. Lopin de se déranger. « Mais rappelez-vous, dit-il en lui serrant la main, jusqu'en mars seulement. »

« C'est merveilleux ! s'écria Annie, le souffle coupé. Simplement merveilleux ! »

Carl était moins enthousiaste. Dans la salle de séjour se trouvaient une table, deux chaises, un fourneau ventru et un téléphone mural. La minuscule chambre à coucher était meublée d'un lit à deux places et d'une commode en bois blanc que surmontait une glace achetée au supermarché. Dans la cuisine, il y avait deux chaises et une table, un fourneau à bois et à charbon, un réchaud à gaz à deux brûleurs, et un minimum d'assiettes, de casseroles et de poêles. L'éclairage, dans toutes les pièces, était simple : il consistait en un fil qui descendait du plafond, avec une ampoule nue au bout.

« Où est la salle de bains ? » demanda-t-elle. Ils la cherchèrent, mais ne trouvèrent rien. Une porte donnait sur la cuisine. Annie crut que c'était celle d'un cabinet de toilette. Dans un sens, ce l'était, mais l'installation consistait dans une table de toilette et une bassine sans rien d'autre.

« Comment allons-nous prendre un bain, Carl ?

— Nous devrons aller au club et nous servir des douches.

— Tu te rends compte, dit-elle, s'habiller pour aller prendre un bain ! Ça va être gai ! » Carl se demanda pourquoi. « Nous devrons acheter des draps et des taies d'oreiller, des serviettes de toilette… Mais au fait, la couverture de maman va pouvoir servir à quelque chose.

— Et les sous-vêtements de Mom ? Ne ris pas, Annie. Nous les porterons comme pyjamas. La chambre à coucher est rudement froide. »

Annie ne releva pas la remarque. « Tu n'auras plus besoin de travailler à la cafétéria : j'apprends à faire la cuisine.

— Tu veux dire que tu as eu l'audace de te marier sans savoir cuisiner ?

— Qu'est-ce que c'est cuisiner ? On fait bouillir ou frire la marchandise ; ou bien on la met dans le four, ou encore on la mange crue. Comme la laitue.

— Mais ignores-tu que bien des femmes dénuées de charme ont trouvé à se marier uniquement parce qu'elles savaient bien faire la cuisine ? Et ne sais-tu pas que le plus sûr chemin qui conduit au cœur d'un homme passe par son estomac ?

— Et qui voudrait parcourir un chemin aussi dégoûtant ? »

Elle voulait à tout prix déménager le lendemain ; mais Carl lui rappela que le loyer était payé jusqu'au samedi, et qu'ils devaient avertir Mme Hansmon quelques jours d'avance.

« Soit. Cela me laissera deux jours pour nettoyer ici. Carl, j'ai une idée splendide ! J'achèterai un peu de peinture et un pinceau, et je peindrai les chaises et les tables. Dans quelle couleur, penses-tu, Carl ?

— Chérie ! » Il posa ses mains sur les épaules d'Annie. « Regarde-moi et écoute-moi bien. Nous devrons quitter ce logement à l'arrivée du nouvel entraîneur. Nous ne resterons ici que deux mois. Le comprends-tu ?

— Bien sûr. Mais malgré cela j'aimerais donner à la maison un aspect agréable, pendant que nous y sommes.

— N'en fais rien, Annie. Je t'en prie ! Si tu la rends trop belle, cela te brisera le cœur de la quitter.

— Peut-être ne serons-nous pas obligés de la quitter. Peut-être l'entraîneur ne voudra-t-il pas y habiter. Peut-être a-t-il six enfants : ce ne serait pas assez grand pour lui.

— Annie, Annie !… » Il soupira comme s'il était très las, et la ride qui barrait son front parut se creuser davantage.

« Eh bien, soit, chéri. Je ne peindrai pas les chaises, alors. »

Elle partit à six heures, le lendemain matin ; elle emportait son réveil et autant d'affaires qu'elle put. Le logement ne semblait pas être aussi magnifique, par ce petit matin froid : il était poussiéreux et minable ; les fenêtres étaient si sales qu'on ne pouvait pas voir l'extérieur. Et il y faisait un froid glacial. Annie alluma le fourneau de la cuisine, en utilisant papier, bois et charbon du club ; elle se dit qu'elle restituerait le charbon quand ils auraient reçu leur propre livraison. En peu de temps, la cuisine fut agréablement chauffée ; mais elle était toujours très sale. Annie trouva dans le club un balai, une serpillière et des paillettes de savon qui sentaient le phénol ; puis elle entreprit le grand nettoyage de la cuisine.

Par les fenêtres, enfin propres quoique sans rideaux, elle apercevait le toit de quelques petites maisons, à l'extrémité nord du stade. Elle supposa que c'était la ville de Lopin et décida d'y faire une promenade, pour voir de quoi la ville avait l'air.

Après cinq minutes de marche, une plaque l'informa qu'elle était dans la Grand-Rue. Un peu plus loin, elle s'arrêta devant une petite épicerie. C'est ici, pensa-t-elle, que j'achèterai notre nourriture. Les gens qui tiennent cette boutique deviendront mes amis ou bien me traiteront simplement en cliente. Du moins joueront-ils un rôle dans ma vie.

L'épicerie faisait en même temps boucherie ; Annie aperçut un homme à la bouche large, aux yeux en fentes, à l'épaisse chevelure noire : devant un billot, il s'affairait à découper un morceau de bœuf. Ce doit être un Indien, supposa Annie. Tout au moins est-il de descendance indienne. Elle prévoyait un nouveau titre sur sa liste, *Indien que je connais*, et son nom au-dessous, quand elle le connaîtrait.

Il y avait aussi une femme aux jolis cheveux blonds, mais au visage épais et maussade. Sa taille était déformée par l'enfant qu'elle attendait incessamment ; elle en tenait un autre, qui semblait être assez grand pour marcher, juché sur sa hanche. Il agrippait des deux poings les mèches de cheveux de sa mère, et, les utilisant comme des rênes, il enfonçait de temps à autre ses talons dans les côtes de la femme et braillait : « Gidd-yop ! » comme si elle était un cheval.

Annie demanda un paquet de cigarettes. La femme posa le paquet sur le comptoir. « Dix *cents*. Deux pour dix-neuf. » Annie acheta deux paquets ; elle était ravie d'économiser un *penny*.

« Vous avez une jolie boutique », fit-elle.

L'homme et la femme se regardèrent comme si Annie avait dit quelque chose de surprenant. « Bâtard ! » cria la femme brusquement.

Annie sursauta et son visage devint brûlant. Mais l'épithète s'adressait à l'enfant qui venait de lui mordre une oreille. Annie avait trouvé un autre titre pour sa liste : *Étranges mères*. En dessous elle écrirait : Mère qui appelle son bébé « Bâtard ».

« Et tu te rends compte, dit-elle à Carl, ce soir-là, nous économiserons un demi-*cent* sur chaque paquet. Seulement il sera difficile de mieux connaître ces gens-là. Mais je ferai le nécessaire.

— Tu vas te tenir tranquille, Annie. Laisse-les faire les avances. S'ils désirent se montrer amicaux, ils le feront à leur manière. Ils te prennent pour une étudiante, et ils ne s'occupent pas beaucoup des gens de l'université, ici. Donc, vas-y doucement, si tu veux te faire des amis à Lopin. »

Le lendemain matin, chargée d'autres bagages, Annie reprit le chemin de leur maison. Elle s'arrêta chez Henry et acheta une demi-livre de café, une boîte de prunes et un gros pain.

« Quelle est la meilleure façon de faire du café, Henry ? Et dites-le-moi tout de suite, pas demain.

— Vous ne savez pas comment faire du café ?

— Écoutez, Henry : je n'ai pas dit *comment*, j'ai dit *la meilleure façon*.

— Pour obtenir deux tasses de café, vous prenez trois tasses d'eau. Quand elle bout, vous y versez trois cuillères de café. Faites chauffer jusqu'à ce que se forme une mousse d'un brun chocolat ; retirez alors du feu et ajoutez un peu d'eau froide.

— Mais j'aime le café chaud.

— L'eau froide le fait se poser. Pour les prunes maintenant, suivez les indications données sur la boîte ; pour le pain, vous le coupez avec un couteau.

— Cela suffit, Henry. Je ne suis pas aussi gourde.

— Vous allez me manquer Annie.

— Vous savez, Henry, je devrai venir à l'université deux fois par semaine : je ferai un saut chez vous en passant. C'est presque sur mon chemin.

— Ce ne sera plus comme au temps où vous entriez en courant pour demander de la gelée de groseille, à l'heure de la fermeture.

— Non, en effet. Mais c'est la vie. »

Il acquiesça, et sur cette note philosophique ils se serrèrent la main avec ferveur, comme s'ils prenaient congé pour toujours.

« Encore une chose : Henry, pourquoi vous faut-il trois tasses pour en obtenir seulement deux ?

— Je vous le dirai la prochaine fois que je vous verrai. »

Parmi les affaires qu'elle avait apportées à la maisonnette, se trouvait une boîte contenant les robes d'été que sa mère lui avait envoyées. Deux d'entre elles étaient passablement usées, l'une à carreaux rouges, l'autre à carreaux bleus. Annie tailla dans les robes pour confectionner des rideaux de cuisine – à carreaux bleus pour une fenêtre et rouges pour l'autre. Elle n'était pas experte en couture : les bordures des jupes servaient de bordures aux rideaux. Pour le haut, elle fit un bâti de trois centimètres. Cela ne lui prit qu'une dizaine de minutes. Heureusement, les fenêtres étaient déjà munies de tringles. Les rideaux faisaient de l'effet, mais ils avaient besoin d'être repassés. Alors, elle se rappela qu'elle devait se procurer un fer, pour les chemises de Carl.

Elle déjeuna d'une douzaine de prunes sèches, d'une tranche de pain grillée au four et de deux tasses de café. Elle resta assise à la table pendant un long moment, essayant de comprendre à quoi servaient la troisième tasse d'eau et la troisième cuillère de café. Comment trois tasses d'eau devenaient-elles deux tasses de café ? Au bout d'un instant la vérité la frappa. Les grains mouillés absorbaient une partie de l'eau ; l'autre partie s'évaporait. Que de choses à apprendre, pensa-t-elle. Je serai morte et enterrée avant d'en avoir appris seulement la moitié.

Elle se rendit à Lopin dans l'intention d'acheter quelques œufs pour son dîner. Cette fois, le bébé de l'épicerie chevauchait l'autre hanche de sa mère ; l'homme était en train de hacher de la viande, pour des hamburgers. Annie demanda quatre œufs que la femme déposa sur le comptoir, dans une pochette en papier. Annie paya avec une *dime*, et mit les œufs dans son sac. Puis elle demanda : « Trouve-t-on une mercerie dans la ville ? » L'homme s'arrêta de hacher la viande et lança un regard à sa femme. Celle-ci répondit enfin : « C'est à deux pâtés de maisons. » L'homme tendit le bras et dit : « Par là. »

Annie les remercia. En sortant, elle pinça le pied du bébé. D'un brusque mouvement, la femme changea l'enfant de hanche et le mit hors de portée d'Annie. « Excusez-moi, dit Annie, mais il est si mignon. » Au moins ils m'ont parlé, dans un sens, pensa-t-elle en sortant.

Aggie Lopin, vieille fille, propriétaire de la mercerie, méritait de figurer sur la liste d'Annie. Miss Aggie avait un visage de vieille femme, mais son corps avait conservé une jeunesse intacte. Son développement physique avait dû être interrompu à un moment : les petits boutons durs de sa poitrine ne s'étaient jamais transformés en seins ; ses hanches ne s'étaient jamais arrondies pour marquer sa taille et ses jambes étaient restées des jambes maigres et droites d'une enfant.

Contrairement aux épiciers, miss Aggie était plutôt loquace. Le principal de l'école supérieure était son neveu ; il avait obtenu une licence à l'université… Annie lui posa des questions sur les épiciers.

« Ces Lopin ! Voyez-vous, ma chère, l'homme est un métis d'origine indienne ; la femme, elle, est une Blanche, et elle est trop fière pour l'épouser. Ainsi vivent-ils en concubinage ; et ils ont des enfants ! Que ne ferait pas une femme pour garder sa fierté ! »

Annie raconta à miss Aggie qu'ils allaient emménager dans la maisonnette, dès le lendemain. « Dieu merci ! s'écria miss Aggie. Quand je pense à tout ce qui s'y passe quand elle est inhabitée ! Voyez-vous, ma chère, je fais une promenade dans les environs, après avoir fermé la boutique. Je regarde par la fenêtre de la chambre à coucher, rien que pour voir si tout est en ordre. Si vous saviez les choses que j'ai vues ! » Elle leva les bras au ciel et arrondit les yeux. « Vous n'imaginez pas les choses coupables qui se passent là-dedans, ma chère… Je n'oserais jamais vous le dire. » Mais elle les raconta tout de même et conseilla à Annie d'acheter un nouveau matelas. Elle en avait un bien joli dans l'arrière-boutique et ne le vendrait pas cher.

Mais Annie ne voulait pas d'un nouveau matelas. Elle désirait deux draps, deux taies d'oreiller, deux serviettes de bain et deux serviettes de table. Il lui fallut presque prier miss Aggie de lui vendre ces articles : la mercière aimait mieux bavarder que vendre. Annie lui demanda où elle pourrait acheter d'occasion un fer à repasser. Miss Aggie lui donna le renseignement, non sans lui raconter tout ce qu'elle savait sur le commerçant.

Celui-ci tenait un véritable bric-à-brac. Annie y trouva un fer rouillé, dans un coin, et le paya quinze *cents*.

L'homme prit le fer et commença d'enlever la rouille, à l'aide d'un morceau de papier de verre.

« C'est gentil de votre part de faire ça pour moi », dit-elle. Immédiatement, il lui remit le fer et le papier de verre en main. Moi et ma grande bouche, pensa-t-elle. Maintenant, il faut que je le fasse moi-même.

Elle remarqua un fauteuil à bascule, en bon état, excepté qu'il y avait trois pieds identiques, et que le quatrième était un morceau de bois neuf. Il coûtait un dollar et demi. Annie versa un quart de dollar à titre d'arrhes, expliquant que son mari payerait la différence quand il viendrait prendre le fauteuil. Elle établit un reçu pour son versement et pria l'homme de le signer. Il fit une croix sur le papier.

Suivant les indications portées sur la boîte, Annie mit les prunes dans une casserole, versa une tasse d'eau par-dessus et plaça la casserole recouverte sur l'arrière du fourneau, pour laisser cuire doucement tout l'après-midi. Elle alla faire le lit avec les draps et les taies qu'elle avait achetés. D'abord elle vérifia l'unique fenêtre de la chambre à coucher. Oui, le rebord était assez bas pour que même une femme de petite taille comme miss Aggie pût regarder à l'intérieur. Je dois y remédier, décida-t-elle, sinon, par clair de lune, miss Aggie pourra regarder à l'intérieur et nous observer pendant l'acte du péché. Elle accrocha les deux serviettes de bain sur les tringles à rideau.

Elle regarda le matelas sur lequel, d'après miss Aggie, tant de péchés avaient été commis. Le matelas avait pourtant un air bien innocent, mais elle décida de le retourner pour éloigner d'elle l'idée que d'autres couples l'avaient utilisé.

Ce fut un travail pénible. Elle tira, poussa, se servit du manche à balai, et se cassa deux ongles avant de l'avoir retourné. Elle se jeta sur le lit, complètement exténuée. Elle était en nage et son cœur battait à se rompre. Elle récupéra rapidement, pourtant, et allait s'assoupir quand le téléphone sonna. Elle se leva pour répondre. « Qui est à l'appareil ?

— C'est moi. Je t'appelle entre deux cours. Comment ça marche ?

— Carl ! Ils ne sont pas mariés !

— De qui parles-tu ?

— Des épiciers.

— Annie, cela ne nous regarde pas.

— Mais ils ont déjà un bébé et un autre en route ; les enfants vont grandir et seront des bâtards.

— Cesse de t'inquiéter. Ils sont mariés.

— Mais miss Aggie dit…

— Qui ? C'est sans importance. Ils sont mariés, te dis-je.

— Non, ils ne le sont pas, parce qu'elle est fière.

— Écoute, Annie, s'ils vivent ensemble depuis un certain nombre d'années et s'ils ont des enfants, ils sont mariés par la force des choses.

— C'est bien vrai, Carl ?

— Oui, c'est vrai. Cesse donc de t'inquiéter.

— Mais…

— Écoute, Annie, je t'ai appelée pour te dire que je serai un peu en retard ce soir.

— Pour notre dernière nuit dans notre chambre ?

— Lorsque j'en aurai fini à la cafétéria, je devrai aller là-bas pour entretenir le feu, au club.

— Je le ferai, Carl. Je resterai de toute manière ici jusqu'à la tombée de la nuit. » Elle aurait voulu bavarder plus longtemps ; mais il devait se rendre à son cours.

Pour le lit, Annie utilisa la couverture de Noël comme couvre-pieds : il donnait à la pièce froide une note de chaleur. Elle repassa les rideaux et les arrangea. Puis elle prépara son souper. Elle mit deux œufs dans de l'eau bouillante, en retira un au bout de trois minutes et l'autre après cinq minutes seulement : le premier était un peu trop liquide, l'autre un peu trop dur. Quatre minutes, c'est tout ce qu'il faut, conclut-elle. Je les ferai cuire quatre minutes désormais. Qui a dit qu'il était difficile de faire la cuisine ?

Elle était fière du repas qu'elle avait préparé. Puis elle rechargea la chaudière du club et rentra.

Comme Annie devait travailler au supermarché le lendemain, et qu'elle se rendrait directement dans leur nouveau logement, elle prit congé de Mme Hansmon. Ce furent des adieux touchants, accompagnés de larmes. Annie promit de rendre visite à Mme Hansmon. Celle-ci lui donna l'assurance qu'ils pouvaient reprendre leur chambre à tout moment ; il suffisait de la retenir un jour à l'avance.

Pour la dernière fois, Annie dut courir à l'épicerie avant la fermeture. « Un bocal de gelée de framboises, Henry, en souvenir du bon vieux temps. » Il ne voulait pas qu'elle payât, en souvenir du bon vieux temps. Ils se dirent adieu comme si c'était pour toujours, en échangeant une poignée de main chaleureuse.

Annie ôta son médaillon et demanda à Carl de le lui remettre, comme il avait fait le soir de leurs noces ; et puis elle demanda qu'il la berçât pour la dernière fois, dans leur chambre. Carl lui suggéra de prendre d'abord un bain : elle avait les mains encore noires de poussière de charbon. Elle avait mis les morceaux de charbon sur le feu un à un, expliqua-t-elle. Et pourquoi n'avait-elle pas ramassé chaque morceau avec un bout de papier ? Parce qu'elle n'y avait pas pensé, dit-elle. Personne n'était né avec la science infuse, n'est-ce pas ?

Annie resta si longtemps dans la salle de bains que Carl commença à s'inquiéter. Elle paraissait si fatiguée ! Peut-être s'était-elle endormie dans la baignoire ? Et si… Il se précipita vers le hall et frappa à la porte de la salle de bains. Elle était verrouillée et il pria Annie de l'ouvrir. Elle ouvrit brusquement la porte et il tomba presque dans la pièce. La baignoire était déjà vidée, mais il restait une trace noire sur les parois. Annie essaya de l'enlever avec du papier hygiénique, parce qu'elle ne voulait pas abîmer la serviette de la propriétaire. Carl lui prêta main-forte. Presque tout le rouleau y passa.

Ensuite il la berça et la caressa, et elle lui raconta en détail les événements de la journée. Il écoutait sa voix chantante, au timbre grave, et se sentit gagné par le sommeil.

« Et puis, Carl, aujourd'hui j'ai appris à faire la cuisine ! fit-elle sur un ton de triomphe.

— C'est bien », dit-il d'une voix somnolente.

Il fallut quelque temps à Carl pour s'habituer aux rideaux de la cuisine – les uns à carreaux bleus, les autres à carreaux rouges. Mais Annie était fière de ses rideaux ; elle paria qu'elle était la seule au monde à posséder des rideaux semblables ; Carl affirma qu'il en était sûr. Ils vivaient dans la cuisine, pour économiser le combustible, en fermant les autres pièces non chauffées. La chambre à coucher était toujours glaciale : ils essayèrent bien de porter les sous-vêtements offerts à Carl pour la Noël mais ils furent déçus : la laine donnait à Annie des démangeaisons. Carl l'entendait se gratter et ne pouvait pas trouver le sommeil.

Ils prirent une douche, en même temps, dans des cabines communicantes, au club ; Annie était enchantée que ce fût une douche, parce qu'il n'y avait pas de baignoire à nettoyer. Après s'être vigoureusement frottés, ils se rhabillèrent et coururent vers la maisonnette, dans la neige, en luttant de vitesse, pour ne pas prendre froid.

Annie apprit à faire de la cuisine simple, des repas peu compliqués. Habituellement, elle mettait tout dans le four, tôt dans l'après-midi, et laissait les aliments cuire jusqu'à l'heure du dîner. Elle restait inflexible sur un seul point : elle refusait de faire des fritures. Elle ne voulait pas même avoir de lard dans la maison, parce que l'odeur de graisse lui rappelait M. Félix et sa soupe de tortue.

Les choses s'arrangeaient pour Carl. Il avait abandonné son travail à la cafétéria : ils arrivaient très bien avec les cinq dollars que lui procurait, chaque semaine, la distribution des journaux, et les deux dollars qu'Annie recevait du supermarché. Carl avait désormais la possibilité d'étudier aux heures de son ancien travail à la cafétéria. Presque tous les jours il rentrait à quatre heures – au plus tard à cinq heures. Il afficha une annonce sur le tableau, à l'université ; il s'offrait à donner des leçons au prix de cinquante *cents* l'heure. À l'approche des examens semestriels, des étudiants devaient avoir besoin d'être un peu dirigés : Carl se procura ainsi quelques dollars supplémentaires.

Tout aurait donc été au mieux, si les règles d'Annie n'avaient pas accusé une semaine de retard.

12

L'enthousiasme de l'emménagement, la mise en état du logement, les nouvelles connaissances qu'elle avait faites, n'avaient pas permis à Annie de s'inquiéter. Un jour ou deux de retard ? C'était déjà arrivé, n'est-ce pas ? Oui, mais alors elle n'était pas mariée ! Maintenant c'était différent ! Quand le retard fut de deux semaines, Annie commença à se faire du souci. Son premier mouvement fut d'en parler à Carl ; mais à l'approche de ses examens semestriels, la nouvelle pouvait le gêner dans ses études. D'ailleurs, c'était peut-être une erreur, et les choses allaient s'arranger d'elles-mêmes, le mois suivant. À quoi bon tourmenter Carl inutilement ?

Deux semaines de retard, cela ne signifiait pas nécessairement qu'elle fût enceinte… C'était sans doute une erreur ; il fallait que ce fût une erreur. Tout allait si bien. Ils avaient un gentil logement, pour eux seuls ; ils prenaient leurs repas ensemble, et passaient davantage de temps l'un avec l'autre. Ils s'en tiraient fort bien avec les sept dollars qu'ils gagnaient, à eux deux, chaque semaine. Elle avait commencé à assister au cours d'art dramatique. Tout irait merveilleusement bien, si seulement…

Faites, mon Dieu, qu'il n'en soit rien. Pas en ce moment. Ayons au moins une année de répit. Rien qu'un an. Et je ne Vous demanderai plus jamais rien, aussi longtemps que je vivrai. Je promets même de renoncer pour toujours à écrire, si seulement Vous…

M. Haise traitait Annie comme une étudiante préparant régulièrement une licence. Dans son cours, le professeur et les étudiants se groupaient autour de la chaire et discutaient sur l'art dramatique. Ils parlaient de pièces, d'auteurs, de sujets, de caractères d'un point de vue critique et s'intéressaient surtout à l'intensité dramatique des dialogues. Les cours duraient une heure, dans une atmosphère des plus amicales, et leur qualité culturelle enchantait Annie.

Elle s'y donnait de tout son cœur, avec sincérité et intelligence. Elle avait le don du dialogue. En style dramatique, ses phrases courtes, souvent inachevées, étaient un atout plutôt qu'un inconvénient. Elle savait d'instinct définir le caractère des personnages et montrait un sens très sûr de la construction d'une crise qui s'acheminait sans effort vers son paroxysme.

Un aspect tout à fait neuf de la littérature lui était ainsi révélé ; elle lisait toutes les pièces qu'elle pouvait trouver. Elle affectionnait surtout *Les Bas-Fonds* et *La Chevauchée vers la mer*. Elle apprit presque par cœur cette dernière pièce, dont elle recopia le texte intégral. Certes, elle avait promis à Dieu qu'elle n'écrirait plus si… Mais Il ne m'en voudra pas, pensa-t-elle, si je me contente de recopier la pièce de quelqu'un d'autre.

Vers la mi-février, Annie sut qu'elle était enceinte. Sa première réaction fut de ne rien dire à Carl, pour lui épargner quelques mois de soucis. Son état ne serait pas visible avant l'été ; à ce moment-là, Carl aurait terminé sa troisième année. Cependant, elle devait voir un médecin : pas pour elle-même, mais dans l'intérêt du bébé à naître. Inévitablement, elle devait en parler à Carl. Peut-être ne serait-ce pas trop terrible. Elle pourrait continuer à travailler au supermarché, une fois par semaine, jusqu'aux vacances d'été ; Carl aurait terminé son avant-dernière année. Il pouvait trouver un travail stable, pendant l'été.

Le bébé allait naître en automne. Carl ne pouvait pas passer sa dernière année d'études – la plus difficile –, en assurant l'entretien d'une femme et d'un enfant. Eh bien, ils resteraient ensemble pendant l'été ; à la rentrée universitaire, elle retournerait chez elle, pour attendre le bébé.

Mais comment retourner chez elle ? Il y avait Dan. Elle frémit intérieurement à l'idée des réflexions déplacées et gaillardes qu'il ne manquerait pas de faire sur sa grossesse. Même si elle réussissait à le tenir à distance, est-ce que sa mère la reprendrait ? Annie croyait l'entendre dire : « Comme on fait son lit, on se couche. » Ou : « Je te l'ai dit et redit. Mais non ! Tu ne voulais pas écouter. Retourne chez ton mari. C'est son affaire de s'occuper de toi et de te faire vivre, avec le bébé. Ce n'est pas la mienne. »

Annie s'entendait elle-même implorer : « Si tu consens que je reste, maman, je ne gênerai pas. Je ne me disputerai pas avec Dan. Je m'occuperai des garçons ; ainsi pourrez-vous, toi et Dan, sortir le soir. Je m'occuperai de tout le ménage et de la cuisine. Je sais maintenant faire tout cela. Et puis, maman, je t'aime. Et tu dois m'aimer. »

L'autre solution était que Carl interrompît ses études pendant un an. Mais s'il le faisait, comment pourrait-il les reprendre ? Tout l'argent qu'il gagnerait partirait en dépenses quotidiennes, en honoraires de médecin, en notes d'hôpital, sans parler de ce qu'il faudrait pour le bébé. Il ne resterait pas assez d'argent pour financer la dernière année à l'école. Même si Carl pouvait y retourner après un an d'absence – même s'il pouvait, serait-il capable de reprendre ses études au point où il les aurait interrompues ? Carl n'était certes pas un être inconstant. Il avait travaillé et travaillait encore durement pour devenir un homme de loi. En dehors de ses cours, il s'était donné du mal pour gagner le pain quotidien. Et voilà qu'il devrait détourner son effort des études de droit, pour subvenir aux besoins de sa femme et de son enfant !

Non ! Carl devait terminer ses études ; et elle devait retourner chez elle. C'était la meilleure solution.

Annie se résolut à informer immédiatement Carl de son état. Quelle était la meilleure façon de le faire ? Que pouvait-elle dire pour atténuer l'effet de la nouvelle ? C'était la théorie d'Annie qu'il y avait des compensations à tout. Sa façon de penser était la suivante : chaque nuage est bordé d'une ligne argentée. Ceci lui était apparu d'une manière frappante dans *Les Bas-Fonds* et dans *La Chevauchée vers la mer*. Dans *Les Bas-Fonds*, quand les personnages descendaient aussi bas qu'il était possible de sombrer, la compensation consistait en ce qu'ils ne pouvaient descendre plus bas. Dans *La Chevauchée vers la mer* : « Ils sont tous partis maintenant, et il n'y a plus rien d'autre que la mer puisse me faire. »

Oui, Maurya n'avait plus besoin de pleurer et de prier quand les tempêtes se déchaînaient sur la mer. Elle n'avait plus de fils que la mer pût lui prendre. C'était sa compensation.

Mais quelle compensation y avait-il pour Carl ? Et pour elle ? Pour eux deux, c'était la merveilleuse compensation de voir naître un être humain, fruit de leur amour – une âme qu'ils devraient aimer et protéger, une nouvelle vie à guider.

Annie se laissa bercer par son rêve : je lui ferai la lecture chaque jour, jusqu'à ce qu'elle sache lire elle-même, parce que je veux qu'elle grandisse en fille cultivée. Et la peinture. J'achèterai une boîte de peinture à l'eau et je mettrai un pinceau dans sa petite main ; je la guiderai et la laisserai tracer un signe sur le papier ; et je lui dirai : « Ceci est du bleu, chérie, comme le ciel. Et ceci est du rouge, le rouge de la rose. »

Mais que dire des petites compensations individuelles ? Quant à elle, elle n'avait plus besoin de se demander avec inquiétude si elle était oui ou non enceinte. Maintenant elle savait ! Et c'était une sorte de soulagement. Elle pouvait donc écrire de nouveau ! Elle était libérée de sa promesse à Dieu.

M. Haise la pressait toujours d'écrire une pièce. J'écrirai une pièce en un acte que j'appellerai *Le Mariage*. Ce juge avec son gros ventre fera un excellent personnage, et l'employée aussi. Et je me servirai de miss Aggie pour représenter miss Vi – la façon dont miss Aggie bavarde, et tout le reste. Il y aura deux tableaux. Pour le premier, le décor représentera le guichet et le bureau du juge. La pièce commencera là. Puis j'indiquerai que l'éclairage se concentre de l'autre côté, où il y aura une table de cuisine, des chaises et deux petits garçons qui mangent leur bouillie d'avoine ; il y a une jeune fille, sa mère et le beau-père ; d'après leur dialogue, on comprendra pourquoi la jeune fille est partie de chez elle à dix-huit ans. Cela fera prendre la jeune fille en pitié et…

Annie avait deux compensations maintenant. Mais il était difficile de trouver une compensation pour Carl. Elle pensa aux contraceptifs. Elle savait que Carl n'aimait pas les utiliser. À présent il n'en avait plus besoin. C'était une petite compensation. Et l'argent qu'ils économiseraient, à ne pas avoir à en acheter…

Brusquement, elle éclata de rire, d'un rire hystérique. Incroyable, songea-t-elle, de penser à une chose pareille – économiser quelques *pennies* dans un moment pareil !

Elle décida d'en parler à Carl le soir même. Ses examens étaient passés, et le lendemain étant un samedi, il n'aurait pas de cours. D'abord, elle préparerait un bon souper, puis elle lui dirait tout.

À l'épicerie, elle acheta deux côtelettes de porc et deux pommes – pour faire une tarte –, et encore une tomate fraîche qu'elle paya dix *cents* : c'était un luxe, mais elle pensa à la joie de Carl. Comme d'habitude, la femme avec l'enfant sur sa hanche ne dit rien.

Sous l'effet d'une inspiration soudaine, Annie demanda : « Voudriez-vous me le laisser tenir une minute ? Je n'ai pas porté de bébé sur les bras depuis que j'étais petite fille. J'aimerais connaître de nouveau ce que l'on ressent. »

À sa surprise, la femme dit : « Vous pouvez le tenir et le garder. » Mais elle donna au bébé un rapide baiser avant de le confier à Annie. « Il s'appelle Lester. Mais nous disons Less. »

L'enfant essaya vainement de s'installer sur la hanche d'Annie, mais celle-ci ne lui offrait pas une assise suffisante. Le bébé s'agrippa au cou d'Annie comme un singe dans un arbre. Annie se mit à rire. La femme eut un sourire. Derrière l'étal, l'homme leva les yeux, pendant une seconde.

« Dites-moi, madame Lopin, comment une jeune fille, une femme qui n'a jamais eu de bébé, peut-elle savoir avec certitude qu'elle va en avoir un ? »

La femme alla droit au but. « Vomissez-vous le matin ?

— Non.

— Alors, vous aurez un accouchement difficile. » Comme si elle en avait trop dit et se le reprochait, la femme reprit brusquement le bébé d'entre les bras d'Annie qu'elle accompagna jusqu'à la porte. « Écoutez, m'am... » Elle s'arrêta.

« Ne voulez-vous pas m'appeler Annie ? S'il vous plaît ?

— Eh bien, écoutez, Annie. Si vous voulez savoir autre chose, demandez-le-moi.

— Oh merci. Je mourais d'envie d'en parler à quelqu'un. Je n'en ai encore rien dit à mon mari. Vous êtes la première... »

La femme parut méditer ces paroles avant de reprendre : « On m'appelle Goldie. À cause de mes cheveux, vous savez. » Et elle passa une main sur ses jolis cheveux blonds.

Annie retourna à la maison en serrant ses paquets dans ses bras. Nous sommes amies ! pensa-t-elle. Maintenant j'ai une amie. Cela fait trois lignes argentées que j'ai trouvées dans ce nuage noir.

Carl rentra d'excellente humeur. « Devine, chérie, devine !

— Quoi, Carl ?

— J'ai obtenu la mention Très bien à tous mes examens ! » Il la souleva de terre et la fit tournoyer. Puis il la reposa et la tint à bout de bras. « Devine encore !

— Dis-moi.

— Le doyen m'a fait venir dans son bureau ; il m'a serré la main et m'a appelé Carl. Puis il m'a dit que tu exerçais une influence sur moi, une très bonne influence. »

Ça va être terriblement difficile de lui apprendre la nouvelle, pensa Annie. Terriblement difficile !

Elle écrasa les pommes de terre passées au four, et les beurra, avant de les saupoudrer de paprika. « C'est ainsi que l'on fait dans les restaurants chics », observa-t-elle à l'intention de Carl. Les côtelettes de porc étaient cuites à point. Annie les servit avec, comme garniture, des tranches de tomates glacées. Carl exprima sa satisfaction sur un ton presque lyrique. Et la tarte aux pommes à la cannelle ! Comment Annie avait-elle pu deviner que c'était ainsi qu'il aimait la tarte aux pommes ? Restait-il encore un peu de ce bon café ? Oui, il en restait. Et pouvait-il avoir un autre morceau de cette tarte ? Ou la gardait-elle pour le lendemain ? Non, non.

Rassasié, Carl s'adossa à sa chaise et soupira d'aise. « Si la vie pouvait toujours être ainsi, comme cette journée, comme cette heure. Je n'en demanderais pas plus. Cela me plaît davantage que d'être gouverneur. »

Je ne peux pas le lui dire ce soir, pensa-t-elle avec angoisse. Non ! Pas ce soir. Elle hocha la tête tristement.

Il posa sa main sur la sienne. « Eh bien, chérie ? Qu'est-ce qui te préoccupe ? Dis-le-moi.

— Ce n'est rien. Je pensais simplement… Carl, pendant que je travaille demain, pourquoi n'irais-tu pas patiner ?

— Je ne m'amuserais pas, sachant que toi tu travailles.

— Tu as bien droit à une récompense pour les notes brillantes que tu viens d'obtenir.

— Tu ne sais pas ? Je vais patiner pendant une heure environ et je te retrouverai au supermarché, quand tu auras fini. Nous dînerons dehors ; ainsi tu n'auras pas à faire la cuisine après être restée debout toute la journée.

— Nous irons à la cafétéria. J'aimerais revoir Mme Ridinski.

— Excellente idée ! À propos, je voulais te dire… Mme Ridinski habite à Lopin. Peut-être pourrais-tu aller la voir, le jour où elle est de repos.

— Très volontiers. Où habite-t-elle ?

— Nous le lui demanderons. » Il l'aida à débarrasser la table, puis ajouta : « Sais-tu que tout ceci va me manquer quand nous devrons retourner chez Mme Hansmon, dans quelques semaines ? »

C'est alors que je le lui dirai, décida-t-elle. Nous serons de toute manière tous les deux déprimés, au moment du déménagement. Autant lui apprendre à ce moment-là que j'attends un bébé.

En attendant qu'on leur donnât congé, Annie écrivit sa pièce en un acte sur le mariage. Quand M. Haise la lut à haute voix en classe, Annie fut parcourue d'un frisson nouveau pour elle : une réplique drôle de miss Chip, alias miss Aggie, déchaîna le rire parmi les étudiants. M. Haise dit à la classe que cette première pièce avait une grande valeur et qu'il espérait que l'auteur n'en resterait pas là.

À peine rentrée à la maison, Annie releva le défi en écrivant une nouvelle pièce. L'action se passait dans une rue sordide de Brooklyn, les personnages étaient un couple d'épaves, anonymes : l'homme et la femme couchaient dans les caves et changeaient de domicile chaque nuit pour échapper à la police. Le jour, ils mendiaient dans les rues, et se faisaient passer pour des aveugles.

La pièce fut mal accueillie et sévèrement critiquée. De plus, elle parut ridicule, surtout le titre – *Chair insensible*. Un étudiant provoqua l'hilarité générale en observant que c'était là un titre pour une pièce sur un cor au pied. Un rire homérique accueillit la réplique finale. L'une des épaves avait été trouvée morte dans une cave. On l'en avait retirée et on l'avait couchée sur le trottoir. Alors, un homme dans la foule s'écria : « Eh bien, nous devons tous partir un jour ! » *Rideau.*

Annie fut horriblement humiliée. M. Haise eut du mal à rétablir l'ordre dans la classe. « Je vais être très sévère, dit-il, parce que je sais l'auteur capable de faire beaucoup mieux »… Capable de faire beaucoup mieux… La honte d'Annie en fut atténuée. « Cette pièce est un véritable pastiche, poursuivit le professeur, un pastiche inepte des *Bas-Fonds.* » Annie souhaita que le sol s'ouvrît sous elle et qu'elle fût engloutie. « C'est un amalgame de sordide et de sensiblerie. Ces deux éléments sont incompatibles. Néanmoins, le dialogue est authentique. » Cette dernière remarque redonna courage à Annie.

Ainsi avait-elle été trop sûre d'elle ! Elle avait cru tout savoir de l'art d'écrire une pièce. « J'ai encore beaucoup à apprendre, conclut-elle. Et je veux l'apprendre. À la fin du semestre… »

Mais serait-elle capable de finir le semestre ? Dès que sa grossesse serait visible, elle devrait renoncer aux cours. Une femme enceinte n'avait pas sa place dans une classe de tout jeunes gens et de jeunes filles curieuses. Combien de temps lui restait-il pour écrire une autre pièce ?

« Goldie, quand est-ce que ça se verra ?

— Au cinquième mois. » Annie fit le calcul. Ce serait pour le mois de mai. Je ne pourrai pas terminer le semestre. « Mais, ajouta Goldie, vous êtes si menue qu'on ne verra rien avant le sixième mois. »

Ce serait en juin ! Elle pourrait y arriver.

« Vous êtes sûre, Goldie ?

— Je vous le dis. »

Annie tapota le derrière du bébé. « Ta mère m'a comblée de joie. »

Lorsqu'elle se rendait aux cours ou à la bibliothèque, Annie s'arrêtait parfois chez Mme Hansmon ; elle n'oubliait pas non plus Henry. Une fois ou deux elle entra chez le fleuriste, afin de constater les progrès du *Viol de la forêt*.

Carl la trouvait plus calme, moins loquace ; elle lui posait moins de questions ; il eut l'impression qu'il était en train de la perdre ; cela ranima sa vieille crainte. Je ne devrais pas l'encourager ainsi à écrire des pièces de théâtre, pensa-t-il. C'est un moyen de perdre sa femme. Et puis, il eut honte de cette pensée.

La fin du mois de février fut marquée par une période de beau temps prématuré. La neige avait fondu ; le soleil brillait davantage. Un après-midi, trois élèves de l'école supérieure, en tenue de base-ball, vinrent demander à Annie si elle savait où était l'entraîneur.

Le soir elle informa Carl de l'arrivée probable du nouvel entraîneur.

Carl observa que ce ne serait pas une petite affaire que de rapporter tous ses livres chez Mme Hansmon. Annie se demanda si le vendeur de fauteuil à bascule le lui reprendrait.

« Je suis surprise que nous n'ayons pas de nouvelles du principal, fit-elle.

— Je le verrai demain. Il faut que je sache, ne serait-ce que pour essayer de retrouver mon emploi à la cafétéria.

— Cela te fera quelque chose de partir d'ici ?

— Tu sais bien que oui. Mais j'y étais préparé. Quand on s'attend à une tuile, on la trouve finalement moins affligeante. »

Intérieurement, Annie l'approuva. Peut-être devrait-elle essayer de le préparer à la nouvelle. « Carl, supposons, je dis bien supposons, qu'un jour je t'apprenne que j'attends un bébé ; que dirais-tu sur le moment ? Quelle serait ta toute première réaction ?

— Je dirais : voilà ce que c'est que d'utiliser de la camelote à bas prix… » Il souligna sa réponse par un ricanement.

En fin d'après-midi, le temps se remit au froid. Annie s'apprêtait à préparer le dîner quand le téléphone sonna. Depuis la cuisine elle entendit la voix de Carl : « Comment allez-vous, monsieur Lopin ? J'avais l'intention de vous voir demain à propos du nouvel entraîneur. »

Annie entra dans la salle de séjour glaciale et resta près de Carl, sans pouvoir comprendre ce que lui disait son interlocuteur.

Après un long moment, Carl reprit : « Comment ! Mais c'est merveilleux, monsieur Lopin ! Vraiment merveilleux ! » Puis, après un temps : « J'en serais heureux, monsieur Lopin, et croyez bien que nous vous en sommes reconnaissants. » La voix assourdie de M. Lopin parvint encore aux oreilles d'Annie. « Merci infiniment », dit alors Carl, avant de raccrocher. « Au revoir, monsieur Lopin. » Il tourna vers Annie un visage souriant.

« Tu te rends compte, chérie ! Nous n'avons pas à déménager. Le nouvel entraîneur est marié. Il a trois enfants et le logement est trop petit pour lui. M. Lopin nous permet de rester ici, aussi longtemps que nous voudrons ! Évidemment, je devrai, en échange, entretenir le stade, nettoyer le club, contrôler les billets, à l'entrée, les jours de match, et… »

C'est maintenant, pensa Annie, c'est maintenant le moment de lui apprendre la nouvelle, une bonne fois.

« Carl, je vais avoir un bébé. »

Il ne comprit pas. « Bien sûr, je sais que tu veux un bébé. Mais pas tout de suite. Nous avons le temps. Attends que j'exerce mon métier. »

Annie fut agitée d'un tremblement. Cela s'annonçait plus difficile qu'elle ne l'avait pensé.

« Regarde-toi frissonner ! Pourquoi portes-tu des robes d'été si légères, dans cette maison glaciale ? Où sont ta jupe et ton chandail en laine ?

— Je les garde pour aller aux cours. »

Il l'emmena dans la cuisine où il faisait chaud et il lui frotta les mains, dans l'espoir de faire cesser ce qu'il croyait être des frissons provoqués par le froid.

« Carl, écoute-moi. Je t'en prie, écoute ! Je suis enceinte. » Elle éleva la voix. « Enceinte ! Tu comprends ? »

Il lâcha ses mains et recula d'un pas. « Que dis-tu ? fit-il au comble du saisissement.

— *Je vais avoir un bébé !* »

Il demanda, comme tant d'autres maris avant lui : « En es-tu sûre ?

— Depuis deux mois.

— Je vois, dit-il calmement. Eh bien… Je reviens tout de suite, chérie. Il faut que j'aille vérifier la chaudière du club. » Ce n'était qu'un prétexte. En fait Carl désirait être seul pendant quelques minutes, pour réfléchir. Il s'assit sur l'une des étroites banquettes du club, et se mit à méditer profondément.

Comment était-ce possible ? Il avait pourtant pris toutes les précautions… Annie ne se rendait pas compte combien cela serait dur. Mais peut-être le savait-elle. La pauvre petite avait gardé son secret pour elle. C'était son devoir à lui maintenant de s'occuper d'elle de façon à lui ôter tout souci.

Il revint en hâte à la maison.

« Pourquoi ne m'avoir rien dit, chérie ? J'avais le droit de savoir. Il ne fallait pas me ménager autant ; je suis un homme, et non plus un gamin. Je suis ton mari, pas ton fils.

— Je ne voulais pas te causer de soucis.

— Je m'en fais de toute manière. » Puis il demanda brusquement : « Te sens-tu bien ?

— Très bien.

— Désires-tu vraiment le bébé ?

— Oh oui ! Je meurs d'impatience !

— Très bien, chérie. Maintenant il faut que je réfléchisse à…

— J'ai pensé à tout, Carl, coupa-t-elle. Nous resterons ensemble jusqu'en septembre. Alors je retournerai chez moi, pour la naissance du bébé. Ainsi pourras-tu passer ta dernière année d'études sans t'inquiéter, et vivre de nouveau à la Cité universitaire. Nous ne serons séparés qu'une année, et je t'écrirai chaque jour ; et puis… »

Brusquement, elle fondit en larmes et l'entoura de ses bras. « Mais je déteste retourner chez moi… » Maintenant elle sanglotait. « J'ai envie de rester avec toi… Je veux rester avec toi. » Elle ne parvenait pas à maîtriser son chagrin. Carl simula la colère, pour faire diversion.

« En voilà une idée, de faire des projets stupides sans me demander mon avis ? Tu feras ceci – tu feras cela ! Que veux-tu faire au juste ? Me déviriliser ? Donne-moi au moins l'occasion de prendre les initiatives qui s'imposent. » Les sanglots d'Annie s'apaisaient. « Viens t'asseoir sur mes genoux, chérie. »

Il la berça et la caressa jusqu'à ce qu'elle eût recouvré son calme. Puis il décida : « Écoute, chérie, tu ne vas pas retourner chez ta mère. Tu es ma femme et tu m'appartiens. Et ne me dis pas d'aller vivre à la cité. C'est avec toi que je veux vivre. Tu le sais bien, Annie ! Je ne pourrais pas vivre sans toi, sans te parler… sans coucher avec toi… sans…

— Mais comment allons-nous faire ?…

— D'abord, calme-toi. Désormais, c'est moi qui m'occupe de tout. »

Annie resta un moment silencieuse, puis elle observa : « Mais, Carl, tu n'as rien dit de mon bébé.

— Je n'en crois pas encore mes oreilles. Je ne le sais que depuis dix minutes. Toi, tu le sais depuis deux mois. Tu m'as caché ton secret. Oui, tu m'as exclu. Et tu continues. Tu agis comme s'il n'était qu'à toi : *mon* bébé, dis-tu encore. *Moi* je vais avoir un bébé. Mais c'est *notre* bébé, *nous* allons avoir un bébé : rappelle-toi qu'il est à moi autant qu'à toi.

— Je ne veux pas dire qu'il n'appartient qu'à moi, Carl : c'est seulement une façon de parler. » Sa voix trahissait la fatigue.

« Tu te sens bien, Annie ? » Le ton était anxieux.

« Je me sens merveilleusement bien.

— Ainsi je vais être père ! Qu'en dis-tu ! Je commence seulement à m'habituer à cette pensée. Plus j'y réfléchis, plus cela me plaît. Avoir un fils à moi…

— Non, à nous. Et si c'est une fille, j'espère qu'elle te ressemblera, parce que tu es plus beau que moi.

— Tu sais, Annie, j'ai envie de fêter l'événement.

— Malheureusement, nous manquons de champagne. Mais je vais te dire quelque chose : va chercher une bouteille de bière, pendant que je prépare le dîner. Et une autre pour moi. Les Allemands disent que la bière est bonne pour un bébé.

— Mensonge ! Ce n'est que de la publicité, pour faire vendre davantage de bière.

— Alors, apporte-moi un Coke alors. »

Sur le point de partir, il dit : « À partir de maintenant je veux que tu prennes soin de toi. Ne te fatigue pas. Laisse donc le ménage.

— Carl ? Veux-tu dire qu'il faut que j'évite de porter quelque chose de lourd ?

— Surtout ne transporte rien de lourd.

— Merci, Carl. » Ses yeux se remplirent de larmes. « J'avais tellement envie d'entendre quelqu'un me dire cela. »

13

« Oui, je vous l'accorde, dit le doyen. Quelques-uns parmi nos étudiants sont mariés. Mais ils sont plus âgés que vous ; et leurs femmes ont déjà terminé leurs propres études. De plus, elles gagnent largement leur vie, ce qui leur permet d'aider leur mari. D'autres reçoivent une aide financière de leurs parents.

— Mais, monsieur, les mariages précoces entre étudiants sont de plus en plus nombreux. Mari et femme vont au collège ensemble ; d'autres se marient tandis qu'ils sont encore étudiants.

— C'est vrai. Malheureusement, la plupart d'entre eux doivent renoncer aux études pour des raisons financières.

— Mais, monsieur, dans le règlement général il n'est nulle part spécifié qu'un étudiant marié ne peut pas solliciter un prêt. Au contraire, le règlement prévoit "une aide financière pour les cours et les manuels nécessaires, au bénéfice de la plupart des étudiants en fin d'études supérieures et pouvant justifier la nécessité d'un prêt". »

Carl prit un temps puis ajouta : « Je crois, monsieur, que cet article du règlement s'applique à mon cas.

— Vous n'avez pas remarqué l'expression "la plupart des étudiants", Carl. Elle nous laisse une marge d'appréciation.

— Pardonnez-moi, monsieur, mais l'expression est équivoque. Il n'empêche que je suis qualifié au niveau universitaire…

— Sans aucun doute.

— Je puis également justifier mon besoin d'aide financière. » Carl avait la gorge sèche. « Ma femme attend un bébé. »

Le doyen haussa les sourcils de surprise. « Annie ? Un bébé ? » Il était incrédule.

« En septembre, monsieur.

— Mais elle est encore une enfant elle-même.

— Elle aura dix-neuf ans à l'automne.

— A-t-elle vu un médecin ?

— Pas encore, monsieur.

— Il faudrait s'en occuper immédiatement. Je propose le Dr Marson. C'est le meilleur gynécologue de cet État. Il professe à la faculté de médecine, mais il a gardé un cabinet privé où il reçoit une petite clientèle. » Le doyen prit son crayon et demanda à Carl à quelle heure il était libre le lendemain. Son dernier cours finissait à trois heures. « Eh bien, je vais prendre rendez-vous pour trois heures trente. » Il marqua l'heure sur un carnet ; puis il resta un long moment silencieux. Carl rompit le silence.

« Je n'aurai pas les moyens de payer mon inscription pour ma dernière année, si je ne bénéficie pas d'un prêt.

— Dites-moi, avez-vous l'intention d'exercer dans cet État ?

— Oui, monsieur.

— Vous vous êtes marié dans cet État. Je suppose que votre enfant naîtra dans cet État.

— Naturellement. J'ai aussi l'intention d'être électeur dans cet État. J'aurai vingt et un ans vers la fin du mois prochain.

— Bon ! Je crois que vous êtes qualifié, comme habitant de cet État. L'université est une université d'État. Je suis certain qu'un prêt peut vous être consenti : trois pour cent d'intérêt ; remboursement en dix ans. »

Sous l'effet de l'intense soulagement qu'il ressentit, Carl ne sut que balbutier des remerciements au doyen – pour le logement, pour le médecin, pour le prêt, pour les cours d'Annie. Le doyen fronça les sourcils et leva une main pour l'arrêter.

« On m'a dit qu'Annie était excellente au cours d'art dramatique. J'espère qu'elle sera en mesure de terminer son semestre.

— C'est ce qu'elle souhaite, fit Carl.

— J'en suis heureux. Quel dommage qu'elle ne puisse pas se lancer. Elle paraît si riche de possibilités… » Il laissa la phrase inachevée. « Bonne chance, Carl ! » conclut-il brusquement. Il prit le téléphone. L'entretien était terminé.

Carl fumait cigarette sur cigarette dans la salle d'attente, tandis que le Dr Marson examinait Annie. Quand il eut fini, l'assistante emmena Annie dans une cabine froide, la fit se déshabiller et l'aida à s'étendre sur une table. Elle la recouvrit d'un drap et lui recommanda de se détendre ; puis elle sortit en disant que le médecin la verrait dans quelques minutes.

Annie ne s'était jamais soumise à un examen médical complet. En fait, elle n'avait jamais vu de médecin, sauf pour des babioles, une escarbille dans l'œil, une verrue à extraire, une vaccination. Elle n'avait jamais été examinée toute nue. Elle était confuse et mal à l'aise.

Le médecin entra, suivi par l'assistante. « À présent, madame Brown, dit-il plaisamment, j'aimerais vous voir glisser au pied de la table et lever vos genoux. C'est cela ! Complètement. Bon. Maintenant posez vos pieds dans les étriers. » Annie obéit, aidée par l'assistante. Alors le médecin, après avoir rejeté le drap, lui écarta les jambes largement.

« Non ! cria Annie. Non ! Pas ça ! » Elle serra les jambes, remonta le long de la table et chercha à s'entourer du drap.

« Allons, madame Brown, allons… fit le docteur sur un ton apaisant.

— Peut-être se détendra-t-elle mieux en présence de son mari, suggéra l'assistante. Je vais aller le chercher.

— Non ! Je vous en prie », supplia Annie. Elle ne voulait pas se donner en spectacle à Carl, dans cette vilaine posture. « Je ferai comme dira le docteur. » Elle reprit la position.

« Voilà une fille raisonnable », approuva le praticien.

L'assistante lui tendit un instrument. Annie sursauta au premier contact de métal froid avec sa chair.

« Je sais que c'est une position humiliante, admit le Dr Marson, mais c'est nécessaire.

— *Humiliante.* » C'était un mot nouveau pour Annie. Il lui sembla qu'il exprimait bien ce qu'elle éprouvait.

Après le départ du docteur, l'assistante l'aida à descendre de la table. « Et voilà ! Ce n'était pas trop terrible, n'est-ce pas ?

— Non, mentit Annie.

— Le docteur vous attend avec votre mari dans son bureau, dès que vous serez habillée. »

Carl l'attendait dans le couloir. En silence elle prit sa main et l'étreignit. Puis ils entrèrent dans le bureau.

« Votre femme est enceinte de trois mois, fit le docteur gaiement. Elle est en parfait état physique : donc, aucune inquiétude à ce sujet. » Annie fut alarmée par l'expression *à ce sujet.* « Naturellement elle a le bassin très étroit. » Annie se sentit frémir de peur. « Mais je ne crois pas que cela nous donnera trop de mal. »

Il donna ses instructions : voir le dentiste… beaucoup de lait… pour renouveler le calcium que le bébé enlève à la mère… Ne pas changer ses habitudes, mais au premier signe de fatigue s'allonger et se reposer. Ne pas modifier le régime alimentaire… Toutefois, éviter les aliments gras.

« Il nous faut un bébé menu », dit-il.

De nouveau, Annie se sentit frémir de peur.

Carl demanda le montant des honoraires.

« Ce sera cinquante dollars, monsieur Brown. » Le docteur vit Annie et Carl qui échangeaient des regards éperdus. « Mais ne vous inquiétez pas. Vous réglerez cela plus tard. Dans un an. Je peux attendre.

— Et pour l'hôpital ? s'informa Carl.

— En clinique privée vous paierez dix dollars par jour. » Annie avait de la peine à reprendre son souffle. « Néanmoins, je préfère que mes patientes choisissent la clinique de l'université.

— À dix dollars par jour aussi ? demanda Annie.

— Non, c'est gratuit, sauf pour l'anesthésie, et pour un régime alimentaire spécial… » Carl et Annie échangèrent un sourire rayonnant. « À condition, continua-t-il, à condition que vous autorisiez deux de mes étudiants – des internes – à assister à l'accouchement, du début à la fin. Peut-être à aider…

— Je ne veux pas qu'un étudiant fasse des expériences sur ma femme, dit Carl rapidement.

— Il ne s'agit pas de cela ! C'est moi qui procède à l'accouchement. Les garçons m'apportent éventuellement une aide routinière… ils surveillent les douleurs, le pouls… etc.

— Qu'en penses-tu, Annie ? » Carl lui fit comprendre que la décision dépendait d'elle seule.

Dix dollars par jour, pensa-t-elle. Cent dollars pour dix jours. Où trouverions-nous l'argent ?

« Je crois que je n'y verrais pas d'inconvénient, Carl, dit-elle.

— Voilà qui est raisonnable, approuva le docteur.

— En es-tu sûre, Annie ?

— Absolument sûre. Je fais confiance au Dr Marson, parce que le doyen nous l'a recommandé. »

Le médecin posa sa main sur celle d'Annie. « Merci, madame Brown.

— Je me sentirais plus à l'aise, docteur, si vous m'appeliez Annie.

— Annie, alors, dit-il. Je prendrai bien soin de vous, Annie. »

14

« Enfin le printemps ! dit Annie, tirant avec effort sur un cadre de fenêtre coincé.

— Allons ! Laisse-moi essayer, dit Carl. Tu sais ce qu'a dit le docteur.

— Je sais : "Surtout pas de fatigue !" Ouvre toutes les fenêtres, Carl. Cette petite brise sent si bon. Je parie qu'elle vient du Sud. »

À présent, après les heures de cours, le stade était occupé par les garçons de l'école supérieure, revêtus de maillots aux couleurs de la *Lopin H. S.* L'entraîneur était partout à la fois ; tantôt accroupi derrière le joueur qui lance la balle, tantôt courant avec la défense pour reformer la ligne après un lancer, sans cesser pour autant d'arbitrer la partie.

L'entraîneur avait le droit d'utiliser le téléphone installé dans le logement des Brown. C'était un homme très poli, qui disait toujours : « Je déteste vous déranger, madame Brown… » À quoi elle répondait toujours : « Je vous en prie, monsieur Stevens. » Habituellement, il appelait sa femme pour lui demander si elle désirait qu'il fît quelques achats sur le chemin de retour. Annie pensait que c'était gentil de sa part d'avoir de semblables attentions.

Lorsque, dans l'après-midi, Carl rentrait, sa première question était pour demander si Annie se sentait bien. Puis il s'informait de ce qu'il pouvait faire pour elle. Alors, s'il n'y avait rien d'urgent à faire pour lui, il sortait sur le stade et passait une heure en compagnie de M. Stevens. Souvent, Annie les observait depuis la fenêtre, tandis qu'ils discutaient ensemble. Elle se demandait quel sujet de conversation ils pouvaient bien avoir, mis à part le base-ball. Elle avait le sentiment qu'il existait chez Carl un aspect qu'elle ignorait totalement : l'aspect viril.

Il semblait qu'il y eût un monde à lui, dont elle était exclue. Elle savait qu'il avait joué au base-ball à l'école supérieure, qu'il avait gagné un trophée dans une course de cent yards, qu'il avait battu un record de natation au YMCA. Elle l'avait vu jouer au tennis ; elle était restée au bord d'un lac gelé, parmi d'autres spectateurs, à le regarder exécuter des figures de patinage artistique qui lui avaient valu une médaille…

Quelle sorte de gens connaissait-il, en dehors d'elle ? Avait-il eu des amis intimes à la Cité universitaire ? Les voyait-il encore de temps en temps ? Faisait-il partie d'un de ces groupes qui se rassemblaient sur les marches, après un cours, pour parler de lois constitutionnelles ou de préjudices ? Allait-il parfois rejoindre l'un de ses professeurs, pour discuter avec lui d'une manière tout à fait différente de celle avec laquelle il parlait à Annie ?

À la réflexion, cette dernière constatait qu'elle n'avait pas d'amis, en dehors d'Arlène. Encore n'était-ce là qu'une relation de bureau, rendue inévitable par la proximité de leurs tables de travail. Oui, pensait Annie, tous mes amis sont plus âgés que moi. Pourquoi ? Parce que je me faisais passer pour plus âgée, afin de trouver du travail ? Quant aux filles du cours d'art dramatique, eh bien, elles sont bien gentilles avec moi, mais elles ne sont pas vraiment des amies. Je suppose que je n'appartiens pas à leur milieu – surtout maintenant que j'attends un bébé. J'ai beau avoir le même âge, en réalité je suis en quelque sorte adulte par rapport à elles.

Annie se sentit envahie de tristesse. Il lui semblait qu'à un moment de sa vie elle avait perdu l'occasion de se faire des amis.

Elle éprouvait souvent des sentiments semblables et les attribuait à son état, sans leur attacher trop d'importance.

Chacun d'eux avait écrit à sa mère pour l'informer de la naissance prochaine. La mère d'Annie répondit que ce n'était pas une nouvelle : elle avait eu la certitude qu'Annie était enceinte avant même de quitter la maison. Annie ne devait pas en avoir honte. Après tout, elle était mariée, et l'enfant aurait un père. Dans vingt ans, qui donc se préoccuperait de savoir si le bébé avait été conçu avant le mariage ?

La mère de Carl ne fit aucune allusion au bébé attendu. Elle espérait que Carl viendrait à la maison, pour passer l'été en famille comme d'habitude. Elle payerait son voyage aller-retour. De son côté, la mère d'Annie désirerait certainement avoir sa fille chez elle et lui payerait *son* voyage.

La première réaction d'Annie à la lettre de sa belle-mère fut de chercher à comprendre pourquoi elle écrivait comme si le mariage de Carl n'avait rien changé, et pourquoi elle comptait voir son fils venir passer l'été dans sa famille, comme d'habitude. Mais, très vite, Annie se sentit submergée par la colère : ainsi, la mère de Carl croyait-elle que son fils lui appartenait encore, et qu'elle pouvait lui dicter sa conduite !

Et donc dicter une conduite à Annie et à sa mère ! Comme elle arrangeait bien les choses ! Annie chez sa mère, Carl chez la sienne, avec peut-être la permission de se rencontrer tous deux le samedi soir !...

Carl s'abstint de toute discussion. Il comprenait à la fois les sentiments de sa mère et ceux d'Annie. Et il attendit avec sagesse que le temps apaisât le ressentiment de la jeune femme.

Annie reçut une lettre d'Arlène. Celle-ci avait finalement reçu l'« appel » si longtemps attendu. Cela avait fini par une bague ornée d'un diamant, et le mariage était fixé à l'automne.

« Je me sens délivrée d'un grand poids, dit Annie à Carl. À présent, je n'ai plus besoin de me faire du souci pour elle. »

Annie écrivit une pièce sur l'événement, en changeant tous les noms évidemment. *Époque* : De nos jours. *Lieu* : Brooklyn. *Décor* : Une salle de séjour, d'aspect modeste. *Titre* : En attendant l'appel. Annie trouva que la pièce était meilleure que *Chair insensible*, mais pas aussi bonne que *Le Mariage*. La classe et M. Haise partagèrent son jugement.

Goldie Lopin était maintenant si grosse que Less ne pouvait plus chevaucher la hanche de sa mère. Vêtu simplement d'une couche-culotte, il trottait dans la boutique, jusqu'à ce qu'il fût fatigué : alors il se couchait à plat ventre sur le plancher, bras et jambes écartés, et se reposait. Les clients devaient l'enjamber pour approcher du comptoir.

« Quand pensez-vous entrer en clinique, Goldie ?

— Qui parle de clinique ? Mon homme mettra le bébé au monde. Comme pour Less. »

Annie fut choquée. « Pas votre mari tout de même !

— Il faut bien, pour nouer le cordon. Autrement, je n'aurais besoin de personne.

— Et que ferez-vous de Less ? » Goldie haussa les épaules. « Je pourrais vous le garder quelques jours.

— Vous feriez ça, Annie ? Eh bien, rien qu'un jour ou deux, jusqu'à ce que je sois sur pied ?

— Ce serait amusant et je pourrais voir comment Carl se comporte avec les enfants. Vous n'avez qu'à me l'envoyer quand le moment sera venu.

— Je n'y manquerai pas ; et merci, Annie.

— Que mange-t-il ?

— Tout ce qui ne le mange pas. »

Annie éclata de rire. « Non, sérieusement, Goldie. »

Sérieusement, il lui fallait une boîte de bouillie aux légumes, trois fois par jour. « Laissez-le manger à même la boîte, précisa Goldie. Ne diluez pas la bouillie avec de l'eau. Less aime manger avec ses doigts ; et si c'est trop liquide, il ne pourra pas le faire. »

Quelques jours plus tard, alors qu'Annie rentrait à la maison après son cours, elle aperçut devant la porte une sorte de petit chariot, dans lequel était assis Less, entouré de nombreuses boîtes de bouillie en conserve. Le père cherchait du regard si quelqu'un se trouvait dans la maison. Quand il vit arriver Annie, il s'apprêta à partir. Elle l'appela. « Où sont la couverture et les couches ? » L'homme montra du doigt la couverture sur laquelle Less était assis, ainsi qu'une pochette en papier qui contenait les couches. « Comment va Goldie ? » Le père de Less lui jeta un bref regard, grommela quelque chose et s'en alla.

Less refusa l'aide d'Annie pour sortir de son chariot, qu'il renversa, avant de se mettre à ramper par-dessous.

Il eut un sourire de satisfaction lorsque Annie rattrapa les boîtes qui roulaient en tous sens. Il refusa de grimper les trois marches par lesquelles on accédait à la porte, et tendit les bras pour se faire porter.

« Rien à faire, dit-elle. Je ne dois rien porter de lourd, et tu es aussi lourd qu'un petit piano. Tu vas prendre la main d'Annie et marcher comme un grand garçon. » Pour toute réponse, Less s'étala par terre. Annie le cajola, tenta de le persuader et finalement perdit patience. « Tu vas te lever maintenant, et marcher, sinon… » Annie prit un ton mielleux. « … je vais faire sauter ta petite tête. »

Less, apparemment convaincu, adressa un sourire angélique à Annie, se leva, prit sa main et entra dans la maisonnette. Pendant un instant, il parcourut la chambre du regard, la bouche ouverte d'admiration ; puis il mouilla copieusement sa couche. Annie voulut qu'il s'étendît par terre, afin de le changer ; l'enfant refusa. Elle le menaça de nouveau de lui faire sauter la tête ; alors, il s'étendit, sans plus rechigner, sur le sol, et l'opération s'effectua sans encombre. Puis il se mit à trotter et à galoper à travers la maison jusqu'à ce qu'il fût exténué ; enfin il rampa sous la table de la cuisine et s'endormit.

« Pourquoi sous la table ? demanda Carl quand il rentra à la maison.

— Il a du sang indien dans les veines, dit Annie. Il croit que c'est un wigwam. »

Carl se mit à quatre pattes et rampa sous la table. L'enfant se réveilla à l'instant même et prit la même posture. Carl recula ; Less le suivit et, le temps d'un éclair, se jucha sur le dos de Carl dont il saisit les oreilles comme des rênes ; puis, enfonçant ses talons dans les côtes de sa monture, il cria : « Gid-yup ! » Carl secoua une crinière imaginaire et poussa un hennissement. L'enfant eut un rire joyeux. Carl en fut si flatté qu'il joua au « cheval » avec lui jusqu'au moment où Annie annonça que le souper était servi.

Less refusa de manger à table. Il refusa de manger son épaisse bouillie dans un bol. Annie dut la remettre dans la boîte. Alors, Less s'assit par terre, la boîte entre les jambes. Annie lui donna une cuillère qu'il lança à travers la chambre. Il mangeait méthodiquement – une poignée dans sa bouche, une autre sur le plancher, et ainsi de suite, jusqu'à ce que la boîte fût vide.

« Si c'était le mien, fit Carl, je le dresserais drôlement !

— Non, tu n'en ferais rien ; tu penserais qu'il est assez généreux pour vouloir nourrir le pauvre plancher affamé. »

Vint l'heure du coucher. Où donc Less allait-il dormir ? « Pourquoi pas avec nous ? dit Carl avec une expression énigmatique.

— Certainement ! Si tu aimes nager en dormant.

— Il faut pourtant le coucher quelque part. » Soudain Carl s'écria : « Mais où est-il donc parti ? »

Less était introuvable. Il n'était pas sous la table de la cuisine, et ne pouvait pas être sorti, puisque la porte était verrouillée. Ils le trouvèrent enfin, étalé sous leur lit. Ils tirèrent sur lui sa petite couverture, puis allèrent se coucher. Le problème était résolu.

Le lendemain, Annie mit Less dans son chariot et se rendit à l'épicerie. Elle était impatiente d'avoir des nouvelles de Goldie. Mais la boutique était fermée, Annie en fut toute bouleversée ; elle craignait le pire pour son amie et se précipita vers la mercerie, dans l'espoir que miss Aggie la renseignerait.

« Qu'est-ce qui vous fait croire que quelque chose a pu lui arriver ? dit miss Aggie avec mépris. Ce genre de femme fait des enfants comme une chatte des petits. Il suffit de les déposer quelque part.

— Mais si tout allait bien, il y aurait quelqu'un dans la boutique, n'est-ce pas ?

— Pas Lopin Lopin. (C'était son nom complet.) Pensez donc ! Faire le travail seul ? Il laissera la boutique fermée jusqu'à ce que sa femme soit remise et capable de servir de nouveau les clients. »

Le lendemain, Carl, Less et Annie étaient entassés dans l'étroit réduit occupé par la table de toilette et la petite bassine à laver, surmontée d'une glace craquelée. Carl se rasait. Less se tenait sur le siège du cabinet ; il se rasait, lui aussi : Carl lui avait savonné le visage et lui avait donné une petite cuillère en guise de rasoir. Annie se tordait les mains.

« J'avais oublié que c'était samedi et que je devais travailler, gémit-elle. Qui va s'occuper de lui ?

— Ne va pas travailler.

— Mais, Carl, nous avons besoin de ces deux dollars.

— Je crois que je pourrais m'occuper de Less pour un jour. » Mais le cœur n'y était pas.

« Je ne voudrais pas que ce soit une corvée pour toi. Un jour passé avec lui, et tu serais dégoûté pour la vie d'avoir des enfants ! »

À ce moment, Less s'adressa un large sourire dans la glace, comme s'il considérait comme un grand compliment qu'on ne le désirât pas. Puis il se tourna, entoura la nuque d'Annie de ses bras, enfouit son visage avec la mousse et tout dans son cou et dit d'une petite voix brisée : « Gid-yup !

— Qu'est-ce que deux dollars ? fit Annie d'une voix un peu tremblante. Je vais téléphoner au directeur et lui dire que je ne viendrai pas aujourd'hui. »

Pendant qu'elle cherchait le numéro du supermarché dans l'annuaire, le père de Less arriva, sans avoir frappé ni s'être annoncé : il ouvrit simplement la porte et entra. Il posa un sac de pommes sur la table de la cuisine, en paiement, ou peut-être en reconnaissance des soins donnés à l'enfant. Puis il ramassa son fils et se dirigea vers la porte.

« Un instant ! cria Annie. Et Goldie ? A-t-elle eu un garçon ou une fille ? » Lopin Lopin ignora la question. « Demande-lui, Carl. Il est trop fier pour répondre à une femme.

— Comment va la femme ? demanda Carl avec cordialité, comme il convient d'homme à homme.

— Elle m'a pondu une fille », dit Lopin sans autre commentaire.

Dès le lundi, l'épicerie était ouverte comme d'habitude. Lopin sciait des os derrière le comptoir, et une Goldie plus mince vendait aimablement la marchandise aux clients.

Trois jours ! Et elle est déjà debout à courir, pensa Annie. Un accouchement ne peut pas être si terrible, alors. Même si l'on a le bassin étroit.

Less accueillit Annie comme une vieille amie, s'agrippa à elle et ne voulut pas la laisser partir quand sa mère la fit entrer dans l'arrière-boutique pour lui montrer le nouveau-né. Il suivit les deux femmes en rampant.

« Il pourrait s'enfoncer une écharde dans le ventre !

— S'il le fait, je plaindrai vraiment la pauvre écharde », fit Goldie.

Les Lopin vivaient dans une seule pièce, occupée par un lit à deux places, un évier, un poêle à charbon, une table ronde, des chaises et une énorme glacière pour la viande, le lait, le beurre et autres denrées périssables. Sur quatre caisses renversées, on avait étendu un coussin plat : c'était le lit du petit Less. Sur trois murs étaient alignés des boîtes de conserve, des produits emballés, des sacs de pommes de terre, des oignons et des pommes, et bien d'autres choses encore.

Le bébé dormait dans un panier à linge posé sur la table ; c'était une jolie petite chose – comme un bouton de rose sur le point d'éclore d'un moment à l'autre, pensa Annie. Les cheveux noirs et raides semblaient humides ; les paupières étaient lourdes et la position des jambes faisait penser à une grenouille sur le point de sauter. Annie s'informa du poids du bébé. Goldie l'ignorait ; mais, obligeamment, elle porta le bébé jusqu'à la boutique et le pesa sur la balance réservée à la viande.

« Huit et demie, annonça-t-elle. Disons huit et un quart, parce que Lopin s'arrange pour que la balance accuse un poids supérieur. »

Annie reçut la permission de ramener le bébé dans son panier. Instinctivement, elle le tenait comme il faut, le bras formant appui et la main ouverte soutenant le petit derrière.

« Voyez ! dit Annie. On dirait que je lui avais préparé sa place.

— Dieu façonne les femmes pour tenir les bébés.

— Quoi, Goldie ! Vous êtes croyante ? »

Goldie haussa les épaules. « Il n'y a aucun mal à ça.

— Et comment allez-vous appeler le bébé ?

— Lily Pearl.

— Lily Pearl ! Quel joli nom ! Il évoque l'eau limpide et fraîche qui coule sur des pierres lisses et blanches.

— C'est mon homme – c'est lui qui a trouvé le nom. »

Annie eut peine à croire que cet Indien taciturne ait pu trouver un nom aussi gracieux et rayonnant. « Le monde est plein de surprises », murmura-t-elle. Goldie se contenta de hausser une nouvelle fois les épaules.

Sur le chemin du retour, Annie fit un signe de la main à miss Aggie qui se tenait derrière la vitrine de sa boutique, en train de passer une robe d'intérieur sur un mannequin sans tête. Miss Aggie ne lui rendit pas son salut. Qu'est-ce à dire ? se demanda Annie.

Le téléphone sonnait quand elle pénétra dans la maisonnette. Une femme qui contrefaisait manifestement sa voix demanda : « Madame Brown ?

— C'est moi-même !

— Vous feriez mieux de vous occuper de vos affaires, madame Brown. Vous êtes nouvelle ici, et vous n'allez pas vous entendre avec nous, les gens de Lopin, si vous continuez à donner votre amitié à cette femme qui vit dans le péché avec un homme, et qui conçoit des enfants dans le péché.

— Qui êtes-vous ?

— Je suis, disons, une amie !

— Tout cela prête à discussion, dit Annie, utilisant l'une des expressions de Carl. La femme en question *est* mariée, mon amie.

— Mariée ? » À l'autre bout du fil, sous l'effet de l'indignation, la voix redevint naturelle. « Mariée ? Vous croyez qu'il suffit d'avoir rejoint des Indiens sous un arbre et que l'un d'entre eux ait prononcé quelques balivernes au-dessus de leurs têtes, pour que cet homme et cette femme soient mariés ? Allons donc !

— Ils sont bel et bien mariés ! Mariés selon la religion indienne et conformément à la loi, la loi publique. Mon mari me l'a dit, et il le sait. Il va être un homme de loi. » Annie prit un temps avant d'assener le coup de grâce : « Merci de m'avoir appelée… miss Aggie. » Elle eut un sourire mauvais en raccrochant l'écouteur. Je crois que je l'ai remise à sa place, pensa-t-elle avec un sentiment de satisfaction.

15

Juin arriva trop vite. Annie constata un changement dans l'atmosphère de l'université et de la ville. À la réflexion, elle estima que ce changement provenait à la fois d'une joie intense et d'une nostalgie sentimentale. C'étaient les candidats aux examens qui donnaient le ton.

Il lui apparut que les quatre années vécues ici pouvaient bien être comme un lien entre le passé et l'avenir. Pendant cette période, des garçons et des filles étaient devenus des hommes et des femmes. En partant de chez eux encore très jeunes – dix-sept ou dix-huit ans, parfois même seize ans –, ils avaient, sans trop s'en rendre compte, laissé derrière eux leur enfance.

Et maintenant ils allaient se lancer dans le monde et commencer une vie qui n'aurait plus d'autre terme que la mort. Cette pensée frappa Annie d'effroi. Et ils ne peuvent plus revenir en arrière, songea-t-elle. Évidemment, ils peuvent retourner chez leurs parents. Mais alors ils n'y seront plus que physiquement, pas en esprit.

Maintenant je sais pourquoi ils parlent de « commencement ». C'est que, pour eux, la vie va vraiment commencer.

Par les nuits paisibles de juin, Annie, en proie aux insomnies, entendait les chants harmonieux des garçons traversant le parc de l'université. C'étaient des paroles nostalgiques sur le thème de *Chère vieille Alma Mater*, et sur le plus vieux et le plus triste de tous les chants de collégiens : *Far Above Gayuga's Waters*. Pour Annie, tout cela était délicieusement émouvant.

Une nuit particulièrement calme, le vent lui apporta les paroles très distinctement ; et elle se redressa dans le lit et chanta : *Dear Old Alma Mater*, en même temps que les garçons. Elle aspirait à participer à ce rite mystérieux. Mais Carl se réveilla et lui demanda si elle s'exerçait pour les berceuses. « Non, dit-elle, je voulais simplement éprouver le sentiment du commencement. »

Puis elle lui raconta comment elle avait compris le sens de ce mot « commencement ».

« C'est vrai qu'ils vont commencer une vie entièrement nouvelle, conclut-elle.

— Mais, Annie, tout le monde le sait. Ce n'est pas nouveau.

— C'est nouveau pour moi, Carl. C'est un sentiment que j'éprouve pour la première fois, un sentiment tout à fait neuf. »

Dans un sens, la dernière session du cours d'art dramatique était pour Annie le commencement. La période du collège, dans ma vie, est terminée, songea-t-elle. Trop tôt, beaucoup trop tôt. Et trop tôt je commencerai ma vie comme mère. Cette pensée lui parut triste et exaltante à la fois.

La dernière session lui rappelait une histoire qu'elle avait lue quand elle était enfant – elle ne se souvenait plus du titre –, sur la dernière classe de français ;

le lendemain, les petits Alsaciens devaient apprendre l'allemand. Elle avait pleuré, à la lecture de ce récit émouvant, si triste et si vrai – comme était triste et vraie la dernière session du cours d'art dramatique.

C'était une heure hors programme. Devant M. Haise, assis sur le coin de son bureau, les étudiants occupaient les deux premiers rangs. M. Haise esquissa une rétrospective des pièces écrites au cours du semestre : quelques-unes eurent droit à de nouveaux éloges, d'autres furent condamnées avec bonne humeur. Une fois de plus, la *Chair insensible* provoqua l'hilarité ; Annie ne put s'empêcher de rire avec les autres. Pour la première fois elle parla en classe.

« Je présente mes excuses, dit-elle. Et je suis décidée à l'oublier, si vous en faites tous autant. »

Puis M. Haise répéta ce qu'il avait dit tant de fois auparavant : on pouvait tirer d'une mauvaise pièce un enseignement aussi précieux que d'une bonne. Bien qu'elle ne fût pas de cet avis, Annie s'abstint de contester l'opinion du professeur.

Arriva le moment merveilleux de la proclamation du palmarès.

Un ancien étudiant qui avait passé quatre ans à l'université et qui avait assisté à tous les cours d'art dramatique était devenu un ingénieur célèbre et riche. En souvenir de sa passion pour l'art d'écrire, il avait fait donation d'un fonds destiné à couvrir les frais de publication d'un volume de sept pièces en un acte, écrites en classe. La seule condition posée était que le livre lui fût dédié.

En deux ans, M. Haise avait rassemblé quatre pièces d'une certaine valeur. Il se leva, prit une feuille de papier dans la poche intérieure de sa veste, posa son regard sur chacun des étudiants, puis, après s'être éclairci la voix, déclara :

« Je suis heureux d'annoncer que deux pièces écrites au cours de ce semestre méritent la publication. Cela fera six pièces. Encore une, et nous pourrons les publier. »

Deux pièces ! Il n'y avait aucun doute sur les noms des auteurs. Une jolie fille, Sylvia Connel, et un garçon, Thomas Buchanon, échangèrent des regards de triomphe.

« Nous avons une troisième pièce. Au prix d'une bonne révision, elle pourrait compléter notre liste. Nous pourrions alors publier le livre en automne. »

Annie était sur les charbons ardents. Était-il possible que ce fût *sa* pièce ?

« La première pièce, dit M. Haise, est… » Il fit une pause pour entretenir le suspense. « … est *A Night in the Trenches* par Thomas Buchanon ! »

Tous les étudiants se tournèrent vers Tom et applaudirent poliment. Le voisin de Buchanon lui serra la main.

« La seconde pièce a été écrite par une jeune dame qui promet. » La jolie Sylvia se redressa sur son siège, sourit et baissa les yeux avec modestie quand la classe se tourna vers elle, prête à applaudir. « La seconde pièce… » M. Haise s'arrêta et regarda droit vers Annie. « La seconde pièce est *Le Mariage*, par Annie Brown ! »

Un murmure de surprise s'éleva de la classe. Annie sentit son sang se glacer. Au même moment, quelque chose de totalement inattendu se produisit. L'enfant dans son sein bougea. Pour la première fois elle sentit qu'il vivait ! Pendant un court instant, la proclamation de M. Haise n'eut aucun sens pour elle. Puis vint la réaction et Annie se mit à trembler de tout son corps.

Sylvia allait se lever comme pour protester, mais elle reprit sa place et applaudit Annie plus fort que tous les autres. Annie essaya de sourire, de dire merci à tous ; mais elle n'en eut pas la force.

Un garçon de petite taille, aux cheveux en broussaille, qui portait des lunettes aux verres épais, peu aimé par la classe et par le professeur à cause de sa manie de couper les cheveux en quatre lors de la discussion des pièces en classe, se dressa.

« La pièce est irrecevable, dit-il. Mme Brown n'est pas inscrite à l'université. »

Le petit monde d'Annie s'écroula. Elle jeta un regard interrogateur sur M. Haise. Celui-ci déclara sèchement : « Pour être reçue, une pièce doit satisfaire à deux conditions, monsieur Cronth. Premièrement : être bonne, deuxièmement : avoir été écrite en classe. Mme Brown est donc qualifiée. Pas d'autre question ?

— Si je peux me permettre de donner mon avis, dit Tom qui était amoureux de la belle Sylvia, je crois que c'est la pièce de miss Connel qui devrait être publiée.

— Ce n'est pas tout à fait juste, dit M. Haise. Elle possède les qualités d'une bonne pièce, mais il lui manque quelque chose pour la rendre vivante. » Il se tourna vers Annie. « Madame Brown, vous n'avez pas fait de commentaires, quand elle a été lue en classe.

— Mais vous ne me l'avez pas demandé, monsieur Haise.

— Je vous le demande maintenant. Pouvez-vous suggérer ce qui lui manque pour en faire une bonne pièce ?

— C'est le dialogue, dit Annie. Il sonne faux… C'est un samedi soir, et il pleut dehors. Toutes ces filles sont en train de parler de leurs amis. Elles appartiennent à la même classe sociale, ce qui les fait penser et parler de la même manière. Mais il me semble que même en parlant de la même manière, elles devraient, chacune séparément, parler différemment des mêmes choses. Je sais ce que je veux dire, mais je m'explique mal.

— On vous comprend très bien, madame Brown, dit M. Haise. Vous voulez dire que la pièce manque d'individualisation. Le dialogue est en porte-à-faux. » Puis M. Haise rappela les conditions d'un bon dialogue : premièrement, caractériser la personne qui parle ; deuxièmement, faire avancer l'intrigue ; troisièmement, être intéressant par lui-même. « Le dialogue de miss Connel n'a d'autre but que de faire avancer l'intrigue. Maintenant, miss Connel, si vous êtes disposée à réviser votre pièce, cela ferait la septième, et nous pourrions sortir le livre en automne.

— Je ne vois pas pourquoi je le ferais, monsieur Haise. Mon père l'a lue ; il a dit qu'elle était parfaite. Comme vous savez, il est producteur à la Broadway. »

M. Haise leva les bras, dans un geste d'impuissance résignée. À ce moment, la cloche sonna l'heure, et la dernière session de l'année prit fin.

« Voilà ! dit M. Haise. Je vous souhaite à tous de passer un excellent été.

— Vous de même », fit la classe en chœur.

Annie resta après que les autres furent partis, pour remercier M. Haise d'avoir choisi sa pièce. Galamment, il répondit que la pièce méritait cette récompense et qu'il souhaitait qu'il y eût davantage de pièces comme celle d'Annie. Il espérait aussi qu'elle serait en mesure d'assister à son autre cours en automne, et lui exprima sa déception lorsque Annie lui apprit qu'elle ne le pourrait pas parce qu'elle attendait un bébé.

Elle lui dit au revoir, lui serra la main ; elle avait beaucoup de mal à contenir ses larmes.

Tom et Sylvia l'attendaient dehors. Ils l'invitèrent à prendre un cornet avec eux. Tom, désireux de voir sa pièce publiée, supplia Sylvia de réviser la sienne, pour éviter que la publication du livre ne fût remise à l'année d'après.

« Faisons alliance, Annie, dit-il, et obligeons-la à revoir sa pièce, si vous et moi nous voulons nous vanter d'avoir été publiés.

— Écoutez ! dit Sylvia. Ma pièce est très bien telle qu'elle est. Je ne vais pas me tracasser davantage à son sujet.

— Pas même pour la voir publiée ? demanda Annie. Cela peut te paraître étrange, Sylvia, mais il me semble qu'être publié doit être la chose la plus merveilleuse au monde.

— Je pense comme toi, Annie, confirma Tom.

— Vous êtes très gentils, tous les deux », fit Sylvia. Elle posa une main sur le bras d'Annie et l'autre sur celui de Tom. « Et je vous souhaite toutes les chances possibles, à vous deux, auteurs en herbe. Mais franchement, je n'ai pas l'intention de faire carrière dans la littérature. J'ai participé au cours uniquement parce que je veux devenir actrice : je pensais que je devrais savoir un peu comment une pièce est fabriquée. Allons prendre un autre cornet et parlons d'autre chose. »

Ils échangèrent des souvenirs sur la classe et rappelèrent les incidents drôles qui s'y étaient produits. Tom imita l'étudiant Gronth qui avait toujours des objections à faire contre tout et ne trouvait jamais le moindre mérite à quoi que ce fût. « Le petit homme en colère du bon Dieu », dit-il.

Tandis qu'ils riaient et bavardaient, Annie avait le sentiment de faire partie de leur groupe et de l'université ; et elle regrettait que ce fût arrivé si tard, maintenant qu'elle en mesurait toute l'importance.

« Je ne peux pas y croire, Carl ! Je ne peux simplement pas le croire ! Cela ne veut pas rentrer dans ma tête ! Penser que quelqu'un comme moi… *Moi*, Carl, qui ne suis jamais allée même à l'école supérieure ; qui n'ai jamais accompli un travail intellectuel ! Et ma mère, et mon père, sans la moindre instruction ; et notre façon de vivre comme des pauvres, dans un logement ouvrier ; et maman qui me disait toujours que je ne savais rien et que je manquais de bon sens. Et ta mère ! Sa façon de croire que je suis un zéro, indigne de toi. Moi ! Moi ! *Je vais voir une pièce que j'ai écrite imprimée dans un livre.* »

Carl voulait la mettre en garde contre des espoirs chimériques. Il voulait lui dire que, parfois, de tels projets ne se réalisaient pas ; le livre, même subventionné, pouvait être jugé indigne de la publication ; la septième pièce nécessaire pouvait ne pas être réalisée avant un an ou deux. Ou encore, en raison de la popularité grandissante du cours d'art dramatique et des inscriptions plus nombreuses, des pièces meilleures pouvaient se révéler : on retirerait alors celle d'Annie pour donner la préférence à une autre pièce.

Mais il la laissait parler. Il ne voulait pas gâcher son grand bonheur.

« Et puis, M. Haise m'a demandé de venir au cours pour écrire des pièces en trois actes, l'année prochaine. Il dit que je serais une… »

Elle s'arrêta brusquement de parler, prit une profonde aspiration et son visage se figea dans une expression d'attente intense.

« Annie ! Que se passe-t-il ? »

Elle prit la main de Carl et la posa sur son ventre. « Sens, Carl ! Sens ! »

L'enfant en elle bougea sous la main de Carl. Celui-ci sursauta et retira vivement sa main, comme s'il avait touché du feu. « Mon Dieu, Annie !

— C'est le bébé ! il est vivant, et il remue !

— Il te fait mal ? » demanda-t-il anxieusement.

Elle rit. « Évidemment pas ! C'est une sensation bizarre, voilà tout. Quand je pense qu'il y a deux vies en moi…

— Eh bien, cela m'a fait une sacrée peur, pourtant. » Il fouilla dans sa poche, en quête de ses cigarettes. Le paquet était vide. Il en fit une boule qu'il lança dans la corbeille à papier.

« Carl, fit-elle d'un air contrit. Avec toute cette excitation et la pièce et le bébé qui bouge, j'ai oublié de t'acheter des cigarettes !

— Cela ne fait rien, chérie.

— Mais si ! Va acheter un paquet, et même deux. On y gagne un *penny*.

— Je n'ai pas besoin de fumer.

— Mais si, tu en as besoin, et tu le sais. De plus, il faut prendre du pain, et je suis trop fatiguée pour aller jusqu'à la boutique.

— Es-tu sûre que tu vas bien, Annie ?

— Carl ! » dit-elle sur un ton languissant.

Quand il revint, il la trouva penchée sur la table, en train d'écrire à une allure folle. Ses craintes en furent atténuées d'autant. Je crois qu'elle va bien, pensa-t-il ; sinon elle ne serait pas en train d'écrire. Il était certain qu'elle écrivait ses impressions sur la perspective de voir sa pièce publiée. Elle était heureuse, pensa-t-il ; quelle chance qu'elle ait ce dérivatif. Rien ne l'anéantira jamais – quoi qu'il puisse arriver – du moment qu'elle peut se confier à une feuille de papier.

Il posa un baiser sur la tête d'Annie et regarda par-dessus son épaule. Il s'attendait à voir le titre *Ma première publication*, ou quelque chose de semblable.

Le titre était *Mon premier bébé*. Après deux lignes laissées en blanc commençait la première phrase : « Aujourd'hui j'ai senti la vie… »

Elle aurait pu écrire *Notre premier bébé*, pensa-t-il en posant le pain dans le placard.

16

Pendant la semaine qui s'écoulait entre la fin de l'année scolaire et le début des cours d'été, l'université restait déserte. La bibliothèque et la cantine de l'école étaient fermées ; même l'horloge était arrêtée. Il semblait que le temps eût suspendu sa marche.

Le chien à qui, tout au long de l'année scolaire, les étudiants avaient donné à manger et à boire, rôdait dans le parc et parcourait les classes vides, se demandant probablement quand recommencerait pour lui la bonne vie.

Quelques années plus tôt, cet airedale de race, perdu ou abandonné, avait fait son apparition dans le périmètre de l'université. Il était blessé aux pattes ; son poil était tout emmêlé ; il portait autour du cou, en guise de collier, une corde dont l'extrémité traînait par terre. Les étudiants redonnèrent à l'animal une apparence normale : ils le firent manger, le nettoyèrent, soignèrent ses blessures, et finalement lui donnèrent un nom. Après une joyeuse réunion qui dura toute la nuit, ils versèrent le reste d'une bouteille de bière sur le dos du chien et entonnèrent en chœur : « Reçois ainsi le nom de Michelangelo. »

Inévitablement, le nom fut abrégé en Jello.

Jello devint la mascotte de l'université. Il appartenait à tout le monde, et à personne. Il était familier avec tout le monde, mais intime avec personne. Il restait une semaine ou deux avec chaque classe, tour à tour, mais il n'avait pas de refuge fixe.

Il allait partout, même dans les classes, et se couchait sur le sol dans l'espace libre entre le professeur et les étudiants. Il était présent aux conférences données par d'éminentes personnalités en visite, et dormait au pied de la tribune. Il assistait aux concerts donnés en soirée et dormait au fond de la salle, parce que, devant, le bruit des cymbales troublait son sommeil.

Annie savait tout sur Jello, qui leur avait d'ailleurs rendu visite au cours d'art dramatique, une ou deux fois, en compagnie de Tom Buchanon.

Elle le trouva un matin, assis sous un arbre, la tête appuyée sur ses pattes de devant. Il geignait faiblement. Quand il l'aperçut, il se leva, l'air honteux, comme s'il ne voulait pas qu'on le vît ainsi.

Annie se dirigea vers un banc et s'assit pour se reposer. Jello vint s'asseoir auprès du banc. Annie se mit à lui parler. Elle lui raconta tout sur la bibliothèque, sur les livres et sur le bébé qu'elle allait avoir. Elle parlait d'une voix basse et monotone, pour que Jello crût que c'était une conférence, comme en classe, et qu'il s'endormît. C'est finalement ce qui arriva. Lorsque Annie se leva pour rentrer à la maison, Jello se réveilla et rentra avec elle. Dès son retour, elle raconta l'histoire de Jello dans son cahier, sous le titre *Le Chien de l'université.*

Personne ne sait d'où il vient, écrivit-elle. *Il arriva un jour à l'université et ne s'en éloigna plus jamais. Toute l'année, les étudiants lui donnaient à boire et à manger comme on dit. Et puis, ce fut l'été ; les garçons partirent, laissant Jello se débrouiller tout seul.*

Le premier matin qu'il me suivit jusqu'à la maison, il ne voulut pas entrer. Je plaçai donc devant la porte un récipient plein d'eau et une tranche de pain beurrée, car je n'avais rien d'autre à lui donner.

« Tu es trop sentimentale, me reprocha mon mari. Le chien s'est débrouillé tout seul en d'autres occasions ; il se débrouillera encore quand tu seras partie d'ici. » Je montrai à mon mari quelques poils blancs sur le museau de Jello, preuve que le chien était maintenant trop vieux pour se débrouiller tout seul, en été.

Alors mon mari dit que nous pouvions garder Jello pour le moment, mais que je ne devais pas trop m'y attacher, de façon à ne pas trop souffrir lorsque les garçons le reprendraient, en automne.

Je n'ai pas l'intention de souffrir et je ne veux pas abandonner Jello. Quand les garçons viendront pour le reprendre, je les accuserai de négligence coupable. Si cela ne suffit pas, je leur rappellerai la façon dont ils lui font boire de la bière dans une soucoupe, jusqu'à ce qu'il tombe par terre pour avoir trop bu.

Et si cela même ne les convainc pas, je ferai une allusion discrète à la Société protectrice des animaux. Je ferai tout pour garder Jello.

Il est mon chien à moi.

Carl se fit inscrire aux cours d'été. Il avait pourtant eu l'intention de travailler à temps complet à Herdstone, dans une usine d'automobiles. Il avait conclu un arrangement pour le transport avec le fils de Mme Ridinski qui travaillait précisément à Herdstone : Carl voulait partager les frais d'essence avec lui. Mais le doyen de l'école de droit avait changé tout cela.

« C'est son premier bébé, avait-il dit. Vous ne pouvez pas la laisser seule de huit à dix heures par jour dans cette maison isolée. »

Carl voulait dire qu'Annie ne serait pas seule : le chien lui tiendrait compagnie. Mais il savait que le doyen ne prendrait pas l'argument au sérieux.

« Je vous conseille de suivre pendant la session d'été deux des cours de l'année prochaine.

— Mais… » avait coupé Carl.

Le doyen avait levé la main pour lui signifier de ne pas l'interrompre. « En dehors du fait que vous serez chez vous, avec votre femme, il y a d'autres avantages. Votre horaire sera moins chargé l'année prochaine. Vous aurez davantage de temps pour rester avec votre famille ; davantage de temps, aussi, pour travailler au-dehors.

« Et puis, avait poursuivi le doyen en joignant avec application le bout de ses doigts, si les circonstances vous obligent à quitter l'école…

— J'espère bien que non…

— Moi non plus, Carl. Mais dans la vie, comme en matière de droit, il ne faut pas négliger la moindre probabilité.

— Je suis d'accord avec vous, monsieur, avait finalement dit Carl, ébranlé par les arguments du doyen.

— Si vous devez abandonner vos études pour des raisons financières ou autres, vous pourrez encore terminer le programme de l'année au cours de la prochaine session d'été. Ainsi passeriez-vous les examens du barreau en même temps que votre classe, en septembre 1929, pour ne pas perdre un an d'études. »

Carl avait reconnu la sagesse de ce plan. Il s'étonnait de ne pas y avoir pensé lui-même.

Annie laissa exploser sa joie, lorsque Carl lui annonça qu'il n'irait pas travailler à Herdstone. « Je suppose que le Dr Marson a dû lui dire que le bébé naîtrait prématurément, en septembre.

— Annie ! » Il la saisit par les bras. « Quelque chose ne va pas ? Qu'y a-t-il donc ? Marson croit-il que tu n'es pas assez forte pour que le bébé vienne à terme ?

— Mais non, le rassura-t-elle avec un sourire. C'est simplement parce que j'ai senti l'enfant bouger trop tôt. Le docteur a dit… comment a-t-il dit encore ? – Ah oui ! Mauvais calcul du début de la grossesse…

— Pourquoi ne m'en as-tu rien dit, Annie ?

— Je ne voulais pas t'inquiéter.

— Annie, Annie ! Tu ne dois pas garder ces choses-là pour toi. Si j'avais su, je n'aurais pas dit au doyen que je projetais de travailler au-dehors. Il a dû me prendre pour un mufle.

— Ah non, Carl. Il croit que tu es formidable. Et moi aussi je te trouve formidable.

— Il croit plutôt que c'est toi qui es formidable.

— Laisse-moi donc m'asseoir sur tes genoux, Carl.

— Pas question ! fit-il par jeu. Je n'aime pas une fille qui cache des choses à son mari, et qui veut ensuite s'asseoir sur ses genoux. »

Bénéficiaire d'un prêt, Carl s'inscrivit pour les cours d'été, et choisit comme matières le droit commercial et la législation du travail.

À peine les cours d'été avaient-ils commencé qu'Annie décida de cesser toute activité. Sa grossesse était maintenant bien visible ; elle se balançait affreusement en marchant. Elle quitta son emploi au supermarché. Ses chevilles avaient tendance à enfler, quand elle restait trop longtemps debout. Avec sa dernière paie elle acheta plusieurs mètres de toile pour faire des couches, en profitant de la remise de dix pour cent que le supermarché consentait à ses employés. Elle acheta également un écheveau de soie rose. Miss Aggie allait lui enseigner à faire des ourlets à jour. Elle rendit visite à chacun de ses amis pour leur dire au revoir.

« Maintenant, madame Hansmon, je vous reverrai seulement après la naissance du bébé…

— Bien sûr, Annie. Je sais que c'est loin depuis Lopin, mais la marche est un bon exercice pour vous.

— Ce n'est pas pour ça. Je n'aime pas que les gens me fixent du regard – ma silhouette et tout. Je me sens gênée.

— Ne soyez pas stupide. Ce n'est pas un crime d'avoir un bébé. Vous devriez être fière.

— Je sais. Mais quand j'étais petite fille et qu'une femme enceinte passait dans la rue, les garçons disaient sur elle des choses dégoûtantes, par exemple : qu'est-ce qui l'a rendue comme ça ? Je me sentais toujours si gênée. Oh, je sais, personne ne penserait ni ne dirait de telles choses de moi. Pourtant, j'ai gardé ce souvenir frappant de mon enfance. »

Mme Hansmon hocha la tête. « Je ne peux pas vous comprendre, Annie.

— Mais je vous téléphonerai de temps en temps, pour me rappeler à votre souvenir.

— Comment pourrais-je jamais vous oublier ? Mais faites-le, donnez-moi un coup de fil de temps à autre. »

Henry, l'épicier, évita avec soin de porter son regard sur les signes de grossesse d'Annie, moins par délicatesse qu'en raison de la crainte qui le faisait frémir intérieurement : elle était si petite et si fragile pour porter un poids apparemment si lourd !

« Mais je viendrai avec le bébé, le jour où les écureuils se rassembleront pour les noix, en automne.

— Vous n'oublierez pas ?

— Non. Et j'emmènerai Jello avec moi.

— N'emmenez pas ce chien. Il ferait fuir les écureuils.

— D'accord. » Elle regarda autour d'elle, comme si c'était la dernière fois. « Eh bien, prenez bien soin de vous, Henry.

— Vous aussi, Annie.

— Merci. » De nouveau, son regard fit le tour de la boutique.

« Voulez-vous emporter un bocal de gelée de framboise ? Je vous l'offre en souvenir du bon vieux temps, Annie.

— En souvenir du bon vieux temps, oui, je veux bien. »

Encore une fois, ils se serrèrent la main et prirent congé comme s'ils ne devaient plus jamais se revoir.

Le fleuriste fut le dernier à recevoir la visite d'Annie. « Je ne vous verrai plus, Anthony, jusqu'à l'automne.

— Vous nous quittez ?

— Non ! Mais je vais avoir un bébé.

— Je vois ça.

— Sinon, vous seriez aveugle », fit-elle en souriant. Le visage d'Anthony s'empourpra.

« Quoi de neuf pour votre livre ?

— Vu les circonstances…

— Vous voulez dire que vous n'en avez pas encore écrit un mot ?

— Je crains que non.

— Mais vous aviez promis ! Vous aviez dit que vous commenceriez dès le mois de janvier. Et maintenant nous sommes presque en juillet…

— C'est tout simplement que je ne peux pas écrire ce livre, Annie.

— Et pourquoi ? Dites-moi pourquoi.

— Si je ne l'écris pas, je peux penser que je serai un auteur, un jour. Si je l'écris, je constaterai peut-être que je ne serai jamais un auteur. Alors, de quoi pourrai-je encore rêv… » Il avala le reste du mot.

« Vous voulez dire rêver ? » Il baissa la tête. « Dites-le alors.

— Oui, rêver », dit-il.

Annie médita là-dessus. C'était une conception nouvelle pour elle. Valait-il mieux rêver qu'on pourrait, au lieu d'essayer de prendre l'énorme risque de constater qu'on ne pouvait pas ? Elle conclut que, pour certains, il était préférable de ne pas tenter de réaliser leur rêve.

Pendant qu'elle y réfléchissait, le fleuriste s'était rendu dans l'arrière-boutique ; il revenait maintenant avec une poignée de graines. « Des capucines, dit-il. Elles n'exigent aucun soin spécial. Elles poussent et fleurissent dans la terre la plus pauvre. » Il ouvrit le sac d'Annie posé sur le comptoir et y vida les graines.

« Je crois comprendre », fit-elle lentement. Puis de façon inattendue : « Vous savez, Anthony, il y a quelque chose de féminin en vous. »

Il rit. « J'avais espéré que personne n'en saurait jamais rien, dit-il en plaisantant.

— Eh bien, moi je sais. Et c'est très bien. C'est cela qui nous empêche, moi tout comme vous, d'être amoureux l'un de l'autre.

— Oh, je vous en prie ! laissa-t-il échapper, à la fois surpris et confus.

— Au revoir, Anthony. » Elle lui adressa un sourire et sortit.

« Avez-vous entendu parler, demanda-t-elle à l'employé de la librairie, d'un recueil de pièces en un acte qui doit être publié cet automne ?

— Non, dit l'employé. Mais M. Whorl est peut-être au courant. » Il appela M. Whorl.

M. Whorl savait qu'un tel livre allait être publié, mais il ne savait pas quand. Il conseilla de téléphoner aux Presses de l'université. Annie répondit qu'elle n'aimait pas le faire. Obligeamment, M. Whorl appela les Presses. Non, le livre ne serait pas publié cette année ; peut-être l'année prochaine.

C'est donc ainsi, pensa-t-elle avec amertume en rentrant à la maison. Sylvia n'avait pas voulu réviser sa pièce ! Comment pouvait-elle être à la fois si méchante et si belle ?

Pour eux commença la longue période des chaleurs estivales. Carl avait essayé de travailler à temps partiel, après ses cours, dans des magasins. Mais la plupart étaient fermés pendant les vacances universitaires ; les autres connaissaient une activité réduite et n'envisageaient pas d'engager un employé, même à temps partiel.

Carl avait fait polycopier une centaine de circulaires dans lesquelles il proposait ses services pour retourner du gazon, laver des carreaux, effectuer des petites réparations dans les maisons, et blanchir des caves à vingt-cinq *cents* l'heure. Il avait distribué les circulaires chez ses vieux clients auxquels il portait le journal.

Il trouva ainsi du travail et gagnait quatre ou cinq dollars par semaine, suffisants pour payer au moins leur nourriture.

Annie ne sortait que pour se rendre à l'épicerie et, de temps en temps, chez miss Aggie. Miss Aggie mettait à sa disposition sa machine à coudre, dans l'arrière-boutique, et l'aidait à confectionner quelques blouses de grossesse. Par l'effet d'une convention tacite, ni l'une ni l'autre ne fit allusion à l'appel téléphonique anonyme. En fait, elles s'entendaient très bien.

De temps à autre, Annie demandait à Goldie de lui confier Less pour l'après-midi. Le bambin s'était sensiblement calmé depuis l'arrivée de sa sœur Lily Pearl. Il portait maintenant des pantalons et commençait à parler un peu, assez pour dire « pi-pi » une fraction de seconde avant de mouiller sa culotte.

Carl s'inquiétait de voir qu'Annie ne sortait pas davantage. Il crut bon de la faire assister aux séances récréatives organisées par les étudiants des cours d'été.

Il y avait une séance de « Chants folkloriques » tous les mardis en soirée. Les étudiants s'asseyaient sur l'herbe humide de rosée et chantaient des airs comme *On Top of Old Smoky*. Pendant ce temps, les femmes se demandaient toute la soirée comment enlever les taches d'herbe sur une robe d'été.

Le samedi soir, il y avait Down Country Dancing, sur l'asphalte, devant le bâtiment de l'administration. Les danseurs bondissaient, traînaient les pieds, tournaient en rond, au rythme plaintif et monotone d'un violon qui semblait recevoir une correction d'un archet en colère.

Annie n'aimait pas du tout les chants folkloriques. Elle n'aimait pas s'asseoir sur l'herbe ; elle n'aimait pas chanter avec tant d'autres gens, parce que alors personne ne pouvait l'entendre, elle. Et puis, les airs étaient trop tristes à son goût.

« Mais, Annie, expliqua Carl, ce sont des chants populaires. Ils nous ont été transmis oralement depuis des générations. Ils font partie du patrimoine de l'Amérique.

— Quelle blague ! »

Un spectacle de danses folkloriques ne fut pas davantage épargné par Annie : ce n'était pas de la danse, tout au plus des exercices de culture physique.

« Pour moi, expliqua-t-elle, la danse est inséparable de la sensation d'un bras qui m'enlace en me tenant un peu serrée – mais j'aime ça ; c'est le joue-contre-joue, au rythme d'une musique douce, comme *Shine On, Harvest Moon*. On en garde un souvenir au moins. Mais que vous reste-t-il de ces piétinements, de ces étreintes de mains en sueur, tandis que le violon fait grincer son *Jimmy Crack Corn* qui blesse les oreilles comme si on grattait de la craie sur le tableau noir ? Une impression de fatigue, voilà ce qui vous en reste.

— Qu'est-ce qui te rend si capricieuse, chérie ?

— Suis-je capricieuse, Carl ? Je ne le fais pas exprès.

— Mais voyons, Annie. Rien ne t'oblige à assister à ces réunions. Tu n'es pas obligée non plus d'aller à la conférence, ce soir. »

Mais elle voulut y aller, justement. Un poète en vogue devait réciter quelques-uns de ses poèmes. Annie n'avait jamais vu un poète en chair et en os. À sa grande déception, il ne ressemblait pas à l'image qu'elle s'était faite d'un poète. Ses pantalons gris avaient des poches aux genoux ; sa veste était froissée et sa cravate de travers. Ses cheveux avaient la même couleur sale que son costume.

« Il ressemble à un ouvrier, pendant son jour de repos, chuchota-t-elle.

— Écoute, Annie, fit-il d'une voix très lasse, rien ne nous oblige à l'entendre. Partons.

— Non ! Je veux l'entendre. » Elle passa son bras sous le sien. « Je suis désolée, Carl.

— Je n'aime pas la poésie. Je suis ici pour ton plaisir, et non pour le mien.

— Je sais. Je ne vais pas le démolir. Je te promets. »

Elle goûta sérieusement la première partie du récital. L'œuvre du poète était bonne, et il avait une belle voix d'orateur.

La deuxième partie du programme était consacrée au long poème narratif qui l'avait rendu célèbre, sous le titre *How Dark is My Africa*. Après un début assez calme, le poète fut véritablement pris de délire : il se démenait sur la scène, lançait les bras en l'air, empoignait ses cheveux et les rabattait sur ses yeux, ou encore exhibait ses dents en faisant une affreuse grimace.

« Chong – a – long ! Chong – a – long ! Boom ! chantait-il. Chong – a – long ! Chong – a – long ! Boom ! »

Chaque fois qu'il lançait le « Boom », Annie sentait son enfant qui faisait un bond dans ses entrailles.

« Il faut que nous sortions d'ici ! souffla-t-elle à l'oreille de Carl.

— Pour l'amour du ciel ! » dit Carl à voix haute. Au même instant, heureusement, le poète poussait des cris perçants, de sorte que nul n'entendit la remarque. Mais les cris firent de nouveau bondir le bébé. Annie posa la main de Carl sur son ventre précisément au moment du deuxième bond. Carl se leva aussitôt pour partir.

« Attends ! » dit-elle. Le poète s'était jeté par terre et, tout en hurlant, il frappait les planches de ses mains.

« Voilà notre chance ! » souffla Annie. Ils quittèrent la salle.

Annie semblait très contente de rester enfermée à la maison. Elle cousait des couches et lisait beaucoup. Elle essaya même d'écrire de la poésie. Elle lavait le chien et lui brossait son poil raide. Elle avait Less comme invité une fois par semaine. Elle surveillait la croissance de ses capucines. Elle écrivait à sa mère au moins tous les huit jours. Elle essayait de nouvelles recettes de cuisine et de pâtisserie. Et le plus beau était que Carl restait beaucoup avec elle. Les journées étaient chaudes et calmes et les nuits fraîches. Elle n'avait jamais connu un bonheur aussi serein. C'est alors qu'il fallut affronter un événement imprévu.

17

C'était à la fois simple et logique : ils n'avaient plus rien à manger, parce qu'ils n'avaient plus d'argent ; et ils n'avaient plus d'argent parce que Carl n'avait plus de travail.

Il avait nettoyé consciencieusement les caves ou les sous-sols qui, depuis des années, avaient besoin d'un nettoyage et qui maintenant en avaient pour plusieurs années avant d'en nécessiter un nouveau. Il avait effectué toutes les petites réparations qu'il avait pu trouver ; bientôt il avait dû s'employer à retourner du gazon – et il n'en restait plus à retourner.

Un autre détail : la plupart des employeurs de Carl étaient des gens en rapport avec l'université : beaucoup partirent en vacances, quoique tardivement, après la fin des cours d'été.

Carl prospecta la petite ville de Lopin, mais n'y trouva pas le moindre emploi. D'ailleurs, un quart des Lopinois étaient eux-mêmes sans travail et devaient chômer jusqu'à la réouverture de l'université en automne.

À regret, Annie liquida son compte à la banque – huit dollars et les intérêts. Carl donna sa montre-bracelet en gage mais n'en retira que cinq dollars. Elle avait six mois de plus qu'au moment du précédent dépôt.

« Cela fait treize dollars, dit Carl ; ils ne vont pas durer toujours. Sois très prudente dans tes achats, chérie.

— Ne te tourmente donc pas, Carl. Avant que l'argent soit épuisé, une occasion se présentera sûrement. C'est toujours ainsi, tu sais. »

Ils avaient déjà payé au Dr Marson huit dollars sur ses honoraires de cinquante dollars, un dollar ou deux à chaque visite. La fois suivante, Annie donna encore au docteur deux dollars prélevés sur les treize qui constituaient leur fortune.

« Pourquoi l'as-tu fait, Annie ? Pourquoi ? » Carl était au désespoir. « Alors que nous avons tant besoin de cet argent ! Le docteur disait bien qu'il attendrait ! Alors pourquoi, s'il te plaît ?

— Parce que cela faisait ainsi un compte rond.

— Oh, Annie, dit-il d'un ton las, vas-tu jamais sortir de l'enfance ? »

Annie se rappela qu'il lui avait dit tout récemment : « Reste comme tu es. Ne change jamais. » Maintenant il ne m'aime pas telle que je suis, pensa-t-elle avec amertume ; on prétend que les soucis rapprochent les gens. C'est faux. Ils les séparent. Carl en a-t-il assez de moi ? Va-t-il me quitter un jour ? Que ferai-je alors ? Des larmes lui vinrent aux yeux, et l'enfant en elle bougea. Mon bébé, pensa-t-elle. Au fil de ses pensées elle prononça à voix haute ces mots entrecoupés de sanglots.

« De toute manière, il me restera mon bébé, si tu viens à me quitter.

— Voyons, chérie ! » Il la prit dans ses bras et la laissa pleurer un peu.

« Je grandirai, dit-elle. Tu verras. À partir de maintenant j'essaierai de ne pas être trop gourde. » Elle s'arrêta, consciente qu'elle s'exprimait précisément comme une gamine ! « Ce que je veux dire, reprit-elle, c'est que je m'efforcerai d'être plus raisonnable à l'avenir. »

Cette affirmation quelque peu emphatique amusa Carl et en même temps le toucha. « Ne fais pas d'efforts, dit-il allégrement, reste simplement telle que tu es.

— Oh, Carl ! » Elle était heureuse de nouveau. « Il y a un instant, je croyais que tu ne m'aimais plus autant.

— Tu te fais des idées. La vérité, c'est que je t'aime, tout simplement. »

Une semaine plus tard seulement ils eurent une nouvelle dispute à propos d'argent. Il s'agissait encore de deux dollars, mais, cette fois, le fautif était Carl.

Friend Hawkner, un riche fermier des environs, avait décidé de faire son testament. En fait, c'était sa femme qui voulait le lui faire rédiger, ce qui revenait au même. Mais Hawkner ne voulait pas payer à un homme de loi les honoraires d'usage. Le principal de l'école supérieure de Lopin était le beau-frère de Friend ; il lui dit qu'il connaissait un gars aussi capable que n'importe quel homme de loi, et qui serait heureux de rédiger le testament pour un dollar ou deux. Le gars était Carl Brown.

Par reconnaissance pour le principal, Carl rédigea un projet de testament. Un samedi après-midi, le principal vint prendre Annie et Carl et les conduisit dans sa Ford à la ferme de Hawkner. Dans la voiture, il y avait un troisième passager : le banquier qui avait pris soin du petit compte d'Annie. Cousin du principal Lopin, il était également officier ministériel, et par suite en mesure de faire économiser au fermier les honoraires d'un notaire.

Carl lut le testament, à la satisfaction de Friend Hawkner et, ce qui était plus important, de Mme Hawkner. Annie et une voisine servirent de témoins. Annie signa soigneusement de son nom, en se donnant de l'importance. Le cousin banquier authentifia le document, et le tour fut joué.

On échangea des poignées de main. La voisine rentra chez elle. Mme Hawkner, maintenant assurée d'un veuvage prospère en cas de décès de son époux, s'excusa et sortit pour aller traire les vaches.

« Qu'est-ce que je vous dois, monsieur le conseiller ? » dit le fermier jovialement. Il prononça *conseiller* comme si le mot était par lui-même l'équivalent d'un paiement.

« Rien, dit Carl. J'ai seulement voulu être agréable à M. Lopin ici présent. »

Le fermier, visiblement soulagé, devint loquace : « Permettez-moi d'insister ! Je suis homme à payer mes dettes. » Le banquier eut un sourire. « Un dollar, reprit Hawkner, cela vous irait-il, monsieur le conseiller ?

— Pour l'amour de Dieu, Friend, fit le banquier, disons deux dollars. Vous savez bien que vous avez économisé mes honoraires.

— Deux ? » dit le fermier d'une voix tremblante. Carl hésita une seconde avant de dire : « Merci, monsieur Hawkner, mais je ne peux pas accepter d'honoraires. »

Annie toussa pour attirer son attention. « Carl, je veux te voir une minute, dit-elle. Dehors. »

Le banquier et le principal échangèrent des regards entendus lorsque Carl, le visage empourpré, suivit sa femme jusque devant le porche. Le fermier prit un air inquiet.

Annie saisit le bras de Carl et chuchota sur un ton furieux : « Tu prends ces deux dollars ! Tu m'entends ?

— Je t'entends. Mais je ne les prendrai pas.

— Tu les prendras. Tu les as gagnés. J'ai lu quelque part que toute peine mérite salaire. Et cet homme dit qu'il paie ses justes dettes, n'est-ce pas ? Maintenant, rentre et prends ces deux dollars.

— Je ne peux pas, chérie. Non seulement je frustre un homme de loi de ses honoraires, mais encore je ne suis pas membre du barreau et je n'ai pas le droit d'accepter d'honoraires.

— Mais le barreau n'en saura jamais rien.

— Ce n'est pas la question, Annie. C'est un cas de conscience.

— Au diable la morale ! Nous avons besoin d'argent pour nous nourrir. *Moi* je peux vivre d'oignons bouillis, et de pain, et de thé léger ; mais mon bébé ne peut pas. » Elle fit une pause. « À présent, veux-tu prendre cet argent ?

— Non !

— Eh bien, c'est moi qui irai les prendre, ces deux dollars. » Elle s'apprêta à entrer dans la maison.

Carl l'empoigna par les bras et la secoua un peu. « Tu ne feras rien de tel ! Cela est mon affaire, et tu resteras en dehors. Je te laisse faire pour la plupart des choses. Mais je ne te laisserai pas faire cette fois-ci. Le droit est, enfin il sera, la profession de ma vie ; et tu n'interviendras jamais dans mon travail juridique, aussi longtemps que nous vivrons ensemble. Comprends-tu ?

— Non ! fit-elle avec une obstination maussade.

— Maintenant tu vas rester assise ici, dans cette chaise, sous le porche, et te tenir tranquille.

— Non, je ne veux pas !

— Je t'en prie, chérie. » Et il l'installa sur la chaise.

« Pourquoi ne grandis-tu pas, toi ? » marmonna-t-elle, tandis qu'il pénétrait dans la maison.

Par la fenêtre ouverte, elle entendit la voix de Carl. « Non, je ne peux pas accepter d'argent… »

« Toi et ta maudite morale ! marmonna Annie.

— Mais, continua Carl, j'en accepterai l'équivalent en légumes – pommes de terre, pommes…

— Certainement ! Certainement ! » s'écria le fermier, tout heureux.

Annie eut un sourire et se détendit.

Elle était avec Carl lorsque le fermier déposa les « honoraires » dans la voiture : un demi-boisseau de pommes de terre Cobbler irlandaises, un demi-boisseau de pommes, et une douzaine d'épis de maïs Country Gentleman.

« Je ne pense pas que Romana sera fâchée si vous emportez un bocal de ses pickles, dit le principal.

— Et, suggéra le banquier, tandis que le fermier se dirigeait vers la cave, que diriez-vous d'une bouteille de votre liqueur de cerise Royal Duke, Friend ?

— Holà, doucement ! » protesta le fermier.

Le banquier examina attentivement ses ongles en disant : « Je perçois habituellement cinquante *cents* pour apposer mon cachet sur un document, à la campagne. »

Le fermier ramena de la cave un bocal de pickles et un litre de liqueur.

Annie souleva la bouteille qui contenait le liquide rosé. « Comme c'est beau ! dit-elle. C'est trop beau pour qu'on le boive.

— Vous le boirez entièrement vous-même, ma chère, fit le banquier. Cela mettra du rose sur vos joues, et sur celles du bébé. »

Annie fut émue par tant de gentillesse. « Si nous avons un jour beaucoup d'argent, dit-elle, je le déposerai dans votre banque et nulle part ailleurs. » Tout le monde rit.

Lorsque Carl l'aida à monter sur le siège arrière de la Ford, Annie chuchota à son oreille : « Cette marchandise vaut bien plus de deux dollars. »

Il était difficile de se vanter dans un chuchotement. Carl se contenta de dire : « Je savais bien ce que je faisais. »

Au début de cette période qu'ils avaient appelée avec humour grinçant *La Famine de 1928*, Carl avait renoncé à fumer. Après quelques jours de privation, il était devenu nerveux et d'humeur capricieuse et il avait de la peine à se concentrer en classe. Annie lui acheta une pipe en argile pour un *nickel* – le genre de pipe que les enfants utilisent pour faire des bulles de savon – et un sachet de Bull Durham. Carl n'aimait pas fumer la pipe. Il n'y était pas habitué. Ses mâchoires lui faisaient mal à force de serrer le tuyau. Finalement, il serra les dents si fort sur le tuyau que le bout se brisa. Annie eut alors une idée : elle se rappela comment les vieux Irlandais de Brooklyn fumaient des pipes en argile dont le tuyau était très court. Elle raccourcit encore le tuyau de la pipe de Carl et le pria de faire un essai.

« Ce qu'il faut faire, dit-elle, c'est le sucer, pas le mordre. » Elle l'observa anxieusement tandis qu'il aspirait quelques bouffées. « Comment cela va-t-il, Carl ?

— Eh bien, c'est mieux qu'un coup de pied dans le derrière, grommela-t-il d'un air maussade.

— Veux-tu dire que tu as le choix ? fit-elle avec un sourire.

— Ne deviens pas si savante, Annie. » Elle se détourna avec un soupir. « Je plaisantais seulement, chérie. C'est très bon ! »

Et c'était vrai, à cela près que le fourneau de la pipe était si près de son visage que la plus grande partie de la fumée pénétrait dans ses narines.

Pendant la famine, Jello n'eut pas trop à souffrir. Il avait presque chaque jour une bonne ration de déchets de viande et un os succulent, offerts par Goldie. Annie avait l'impression qu'il engraissait. Souvent, elle regardait avec envie les os et les déchets de viande destinés à Jello. Elle était habituée à une nourriture à base de viande, et celle-ci lui manquait terriblement maintenant. Même dans son enfance, alors que sa mère n'avait pas encore épousé Dan, il y avait toujours eu de la viande à la maison. Même quand il ne lui restait que quinze *cents*, sa mère achetait de la viande hachée au supermarché et un gros pain, et elle préparait un souper acceptable.

Un jour, dans l'épicerie, Goldie donna à Annie un paquet de déchets. Si Annie voulait attendre quelques minutes, il y aurait pour Jello un os – celui que son mari était en train de détacher d'un quartier de bœuf.

Annie attendit que Lopin Lopin eût fini de scier l'os : l'eau lui vint à la bouche à la vue des parcelles de bonne viande rouge qui restaient. Goldie avait dû s'en apercevoir. Elle ne mit pas l'os avec les déchets, mais l'enveloppa séparément.

« Je prendrai Less pour l'après-midi, Goldie, si vous voulez.

— Allons, Annie, ne vous croyez pas obligée de vous mettre en frais rien que pour… »

Annie l'interrompit avant qu'elle eût achevé. « Less ne m'ennuie pas. Il est docile et vous devriez voir comment lui et Jello jouent ensemble… »

Avec des haricots secs pour la valeur d'un *nickel*, l'os donna une soupe délicieuse, et le peu de viande qui restait dessus constitua un petit luxe supplémentaire. Annie fit refroidir l'os et sortit pour le donner à Jello. Celui-ci le renifla, puis leva vers Annie un regard plein de reproche et qui semblait dire : pourquoi avais-tu besoin de me jouer des tours avec mon os ?

Grâce aux largesses du fermier Hawkner, Jello eut droit de nouveau à ses os crus ; Carl et Annie retrouvèrent une alimentation convenable.

Certes, le maïs ne dura pas très longtemps ; mais on aurait dit que les pommes, et surtout les pommes de terre, étaient inépuisables. Ils accommodaient celles-ci de bien des façons ; bouillies, en purée, au four, encore « scalpées », suivant l'expression d'Annie ; ils les mangèrent en salade aussi longtemps qu'il y eut des pickles ; mais très vite, ce plat, dont ils étaient aussi friands l'un que l'autre, fut supprimé du menu. Celui-ci, à base de pommes de terre, de pain et de thé léger (meilleur marché que du café) devint affreusement monotone. Avec autant de tact que possible, car Annie était devenue très susceptible, Carl suggéra de faire de la friture, de temps à autre.

« Des frites à la française ou des pommes de terre sautées », précisa-t-il. Il ajouta d'un air songeur : « Mom faisait d'excellentes crêpes de pommes de terre.

— Naturellement !

— Une fois j'ai mangé des pommes sautées à la poêle. C'était plutôt bon.

— Mom les réussissait aussi ?

— Voyons, Annie ! Ne puis-je faire la moindre suggestion, sans être traîné dans la boue ?

— Tu sais que je ne peux pas supporter l'odeur de graisse frite.

— Oh, ne sois pas si maniaque !

— Voici que je suis maniaque maintenant ; aussi maniaque qu'enfantine. Tu feras bien de faire la liste de toutes les nouvelles choses que je suis depuis notre mariage.

— Ne sois donc pas aussi susceptible.

— Et de trois ! À ajouter sur la liste… *susceptible*.

— Annie, je vais être franc avec toi.

— Quand quelqu'un dit qu'il va être franc, cela signifie qu'il va dire quelque chose de méchant.

— Ne parlons plus de tout ceci, chérie. D'accord ?

— D'accord, consentit-elle.

— Tu sais que ça fait longtemps que tu ne t'es pas assise sur mes genoux ?

— Je deviens trop grosse pour m'installer entre les bras du fauteuil à bascule.

— Essayons quand même. »

C'était un peu étroit. Elle dut s'asseoir dans une position incommode, à moitié couchée, à cause de son ventre.

« Tu te rappelles ? dit-elle. Ça paraît si lointain, alors que c'était seulement l'automne dernier. Nous étions assis sur un banc dans le parc de l'université, et je disais qu'un bébé ne coûterait pas cher et que je pourrais le nourrir. » Elle soupira. « Quelle gourde j'étais ! » Elle quitta les genoux de Carl. « Je crois que les pommes de terre sont cuites maintenant. » Ils se mirent à table.

« Je n'ai pas d'appétit. Il fait si chaud ici, avec le four, et tout.

— Il faut absolument que tu manges, chérie.

— C'est impossible ! »

Elle repoussa l'assiette.

« J'en arrive à ne plus pouvoir supporter une pomme de terre. » Elle eut un faible sourire.

« Avons-nous un peu de glace ?

— Oui, il en reste.

— Eh bien, nous terminerons le repas dehors, sur les marches, derrière la maison. Il y fait plus frais ; et puis je préparerai un peu de thé glacé. Je crois que tu aimes ça.

— Oh oui ! Je suis heureuse que tu aies pensé à me faire ce plaisir ! »

Tandis qu'ils prenaient leur repas sur les marches, une douzaine de jeunes filles sortirent de l'usine d'abat-jour qui se trouvait au bout du stade d'athlétisme. Certaines montaient dans des tacots rangés le long du trottoir ; d'autres partaient par groupes de deux ou trois. La dernière personne qui sortit du bâtiment était un homme, apparemment le patron ou le propriétaire. Il resta un moment à examiner l'usine avant de monter dans sa Ford presque neuve qui s'éloigna aussitôt.

« Mon Dieu ! dit Carl. Juste sous mon nez ! » Il se frappa la tempe de son poing. « C'est *moi* l'imbécile de la famille. Triple idiot que je suis !

— Que se passe-t-il, Carl ?

— Cette usine ! Pourquoi n'y ai-je pas pensé ? Où il y a une usine, il y a des chances de trouver du travail.

— Mais cette usine emploie seulement des femmes.

— Il doit y avoir des hommes – le portier, le veilleur de nuit…

— Non, rien que des filles. Quelquefois, l'après-midi, je me promène par là avec Less et Jello. Les jeunes filles viennent aux fenêtres et nous parlent. Elles taquinent Less et sifflent Jello. Puis le patron arrive et les renvoie à leur travail. Alors, il nous adresse un signe de la main. Mais il est le seul homme, à l'usine.

— J'irai le voir demain matin pour du travail. Cela ne coûte rien d'essayer.

— Attention aux filles, dit-elle par jeu. Certaines d'entre elles sont drôlement jolies. » Puis, changeant de ton : « Tu sais, la nuit s'annonce belle, Carl. Il fait plus frais de minute en minute. Ici, même quand il a fait très chaud dans la journée, les nuits sont toujours fraîches. À la maison, à Brooklyn, la chaleur se conserve toute la nuit, parce que les trottoirs et les maisons l'emmagasinent. Il fait si chaud que les gens dorment sur les toits, et que les bébés pleurent dans leurs berceaux. Oh, Carl ! Si tu savais combien je suis heureuse d'être ici, dans ce coin charmant où les nuits sont si fraîches et si calmes. »

Il l'entoura de ses bras et la tint fermement serrée contre lui. « Annie, je t'aime tant », dit-il dans un murmure.

18

La petite usine produisait des abat-jour en carton décorés avec des fleurs découpées. Les abat-jour étaient à la mode et menaçaient de remplacer les garnitures de lampes en soie et enrubannées, si longtemps populaires.

Pulaski, le propriétaire, était né en Amérique d'un couple d'émigrants polonais qui s'étaient installés à River Waddy, dans la banlieue de la grande cité industrielle de Herdstone. Bien qu'il eût à peine trente ans, Pulaski avait l'air fatigué ; la première impression de Carl fut qu'il était « au bout de son rouleau ».

« Ouais, mon nom est Pulaski. Et je suis un Polonais d'origine. Ne pourrais pas nier, même si je voulais. Gardé la marque de fabrique polonaise.

— C'est vous le directeur ?

— Directeur, comptable ; expéditeur, vendeur et laveur de bouteilles. En un mot, je suis le propriétaire de cette taule.

— Brown. Surveillant du stade d'athlétisme. » Ils se serrèrent la main par-dessus le bureau en désordre.

« Hey ! Alors la mouflette avec le gros clebs ? C'est votre femme ?

— C'est exact.

— De quoi ? Elle a l'air d'avoir seize ans et elle a déjà un môme qui marche et un autre dans le tiroir. Eh bien, mince, mon gars ! Vous avez dû l'avoir jeune. C'est comme ça que je les aime aussi. La plupart des jeunes recherchent des poulettes. Mais moi ? Je me taperais bien une poularde chaque jour.

— Ma femme, dit Carl très distinctement, va sur ses dix-neuf ans, et le petit garçon ne nous appartient pas. »

Pulaski se rendit compte de la froide aversion de Carl. « Bon ! dit-il, bo-on ! C'est vos oignons, après tout. Et maintenant, fit-il d'un air dégagé, que puis-je faire pour vous ?

— Auriez-vous un emploi de portier à temps partiel ?

— Non !

— Et de veilleur de nuit ?

— Non !

— Mais vous avez besoin d'un veilleur de nuit – avec tout ce stock de marchandises inflammables.

— J'ai tout assuré, pour un bon paquet. Ça me serait égal que la baraque brûle complètement cette nuit. Je ne me ferais pas de bile et je palperais l'assurance.

— Vous pourriez avoir des ennuis pour la toucher, si tout brûlait la nuit et si l'on prouvait qu'il n'y avait pas de surveillance sur place. La compagnie invoquerait la négligence volontaire…

— C'est pas vous qui me l'apprendrez. Je ne suis pas né d'hier. J'en ai un veilleur de nuit.

— Mais qui le remplace quand il prend son jour de repos ?

— Il n'en a pas. Où irait-il ? Une maison… des amis, il n'en a pas. Pop n'est qu'un vieux soûlard sans relation aucune. Il dort en bas, dans le dépôt, travaille pour le lit et la bouteille. Ne peut pas les trouver à meilleur compte. » Pulaski était visiblement satisfait de lui.

« Je vois », fit Carl, qui ne savait plus quoi dire.

Pulaski l'accompagna jusqu'à la porte. « Apprécié votre visite, Brown. Si Pop est dans le cirage, une nuit, et ne peut pas faire la ronde, je vous passe un coup de fil. »

Carl ne raconta pas à Annie son entrevue avec Pulaski. Il ne voulait pas la bercer d'un espoir fallacieux… Mais il fallait trouver quelque chose, pensa-t-il avec désespoir. Ils ne mouraient pas encore de faim – il y avait des pommes de terre et des pommes, mais Annie ne pouvait plus supporter cette nourriture. Elle ne prenait plus que du bouillon fait avec l'os quotidien de Jello ; et du thé froid.

« Que ne donnerais-je pas, soupirait-elle, pour du poisson frais cuit dans du bon beurre ! De l'aloyau de bœuf grillé un peu saignant, et des asperges fraîches ! Et la moitié d'un melon mûr glacé !…

— Je sais. Mais, chérie, si nous pouvons tenir encore deux semaines…

— Que se passera-t-il alors ?

— Les examens des cours d'été seront passés et je pourrai vendre mes livres. Alors nous mangerons des steaks et du melon. »

Elle soupira et sourit en même temps. « S'il ne s'agissait que de moi, Carl, je me contenterais bien des pommes de terre et des pommes. C'est toujours de la nourriture. Mais je dois penser au bébé. Il grandit à proportion de ce que je mange. Je devrais boire du lait, et manger des choses comme du foie et des légumes frais, le docteur l'a bien dit.

— Je le sais aussi. » À son tour, Carl poussa un soupir. « Je déteste le faire, mais il n'y a pas d'autre issue. J'écrirai à Mom et lui demanderai un prêt.

— Bonne chance ! dit-elle sur un ton d'amertume.

— Écoute, Annie, Mom va certainement nous aider à en sortir.

— Mais certainement ! » fit-elle, sans conviction.

Carl avait depuis longtemps mis en gage sa raquette de tennis, ses patins à glace et sa montre. Il n'y avait plus rien à mettre en gage ; et ils n'avaient rien à vendre. Il écrivit donc à sa mère et demanda un prêt de vingt-cinq dollars. Annie écrivit à la sienne et en demanda dix ; elle lui recommanda de ne pas en parler à Dan.

La mère de Carl répondit immédiatement. « J'hésite à te lire sa lettre, Annie. Tu y trouveras quelque chose à redire. Maintenant je ne vois pas d'inconvénient à ce que tu me traînes dans la boue ; mais je suppose que cela ne doit pas être bon pour le bébé cette façon de t'énerver.

— Je sais, Carl. Je ferai un effort pour me maîtriser, Tu peux me lire la lettre. »

Il n'y avait pas de mandat.

... aussi désolée que je sois de vous savoir dans un tel embarras avec le bébé en route et tout. C'est dur pour vous deux. Mais les temps sont difficiles pour nous aussi. Papa ne peut plus travailler régulièrement ; de plus, il vieillit si vite. S'il n'y avait pas ta sœur pour nous aider, je ne sais pas ce que nous ferions. Mais je ne peux pas lui demander trop. Tessie a quarante ans passés maintenant ; elle doit économiser pour ses vieux jours. Elle n'a pas de mari pour lui venir en aide.

« Il y a quelque chose de juste dans ce qu'écrit ta mère, Carl, Je suis vraiment désolée pour eux. Surtout pour Tessie. »

Carl poussa un profond soupir de soulagement. Mais la fin de la lettre gâcha tout.

... Mon fils, je peux dire que je t'avais prévenu ; mais je préfère ne pas insister. Je tiens à te dire que tu t'es marié trop vite. Tu aurais dû penser à tout ceci avant. Maintenant tu es pris au piège.

Papa et Tessie t'envoient leur amour...

Annie croisa les bras sur son ventre et poussa un « eh bien ! » explosif.

« Ne le prends pas ainsi, Annie, dit-il avec appréhension. Pense au bébé. »

Elle lutta pour se maîtriser, mais ne put s'empêcher de marmonner : « Si les gens prévoyaient toutes les choses qui pourraient leur arriver, qui se marierait ?

— Nous. Et nous l'avons fait ; et je ne le regrette pas. Et toi ?

— Ah non, Carl. Jamais ! Je suis simplement un peu agacée. »

... Ainsi comme tout le monde vous avez des ennuis d'argent.
Je sais ce que c'est.
Ton père n'avait pas de travail quand tu vins au monde.
Nous n'avons pas pu payer la sage-femme, bien qu'elle eût besoin de l'argent.
Les choses sont ainsi. Oui.
Tu t'adresses à la mauvaise porte pour demander de l'argent, parce que je n'en ai pas.
Dan est un bon mari ; il n'a pas de défauts ; seulement, il s'occupe des questions d'argent lui-même.

Il donne tant chaque jour pour la nourriture et veut manger de la viande à tous les soupers. Quelquefois, même pour ça il n'y a pas assez d'argent.
Maintenant je te dis de faire ceci.
Écris à Dan et demande-lui de l'argent.
Montre-toi gentille avec lui et il t'en enverra.
Il avait toujours le béguin pour toi, comme si tu étais sa propre fille. Il enverra de l'argent, j'en suis sûre...

Pour finir la mère d'Annie disait son espoir que le bébé fût un garçon. Elle ne souhaitait pas à Annie d'avoir une fille qui grandirait et s'enfuirait et la ferait souffrir comme Annie avait fait souffrir sa mère.

Annie ne rejeta pas le conseil que lui donnait sa mère d'écrire une lettre affectueuse à Dan, pour demander un prêt. Certes, cela lui répugnait. Mais pour le bien du bébé... Elle prit la plume, du papier, et écrivit :

Cher Dan,

Comment allez-vous ? Souvent je pense à vous. Je me rappelle combien vous étiez gentil avec moi, et tout. Je crois que j'étais une mauvaise fille. Je ne vous ai pas apprécié comme j'aurais dû, Dan. Pourtant vous étiez davantage un père pour moi que...

Elle s'arrêta. *Un père pour moi !* Elle se rappela comment il venait dans sa chambre à coucher... *Un père pour moi !* Soudain, Annie sentit sa bouche se remplir de bile. Elle déchira la feuille de papier, entra dans le petit cabinet et cracha la bile dans le seau de toilette, avant de se rincer la bouche. « Je ne peux pas faire ça, gémit-elle. Je ne peux pas écrire cette lettre. Plutôt mourir ! »

Elle s'allongea sur le lit et replia un bras sur ses yeux. Oui, plutôt mourir, pensa-t-elle. L'enfant s'agita dans son ventre. Ce fut comme un avertissement. Elle en fut effrayée. « Je ne le pensais pas, mon Dieu ! C'est vrai. Pardonnez-moi cette pensée, je vous prie. »

Jello était dehors, les pattes posées sur le rebord de la fenêtre et contemplait Annie allongée sur le lit. Elle se leva et se dirigea vers la fenêtre.

« Tu veux ton os, Jello ? » Il remua la queue une fois. Cela voulait dire oui. « Eh bien, veux-tu aller au magasin avec moi pour le chercher ? » Posément, Jello fit le tour de la pièce, une fois, pour montrer qu'il était prêt à partir. « Bon, laisse-moi me chausser alors. » Jello bâilla, se laissa tomber sur le ventre, posa sa tête sur ses pattes et ferma les yeux. Il savait que « me chausser » signifiait rouge à lèvres, poudre, coup de peigne et bien d'autres choses.

Annie se prépara avec soin pour se rendre chez l'épicier. C'était une façon pour se donner du courage. Elle allait faire une chose qui, pour elle, était sans précédent : elle allait prendre du steak, un melon, quelques tomates mûres, des citrons et un paquet de cigarettes pour Carl. Et elle allait dire : « Mettez-le en compte ! » Elle s'approcha de la fenêtre et en parla à Jello. Non qu'elle crût qu'il comprendrait ; mais elle avait besoin d'en parler.

« Je dois prendre le risque, Jello, de perdre une amie. Shakespeare l'a dit : "N'empruntez pas, ne prêtez pas, car le prêt souvent fait perdre un ami." Sachant que je dois de l'argent à Goldie, je commencerai à l'éviter, parce que j'aurai honte ; elle pensera que je ne l'aime plus et… »

Le téléphone sonna. Une voix d'homme demanda : « Brown !

— Il est en classe.

— Quelle classe ? En première classe, ou sur les tampons ?

— Il est en classe de droit.

— Dites-moi ! Quand attendez-vous l'homme de loi ?

— À quatre heures.

— Dites-lui de passer un coup de fil à Pulaski, quand il rentre. Au revoir. » Il raccrocha.

C'est pour du travail. Je le sais, pensa-t-elle. Dieu merci je n'ai pas encore demandé de crédit à Goldie ! « Viens, Jello. Allons chercher ton os. Cette fois-ci je ne le ferai pas cuire. Tu pourras le manger cru. » Le chien dressa la tête et son regard semblait signifier : C'est bien vrai ? Annie ne put s'empêcher de rire. « Ah, Jello, tu es un chien si drôle. »

Dès son retour, Carl téléphona à Pulaski. Annie l'entendit qui disait : « Désolé de l'apprendre. » Une pause. « Bien sûr ! Avec plaisir. J'arrive tout de suite.

— Eh bien. Carl, c'est pour du travail ?

— Je te le dirai à mon retour, chérie. »

Carl fut de retour une demi-heure plus tard. Il raconta sa première entrevue avec le propriétaire de l'usine et l'histoire du veilleur de nuit.

« Le pauvre vieux est à l'hôpital. Dans un triste état. Il n'avait pas d'argent pour s'acheter de l'alcool ; alors il a bu près d'une bouteille de térébenthine mélangée à du jus de fruits.

— Mon Dieu ! »

Annie frissonna.

« Pulaski m'a demandé d'assurer la garde cette nuit. Il me donnera un dollar. Si quelque chose arrive au vieil homme, je pourrai occuper l'emploi à plein temps à cinq dollars par semaine. »

Annie eut un sourire extatique. « Avec ces cinq dollars et les cinq autres que tu gagneras pour porter les journaux, cela fera dix dollars par semaine ! Nous pourrons très bien vivre.

— Et avec mon horaire allégé… Pas de cours le vendredi… »

Soudain, ils éprouvèrent un sentiment de honte. Chacun détourna la tête.

« C'est vilain… vilain, dit-elle. Que jamais personne ne me dise que la pauvreté rend les gens généreux. Nous sommes en train de souhaiter la mort d'un homme…

— Non, Annie ! Ne dis pas ça !

— C'est pourtant vrai », marmonna-t-elle.

Ils dînèrent tôt, en silence ; ils ne trouvaient rien à se dire. À sept heures et quart, muni de ses manuels, avec l'intention d'étudier la nuit, Carl se prépara à partir.

« Annie, je n'aime pas te laisser seule toute la nuit…

— Le chien me tiendra compagnie.

— Téléphone-moi si…

— Tout ira bien », fit-elle sèchement.

Il lui téléphona depuis l'usine, à huit heures, et demanda de ses nouvelles. Elle lui téléphona à dix heures et voulut savoir s'il avait appris quelque chose à propos du veilleur de nuit. Après avoir fait sa ronde de onze heures, Carl fila à la maison et absorba deux tasses de thé et deux tranches de pain avec de la compote de pommes. Annie prit une tasse de thé pour lui tenir compagnie. Ils n'échangèrent que quelques paroles.

Carl quitta l'usine à sept heures le matin. Ils prirent ensemble le petit déjeuner composé de thé, de toasts sans beurre et de compote de pommes. Annie attendait qu'il lui parlât du veilleur de nuit ; lui attendait qu'elle posât la question.

Ce fut lui qui rompit le silence : « Je ferais mieux de dormir un peu. J'ai travaillé toute la nuit. Et j'ai deux cours aujourd'hui.

— Alors, le veilleur de nuit ?...

— Il sera sauvé, dit Carl avec désinvolture. On lui a fait des lavages d'estomac, juste à temps.

— Quand revient-il travailler ?

— Il ne reviendra pas.

— Pourquoi ?

— Eh bien, il est vieux, tu sais. Il a une fille, veuve, à... » Carl fit une pause pour chercher le nom. « C'est ça ! À Kenosha. Oui, à Kenosha.

— On dirait un nom indien.

— C'est exact ! fit-il avec un empressement excessif. Je crois que c'est dans le Wisconsin. N'importe comment, il va vivre chez sa fille. » Carl poussa un soupir de soulagement, persuadé qu'il s'en était bien tiré.

« *La Mort d'une épave* ! fit-elle. Je parie qu'ils ne se moqueront pas de cette histoire comme ils ont fait de la *Chair insensible*, en classe.

— Bon, Annie. Bon ! Ce n'est pas ma faute. Je ne l'ai pas tué. J'ai besoin de cet emploi. Je ne peux pas le faire revenir à la vie en ne le prenant pas.

— Je sais, chéri. Je sais. C'est seulement... » Elle s'arrêta une seconde. « Oh, sans importance. Va dormir un peu, Carl. Je te réveillerai à temps pour ton cours. »

Il posa un dollar sur la table : « C'est une avance sur ma première semaine. Faisons un bon souper ce soir, chérie. »

Elle était sur le point de dire : « Pour fêter l'événement ? » Au lieu de cela, elle dit : « Qu'aimerais-tu manger ? Un steak ?

— Ce n'est que un dollar. Mieux vaut prendre des hamburgers. Et l'un de ces melons. » Il la pinça au menton.

« Je prendrai aussi de la tomate fraîche, ajouta-t-elle, et puis pour dix *cents* de glace. Cela fait si longtemps que nous n'en avons pas eu. Et des citrons pour faire de la citronnade… » Elle fit une pause. « Mais, Carl, tu as tellement besoin d'une coupe de cheveux !

— Cela peut attendre. » Il eut un bâillement, tandis qu'il déboutonnait sa chemise.

Elle le suivit dans la chambre à coucher. « Un quart de lait. Le docteur dit que je devrais boire du lait. Et des œufs ! J'aime les œufs, et ils sont si bon marché en cette saison. »

Il jeta un regard vague alentour. « Qu'as-tu fait de mon… »

Son pyjama était sous l'oreiller ; elle le prit et lui tint la veste pour qu'il l'enfile. Elle lui fit faire demi-tour et la boutonna. « Tu ne sais pas, Carl ?

— Mais si », fit-il au bord du sommeil.

Il rabattit le drap et se mit au lit.

« Il suffit d'entendre parler les gens, pour apprendre ce qui leur a manqué…

— Hmm !… murmura-t-il avec délices, quand sa tête retomba sur l'oreiller.

— Ainsi, les gens qui n'ont pas assez à manger parlent tout le temps de nourriture. Et les gens qui n'ont pas d'argent parlent toujours du prix des choses. »

Elle le couvrit avec le drap.

« Et les gens qui n'ont jamais eu d'enfants écrivent les meilleures histoires pour enfants. Et les gens qui… »

Carl se tourna sur le côté et s'endormit aussitôt.

Elle voulut l'accompagner à l'usine, ce soir-là. Elle resta avec lui jusqu'à la ronde de sept heures. Carl pointa à la pendule de chaque étage. Les pendules enregistraient automatiquement l'heure de son passage.

« C'est pour prouver, expliqua-t-il, qu'il n'y a pas eu la moindre négligence, en cas d'incendie. C'est destiné aux enquêteurs de la compagnie d'assurances. »

Il l'emmena dans le bureau de Pulaski, où il avait disposé ses livres, son cahier et son crayon sur la table. Il passerait la première partie de la nuit à étudier. Il lui dit de l'attendre là pendant qu'il descendait au dépôt pour procéder au pointage. Annie insista pour l'accompagner.

« Ce n'est pas un endroit pour toi, Annie. Tu ne l'aimerais pas.

— Qui dit que je devrais l'aimer ? Je veux simplement le voir.

— Annie…

— C'est là que vivait le veilleur, n'est-ce pas ?

— Oui.

— Je veux voir.

— Pourquoi ?

— Je ne sais pas ! »

Il soupira et la conduisit en bas, au sous-sol. La cave n'avait pas de fenêtre. Une ampoule suspendue au milieu du plafond l'éclairait. De gros rouleaux de carton étaient rangés contre les murs. Il y avait des bobines de fil métallique et une pile de feuilles découpées, pour la décoration des abat-jour. Dans un coin, cinq caisses à savon étaient alignées, retournées ; un maigre matelas les recouvrait. Il était assorti d'un oreiller sale et d'un drap crasseux et déchiré.

« C'est donc ici qu'il vivait.

— Oui.

— Et qu'il dormait.

— Oui, Annie. Il n'avait pas de chez-soi, ne connaissait personne.

— D'où venait-il, Carl ?

— Personne ne semble le savoir.

— Qui va l'enterrer alors ?

— Pulaski ne l'a pas dit.

— L'enverra-t-on à la faculté de médecine, pour des expériences, comme on fait pour les prisonniers morts que personne ne réclame ?

— Pourquoi cet intérêt morbide, Annie ?

— C'est terrible de penser que quelqu'un a vécu et qu'il est mort sans que personne se soucie de lui.

— Peut-être est-ce ainsi qu'il le désirait, Annie. Qui peut savoir ? »

Quelque chose bougea dans un coin. Annie crut que c'était un rat. Elle frissonna et se serra contre Carl.

« Sortons d'ici, Carl. C'est hanté.

— Je te raccompagne à la maison.

— Non. Il fait encore jour, et Jello est quelque part dans le stade. »

Ils sortirent de l'usine par la porte de derrière. Jello arriva en bondissant. « Atta, vieux, fit Carl en caressant la tête du chien. Voilà notre vieux Johnny. »

Annie s'éloigna, Jello à son côté. Elle s'arrêta, se retourna et cria : « Quel était son nom ?

— Il n'en avait pas : autant que je sache, Pulaski l'appelait "Old Pop". »

Annie ouvrit son recueil de manuscrits à l'endroit de *Chair insensible*. Elle barra le titre et le remplaça par *La Mort d'une épave*. Puis elle lut la pièce qu'elle avait écrite, arracha les feuilles qu'elle fourra dans le poêle. Elle commença d'écrire une nouvelle pièce.

La Mort d'une épave
par *Annie Brown*

Époque : la nôtre.
Scène : Une usine dans une petite ville du Middle West.
Personnages :
Morougski : Propriétaire de l'usine. C'est un petit homme sémillant, au visage couvert de cicatrices. Son langage est très désinvolte, et il emploie librement l'argot.
David : Étudiant en médecine, travaille pour subvenir à ses besoins. Il est grand, blond, du genre athlétique. Très sérieux. Son langage est choisi.
Alice : Sa femme, qui a récemment eu un bébé. Elle est petite, mince, le regard soucieux. Elle a un accent du Sud prononcé, parce qu'elle vient du Kentucky.
Pop : Veilleur de nuit à l'usine. Il est vieux et courbé ; il a des cheveux gris, clairsemés. Son visage est ridé, et presque toutes ses dents sont tombées. Il porte une chemise sale et de vieux pantalons noirs, dont un bouton manque, par-devant. Il a aux pieds des chaussures de tennis usées que quelqu'un lui a données. Parle d'une voix geignarde.
Décor : Le dépôt de l'usine, dans la cave. Des tas de feuilles de carton partout. Un lit de fortune, d'une saleté repoussante.
Au lever du rideau : La scène est dans l'obscurité. Voix venant des coulisses.

Annie s'arrêta là. Elle savait que le sujet ne pouvait pas être traité sous la forme d'une pièce. Mais elle avait pris l'habitude de commencer par noter ses observations sous forme de dialogues. Il lui semblait que l'expression était meilleure de cette façon ; elle n'en gardait qu'une partie, renonçait au reste ou en faisait la matière d'un commentaire ou d'une description. Finalement, elle traita l'aventure du vieux Pop sous forme d'une petite nouvelle.

C'était un vieil homme tremblant. Personne ne savait d'où il venait. Il n'avait ni amis ni parents. S'il avait un nom – s'il en avait jamais eu un –, il le gardait pour lui-même. Les filles dans l'usine et le patron l'appelaient Pop.

Annie passa la nuit à écrire ; elle était animée d'une grande conviction. Elle ne pouvait pas admettre qu'un être humain eût vécu et fût mort sans qu'il restât le moindre signe de son existence. Il lui semblait qu'en racontant son histoire elle établissait le fait qu'il avait vécu, qu'il avait eu sa place dans le monde, et qu'il avait un jour été un homme.

Le petit déjeuner était prêt lorsque Carl rentra, le matin. Ils prirent du melon glacé, des œufs brouillés au beurre, des toasts beurrés et un bon café chaud. Cela faisait si longtemps qu'ils n'avaient pas bu de café au petit déjeuner ! Carl déclara que c'était le meilleur petit déjeuner qu'il eût jamais pris.

Elle se mit au lit avec Carl. Il n'avait pas cours avant trois heures de l'après-midi ; et ils dormirent pendant la plus grande partie de la journée.

19

Carl veillait la nuit et dormait le jour. Il partait au travail à sept heures le soir, faisait un saut jusqu'à la maison après la ronde de onze heures pour prendre une tasse de café et un sandwich ; puis il retournait à l'usine jusqu'à sept heures du matin ; alors il rentrait, prenait le petit déjeuner avec Annie et allait se coucher jusqu'à l'heure de son cours. Habituellement, Annie dormait le matin avec lui. Évidemment, elle n'était pas fatiguée la nuit et veillait parfois jusqu'à deux ou trois heures du matin.

Une nuit, vers deux heures, elle était à la fenêtre et regardait au-delà du stade vers le bâtiment noir de l'usine. Elle s'étonna de ne pas voir les lumières s'allumer et s'éteindre successivement. Elle appela l'usine. Le téléphone sonna longtemps avant que Carl répondît. Comme elle l'avait supposé, il s'était endormi et avait manqué la ronde.

Désormais, elle resta éveillée aussi longtemps qu'elle put. Lorsque, à bout de forces, elle se couchait, elle montait le réveil d'une heure sur l'autre, et se levait pour s'assurer que Carl effectuait les rondes.

« Cela ne peut pas continuer ainsi, Annie. Tu as besoin de sommeil.

— Comment pourrais-je dormir, quand je m'imagine que l'usine prend feu pendant que tu es endormi ? N'y a-t-il pas de pendule dans le bureau ?

— Bien sûr. Mais à quoi bon, quand je m'endors ? C'est un réveil qu'il me faudrait… »

Ses yeux cherchèrent le réveil sur la cheminée.

« Ah non ! Rien à faire ! dit-elle.

— Est-ce que ma belle Linda ne voudrait pas prêter à son Lance au cœur stupide son réveil, de sept à sept inclus ? »

Elle rit. « Tu te rends compte, Carl. On dirait que ça fait des années que j'ai écrit cette pièce. Je n'étais qu'une gamine naïve alors.

— Tu l'es toujours.

— Naïve ?

— Une gamine. »

Carl emportait le réveil à l'usine et le rapportait chaque matin. Au cours de la nuit, il le réglait de façon que la sonnerie le réveillât, toutes les heures, au cas où il s'endormirait. Mais même sans réveil Annie se réveillait, elle aussi, à chaque heure, pour s'assurer qu'il faisait ses rondes.

L'université resta fermée pendant deux semaines, entre la fin des cours d'été et le début de la session normale. De nouveau le campanile de la cour se tut, et la bibliothèque, après que tous les livres eurent été rapportés, ferma ses portes : Annie resta sans lecture.

« Ils pourraient ouvrir la bibliothèque au moins une heure par jour ; on dirait une ville fantôme qu'on aurait abandonnée, après en avoir extrait tout l'or. Pourquoi ?

— Eh bien, il y a des réparations à effectuer ; et puis les gens qui travaillent dans la bibliothèque et dans les bureaux ont besoin de vacances. Ce qui me fait penser que la librairie universitaire ferme ce soir ; si je veux vendre mes manuels de cet été, je dois y aller tout de suite.

— Cet argent nous rendra service. Tu as besoin d'une coupe de cheveux.

— Veux-tu venir avec moi ?

— Pour que tout le monde me dévisage ?

— Il n'y aura pas beaucoup de monde dans la cour de l'université.

— Vas-y seul, Carl. Je resterai à la maison.

— Allons, viens donc, Annie. Nous ne sommes pas sortis ensemble depuis longtemps.

— Je ne veux pas, Carl.

— Tu te plains de n'avoir rien à lire. Nous pourrions te trouver un livre…

— Ils prêtent des livres ?

— Non. Mais quelquefois on peut trouver un bon livre pas cher. D'occasion, évidemment.

— Tu veux dire un livre que je pourrais garder ?

— Oui, un livre à toi.

— Une toute petite minute, Carl. Je dois mettre du rouge à lèvres. »

Tandis que Carl attendait que l'employé examinât ses livres afin d'en fixer le prix, Annie se dirigea vers le rayon des livres d'occasion. Un employé s'approcha et lui demanda s'il pouvait l'aider.

« Non, merci. Puis-je simplement jeter un coup d'œil ?

— Bien sûr, madame. *Broutez* tout ce que vous voulez. » Puis il s'éloigna.

Brouter ! Annie savoura le mot. Pour elle, le mot s'appliquait seulement aux vaches qui mangent de l'herbe. Était-ce croyable ! On pouvait l'employer à propos de livres ! Elle ne l'avait jamais encore entendu employer dans ce sens.

Carl vint la rejoindre. « As-tu déjà trouvé quelque chose ?

— Je n'ai même pas commencé à regarder, Carl. Pourquoi n'irais-tu pas te faire couper les cheveux, pendant que je *broute* dans les livres ? »

Il grimaça un sourire. « D'accord. Prends ton temps », dit-il. Il descendit la rue en direction du coiffeur.

Où commencer ? Par où commencer ? se dit-elle. Elle éprouvait une délicieuse indécision. Je ne peux pas brouter tous les livres, je ferais donc mieux de commencer par les plus gros.

Elle prit le plus gros de tous. Immédiatement, elle fut séduite par le titre sévère et net : *Guerre et Paix*. Elle lut le nom de l'auteur. *Comte Léon Tolstoï*. Ce doit être un roman russe, se dit-elle, comme *Les Bas-Fonds*. Elle se rappela le Pr Newcool en train de dire… « Des écrivains russes – inégalables. *Guerre et Paix* : le plus grand roman jamais écrit ! »

« Oh, il me le faut ! » murmura-t-elle.

Puis elle constata qu'il manquait la moitié de la couverture et que la dernière page était déchirée et froissée.

« Quel est le crétin qui a fait ça ? » fit-elle à voix haute. Elle porta le livre à l'employé.

« Regardez-moi ça ! dit-elle, indignée.

— C'est une honte, admit-il. C'est pour ça qu'il est si bon marché.

— Combien ?

— Vous pouvez l'avoir pour un quart de dollar.

— Un quoi ? dit-elle, incrédule.

— Vingt-cinq *cents*, et il est à vous.

— À moi ? » L'enfant bougea en elle. « Ce sera une fille instruite », dit Annie.

L'employé haussa les sourcils. « Pardon ?

— Rien. Voulez-vous me le garder jusqu'à ce que je revienne ? Je dois aller chercher de l'argent.

— Bien sûr ! » Il posa le livre sur la caisse.

Avant d'avoir atteint la porte, Annie fit demi-tour et revint sur ses pas. « Voulez-vous me prêter votre stylo ? »

L'employé dévissa le capuchon et lui tendit le stylo, la pointe vers elle. Comme il est gentil et poli, pensa-t-elle. Elle prit le livre et écrivit sur la page de garde : *Mon livre*. Et en dessous : *Annie Brown*. Elle rendit le stylo et le livre avec un merci.

« Je serai de retour dans un instant.

— Rien ne presse. »

Carl était assis dans le fauteuil *du* coiffeur. Il était enveloppé d'un peignoir et on ne voyait que sa tête et ses pieds. Il avait croisé les jambes sous le linge, et quelques centimètres de chair nue se voyaient au-dessus de la socquette. Sa tête était baissée et penchée sur un côté. Il avait l'air timide – comme la plupart des hommes dans un fauteuil de coiffeur.

« Un quart de dollar ! annonça-t-elle, le souffle coupé. J'ai acheté un livre. »

Le peignoir parut faire des vagues tandis que Carl fouillait dans sa poche. Le coiffeur resta les mains en l'air, le peigne dans l'une, et dans l'autre les ciseaux qu'il agitait pour ne pas perdre le rythme de la coupe. Carl tendit à Annie un quart de dollar ; le peignoir reprit son immobilité, et le coiffeur posa le peigne sur la nuque de Carl pour mettre la dernière main à son travail.

Quand ils rentrèrent à la maison, Carl demanda : « Qu'as-tu trouvé pour un quart de dollar ?

— *Guerre et Paix*. Voilà ce que j'ai trouvé ! Mais regarde ! » Ils s'arrêtèrent, et elle sortit le livre du sac en papier aux rayures bleues. « Regarde seulement ce qu'un crétin a fait à mon livre !

— Un *vandale*, chérie. C'est le mot.

— Bon. Alors, regarde ce qu'un vandale a fait !

— Je crois que je peux arranger ça, Annie.

— Sincèrement, Carl ? » Elle saisit son bras. « C'est bien vrai ?

— Il y a un tas de déchets de carton à l'usine. Peut-être pourrai-je coller quatre ou cinq feuilles ensemble pour refaire la couverture. »

En reprenant leur marche, elle serra son bras et dit : « Tu sais, Carl…

— Quoi ?

— J'ai un livre à moi enfin. Et je n'ai pas besoin de le rapporter à la bibliothèque. Je suis si heureuse ! Pense donc ! Le premier livre que j'aie jamais possédé. »

À huit heures, ce soir-là, elle lui téléphona à l'usine. « Mon livre est-il réparé, Carl ? » Le ton était anxieux.

« Pas encore. Mais j'ai trouvé quatre morceaux de carton au format. »

Elle rappela à neuf heures. Il répondit que les feuilles de carton avaient été collées ensemble, mais qu'elles n'étaient pas encore fixées au livre. « Il faut qu'elles sèchent d'abord », expliqua-t-il.

À onze heures, elle était dans l'embrasure de la porte de la cuisine pour attendre Carl. Quand elle aperçut son ombre qui avançait et grandissait au fur et à mesure qu'elle approchait, Annie courut à sa rencontre. Elle fut amèrement déçue qu'il n'eût pas rapporté le livre à la maison.

« C'est qu'il y avait davantage à rafistoler que je n'avais cru, dit-il. J'ai dû enlever la bande de cuir qui renforçait le dos. Et puis il m'a fallu y fixer le carton, avant de recoller la bande de cuir. Tu auras ton livre demain matin, si ça tient bien et si la colle est sèche. »

Il rapporta le livre le matin. Annie le blottit entre ses bras, comme elle eût fait d'un enfant perdu qui aurait retrouvé le chemin de la maison.

« Qui d'autre que toi aurait réalisé une si jolie couverture, plus jolie même que celle que le vandale avait arrachée, je parie. Je suis si heureuse de t'avoir épousé, Carl, au lieu de quelqu'un d'autre. »

Il grimaça de plaisir et dit : « Veux-tu dire que tu avais le choix ?

— Tu sais ce que je veux dire, et si je n'étais pas si dodue, je me mettrais sur tes genoux.

— Mais ça rime ! Écoute ça :

La voici devenue si grosse à voir
Cette Annie Brown
Qu'elle ne peut sur mes genoux s'asseoir.
Pauvre Annie Brown. »

Instantanément, Annie lui donna la réplique :

« *Contente-toi de t'occuper de droit.*
C'est un conseil que je te donne.
Toi poète ? Très peu pour toi. –
Jamais, même si ça t'étonne.

— Tu as le dernier mot, Annie », fit-il.

Après le petit déjeuner, Carl se disposa à se mettre au lit, pendant qu'Annie lavait les assiettes. Puis il se coucha et attendit qu'elle vînt le rejoindre. Comme l'attente se prolongeait, il appela :

« Tu ne viens pas au lit, Annie ? » Il ne reçut pas de réponse. Il appela encore. Nouveau silence.

« Qu'est-ce que cela signifie maintenant ? grommela-t-il. Où a-t-elle pu aller, à cette heure de la matinée ? Je croyais qu'elle avait renoncé à jouer les courants d'air. » Carl soupira, émit quelques grognements, sortit du lit et se dirigea vers la cuisine. En apercevant Annie, il oublia ses craintes. Assise à la table de la cuisine, elle était penchée sur le livre.

« Annie, fit-il doucement, viens au lit avec moi. » Elle ne sembla pas l'avoir entendu. « Annie ! » appela-t-il d'un ton sec.

Elle eut un sursaut et leva son regard vers lui. Ses yeux brillaient. « Quoi ? fit-elle, vaguement.

— J'aimerais que tu viennes au lit avec moi.

— Un petit instant, laisse-moi finir cette page.

— Allons, Annie, ne te fais pas prier.

— Mais je n'ai pas envie d'aller au lit. » Il lut dans les yeux d'Annie une muette supplication. « Tu permets, Carl ?

— Si c'est ainsi que tu prends la chose… » Il attendit.

Annie mouilla son majeur avec sa langue, feuilleta une page et se pencha de nouveau sur le livre. Carl attendit un long moment. Annie tourna une autre page.

Alors il repartit au lit et donna un furieux coup de poing sur l'oreiller proche du sien. « Bon Dieu de livre ! marmonna-t-il. J'aurais dû le jeter dans cette bon Dieu de chaudière, à l'usine ! »

Annie trouva que *Guerre et Paix* n'était pas une lecture facile. Le style en était étonnamment riche – tant de vie, tant de couleur. Et puis, que d'action ! Ça débordait de péripéties, et l'intrigue avait une complexité prodigieuse. Et cette profusion de personnages ! Tous ces noms dont il fallait se souvenir. Si encore, pensait-elle, on revoyait toujours les mêmes ! Mais ce n'était pas le cas. Il y en avait toujours de nouveaux.

Elle décida qu'il n'y avait qu'une chose à faire : prendre le livre et le résumer à sa manière. D'après sa théorie, à force de résumer le livre, le moment viendrait où elle pourrait lire directement dans le texte. Elle commença par la première page.

« Anna Pavirona était aussi connue sous le nom d'Annette Scherer. Elle appartenait à la cour de Russie. Elle avait une bonne place. Elle était dame d'honneur de l'impératrice. Elle avait dans les quarante ans, mais ne les paraissait pas – d'après sa façon de s'habiller et tout.

Elle était très mordante, mais charmante. Elle connaissait les dessous de la politique. Pour ce motif, les nobles de la cour recherchaient sa conversation. Les femmes ne savaient pas trop comment s'y prendre avec elle. Quand elles étaient invitées à l'une de ses réceptions et qu'elles formaient de petits groupes pour bavarder entre elles ou avec un homme, Anna les interrompait toujours. Elle pensait que c'était une façon de se montrer une bonne maîtresse de maison que de donner à la conversation un caractère général, et non privé.

Eh bien, Anna donnait une réception un soir du mois de juillet en 1805. Elle avait envoyé des invitations qui préci-

saient qu'elle avait la grippe et désirait de la compagnie. Soigneusement habillée et maquillée, elle attendait ses invités. Le prince Vassily arriva le premier... »

Annie était obsédée par le livre. Lorsque Carl partit le soir, elle était plongée dans la lecture. Quand il rentra le matin, elle lisait encore. Elle ne parlait de rien d'autre que du livre. Carl pensa que tant de concentration d'esprit pouvait être nuisible ; il lui en fit l'observation. Mais elle prétendit que c'était très bon pour elle, parce qu'elle y prenait tant de plaisir. Alors il la pria de ne pas exagérer.

« On ne peut pas exagérer quand on aime quelque chose », dit-elle catégoriquement.

La semaine avant le début du semestre d'automne, le principal Lopin leur rendit visite un après-midi ; il apportait un pot de peinture blanche et un pinceau, et demanda à Carl d'en passer une couche sur les installations du stade.

« Il pourrait y avoir une petite gratification pour vous, laissa-t-il entendre.

— Elle serait la bienvenue, dit Carl en acceptant l'offre.

— Nous verrons », dit le principal sur un ton mystérieux.

Le lendemain, l'entraîneur Stevens vint rejoindre Carl sur le stade. Il avait été absent tout l'été. Les deux hommes se serrèrent la main et demandèrent mutuellement de leurs nouvelles. Stevens s'informa de la date probable de la naissance.

« Dans une semaine ou deux, dit Carl. Nous avions espéré que le bébé naîtrait avant la reprise des cours.

Quand je pense qu'il peut venir au monde pendant que je serai à l'université et Annie seule à la maison.

— Ne vous inquiétez pas. Les bébés viennent toujours au milieu de la nuit. En tout cas pour les miens, c'est ainsi que ça s'est passé !

— Voilà précisément un autre problème ! Je travaille la nuit comme veilleur dans cette usine là-bas. Supposez que le bébé naisse au milieu de la nuit, et qu'elle n'ait pas le temps de me téléphoner à l'usine ?

— Si elle pouvait avoir cette chance ! Les bébés sont sacrément longs à venir au monde. Surtout le premier. Elle aura tout son temps pour téléphoner. Ne vous inquiétez pas, mon vieux, dit-il paternellement. Quand le moment sera venu, téléphonez-moi. À n'importe quelle heure du jour ou de la nuit. J'ai une voiture. Nous l'emmènerons à l'hôpital suffisamment tôt. » Stevens regarda sa montre, émit un sifflement et annonça qu'il était six heures trente : il avait déjà une demi-heure de retard pour le dîner. « Au revoir », dit-il avant de s'éloigner en courant.

Méthodiquement, Carl passait et repassait le pinceau sur une barre pour exprimer l'excédent de peinture. Cela, pensait-il, faciliterait le nettoyage du pinceau. Puis il se rappela soudain que Stevens avait parlé de six heures trente. Qu'était-il donc arrivé à Annie ? Elle sortait toujours à six heures pour l'appeler, à l'heure du dîner. Avait-elle oublié ? Non. Elle était toujours si attentive à l'heure. Le réveil était-il arrêté ? C'était impossible ! Avec sa façon de le remonter deux ou trois fois par jour. Il y avait quelque chose d'anormal.

Le pinceau à la main, Carl traversa le stade au pas de course, puis ouvrit brusquement la porte, convaincu de trouver Annie étendue sur le plancher, dans les douleurs de l'enfantement.

Mais elle était assise à la table de la cuisine, penchée sur le livre et sur le cahier, et semblait lire et écrire simultanément. De soulagement, il eut comme une faiblesse : le pinceau lui échappa de la main. Le bruit fit sursauter Annie.

« Carl ! tu m'as fait peur ! »

Ainsi il s'était inquiété pour rien. Cela le rendit irritable. « Sais-tu quelle heure il est ? »

Elle regarda le réveil. « Dieu du ciel ! J'ai complètement oublié le dîner !

— Eh bien, oui, le dîner !

— Une minute, Carl. Laisse-moi finir cette phrase. » Elle écrivit debout.

« Annie, tu m'obliges à être sévère. » Résolument, il ferma le livre et empila les feuilles de papier. « Je ne veux pas que tu travailles là-dessus jour et nuit. Une heure ou deux par jour, c'est suffisant.

— Allons, laisse-moi, Carl. Il y a des gens qui font des mots croisés. Moi, je m'occupe de livres.

— C'est parfait. Mais tu ne dois pas rester dessus comme si c'était ton dernier jour sur terre. Tu as toute la vie devant toi pour, comme tu dis, t'occuper de livres. »

Elle prit deux côtelettes de porc dans la glacière, les sala et les mit dans la poêle, avant de répondre : « Ah non, Carl. C'est toi qui as la vie devant toi. La vie d'un homme de loi. Ce sera une nouvelle vie – différente de celle-ci. Mais ma vie est toute tracée : ce sera la maison, les enfants… un livre à lire de temps à autre… Veux-tu du café ou du thé glacé ?

— Je préférerais du thé glacé.

— Bon ! » Elle mit la bouilloire sur le petit réchaud à gaz. Il posa le livre sur les feuilles de papier empilées. « Que fais-tu de mes affaires ?

— Tu vois bien, je ne fais que débarrasser la table pour dîner, chérie.

— Bon, ce sera prêt dans cinq minutes.

— Pourrions-nous attendre un peu, Annie ? Il est sept heures moins dix et je ferais mieux d'aller à l'usine pour pointer la première ronde.

— D'accord.

— Je serai de retour dans un quart d'heure. »

Quand il revint, ils se mirent à table. Annie reprit la conversation interrompue. « Oui, tes activités te feront connaître des centaines de gens différents. Moi j'aurai toujours les mêmes fréquentations. Des gens chez qui j'achèterai de l'épicerie, comme Henry et Goldie ; ou le fleuriste…

— Surtout le fleuriste », dit-il pour la taquiner.

Elle s'arrêta et sa pensée alla au fleuriste. Oui, elle l'aimait bien – souvent elle s'était demandé pourquoi. Maintenant, elle comprenait.

Il caresse un rêve, pensa-t-elle. Et qu'est-ce qu'un rêve ? Une sorte de promesse qui ne sera jamais réalisée. Anthony, le fleuriste, en avait un. Elle aussi en avait un. Carl n'en avait pas.

Mais si, dans un sens, il en a un, lui aussi. Il avait de l'ambition. Je suppose qu'on pourrait appeler cela un rêve, un rêve pratique. Il peut et veut le réaliser.

« Oui, reprit-elle, tu auras une vie nouvelle et différente. Tu pourras être membre d'un club du pays, ou bien jouer au golf… » L'idée le fit rire. « Mais si, tu le feras, Carl. Tu feras partie de quelque chose, tu appartiendras à quelque chose. Mais moi ? Je ne ferai jamais partie d'un club du pays. Je ne me sentirai jamais à l'aise parmi les gens de ce monde.

— Et pourquoi pas, Annie ? Tu serais la fille la plus célèbre du club.

— Non, Carl. Pour l'unique raison que je ne suis jamais allée au collège. Cela m'exclut tout simplement. Je ne me sentirai jamais à ma place avec les gens que tu connaîtras comme homme de loi. »

Elle posa la main sur son bras.

« Alors, Carl, laisse-moi. Laisse-moi lire et écrire ce qui me plaît.

— Je crains qu'à force de lire et d'écrire tu ne m'exclues de ta vie. »

Il ajouta sur un ton neutre :

« Tu vas devenir un auteur célèbre… »

Elle hocha la tête. « Non, Carl. Tout ce que j'écris ne mènera nulle part. Je n'écrirai jamais un grand livre comme *Guerre et Paix*. Je sais que je ne le ferai jamais. Mais j'aime rêver que ce serait possible. Cela entretient en moi une sorte d'excitation. »

Ils mangèrent en silence.

Elle m'échappe, pensa-t-il. Je m'inquiétais autrefois, quand elle disparaissait dans la rue de façon inexplicable ; quand elle se glissait en dehors de la chambre sans bruit. Mais cela est pire. C'est dans ses pensées qu'elle se réfugie, quand elle me quitte…

« Parle-moi, Annie.

— De quoi ?

— De n'importe quoi. Ne te renferme pas en toi-même.

— Voyons… ah oui ! Je sais de quoi parler. Bientôt j'aurai dix-neuf ans. Est-ce croyable ?

— Tu grandis…

— J'ai toujours été une grande personne. Je n'ai jamais connu la période transitoire entre l'enfance et l'âge adulte. Et je crois que j'attends toujours de la connaître. C'est peut-être pourquoi je dis des bêtises de temps en temps. Maintenant c'est à toi de parler.

— Bientôt cela fera un an que nous sommes mariés. Tu te rends compte !

— C'est drôle, mais j'ai l'impression que nous avons toujours été mariés. Je ne dis pas ça dans une mauvaise intention, Carl. C'est simplement que j'ai du mal à me rappeler comment c'était de ne pas être mariée avec toi. C'est comme pour le bébé. Je ne peux pas imaginer qu'il fut un temps où je ne le portais pas. Cela me semblera tout drôle, après la naissance.

— Je t'aime, Annie.

— Je t'aime, Carl. »

Il regarda le réveil, finit son thé et se leva en soupirant : « Eh bien, retournons aux mines de sel. Je viendrai te voir à onze heures, Annie.

— Je t'attendrai. »

Il s'arrêta à la porte. « Annie ?

— Qu'y a-t-il, Carl ?

— Oh ! rien, je crois.

— Dis-le-moi.

— Tu vas rire.

— Arrête de me taquiner et dis-le-moi. Je veux savoir.

— Si tu veux le savoir, je n'ai nullement l'intention de faire jamais partie d'un club du pays. Et je n'aime pas le golf. »

Elle attendit. Elle savait qu'il lui faisait une promesse en échange de la sienne à elle. Mais quelle promesse ? Qu'attendait-il d'elle ? Elle le mit sur la voie en disant :

« Je ne crois pas que je t'en voudrais. À condition que tu n'exagères pas.

— Exactement ! Je ne te reproche pas de t'absorber dans un livre, ou dans une histoire que tu écris. Mais n'exagère pas. »

Annie eut un sourire en se rappelant comment, autrefois, son petit frère Tommy avait essayé d'échanger des promesses avec elle :

« Tu joues aux billes avec moi, Annie ?

— Je lis.

— Je te donnerai le pistolet à fléchettes que j'aurai peut-être pour Noël, si tu joues avec moi.

— Joue avec Freddy. Pourquoi avec moi ?

— Parce que tu ne joues plus jamais avec moi. Tu es tout le temps en train de lire. »

C'était donc cela ! Carl se sentait seul, comme Tommy s'était senti seul. Brusquement, elle dit : « Carl, serais-tu content que je reste à l'usine avec toi cette nuit ? »

Le visage de Carl s'éclaira. J'avais donc raison, pensa-t-elle. Il se sent seul.

« Pourquoi ? As-tu peur de rester ici, seule, la nuit ?

— Je m'ennuie de toi, Carl. Les couples mariés devraient toujours passer les nuits ensemble.

— Ce ne sera pas très drôle pour toi d'être assise dans ce bureau sinistre toute la nuit.

— Mais si. Nous serons ensemble et nous pourrons simplement rester assis et bavarder. Bientôt il n'y aura plus beaucoup de temps pour ça, tu sais.

— Tu ne peux pas savoir combien les nuits sont longues, Annie, comme le temps traîne en longueur.

— Je vais chercher ma veste. »

Quand il l'aida à passer sa veste, elle dit : « Carl, si ça t'ennuie, je ne lirai plus autant. Et je cesserai d'écrire. Il n'en sortira rien de toute manière. Et, après tout, tu as droit à la première place. Toi et le bébé. »

Elle le pense vraiment, songea-t-il. Mais elle n'abandonnera jamais. Elle ne pourrait pas ! Si elle était capable d'abandonner ceci, elle serait capable de m'abandonner, moi aussi. Elle a l'air si simple, et même si enfantine quelquefois. Mais il y a quelque part en elle une barre d'acier.

Annie attendait. Elle priait muettement : « Je vous en prie, mon Dieu, faites-lui dire non ! Je vous en prie ! »

Carl ne dit rien. Annie pensa qu'il réfléchissait. « C'est presque l'heure de la ronde, dit-elle. Nous ferions mieux de partir. » Elle regarda autour d'elle. « Carl, si je laisse les assiettes jusqu'à demain matin, crois-tu qu'on aura des souris ?

— Non, il n'y aura pas de souris, idiote, fit-il en riant.

— Je suis prête, partons alors.

— Annie… Apporte ton livre et les papiers. »

Elle étreignit ses mains et leva vers lui un regard extatique. « Tu le veux vraiment, Carl ? Sincèrement ?

— Bien sûr ! Je pourrais avoir envie de prendre un peu de sommeil vers le matin. Entre les rondes. Et je ne me reprocherai pas d'être un mufle, si je sais que tu as quelque chose à faire pendant que je dors. »

20

« Crois-tu que tu vas perdre ton emploi ? demanda-t-elle anxieusement.

— Cela dépend. Si Pulaski contrôle mes rondes… S'il ne le fait pas, parfait. S'il le fait, je perdrai ou ne perdrai pas mon emploi. Cela dépend.

— Mais le réveil n'a-t-il pas sonné à deux heures ?

— Je ne l'ai pas entendu. Je dormais profondément. Après tout, Annie, je n'ai eu que cinq heures de sommeil en vingt-quatre heures. Ce travail de nuit, après avoir repeint pendant six heures le matériel du stade…

— Oh, Carl ! Tu ne peux pas perdre cet emploi, quand le bébé peut arriver à tout moment, maintenant.

— Je sais ! Je sais ! » Il plissa le front, repoussa sa tasse de café, se leva et se mit à arpenter la pièce. Suivant sa vieille habitude, il fouilla dans ses poches pour prendre son paquet de cigarettes. Évidemment, il n'en trouva pas. Cela faisait des semaines qu'il n'avait pas eu un paquet dans la poche.

« Sacré nom de Dieu ! » dit-il.

Elle prit la minuscule pipe en argile sur la cheminée, la bourra de tabac et la lui tendit. Il y jeta un regard, dévisagea Annie et lança la pipe à travers la pièce. Elle frappa le poêle et se brisa.

Elle estima qu'il valait mieux se taire. Mais elle pensa : que dira-t-il quand les cours reprendront ? Il devra aller immédiatement distribuer les journaux, au sortir de l'usine. Puis il y aura les cours. Quand pourra-t-il dormir ?

Comme s'il répondait à ses questions, il dit : « Je devrai me dépêcher : faire la peinture le matin, et dormir l'après-midi. Autant s'y habituer. Ce sera ainsi quand les cours vont commencer, la semaine prochaine. Partir de l'usine et distribuer les journaux. Puis aller aux cours. Dormir l'après-midi, aller à l'usine. Partir de l'usine le matin, distribuer les journaux, et ainsi de suite.

— Je ne te verrai plus beaucoup alors.

— C'est ainsi que ce sera, fit-il d'un air lugubre.

— Peut-être nous verrons-nous pendant les week-ends. » Elle plaisantait ; mais il ne le prit pas ainsi.

« Je te fais grâce de tes sarcasmes.

— Je ne suis pas sarcastique, Carl. C'est simplement que tu vas me manquer.

— J'en doute. Tu auras le bébé et… » Il s'arrêta.

« Et quoi, Carl ?

— Rien.

— Tu allais dire, “et tu auras tes livres et tes manuscrits”, c'est bien ça ?

— Oh ! Annie, pourquoi prends-tu tout ce que je dis et même ce que je ne dis pas tellement au sérieux ?

— Parce que tu es un être sérieux.

— Je suis fatigué. » Il posa sa tête sur ses bras et ferma les yeux.

« À quoi bon nous disputer, Carl ? »

Il laissa sa question sans réponse.

Je suis fatiguée, moi aussi, pensa-t-elle. Cela fait si longtemps que je porte le bébé. Et tu es si lourd, mon bébé, et si gros. Je ne peux plus voir mes pieds, quand je baisse les yeux. Tu me les caches. Et je ne peux plus mettre de bas, parce que tu m'empêches de me pencher. Tu dois te dépêcher de venir, mon bébé. Vite…

Elle posa sa main sur la tête de Carl. Il ne bougea pas. Il dormait profondément « Dors, Carl, mon chéri », murmura-t-elle. Le bébé remua en elle. « Je sais, peut-être est-ce dur pour toi aussi. Mais il n'y a plus qu'un jour ou deux à attendre. Et tu seras là. »

Elle ferma la porte de la chambre à coucher derrière elle, quand elle entra pour préparer le lit. Elle se déchaussa pour ne pas troubler le bref sommeil de Carl. Elle mit beaucoup de temps pour tirer les draps et arranger la couverture. Elle dut aller d'un côté du lit à l'autre, et d'arrière en avant, jusqu'à ce que tout fût prêt. Elle eut alors envie de s'allonger et de se reposer ; mais elle y résista, à la pensée qu'elle aurait trop de mal pour se relever après. Elle s'assit donc sur le bord du lit pour reprendre son souffle.

Quand elle se sentit reposée, elle se leva et chercha ses chaussures en tâtonnant avec ses pieds. Elle en atteignit une, mais poussa accidentellement l'autre sous le lit. Incapable de se pencher, elle se laissa glisser à genoux, et le buste droit essaya vainement de retirer la chaussure d'en dessous du lit. Avec un soupir, elle se coucha sur le dos et se mit à ramper petit à petit sous le lit. C'est comme la nage, pensa-t-elle. Seulement il n'y a pas d'eau. Enfin, elle attrapa la chaussure et la poussa en dehors. Elle aperçut un paquet de cigarettes froissé, coincé derrière un pied du lit. Elle « nagea » dans sa direction, libéra le paquet chiffonné et y trouva une cigarette que Carl y avait oubliée.

« Carl ! appela-t-elle. J'ai trouvé une cigarette pour toi. Viens la chercher ! Et viens me chercher en même temps ! »

Elle attendit. Pas de réponse. Centimètre par centimètre, elle sortit à reculons d'en dessous du lit, se chaussa et se dirigea vers la cuisine. Carl était parti. Par la fenêtre, elle l'aperçut sur le stade, le pinceau à la main. Elle mit la cigarette dans la poche de son tablier et sortit.

« Hé ! là-bas ! appela-t-elle.

— Hi ! répondit-il. Votre mère sait-elle que vous êtes sortie ? » Il posa le pinceau sur la boîte et vint à sa rencontre.

Voilà ce qu'il y a de bien chez lui, pensa-t-elle. Il ne reste jamais fâché longtemps.

« Tu ne m'as même pas prévenue, quand tu es parti.

— Je croyais que tu dormais.

— Et moi je croyais que c'était toi qui dormais, Carl.

— Que penses-tu de mon travail de peintre ?

— Formidable ! Tu as presque terminé.

— Presque. Sais-tu, Annie, que l'on a une drôle de vue depuis là-haut ? – Lopin, la cour de l'université, la ville… Tu devrais voir ça !

— J'aimerais bien. Mais je ne pourrais pas monter là-haut – avec ce que je porte devant.

— Je peux me placer derrière toi et te hisser jusqu'en haut du portique. » Elle hocha la tête. « Essayons quand même. »

Ils prirent l'autre montant où la peinture était sèche. Il se tenait derrière elle et la poussait, penché en avant, tandis qu'elle se penchait en arrière, pesant de presque tout son poids sur lui… À chaque échelon, elle se penchait davantage en arrière. Il la pria de se faire un peu plus légère, car il avait du mal à garder son équilibre.

« Tout à l'heure, je vais me retrouver sur le dos avec toi par-dessus – toi et le gosse. »

Enfin, ils arrivèrent en haut. Elle regarda autour d'elle et étreignit ses mains, comme elle faisait toujours quand quelque chose l'enchantait.

« C'est magnifique, Carl ! »

Lopin ressemblait à un village en miniature, avec ses constructions symétriques, le potager ou le jardin fleuri derrière chaque maison, et des arbres alignés comme des sentinelles en bordure des trottoirs sales.

Elle regarda dans l'autre direction et aperçut la cour de l'université avec ses grands bâtiments aux toits plats, ses sentiers sinueux gris d'ardoise et ses arbres élagués bas. La bibliothèque s'élevait avec sa colonnade grecque. Et le campanile de l'université ! Il semblait s'élever toujours plus haut, comme s'il voulait atteindre les nuages.

« C'est magnifique ! Pense donc, Carl. Cela existait depuis toujours, et je ne le savais pas. Tu sais, si quelqu'un faisait payer un dollar pour voir ce panorama, je paierais volontiers le dollar – si je l'avais.

— Mais c'est gratuit, ma fille. » Puis, selon sa vieille habitude, il fouilla dans sa poche, en quête d'une cigarette.

« Oh, Carl. Qu'est-ce qui m'arrive ? J'avais totalement oublié. » Elle prit la cigarette dans la poche de son tablier et la lui donna.

« Quoi ! dit-il. Une vraie cigarette !... » Elle était un peu froissée, il est vrai ; mais il la redressa. « Où l'as-tu trouvée ?

— Elle était sous le lit. Heureusement que je suis une ménagère négligente ; autrement je l'aurais balayée depuis longtemps. » Il prit une boîte d'allumettes dans sa poche. « Donne ! laisse-moi te l'allumer, Carl, cet instant sera ainsi plus solennel. Voilà ! »

Il aspira une longue bouffée et rejeta la fumée avec volupté. « Cela fait très, très longtemps que...

— Tu as été un garçon sage d'avoir tenu si longtemps, même si cela te mettait parfois de mauvaise humeur. Dès que le principal t'aura payé pour avoir repeint ce… ce… balcon, tu iras aussitôt acheter un paquet de cigarettes.

— Du moment que je peux m'en passer…

— Allons, consens à un peu de faiblesse, au lieu d'être tout le temps si fort.

— Mais l'argent…

— Combien crois-tu qu'il te donnera pour ce travail ?

— Pas beaucoup. Un dollar peut-être.

— Pas plus ? » Sa déception était visible ; mais elle haussa les épaules avec philosophie et dit : « Eh bien, ça vaut mieux qu'un coup de pied au derrière.

— Tu veux dire que j'ai le choix ? »

C'était une de leurs vieilles plaisanteries ; mais ils en rirent comme si c'était la toute dernière.

L'horloge de l'université, silencieuse tout l'été, sonna l'heure.

« Bonne année, Carl ! » Elle brandit un verre imaginaire. « Un toast ! Choque ton verre contre le mien, Carl. » Il souleva gauchement un verre illusoire et le choqua contre celui d'Annie. Elle fit claquer sa langue. « À ta dernière année d'études ! » Puis elle feignit de boire du champagne. Carl éprouva de la gêne ; il abaissa son bras. « Pourquoi ne bois-tu pas avec moi ? fit-elle.

— Parce que… » Il était sur le point de dire, parce que c'est bête. Mais il craignit de blesser sa sensibilité. « C'est parce que je ne bois que de l'eau », se contenta-t-il d'observer.

Avant de se mettre à table. Carl téléphona au principal pour annoncer que le travail de peinture était terminé. Dès qu'il eut raccroché, Annie, tout excitée, demanda :

« Qu'a-t-il dit ?

— Il a dit : c'est bien.
— C'est tout ?
— C'est tout. Bien.
— Il n'a pas parlé d'argent ?
— Il n'a rien dit à propos d'argent.
— Eh bien, il ne nous reste plus qu'à manger. »
Elle était déçue.

Lorsqu'elle eut lavé la vaisselle et que Carl se fut endormi, Annie disposa livres, cahier et crayon sur la table de la cuisine, tout heureuse à l'idée de passer l'après-midi à lire *Guerre et Paix*. Mais elle reçut la visite du principal ; il voulait voir Carl. Annie lui dit qu'il dormait et qu'elle préférait ne pas le réveiller, à moins que ce ne fût urgent. Le principal admit que c'était important, mais que cela pouvait attendre. Voudrait-elle bien donner ceci à Carl, quand il se réveillerait ? Il lui remit une feuille de papier pliée et partit.

Dès que la porte se referma sur lui, Annie déplia le papier.

C'était un chèque de cinq dollars.

Elle courut dans la chambre à coucher. « Réveille-toi, Carl ! Réveille-toi ! » Elle le secoua avec rudesse.

« … qui se passe ? demanda-t-il d'une voix ensommeillée.

— Quelque chose de merveilleux ! Si merveilleux ! Réveille-toi, Carl ! Je ne peux pas y croire ! »

Il se réveilla presque en sursaut et faillit tomber du lit. « Ça va, Annie. Ça va ! » Il tituba à travers la pièce. « Qu'as-tu fait de mes pantalons ?

— Ne me parle pas de pantalons. Je suis surexcitée…

— Doucement, Annie. Tout se passera très bien. J'appelle Stevens tout de suite. Dans dix minutes, tu seras à l'hôpital.

— Quel hôpital ? Oh ! fit-elle en riant. Ce n'est pas le bébé ! Il ne vient pas encore…

— Alors quoi ? » Carl se laissa tomber sur le lit ; il n'avait passé qu'une jambe dans le pantalon. « Tu veux dire… ?

— Ce n'est qu'une petite surprise.

— Pour l'amour du ciel, Annie ! Qu'est-ce qui t'a pris de me réveiller et de me mettre dans tous mes états, pour rien ?

— Pour rien ? Il dit que ce n'est rien ! Et ça, alors ! » Elle lui donna le chèque.

Il émit un sifflement de surprise. « Cinq dollars ! Comment appelles-tu ça ?

— C'est comme… *tu* l'appelles. Quand des pommes tombent d'un arbre et qu'on peut les avoir pour rien.

— Une aubaine ?

— Oui, une aubaine ! Ce chèque est une aubaine. » Elle aimait le mot et le répéta. « Aubaine.

— Assurément, c'en est une, accorda-t-il.

— Allons gaspiller l'aubaine !

— Mais pourquoi ?

— Parce que jamais de toute ma vie je n'ai gaspillé d'argent, Carl ; et j'aimerais savoir l'effet que ça fait.

— Comment veux-tu le gaspiller ?

— En achetant une cartouche entière de cigarettes pour toi. Des Avalon. Économisons un *nickel* en les achetant ainsi, et nous aurons davantage d'argent à gaspiller.

— À quoi d'autre veux-tu le gaspiller ?

— À une coupe de cheveux pour moi. Mes cheveux ne flottent pas plus. Je veux dire : plus jamais.

— Quoi d'autre ?

— Voyons : quatre-vingt-cinq *cents* pour des cigarettes, cinquante pour une coupe de cheveux.

Un dollar trente-cinq. Non. Un dollar quarante pour le pourboire. Il reste trois dollars et soixante *cents*. Que pouvons-nous acheter d'autre ? Ah oui ! La voiturette !

— Quelle voiturette ?

— Je te l'ai dit, Carl. » Il secoua la tête. « Pour s'en servir comme berceau pendant le premier mois.

— Tu ne m'en as jamais parlé.

— Bon. N'importe comment, le brocanteur en demandait trois dollars. Tu te rends compte ! J'y ai donc fait allusion – tu sais, par hasard, dans une conversation avec miss Aggie. Et il se trouve que ce marchand est l'un de ses parents. Elle lui en a donc parlé ; et maintenant il me la laissera pour deux dollars cinquante.

— Fichtre ! dit Carl avec une admiration moqueuse. Mais c'est merveilleux ! Si elle avait seulement des roues !

— Arrête maintenant, Carl. La voiturette est en parfait état. Seulement, la peinture s'est effritée partout.

— Eh bien, achète-la. Je la repeindrai.

— Mais la peinture coûte cher, je crois ?

— Cela ne coûtera pratiquement rien. Il reste la moitié de la boîte de peinture du portique.

— Est-ce vrai ? » Elle était ravie.

« Pas tout à fait. La peinture appartient à l'école supérieure. » Le visage d'Annie se rembrunit. « On ne peut pas l'utiliser alors. Pendant un instant, j'ai cru que c'était une autre aubaine.

— Il faudra faire vite – avant que le principal vienne reprendre la boîte avec le pinceau.

— Non ! C'est résolu : nous ne prendrons pas cette peinture. Ce serait du vol.

— Et le charbon de l'école supérieure que tu as chipé, l'hiver dernier, Annie ?

— C'était différent. La maison était glaciale, et nous manquions de charbon. Et je ne l'ai fait qu'une fois. Et puis je ne l'ai pas pris à un particulier. C'est cela qui serait voler. C'était le charbon de l'école supérieure ; et l'école supérieure n'est pas un particulier.

— La peinture aussi appartient à l'école supérieure, Annie.

— C'est juste ! Mais si nous n'en utilisions qu'un tout petit peu, ce ne serait pas voler, n'est-ce pas ?

— Sans commentaires.

— Alors nous l'utiliserons.

— C'est ce que j'ai dit depuis le début, Annie. Je ne vois pas pourquoi il fallait en discuter si longuement. »

Ils se rendirent à la ville, le lendemain matin, pour encaisser le chèque. Les rues étaient pleines d'étudiants qui achetaient corbeilles à papier, sous-main, cendriers et autres articles destinés à rendre un dortoir habitable. On était mardi et les classes ne commençaient que le lundi suivant. Mais les étudiants nouveaux arrivaient une semaine en avance, pour les inscriptions et aussi pour se familiariser avec les lieux. Ils étaient encore des enfants, tout juste sortis de l'école supérieure, et qui connaissaient l'indépendance pour la première fois.

Ils portaient de petites calottes aux couleurs de l'université, bleu et blanc.

« As-tu jamais vu autant de *pee-wees*, Carl ?

— Ce sont des *beanies*.

— On les appelle *pee-wees*, à Brooklyn.

— Nous ne sommes pas à Brooklyn.

— Mais tu es toujours de Brooklyn, toi.

— J'aime autant que ça ne se sache pas.

— Sérieusement, Carl ?

— Ah, qu'importe que nous les appelions des *beanies*, Annie.

— Pourquoi ?

— Quand on est à Rome, on fait comme les Romains.

— Les appelle-t-on *beanies*, à Rome ? demanda-t-elle ingénument.

— Cette conversation est la plus stupide…

— Ce n'est pas une conversation, Carl. C'est ce qu'on appelle du badinage. Nous badinons…

— Peste ! Où as-tu trouvé ce mot ?

— C'est ce que tu voudrais bien savoir !

— Et tu ne voudrais pas me le dire !

— C'est quand on…

— Aucune importance. Voici le coiffeur. Entre, et fais gonfler tes cheveux, et badine avec le coiffeur. Il s'y connaît. Sérieusement, Annie, nous devrions rentrer le plus tôt possible et peindre cette voiturette avant que le principal vienne reprendre le matériel.

— D'accord. Et toi, va acheter ta cartouche d'Avalon.

— Je n'en prends qu'un paquet.

— Une cartouche. Tu entends ?

— Je prendrai des Wings. Elles durent plus longtemps.

— Mais elles sont moins serrées. C'est la même quantité de tabac. Mais prends ce que tu veux, Carl.

— Mille fois merci ! dit-il en simulant une gratitude servile.

— Comme toujours ! » fit-elle avec hauteur.

Sur le chemin du retour, ils passèrent devant la boutique du fleuriste. De nouveau il y avait de la douce-amère dans l'étalage, comme l'année d'avant.

« De la douce-amère ! Entrons et achetons-en un bouquet.

— Nous n'avons pas le temps, Annie. »

Ils avaient le temps ; mais il ne voulait pas la voir jacasser à l'intérieur avec cet homme. Bien qu'il n'eût jamais rencontré le fleuriste, il éprouvait de l'aversion pour lui, en raison de l'admiration que lui vouait Annie.

Annie crut que c'était une question d'argent. « Mais ça ne fera qu'une *dime*, Carl ; qu'est-ce qu'une *dime* ?

— Le prix d'un gros pain, par exemple.

— Mais on ne peut pas vivre de pain seulement. On devrait acheter des jacinthes pour nourrir son âme. J'ai lu ça quelque part. Il n'y a pas de jacinthes dans la devanture, mais je préfère les douces-amères.

— Une autre fois, Annie. Partons. »

À ce moment même, le fleuriste les aperçut devant la vitrine et, de la main, fit un signe à Annie. Elle répondit par un geste de la main.

« Il faut entrer maintenant, puisqu'il nous a vus. Il trouverait bizarre que nous n'entrions pas.

— D'accord. Mais ne commence pas à bavarder. »

Le fleuriste lui serra la main et dit : « Eh bien, Annie ! Quelle surprise charmante ! Je croyais ne plus jamais vous revoir.

— Comment allez-vous, Anthony ? »

Ainsi, pensa Carl, ils en sont à Annie et Anthony, maintenant.

« Oh, ça peut aller, dit le fleuriste. Et vous ?

— Très bien ! Je suis contente de vous présenter mon mari. » Elle se tourna vers Carl. « Carl, voici Anthony Byrd. Tu m'as entendue parler de lui ? »

Et comment ! pensa Carl.

« Tout le plaisir est pour moi. » Le fleuriste donna une poignée de main molle.

Que diable trouve-t-elle à cette femmelette ? se dit Carl.

« Anthony, ces graines que vous m'avez données au printemps dernier…

— Des capucines, je crois ?

— Oui. Eh bien, elles sont sorties. Et un pied portait une feuille ronde, aussi large que ma main. » Désireuse d'entraîner Carl dans la conversation, elle ajouta : « N'est-ce pas, Carl ?

— Quoi ? dit Carl.

— Oh ! rien. »

Ainsi, songea-t-elle, il ne peut pas supporter la vue de cet homme. Je ferais mieux de faire attention.

« C'est de nouveau la saison des douces-amères, dit le fleuriste.

— Oui. Carl et moi nous les avons aperçues dans l'étalage. N'est-ce pas, Carl ? »

Au lieu de répondre, Carl se dirigea vers l'autre bout du magasin et contempla quelques outils de jardinage suspendus au mur. Annie constata que le visage du fleuriste s'empourprait.

« Alors ? reprit-elle, vous avez dû aller dans le Nord.

— En effet.

— Et comment l'avez-vous trouvé ? »

Carl se maîtrisa.

« J'ai trouvé que les pins abandonnés reprenaient ; mais les blessures guérissent lentement… lentement. »

Dieu ! pensa Carl, ce langage à l'eau de rose ! À voix haute, il dit : « Je ne voudrais pas vous interrompre, mais nous devons rentrer. » Il s'adressa au fleuriste. « Nous avons un tas de choses à faire, vous savez. » Le ton était froid.

« Je comprends », dit le fleuriste. Sur ses joues, la rougeur devint plus intense.

Carl, comment peux-tu… ? gémit Annie intérieurement. Ne vois-tu pas qu'il est sensible, sensible comme une femme…

« Allons-nous-en, Annie. » Carl se dirigea vers la porte.

« Je suis désolée, Anthony, mais nous devons partir.

— Attendez ! » Il chercha à retenir l'attention d'Annie un peu plus longtemps. Il pensa à leur passion commune – écrire. « J'ai commencé à écrire mon livre, Annie…

— Vraiment, Anthony, vraiment ?

— Un instant, s'il vous plaît. » Il prit un gros livre sous le comptoir, l'ouvrit et lut :

C'était la forêt vierge. Mais plus jamais le murmure des pins ni la ciguë...

Carl n'y tint plus. « Annie ! Veux-tu, oui ou non, que la voiturette du bébé soit peinte ? »

Sous les yeux d'Annie, le visage du fleuriste devint brusquement exsangue. « Oh, Carl ! » supplia-t-elle.

Le fleuriste se ressaisit. Avec une grande dignité, il dit : « Je ne vous retiendrai pas davantage. Merci d'être venus. Tous les deux. »

Il posa le cahier ouvert sur le comptoir, et Annie vit que la page était blanche. Elle comprit alors qu'il avait improvisé le début d'un livre. Ses yeux se remplirent de larmes. Il s'en aperçut et détourna la tête.

« Vous tenez là un beau début, Anthony, dit-elle. Gardez-le maintenant.

— Je le ferai.

— C'est promis ?

— Sur mon honneur !

— Et vous garderez aussi le titre : *Le Viol de la forêt* ?

— Bien sûr, je le ferai. »

Pour l'amour du ciel ! pensa Carl. Il partit.

« Au revoir, Anthony.

— Au revoir, Annie. »

À mi-hauteur du pâté de maisons, Carl s'arrêta et attendit Annie. Maintenant, il s'était calmé et se sentait honteux de s'être montré si grossier. Il revint à sa rencontre. Je la laisserai me faire une scène à tout casser, pensa-t-il, et j'accepterai tout, sans répliquer. Cela lui fera du bien de me secouer.

« Annie… » Il était sur le point de dire combien il était honteux, mais elle ne lui en laissa pas le temps.

« Tu devrais avoir honte, gronda-t-elle.

— Bon. C'est fait. Maintenant, pouvons-nous laisser tomber cette histoire ?

— Non.

— Veux-tu me voir à genoux ?

— Continue à marcher. Je veux être seule. »

Il lui passa un bras sous le sien et lui prit la main dans la sienne. D'un geste furieux, elle retira son bras. Il le reprit aussitôt et le serra plus étroitement contre lui, de sorte qu'elle ne put le retirer.

« Laisse-moi partir !

— Laisse-moi te tenir, chérie. Tu marcheras mieux. »

Elle cessa de lutter ; mais son bras restait rigide.

Il s'attendit à ce qu'elle le giflât pour terminer leur querelle, avant de rentrer à la maison. Mais elle n'en fit rien et garda obstinément le silence. Quand ils eurent parcouru la distance de deux pâtés de maisons, ce fut lui qui attaqua.

« Écoute, Annie. Ce n'est pas que je sois jaloux…

— Merci pour le compliment, fit-elle sur un ton amer.

— Bon alors. Je le suis.

— Pourquoi ?

— Eh bien, c'est un homme. »

Il fit une pause.

« Ou bien n'en est-il pas un ? »

Elle n'aima pas sa façon de dire : « N'en est-il pas un ? »

« Naturellement, c'est un homme. Mais cela ne veut pas dire que je veuille coucher avec lui. À supposer qu'il en ait envie, laide comme je suis en ce moment !…

— Mais vous sembliez si parfaitement vous connaître.

— Je l'aime bien.

— Pourquoi ?

— Parce que je le comprends. Et je le comprends parce qu'il est comme moi, pour ce qui est de la passion d'écrire, je veux dire. Et pour d'autres choses. Les hommes – des hommes virils comme toi – ne l'aiment pas, parce qu'il est un peu efféminé ; et les femmes ne l'aiment pas pour cette même raison. Il n'a ni femme, ni enfants. J'en conclus qu'il se sent très seul.

— Et c'est pourquoi tu te crois obligée d'incarner tout pour lui.

— Oh, arrête, Carl. » Elle avait un peu détendu son bras et, loin de le retirer, elle étreignait maintenant celui de Carl, entrelaçait ses doigts avec les siens. « Peut-être le mot "aimer bien" n'est pas le mot juste pour exprimer ce que j'éprouve à son égard. C'est plutôt de la compassion. Voilà ce que c'est. » Elle sourit en se rappelant qu'elle avait écrit *come-passion* à l'époque où elle rédigeait sa dissertation sur *Babbitt*. « Oui, j'éprouve de la compassion pour lui.

— Je ne peux absolument pas le comprendre », marmonna-t-il.

Ils dépassèrent un autre pâté de maisons avant qu'il rompît le silence.

« Ainsi tu l'aimes bien parce que tu peux abaisser ton regard avec pitié sur lui. C'est une attitude tout à fait féminine…

— Mais non ! La compassion n'est pas de la pitié. Elle consiste à comprendre son état d'âme – tout comme tu peux comprendre quelqu'un sans l'aimer. Je vois ce que je veux dire, seulement je ne sais pas trouver les mots pour l'exprimer…

— Tu aurais pu résumer tout ça en un seul mot : tolérance. »

Elle fronça les sourcils. « Mais je n'aime pas ce mot, "tolérance". Il exprime comme une bienveillance teintée de mépris. » Elle s'arrêta et le regarda d'un air soupçonneux. « Tout exprimer en un seul mot ! Pourquoi te moques-tu de moi ?

— Je n'en fais rien. Je croyais t'aider. Tu m'as demandé de corriger tes erreurs, rappelle-toi.

— Mais je n'ai pas commis d'erreur.

— Eh bien, Annie, restons-en là. Je pourrais dire que je suis désolé pour tout ce qui vient de se passer : mais tu ne l'admettrais pas. Tu dirais quelque chose comme : "Désolé", un mot bien commode, comme une gomme sur un trait de crayon.

— Eh bien, n'est-ce pas exactement cela ?

— Bon. J'abandonne ! J'avoue que j'ai agi comme un imbécile – et que j'ai attaché trop d'importance à ce maudit incident –, appelle-le comme tu veux. Et tu n'as pas eu tes douces-amères. Eh bien ! J'irai demain chercher des douces-amères, et je lui parlerai comme à n'importe quel homme. D'accord ?

— Non, Carl. Mieux vaut le haïr que de jouer au protecteur…

— Mais tes douces-amères…

— Je n'en veux pas. Je ne les aime plus. »

Il y eut un autre long silence. Finalement, Carl reprit : « Est-ce que je marche trop vite pour toi ?

— Non.

— Allons, Annie ! Un sourire ! Le bébé ne va pas tarder à naître. Il n'aimerait pas trouver une mère maussade.

— Le bébé ! Oui, je crois que Dieu ne m'aime pas. Pour tout ce que je reçois, Il m'enlève quelque chose. »

Devant un drugstore, il y avait un distributeur automatique de soda. Ils s'arrêtèrent. Carl prit Annie par la taille et lui sécha les larmes sur son visage.

« Ôte ton bras, Carl. Les gens nous regardent.

— Qu'est-ce que cela peut faire ? Rappelle-toi, quand tu m'embrassais sur la 42e Rue, au beau milieu de la foule.

— C'était il y a cent ans ! »

Il lui vint une idée. « Regarde ! Aimerais-tu entrer ici et "gaspiller" un peu d'argent pour prendre un cocktail à la banane ? Comme au bon vieux temps ?

— J'aimerais bien. Je n'en ai pas eu depuis Noël. »

Elle commanda un cocktail à la banane et fut surprise d'entendre Carl demander la même chose. « Pourquoi, Carl, tu me surprends ! Je croyais que tu détestais les cocktails à la banane.

— C'est vrai.

— Alors pourquoi…

— C'est pour faire pénitence… mortifier la chair… manger du corbeau – ou tout comme.

— Rien ne t'y oblige, Carl. Décommande-le avant que le garçon le fasse préparer. »

Carl commanda un Coke à la place. Il la regarda tandis qu'elle absorbait son cocktail à la banane, avec une lenteur inhabituelle, sans faire aucun commentaire enthousiaste.

« C'est bon ? » demanda-t-il.

Elle posa sa cuillère. « Comme c'est bizarre ! Je crois que je ne l'aime plus. Est-ce que je vieillis ? Les gens âgés n'aiment pas…

— Bêtise ! Tu es tourneboulée à cause de ta petite conférence sur la compassion. » Il prit la cuillère et la lui remit dans la main.

Compassion, songea-t-elle. C'est un mot commode pour exprimer que l'on comprend l'état d'âme de quelqu'un, même si on ne l'aime pas. Est-ce possible ? Dans les livres, oui ! Peut-être. Mais dans la vie réelle ? La mère de Carl, je ne l'aime pas. Mais je connais son état d'âme. Comme moi, elle a porté un enfant. Elle a eu les mêmes rêves… Oui, pour elle, j'éprouve de la compassion. Et pour ma mère aussi. Et pour Bev Karter. Mais pour mon beau-père ? Je le connais. C'est un cochon. Voilà tout son état d'âme. Et je n'éprouve pas la moindre compassion pour un cochon. Il y a donc une lacune dans ma façon de définir la compassion.

Est-ce possible qu'avec l'âge toutes les choses que je m'imagine maintenant et que je crois si justes… toutes… toutes soient peut-être autrement ? Est-ce donc cela qu'on appelle vieillir, réaliser quel imbécile on était quand on était jeune ?

« Je ne veux pas vieillir, dit-elle à voix haute.

— Qui le veut ? fit Carl plaisamment. Et pourquoi cette idée ? »

Elle repoussa le verre de cocktail. « Carl ? fit-elle sur un ton suppliant.

— Bon ! Tu n'as pas besoin de le finir si tu n'en as pas envie. » Il regarda autour de lui et appela le serveur. « Apportez-moi l'addition », dit-il.

21

Sur la voiturette, la peinture avait séché ; mais par endroits elle n'avait pas pris, là où le métal était rouillé. En fait, seules les roues étaient en bon état ; pour le reste, la voiturette était tout juste bonne pour la ferraille. Annie l'avait présentée à Carl comme une aubaine – une aubaine pour le prix de deux dollars cinquante seulement. Maintenant, il s'étonnait qu'elle pût se tromper à ce point. Il amena la voiturette dans la cuisine.

« Je ne peux pas dire grand bien de mon travail de peinture, ni de cette voiturette d'ailleurs.

— Ça ira, dit-elle avec brusquerie.

— Chez nous, les gamins paieraient un quart de dollar pour un clou pareil.

— Nous disions un chariot.

— Va pour le chariot ! Pour un quart de dollar, à cause des roues. Et encore, pour y adapter des caisses à savon.

— J'ai dit que ça irait ! » Sa voix monta et devint stridente.

Par crainte d'une nouvelle dispute, il essaya de la calmer.

« Elle fera bien l'affaire. Certainement. J'aimerais simplement que nous ayons beaucoup d'argent pour acheter un de ces grands… tu vois, le genre de voitures que ces gens riches du quartier de Flatbush avaient ? Comment les appelle-t-on encore ? On aurait dit une gondole montée sur roues, tu vois… ?

— Qu'est-ce qu'une gondole, Carl ? »

Il se détendit et se félicita d'avoir su éviter la dispute qui menaçait.

« Eh bien, c'est une barque qu'on utilise sur les canaux, en Italie.

— Je sais. Elle est équipée d'un tendelet à franges. Et le rameur porte un chapeau de paille orné d'un ruban ; il se tient debout et rame avec un seul aviron, en chantant *O Sole Mio !*.

— C'est cela.

— Je vois de quel genre de voiture d'enfant tu parles.

— Ah bon !

— En Angleterre, on les appelle "landaus", tout court.

— Eh bien, cette vieille carriole n'est pas exactement un "landau" mais, comme tu dis, elle fera l'affaire. » Distraitement, il donna un coup de pied à l'une des roues. Il ne manquait que cela pour mettre Annie en fureur.

« Bon ! Bon ! cria-t-elle. C'est donc de la ferraille ! Je sais que c'est de la ferraille ! Alors, tais-toi !

— Écoute, Annie… écoute, chérie… » dit-il sur un ton apaisant. Il posa sa main sur la joue d'Annie, mais elle la repoussa.

« Quelquefois, je me persuade moi-même qu'une chose est magnifique, même si elle ne l'est pas, simplement parce que je veux qu'elle soit magnifique. Je sais aussi bien que toi que la voiturette est juste bonne pour la ferraille. Mais il me fallait croire qu'elle était magnifique, parce que c'était la seule voiturette que je pouvais m'offrir. Et toi, il a fallu que tu viennes gâcher tout !

— Telle n'était pas mon intention, Annie. Sincèrement.

— Je me voyais déjà, par un beau jour de printemps, promener le bébé dans la voiture en descendant la rue ; les gens qui passaient lui souriaient ; peut-être quelqu'un s'arrêtait pour dire : "Oh, quel bébé mignon !", et moi de répondre : "Tous les bébés sont mignons", simplement pour ne pas sembler orgueilleuse. Ai-je demandé la lune ? Non. Tout ce que je voulais, c'était une voiture qui roule, pour un bébé. Était-ce trop demander ? »

Elle donna à la voiturette une violente poussée qui la projeta à travers la cuisine, contre le mur, et la fit se renverser. Puis Annie s'écria : « J'ai envie de tuer le monde entier ! »

Jello, la queue entre ses pattes, rampa sous la table en geignant. Annie se tourna vers lui, au comble de la fureur.

« Et toi aussi ! Tais-toi ! Personne ne te demande rien. »

Carl redressa la voiturette et ramassa un morceau de peinture séchée qui s'était écaillée. Il tourna et retourna le morceau en l'examinant comme si la réponse à tous les problèmes se trouvait dans cet éclat de peinture.

« Ne reste pas ainsi, immobile ! hurla-t-elle. Fais quelque chose ! »

— Que veux-tu que je fasse ?

— Brûle-la ! Mets-la en miettes ! Va la jeter aux ordures !

— Maintenant tu vas te calmer, Annie, ou je vais te donner une gifle. » Il la dévisagea de haut en bas. « Oui, malgré ton état.

— Tu n'oserais pas ! » Elle était frappée de stupeur.

« Non, je ne crois pas que je le ferais. Mais l'idée seule me fait du bien.

— Amuse-toi alors ! »

Elle entra dans la chambre à coucher, claqua la porte et la verrouilla.

Carl avait envie de mettre la voiture en mille morceaux, mais il pensa qu'il serait plus sage de la rapporter au marchand et d'essayer de se faire rembourser un peu d'argent.

« Annie, dit-il devant la porte fermée, tu vas bien ? » Il attendit. Pas de réponse. Il secoua la poignée de la porte. « Réponds-moi ! insista-t-il d'une voix coupante.

— Je vais bien, répondit-elle sur un ton maussade. Tu n'as pas besoin de t'excuser !

— Tu peux y compter ! Bon Dieu ! Un homme doit faire valoir ses droits de temps en temps.

— Je sais, Carl, dit-elle. Ça va. »

Il poussa un soupir de soulagement, parce qu'elle semblait redevenue la vieille Annie. « Écoute, Annie. Je sors pour un moment.

— Où vas-tu ?

— Aucune importance. Allons ! Puis-je te laisser seule, et partir tranquille ?

— Ne t'inquiète pas. Tout ira très bien. Mais ne reste pas trop longtemps, Carl. »

Elle se mit à la fenêtre et le vit qui traversait le stade avec la voiturette. Il ne la poussait pas, comme c'est l'usage. Il la tirait derrière lui, comme un gosse fait d'un chariot. Annie eut un sourire ; elle déverrouilla la porte et entra dans la cuisine. Jello geignait toujours sous la table ; il remua timidement la queue.

« Pauvre Jello ! Tu peux sortir maintenant, Jello. Le combat est terminé. »

L'entraîneur Stevens ratissait sa pelouse, quand il aperçut Carl qui descendait la rue en tirant la voiturette disloquée. Il cessa de ratisser, appuya ses mains au manche du râteau, posa son menton sur ses mains et attendit. Lorsque Carl arriva à bonne distance, il cria :

« Par exemple ! Avez-vous perdu un pari ?

— Annie a acheté cet engin au brocanteur ; et je le lui rapporte.

— Combien lui en a-t-il demandé ?

— Deux dollars cinquante.

— Il l'a eue. Quoi, pour deux dollars cinquante, vous pouvez acheter une voiture d'enfant neuve.

— Je ne suis pas partisan des achats à crédit.

— À crédit ? Vous voulez dire à terme ?

— Chez moi, on dit "à crédit". Un dollar à l'achat et un dollar quand ils vous ont eu. Je suis contre tout achat qu'on ne peut pas payer comptant.

— Vous êtes contre ? » Stevens posa son râteau contre un arbre, avant de poursuivre : « Eh bien, moi, je suis pour. Comment croyez-vous que j'ai acheté ma voiture ? Où trouverais-je quinze cents dollars pour une voiture ? Je la paie à raison de vingt dollars par mois – après le premier versement, à l'achat, évidemment.

— Votre voiture sera vieille avant que vous ayez fini de la payer.

— Je le sais. Mais je me dis : je la loue pour vingt dollars par mois. Et j'ai l'impression d'en avoir pour mon argent.

— Je ne vois pas les choses ainsi. Ma mère achetait sans cesse à crédit. La paie de mon père était absorbée avant qu'il l'eût gagnée.

— Et qu'achetait-elle ?

— Une nouvelle cuisinière, quand la vieille était hors d'usage. Et… » Il réfléchit une seconde. « Eh bien, des affaires pour moi. Les meilleurs patins à glace, une raquette de tennis, des chaussures de course – et même un costume, des chaussures et un manteau quand je suis parti pour l'université. » Il pensa à la montre-bracelet et sourit faiblement. « Surtout des affaires pour moi, je crois.

— Que vous n'auriez pas eues si elle ne les avait pas achetées à crédit.

— Je ne suis toujours pas d'accord, Steve. Vous êtes lié par les paiements à crédit, et l'argent que vous gagnez ne vous appartient déjà plus.

— Vous, vous n'êtes pas lié, en effet ; mais aussi, vous ne possédez rien – comme une voiture d'enfant.

— Peut-être avez-vous raison, dit Carl. Mais voyez-vous, j'hésite… »

Le marchand admira la peinture. « Très bien ! déclara-t-il. Elle est comme neuve.

— Je suis heureux de vous l'entendre dire. Vous pouvez la reprendre. Vous avez eu le toupet de faire payer à ma femme deux dollars cinquante pour ce tas de ferraille. Rendez-moi mon argent, maintenant. »

Carl se préparait à une longue discussion. À sa surprise, le marchand haussa les épaules et lui donna un billet de deux dollars.

« Et les cinquante *cents* ?

— Frais de location pour deux jours.

— Ah bon ! Ça va. »

Stevens avait mis le feu au tas de feuilles mortes qu'il avait ratissées. À présent, les mains posées sur le manche du râteau, il ne quittait pas les flammes du regard. Carl le rejoignit. Les deux hommes s'absorbèrent dans une contemplation muette. Ils éprouvaient en même temps la terreur sacrée des hommes de la préhistoire et la satisfaction des êtres civilisés devant le miracle du feu.

« Il ne faut pas s'étonner que les enfants aiment jouer avec les allumettes, dit Stevens.

— En effet ! accorda Carl.

— Comment avez-vous arrangé l'affaire, Carl ?

— Il m'a remboursé deux dollars.

— Ce n'est pas mal.

— Oui, plus que je n'espérais.

— Si j'étais vous, Carl, je donnerais ces deux dollars comme premier versement sur une voiture d'enfant neuve. »

Stevens n'eut pas de mal à persuader Carl. Celui-ci pensait que, du moment qu'il était déjà en dette avec sa mère, avec l'université et avec le médecin d'Annie, il pourrait aussi bien aller jusqu'au bout.

« Comment faut-il procéder, Steve ?

— Allez au magasin de meubles de Glick. C'est dans le pâté de maisons derrière le supermarché. Dites à Glick que vous venez de la part de Steve. Il me connaît bien. Mais, pour l'amour du ciel, ne lui dites pas que vous êtes étudiant. Les étudiants sont considérés en ville comme de mauvais payeurs pour les achats à crédit. S'il désire une référence, donnez-lui mon nom. »

Carl dut se prêter aux formalités d'un achat à crédit.

« Votre nom ?

— Carl Brown.

— Un *e* à la fin ?

— Pas de *e*.

— Adresse.

— Stade de l'école supérieure de Lopin.

— Bien ! » M. Glick leva les yeux du formulaire où il notait les réponses de Carl. « Quand vous êtes entré, je vous ai pris pour l'un de ces maudits étudiants. Êtes-vous marié ?

— Que ferais-je d'une voiture d'enfant, si je ne l'étais pas ?

— Ce n'est qu'une formalité, monsieur Brown. Votre emploi ?

— J'en ai deux en ce moment : gardien du stade et veilleur de nuit à l'usine d'abat-jour Pulaski.

— Voyez-vous cela ! fit M. Glick avec admiration. Revenu ?

— Quoi ?

— Votre paie ? Votre salaire ? Autrement dit : combien gagnez-vous ?

— Monsieur Glick, je viens ici simplement pour acheter une voiture de dix dollars ; deux dollars tout de suite, un dollar par semaine. Voici les deux dollars. Si je n'étais pas sûr de pouvoir trouver chaque semaine un dollar, je ne serais pas ici.

— C'est une simple formalité... » fit encore M. Glick. À ce moment, le téléphone sonna. « Excusez-moi.

« J'écoute ! Qui ? Oh ! Comment ça va, Steve ? » Un temps. « Oui. Il est ici. » M. Glick se tourna pour dévisager Carl. « Il vient d'arriver. » Encore un temps. « N'en pensez rien. Je suis heureux de le faire. Au revoir. »

M. Glick raccrocha le récepteur, retourna au comptoir et déchira le formulaire. « Si l'entraîneur Stevens se porte garant pour vous, cela me suffira. À présent, dites-moi quelle voiture vous désirez ?

— Celle qui est là-bas, à dix dollars.

— Douze. Il y a deux dollars de frais.

— Très bien. Je la prendrai. »

M. Glick la poussa en dehors de l'alignement des autres voitures d'enfants. « Vous l'emmenez ? »

Carl n'avait nulle envie de traverser la cour de l'université en poussant la voiture vide. « Pouvez-vous la faire livrer ?

— Certainement ! Vous l'aurez à la première heure, demain matin. Et dites bien des choses à l'entraîneur Stevens de ma part.

— Je n'y manquerai pas. »

Devant la voiture neuve, Annie débordait d'enthousiasme et multipliait les termes élogieux – tels que « délicieux » et « adorable » ; des mots que précisément Carl avait en horreur. En fait, Annie était trop volubile ; elle parlait trop fort, exagérant les témoignages de son enthousiasme.

Ainsi elle la désirait vraiment, cette voiturette bonne pour la ferraille, songea-t-il. Elle voulait faire quelque chose de rien. Elle n'aime pas la voiture neuve, parce qu'elle n'a pas contribué à sa fabrication. Il avait prononcé les derniers mots à voix haute :

« C'est donc ça !

— Ça, c'est quoi ?

— Ce n'est rien, Annie.

— Pourquoi l'as-tu dit, alors ?

— Parce que j'ai pris ton habitude de parler à haute voix. »

Il n'y avait pas de doute. Annie était très difficile à vivre, et cela s'aggravait chaque jour. Rien ne semblait lui plaire. Elle se plaignait d'être enfermée à la maison, mais refusait de sortir, sauf pour aller chez l'épicier. Elle demandait à Carl de lui dire ce qu'il aimerait manger pour souper ; et quand il disait : des côtes de porc, elle faisait observer que manger trop de porc n'était pas bon pour la santé. Elle contestait chaque remarque qu'il faisait, et il devait se tenir constamment sur le qui-vive.

Annie avait critiqué la session des cours d'été ; les étudiants qui s'y inscrivaient n'avaient à ses yeux aucun mérite. Ils le faisaient seulement pour hâter la fin de leurs études, et non pour le plaisir d'étudier. Tandis qu'elle aurait bien donné la prunelle de ses yeux pour apprendre, sans s'occuper du nombre des années d'examens.

Carl se rappelait aussi l'intérêt discutable qu'elle portait au fleuriste, comme à un futur écrivain. Pourquoi cet intérêt ? Voulait-elle en faire un écrivain ? Prendre ainsi une sorte d'assurance, pour le cas où elle-même échouerait dans ses projets ?

Peut-être ! Elle semblait avoir renoncé à récrire *Guerre et Paix*. Était-ce simplement parce que lui, Carl, lui avait recommandé de ne pas exagérer ? Ou bien parce qu'il ne l'avait pas encouragée suffisamment, de sorte qu'elle le punissait ainsi ?

Carl admettait en lui-même qu'il n'était pas facile à vivre non plus. Il se faisait beaucoup de soucis, et les soucis le rendaient irritable. Et il savait qu'il ne lui manquait pas de sujets d'inquiétude. Par exemple, il avait escompté que la naissance du bébé précéderait la reprise des cours. Il aurait été ainsi disponible. Mais maintenant, le bébé naîtrait sans doute pendant qu'il serait lui-même en classe ; Annie serait toute seule à la maison, sans personne… Il tremblait rien qu'à y penser.

Et puis il se demandait s'il serait capable de s'occuper à la fois du stade, de l'usine et de la distribution des journaux, tout en accomplissant ses études, et de se montrer quand même bon mari et bon père.

Quand auraient-ils jamais l'occasion, lui et Annie, de coucher ensemble ? Le dimanche après-midi, pendant quelques minutes volées, en supposant que le bébé soit endormi ? Ou pendant dix minutes, après la ronde de onze heures, ou après celle de minuit ?

Ils n'avaient pas couché ensemble depuis deux mois maintenant, en raison de l'état d'Annie. Cela le rendait nerveux – capricieux. Peut-être la nervosité d'Annie avait-elle la même cause ? Comme lui, elle s'était habituée à une vie sexuelle régulière. À présent, ils n'étaient plus des amants, mais deux êtres qui cohabitaient et qui se portaient mutuellement sur les nerfs.

Carl fut tiré de sa longue rêverie par le manège d'Annie qui s'efforçait d'ouvrir et de fermer la capote de la voiture.

« Elle coûte douze dollars, dit-elle avec aigreur, et pourtant la capote ne peut ni s'ouvrir ni se fermer.

— Cela force un peu parce que c'est neuf. Quelques gouttes d'huile arrangeront tout. »

Il alla chercher la burette à huile dans le club, et se mit à genoux pour huiler les articulations de la voiture. Aussitôt, la capote put s'ouvrir et se fermer sans autre difficulté.

« Voilà. Fais un essai, chérie. »

Annie s'exécuta.

« Ça marche bien maintenant, n'est-ce pas ? »

— Je crois », fit-elle sur un ton maussade.

Carl était resté à genoux ; il leva les yeux vers elle et dit : « Cela te manque-t-il, chérie, de ne pas coucher avec moi ?

— Oh oui ! Carl, c'est vrai ! » Elle lissa ses cheveux d'un geste caressant. « Tu me manques terriblement…

Cette façon de dormir seule, après avoir été tellement habituée à toi !…

— Eh bien, il n'y en a plus pour longtemps. » Il entoura de ses bras les jambes d'Annie, et elle s'appuya contre lui.

« Je l'espère, Carl, mais je ne sais pas…

— Combien de temps faut-il attendre après la naissance du bébé, pour coucher ensemble de nouveau ?

— Peut-être un mois ? Six semaines ?

— En es-tu sûre ?

— Je le suppose, seulement. Je pourrais poser la question à Goldie… mais je n'aime pas… tu comprends… lui demander quand *ils* recommencent. »

Il pressa sa joue contre ses jambes et lui adressa un sourire. « Je parie qu'ils recommencent une heure après la naissance du bébé.

— Ne parle pas comme ça ! » fit-elle sèchement. Elle se libéra de l'étreinte de Carl. « Tu sais combien je déteste la grossièreté. »

L'accalmie avait pris fin. Le sourire de Carl s'effaça. Il se redressa et sortit pour remettre la burette à huile sur l'étagère dans le club.

Le lendemain était un vendredi. C'était le dernier jour pour l'inscription de Carl. Les cours recommençaient le lundi. C'était aussi le jour de la dernière visite d'Annie chez le médecin. Ils partirent assez tôt, parce que Annie voulait s'arrêter chez Henry l'épicier et chez leur ancienne propriétaire, pour leur dire bonjour.

« Comment allez-vous, Annie ? »

La voix de Henry tremblait un peu.

« Je vous le dirai demain », fit-elle, les larmes aux yeux.

La visite larmoyante prit fin sur un départ larmoyant.

« Viendrez-vous me voir, quand je serai à l'hôpital ?

— Même si je dois fermer la boutique. » Il se moucha bruyamment. « Et vous, viendrez-vous voir mes écureuils voler des noix ? »

Annie étouffa ses sanglots et essaya de répondre ; mais Carl répondit à sa place. « Elle viendra, Henry. Je garderai le bébé – même si je dois manquer deux cours. »

Henry les remercia tous deux et ils partirent. Annie emprunta le mouchoir de Carl (il semblait qu'elle n'en eût jamais elle-même) pour sécher ses larmes.

« Quoi, Annie ! Je croyais que toi et Henry vous jouiez à un petit jeu. Je ne pensais pas que vous le preniez au sérieux.

— Je suppose que tu me prends pour une fille sentimentale ; et tu n'aimes pas ça. Tu dis toujours qu'il n'y a pas de logique dans la sentimentalité.

— Mais ai-je jamais dit que c'était un crime ?

— Le regard de Henry, sa voix tremblante… voilà ce qui me faisait pleurer. J'ai eu le pressentiment que nous ne nous reverrions plus jamais. Voilà pourquoi j'ai pleuré quand il m'a demandé de venir voir les écureuils. Il m'a semblé qu'il savait que ce ne serait plus jamais possible. C'est pourquoi je ne pouvais pas dire que je viendrais.

— Tu peux être aussi sentimentale que tu voudras, chérie ; mais il ne faut pas te faire des idées noires. Il ne t'arrivera rien de fâcheux. Le doyen m'a affirmé que ton médecin est le meilleur de tout l'État.

— Ce n'est pas de moi que je parlais. Je pensais à Henry. Il n'a pas bonne mine.

— Il vieillit. C'est tout. »

La propriétaire fut enchantée de recevoir leur visite ; elle insista pour leur faire accepter de prendre une tasse de thé avec elle.

« Comment appellerez-vous le bébé ?

— Rose-Marie, dit Annie.

— Rose-Marie ?

— Oui. Je trouve que cela évoque un collier de jolies perles ; et puis le monogramme de Rose-Marie Brown fera très bien sur ses mouchoirs. R.M.B. On dirait les initiales d'une princesse.

— Vous êtes une drôle de fille, Annie. Comment l'appellerez-vous si c'est un garçon ?

— Ce ne sera pas un garçon. Seules les grosses femmes robustes ont des garçons. Les femmes petites ont des filles.

— Inutile de discuter avec elle, madame Hansmon, dit Carl. Si Annie veut une fille, elle s'arrangera pour avoir une fille. » Il jeta un regard sur son poignet, bien qu'il n'eût pas de montre. « Il est préférable que nous partions. Nous ne voulons pas être en retard pour la dernière visite chez le médecin d'Annie.

— Henry me disait qu'il viendrait me voir à l'hôpital. Viendrez-vous aussi, madame Hansmon ?

— Évidemment, Annie. »

Carl alla se faire inscrire ; Annie l'attendit, assise sur un banc du parc. Comme un an plus tôt, elle constata avec une nuance d'envie l'air désinvolte avec lequel les étudiants, anciens et nouveaux, semblaient se considérer comme « chez eux », à l'université. Comme elle aurait voulu partager ce sentiment !

Mais c'est bien fini, maintenant, songea-t-elle. De toute manière, j'aurai quelque chose que ces étudiants n'ont pas. Un bébé. Seulement ils pourront avoir des bébés, eux aussi, après leurs études. Ils auront eu les deux choses : des années merveilleuses à l'université et, en plus, un bébé. Moi je ne peux en avoir qu'une seule.

Bien sûr, Carl lui avait dit qu'après avoir obtenu ses diplômes il exercerait à Herdstone, et qu'ils pourraient engager quelqu'un pour garder le bébé : ainsi Annie pourrait-elle suivre des cours à l'université, comme étudiante libre. Mais même si cela se réalisait – ce dont elle doutait –, ce ne serait pas la même chose.

Dans quelques années, avec le bébé et tout le reste, je n'aurai peut-être plus envie de revenir ici. J'y attacherai moins d'importance. C'est maintenant. Maintenant ! Je n'éprouverai plus jamais les mêmes sentiments que cette année, cette avide curiosité pour les études, cette passion d'écrire, au gré de l'inspiration. Non, ce ne sera plus jamais la même chose.

Elle aperçut une étudiante qui venait dans sa direction, et dont l'allure lui semblait familière. Sylvia ! Elle était donc revenue ! Et elle avait révisé sa pièce ; et maintenant le livre pouvait être publié ! Annie aurait ainsi son bébé, et verrait en même temps sa pièce publiée. Elle éprouva soudain un grand bonheur. Elle se leva pour saluer la jeune fille…

Mais ce n'était pas Sylvia, seulement quelqu'un qui lui ressemblait, de loin.

Carl rencontra une camarade de classe, un étudiant du Sud, nommé Culpepper. Quelquefois Jello l'avait accompagné en classe.

« Tu as beaucoup d'heures de cours, cette année ? demanda-t-il à Carl.

— J'ai un travail allégé. J'en ai terminé avec deux matières aux cours d'été.

— Eh bien, moi, j'ai échoué dans deux matières, l'année dernière. Je n'y arriverai jamais, et je m'en fiche. Qui veut être homme de loi ? Pas moi.

— Comment se fait-il que tu sois inscrit au cours de droit, alors ?

— Mon paternel veut que je devienne homme de loi. C'est ce qu'il voulait être, lui. Mais moi, je veux devenir ce qu'il est – éleveur de chevaux de course. Il élève les meilleurs chevaux du Kentucky.

— Évidemment, ce n'est pas drôle pour toi », dit Carl.

Culpepper haussa les épaules et changea de sujet. « Comment va le chien ?

— Quel chien ? »

Carl fit semblant de ne pas comprendre.

« *Notre* chien, Jello.

— Oh, il est quelque part par là.

— C'est gentil de votre part de vous en être occupés pendant l'été. Nous passerons bientôt pour vous en débarrasser.

— Ma femme l'a pris en affection.

— Elle pourra le reprendre pendant les vacances de Noël. À un de ces jours ! »

Et voilà que Carl avait un nouveau sujet de préoccupation. D'ici là, pensa-t-il, Annie aura son bébé, et alors elle éprouvera moins de peine à perdre le chien.

Carl se présenta à miss Kingsten, la secrétaire du doyen, une vieille fille entre deux âges, petite, méticuleuse, efficace. Carl remplit le formulaire qu'elle lui remit.

« Comment va le bébé, monsieur Brown ?

— Il n'est pas encore arrivé.

— Non ? Cela compliquera les choses, je crois ! Nous en avons discuté, M. le doyen et moi. Il espérait que le bébé arriverait avant la reprise des cours. Il sera peut-être difficile de vous joindre, si l'événement a lieu pendant un cours.

— Aucune difficulté. Le bébé viendra la nuit, quand je serai à portée de main.

— Mais supposons qu'il naisse le jour ?

— Tous les bébés viennent au monde la nuit, n'est-ce pas vrai, miss Kingsten ?

— Je ne saurais le dire », fit-elle. Son visage rosit.

Eh bien, songea Carl, surpris, elle devait être bien jolie, quand elle était plus jeune.

Il lui adressa un sourire comme il aurait fait à n'importe quelle jolie fille. Les joues roses s'empourprèrent. Miss Kingsten manipula quelques documents sur son bureau.

« Je pense que si vous donniez à Mme Brown le numéro de téléphone d'ici… » Elle s'arrêta pour l'écrire sur une carte. « … il lui suffirait de m'appeler. J'ai votre horaire et je viendrais moi-même vous prévenir en classe. Cela dans le cas où le bébé naîtrait dans la journée. »

Carl prit la carte et adressa un nouveau sourire à miss Kingsten, comme si elle était une très jeune et jolie fille. « Vous êtes très aimable, dit-il. Je ne sais comment vous remercier. »

Miss Kingsten se dirigea vers le classeur. Carl comprit que l'entrevue était terminée.

« Tout est réglé, chérie. Me voici devenu un senior. » Il l'aida à se mettre debout. « Es-tu prête à supporter ton épreuve ?

— Quelle épreuve ?

— Tu sais bien. Le médecin ?
— Eh bien, pourquoi ne disais-tu pas *médecin* alors ?
— Allons, Annie, sois bonne joueuse. Je t'en prie ! »

Le Dr Marson l'examina et trouva que le fœtus était descendu considérablement.

« Vous pouvez partir, Annie, et préparer votre valise. Le bébé peut arriver d'un jour à l'autre – en fait, à tout moment. »

Bientôt tout serait terminé. Elle se mit à trembler.

« Avez-vous froid ?

— Je n'ai pas froid. J'ai peur.

— Voyons, Annie. Je sais que vous êtes une fille courageuse.

— Je suis seulement courageuse en intention. Pas en fait.

— Maintenant, il faut vous décider à l'être aussi en fait.

— Pour quelqu'un comme moi, il est plus facile d'avoir peur que de lutter contre la peur.

— Vous serez parfaite. Je vous donne ma promesse que vous n'aurez aucune raison d'avoir peur.

— Je veux bien le croire », fit-elle sans conviction.

Dès leur retour à la maison, Annie prépara la petite valise rouge. Elle y enferma une couverture de bébé, une douzaine de couches et deux brassières ; elle ajouta sa chemise de nuit nuptiale et sa robe. Par-dessus, elle posa son peigne, sa brosse, sa poudre à dents, sa brosse à dents, du talc, du cosmétique et son bâton de rouge.

« Je ne peux pas faire entrer ma jupe ni mon chandail de laine. Voudras-tu me les apporter à l'hôpital, Carl ? J'aurai de quoi m'habiller pour revenir à la maison.

— Bien sûr. Mais pourquoi faire la valise tout de suite ?

— Chaque jour, chaque heure, a dit le médecin.
— Il n'a pas dit chaque minute ? »

Elle prépara un excellent souper pour Carl, mais ne voulut rien manger, sous prétexte que cela pourrait influencer la délivrance du bébé. Quand ce fut l'heure, pour Carl, d'aller travailler, elle insista pour l'accompagner. Elle voulut aussi prendre sa valise, de façon à pouvoir se rendre directement à l'hôpital, depuis l'usine ; il fallut enfin emmener Jello à l'usine. « C'est à cause des rats, expliqua-t-elle. Si jamais j'apercevais un rat, cela pourrait avoir des conséquences pour le bébé.

— Pour l'amour du ciel, Annie ! explosa-t-il. Tu ne crois pas à ces sornettes, j'espère ?

— Mais si, j'y crois ! Je suis un être civilisé. Mais cela ne coûte rien de prendre des précautions. »

Après la ronde de onze heures, ils retournèrent à la maison pour prendre du café et un sandwich. Ils ramenèrent la valise. Peu avant minuit ils retournèrent à l'usine, avec la valise. Au petit matin, tous deux étaient à bout de nerfs. Carl n'osait pas dire : « Ce sera une belle journée pour le premier match de football de l'école supérieure. » Il craignait de déclencher une dispute.

Au moment du petit déjeuner, Annie décréta qu'elle se contenterait d'une tasse de thé léger. Carl la persuada de prendre une tranche de toast en disant que le bébé avait besoin de nourriture.

Quand ce fut terminé, Carl se coucha. Il devait se lever à midi, à cause du match de football. Annie se mit au lit, elle aussi ; elle était à bout de forces, après avoir vainement attendu toute une nuit la venue du bébé.

Lorsque Carl se réveilla, peu avant midi, Annie était toujours endormie.

Il réchauffa ce qui restait du ragoût d'agneau de la veille et le fit brûler un peu. Il apporta une assiette dans la chambre à coucher, pour Annie. Elle se redressa dans le lit et mangea ; elle déclara qu'elle avait l'impression d'être riche parce que le ragoût lui était servi au lit.

« Je crois que je l'ai fait un peu brûler, dit-il avec appréhension.

— Personne ne s'en apercevrait. Et puis, le ragoût est toujours meilleur réchauffé. »

En moins de cinq minutes, Annie eut mangé sa portion de ragoût. Carl était ravi. Il était aussi heureux de constater qu'elle était redevenue la vieille Annie qu'il connaissait.

« Je suis vraiment content que tu aies tout mangé.

— J'avais faim. »

Il la débarrassa de l'assiette et de la fourchette, puis s'assit sur le bord du lit et lui prit la main. « Comment te sens-tu, chérie ?

— C'est une sensation bizarre. Sais-tu que le bébé n'a pas bougé en moi depuis des heures ? »

Carl se sentit brusquement couvert de sueur. Le bébé est mort, pensa-t-il. Mort dans son sein ! Mon Dieu !

Il se précipita vers le téléphone, saisit l'appareil et le remit en place. Il ne pouvait pas appeler le médecin depuis la maison. Annie comprendrait que le bébé était mort, elle en aurait une crise d'hystérie. Il téléphonerait depuis chez l'épicier.

« Vois-tu un inconvénient à ce que je coure jusqu'à l'épicerie pour acheter un paquet de cigarettes ?

— Vas-y. » Elle constata que les mains de Carl tremblaient. « Tu as besoin de fumer. Mais ne reste pas trop longtemps. S'ils ont des oranges, prends-en deux. »

Le médecin n'était ni chez lui, ni à son cabinet. Sa femme ne savait pas où il se trouvait, mais elle l'attendait dans une heure. Si Carl voulait laisser son numéro de téléphone… Carl dit qu'il rappellerait dans une heure.

Goldie se rendit compte qu'il avait des difficultés pour raccrocher le récepteur. « Alors, fit-elle, il s'agit d'Annie ?

— Le bébé ne remue plus ! J'ai peur…

— Ne vous mettez pas dans cet état.

— Mais il doit être mort !

— Mort ? Allons donc ! Il est prêt à sortir, voilà tout.

— Sincèrement, Goldie ? Sincèrement ?

— C'est pas vrai, Lopin ? » Son homme confirma sa déclaration par un grognement inintelligible. « Vous voyez ? Il n'y a pas de quoi s'inquiéter. »

Avec la manche de son veston, Carl essuya la sueur qui perlait sur son visage. « Alors, donnez-moi un paquet d'Avalon et deux oranges. »

Goldie dut lui ouvrir le paquet et alluma sa cigarette – si grande était sa nervosité. Il aspira une profonde bouffée, puis, jetant soudain la cigarette, il s'élança vers la porte.

« Eh ! Vous oubliez vos oranges !

— Peu importe ! Il faut que je rentre. Annie pourrait avoir le bébé en ce moment même.

— Il y en a au moins pour plusieurs heures encore. Il faut d'abord que la poche d'eau se vide.

— La poche de quoi ?

— Vous comprendrez !

— Que dois-je faire ?

— Rien d'autre qu'attendre et lui occuper l'esprit en parlant d'autre chose que du bébé.

— Comment faire ?… Que lui dire ? » À ce moment même, Less fit son apparition. Si quelque chose ou quelqu'un pouvait la distraire, c'était bien Less.

« Pourrais-je prendre Less avec moi ?

— À condition que vous me promettiez de ne pas le ramener. » Peut-être l'enfant avait-il compris ce que Goldie venait de dire : en tout cas il lui marcha lourdement sur le pied.

« Aïe ! petit bâtard ! » Mais elle le souleva prestement et lui donna un baiser retentissant avant de le passer à Carl.

« Dites à Annie qu'il est propre maintenant. »

Annie fut contente de revoir Less. Jello paraissait moins enchanté. Il rampa sous le lit. Il n'était apparemment pas d'humeur à faire le cheval, ce jour-là.

« Il est propre, dit Carl.

— Vraiment ? Enfin ? »

Pour le confirmer, Less dit : « Pi-pi. »

Annie l'emmena aux cabinets. Au retour elle dit : « C'est vrai. Il est devenu propre !

— Pop… balbutia Less.

— Que dit-il ? demanda Carl.

— Il dit qu'il est propre, et moi je dis qu'il était grand temps. Il a presque deux ans.

— Dé… » fit Less, tout fier.

Annie eut un sourire. « Je dois me rendre sur le stade pour prendre les tickets, dit Carl.

— Tu feras bien de te presser. Ils commencent à arriver.

— C'est le premier match de la saison, tu sais. Il y aura foule.

— J'espère que nous gagnerons. À cause de Stevens, dit-elle.

— Oui. Eh bien, si tu as besoin de moi, appelle par la fenêtre de derrière. Je t'entendrai. » Jello sortit d'en dessous du lit, bondit vers la porte et aboya joyeusement. « Non, Jello, tu ne peux pas venir avec moi, cette fois-ci. » Se tournant vers Annie, il ajouta : « Garde-le dans la maison. Les étudiants pourraient venir le prendre.

— Qu'ils essaient seulement ! dit-elle d'un air lugubre. Qu'ils essaient ! »

Ce fut un long après-midi. Annie observa le match pendant un moment, mais perdit bientôt tout intérêt pour le jeu. Elle n'avait jamais encore assisté à une rencontre de football ; elle n'en connaissait pas les règles et ne pouvait pas dire qui gagnait. Less joua « à cheval » avec le chien. Seulement c'était Less le cheval. Il se mettait à quatre pattes sous le ventre de Jello et voulait que le chien montât sur lui.

Moins d'une heure après le départ de Carl, on frappa à la porte. Annie poussa Less dans la chambre à coucher, où elle l'enferma en compagnie d'un Jello rebelle et qu'elle s'efforçait de faire taire.

« Écoute, Less : tu restes ici avec Jello. Et surtout n'ouvre pas la porte ! Sous aucun prétexte ! Compris ?

— Pi-pi, fit Less.

— Ce n'est pas le moment ! » Elle ferma la porte de la chambre à coucher et se dirigea vers l'entrée.

Sur le pas de la porte, elle trouva deux étudiants désinvoltes, bien habillés. « Je suis Stacy Culpepper », dit le plus dégourdi des deux.

Annie goûta le nom. Il doit être authentique, songea-t-elle. Un nom pareil, ça ne s'invente pas.

« J'ai suivi quelques cours avec votre mari… » Il jeta un regard vers l'autre garçon, en quête d'approbation.

« C'est bien ça, dit l'autre.

— Nous sommes venus, reprit Stacy, pour reprendre notre chien, s'il vous plaît, m'dame.

— C'est bien ça », confirma l'autre.

Annie n'eut pas l'occasion de faire allusion à la Société protectrice des animaux : la porte de la chambre à coucher s'ouvrit et Less en sortit en trottinant. Jello bondit comme un boulet de canon, dépassa Annie qu'il renversa presque et se mit à aboyer, à tournoyer, à se rouler sur le dos, si grande était sa joie de revoir ses vieux amis.

« Comment ça va, mon vieux ? fit Stacy en caressant la tête de Jello.

— Ouais, fit l'autre garçon.

— Merci, m'dame, de l'avoir recueilli », dit Stacy.

Les deux étudiants partirent, emmenant Jello qui leur faisait fête.

« Reviens, Jello ! Reviens ! » cria-t-elle.

Le chien s'arrêta un instant, jeta un regard en arrière vers Annie, avant de disparaître, à l'angle de la maison, avec ses deux amis.

« Sale hypocrite ! » hurla-t-elle en claquant la porte. Puis elle se tourna vers Less. « Et toi ! Toi ! C'est ta faute. Ne t'avais-je pas dit de rester là-dedans ? Pourquoi avais-tu besoin de sortir et de faire sortir le chien, en plus ?

— Pi-pi, dit Less.

— C'est un prétexte, et tu le sais.

— Pop… dit-il fièrement.

— Bon ! alors, viens ! » Elle l'emmena aux cabinets. Il en avait vraiment envie. « Oh toi ! dit-elle. Tu ne pouvais pas être “Pop” la semaine dernière ou la semaine prochaine. Non ! Il fallait que ce fût juste aujourd'hui ! »

Carl s'était attendu à la voir pleurer toutes les larmes de son corps, pour avoir perdu Jello. Mais Annie était simplement d'une humeur noire. Elle posa les assiettes brutalement sur la table en dressant le couvert et bouscula les casseroles sur le fourneau.

« Voyons, Annie ! Après tout, Jello ne t'appartient pas.

— J'avais des droits de squatteur sur lui, comme précise la loi sur les successions.

— Écoute, chérie : les étudiants avaient recueilli Jello. Après tout, c'était un chien perdu ; personne ne s'était occupé de lui jusqu'à son apparition dans la cour de l'université. Tu ne voudrais tout de même pas qu'il soit déloyal, n'est-ce pas ?

— Si, je le voudrais ! Déloyal envers n'importe qui au monde, mais loyal envers moi ! » Elle versa du café dans les deux tasses, sur la table, et reposa brutalement la casserole sur le fourneau. « Mange ! » dit-elle.

Carl essaya de la distraire. « Eh bien, nous avons gagné le match aujourd'hui.

— Qui cela peut-il intéresser ?

— Stevens. Son emploi en dépend.

— Bon ! Je suis contente, alors. » Le ton était rogue.

Carl passa sa main par-dessus la table pour la poser sur la sienne. « Laisse-moi manger ! s'écria-t-elle.

— Écoute, Annie. Jello avait simplement envie de passer une soirée avec ses amis, en souvenir du bon vieux temps. Il reviendra. Tu verras.

— Qu'il essaie seulement ! Qu'il essaie ! Je le chasserai à coups de pied, si vite… »

À ce moment même, il y eut un grattement contre la porte, accompagné d'un aboiement timide. Carl et Annie se dévisagèrent. « Tu vois ? » dit-il. Il se leva et ouvrit la porte. Jello agitait si fort la queue qu'il en perdait presque l'équilibre. Il fit irruption dans la chambre, se laissa tomber aux pieds d'Annie dont il lécha les chaussures.

« Mon Jello ! » Elle se mit à pleurer. « Il m'est revenu ! Oh, mon beau chien ! Voici pour toi ! » Elle posa son assiette sur le plancher devant lui.

« Ne le laisse pas manger dans notre vaisselle, Annie.

— Seulement cette fois, Carl. Pour fêter son retour. Je laverai bien l'assiette. » Tout en observant le chien qui engloutissait la pitance, elle tamponnait ses yeux avec sa serviette en papier. Elle eut un sourire pour Carl. « Je suis rudement contente que nous ayons gagné aujourd'hui, chéri. Sincèrement ! »

Jello finit son repas, rampa sous la table et s'apprêta à dormir, la tête sur les chaussures d'Annie. Annie termina son dessert. C'était tout ce qu'elle avait pris pour dîner. Carl insista pour qu'elle mangeât son dessert à lui, en prétextant qu'il n'en avait pas envie.

« Tu es sûr, Carl ? »

Il jura qu'il n'en voulait pas et lui passa l'assiette. « Je suis si contente que tu aies trouvé des oranges fraîches, chez Goldie. » Elle porta une cuillère pleine de jus jusqu'à sa bouche, mais soudain sa main se mit à trembler si fort qu'elle dut laisser tomber la cuillère.

« Carl ! fit-elle d'une voix éteinte.

— As-tu avalé de travers ?

— Carl ! »

Le timbre se fit plus aigu.

« Qu'y a-t-il, chérie ?

— Je suis toute mouillée, et ça continue à couler. »

Il se leva brusquement, renversant sa tasse de café, et se précipita vers le téléphone. Il forma le numéro et attendit une éternité lui sembla-t-il, avant d'entendre la voix de Stevens. « Allô ?

— Steve ? » Avant qu'il pût ajouter quoi que ce fût, l'entraîneur avait répondu : « J'arrive tout de suite !

— Steve arrive tout de suite avec la voiture.

— Qu'est-ce que je vais mettre ? Je suis toute trempée, et je n'ai pas d'autre robe.

— Mets simplement ton manteau par-dessus. Personne ne verra rien dans l'auto. »

Il attrapa son manteau d'hiver dans le placard et l'aida à s'en revêtir.

« As-tu mal, chérie ? » Elle secoua la tête. Il essaya encore de boutonner le manteau sur le ventre d'Annie quand Steve arriva. Les deux hommes la prirent chacun par un bras et la conduisirent vers la porte.

« Je peux marcher toute seule, fit-elle sur un ton impatient.

— Ne me disputez pas le privilège de tenir votre bras, Annie », dit Steve galamment.

Elle leva vers lui un visage souriant et dit : « Serrez-moi fort alors.

— Quelle honte, Annie, plaisanta Carl. Flirter avec un étranger, sur le chemin de l'hôpital ! »

Sur le seuil de la porte, Annie s'arrêta pour dire : « Que faire de Jello ?

— Au diable Jello ! fit Carl. Non, je veux dire, ne t'inquiète pas pour lui. Il ne s'en ira plus. » (Le chien dormait toujours sous la table.)

Au moment de monter dans la voiture, elle s'arrêta encore : « Ma valise ! Nous l'avons oubliée ! »

Carl courut la chercher dans la maison. Elle semblait anormalement lourde. Il l'ouvrit et constata que *Guerre et Paix*, un gros bloc de papier et deux crayons étaient rangés au-dessus des affaires de toilette. Il grimaça un sourire de soulagement. Elle a bon espoir de subir l'épreuve avec succès, pensa-t-il.

Ils étaient assis sur la banquette arrière. Il l'avait entourée de son bras et elle s'appuyait contre lui. De temps en temps, elle était parcourue de frissons.

« Tu n'as pas peur, Annie, j'espère ?

— Un peu. Je ne suis jamais encore allée à l'hôpital.

— Ce sera terminé avant que tu t'en rendes compte, et demain tu te réveilleras avec une belle petite fille.

— Tu ne vois pas d'inconvénient à ce que ce soit une fille ?

— Pas le moindre inconvénient ! Surtout si c'est une fille aussi épatante que mon Annie. On n'en aura jamais assez de cette espèce, dans la maison. »

Elle prit sa main et la posa contre sa joue. « Carl, tu es si merveilleux ; tu me laisses toujours avoir ce que je désire. Le bébé suivant sera un garçon, pour toi. C'est promis. »

22

Elle était grosse, bruyante et remuante et avait ce qu'on appelait à l'époque victorienne des joues roses. Son nom était Christina Oison ; mais elle était affectueusement connue comme sœur Treener. Elle aida Annie à enlever ses vêtements trempés, l'épongea et la sécha. Elle tint à bout de bras un vêtement propre, blanc, non repassé, qui ressemblait à un tablier qu'on fermait dans le dos.

« J'ai apporté ma propre chemise, dit Annie.

— Gardez-la pour aller en société, fit sœur Treener. Pour le moment, revêtez celle-ci. »

Annie passa les bras à travers les ouvertures prévues dans le vêtement et la sœur noua le ruban. « Mais mon dos est tout nu, protesta Annie.

— Ce n'est que mieux pour vous donner la fessée, ma chère.

— Cela me donne des complexes. Cela me rappelle quelque chose… » Annie s'arrêta, prise d'un frisson. « … que je n'aime pas évoquer.

— Cela rend les choses plus faciles pour le docteur. » La sœur mit Annie au lit et la recouvrit d'un drap. « Maintenant je vous laisse.

— Oh non ! »

De prime abord Annie s'était prise d'affection pour l'infirmière.

« Je quitte mon travail à six heures, normalement. Mais le Dr Marson m'a demandé de rester pour vous installer. Il croit que vous êtes un cas spécial.

— Il est si gentil.

— C'est vrai. Eh bien, la prochaine fois que vous me verrez, j'entrerai par cette porte avec votre bébé.

— Vraiment ?

— Si vous m'aidez ! »

Carl entra, et Annie lui présenta la sœur. « Mon mari, sœur Treener.

— C'est donc lui le méchant, le coupable. » L'infirmière sourit à Carl. « Pas plus de dix minutes, monsieur Brown. » À Annie elle dit : « Je vous envoie l'infirmière de nuit ; votre médecin est en route pour venir ici. Bonne chance ! » Elle partit.

Carl ne profita pas beaucoup de sa visite. Il partit à l'arrivée de la nouvelle infirmière – une minuscule personne. « Mon nom est Tilly Shawn. » Elle effleura du doigt la petite carte sur laquelle était écrit son nom, et qu'elle portait épinglée sur la poitrine. « Je suis votre infirmière de nuit. Si vous avez besoin de moi, pressez sur le bouton : je serai ici en une seconde. Maintenant, je prends votre température. »

Elle introduisit le thermomètre et appuya deux doigts sur le poignet d'Annie. Ses lèvres remuaient au rythme du pouls, et les lèvres d'Annie remuaient au rythme de celles de l'infirmière. Elle rentra la main d'Annie sous le drap, ôta le thermomètre, plissa son front en le vérifiant, le secoua et le plaça dans un petit verre sur la table.

« Tout va bien ! dit-elle gaiement, et elle nota la température sur le graphique. Rappelez-vous bien. Appuyez sur le bouton, si vous avez besoin de moi.

— Je n'y manquerai pas », fit Annie avec reconnaissance.

Une autre infirmière entra, portant un bock muni d'un long tuyau en caoutchouc. Derrière elle, une deuxième infirmière portait une cuvette recouverte d'une serviette de toilette propre.

« C'est l'heure de notre lavement, dit la première infirmière, avec un sourire rayonnant.

— Je n'en ai pas besoin, protesta Annie. Je n'ai rien mangé pour dîner, à cause de Jello qui était revenu. » Elle vit les infirmières échanger des regards et se crut obligée de fournir une explication. « Jello est mon chien, vous savez.

— Oui, ma chère, dit la première infirmière. Et maintenant, tournez-vous sur le côté.

— Je ne veux pas ! » Le ton d'Annie était catégorique.

L'autre infirmière posa la cuvette, tourna Annie sur le côté et la maintint en place pendant que sa collègue opérait.

« C'est… c'est… » Même dans son humiliation, Annie cherchait le mot convenable. « … indigne ! Absolument indigne !

— C'est exact, dit l'une des infirmières d'un ton apaisant.

— Ordre du docteur », dit l'autre.

Carl revint à sept heures trente et annonça qu'il resterait jusqu'à l'arrivée du bébé.

« Et l'usine ?

— Au diable l'usine !

— Rentre, Carl. Il est inutile que nous traversions cette épreuve tous les deux. Moi seule, cela suffit.

— Je veux être avec toi, chérie.

— Je préférerais être seule. Si je te laisse assister à cette épreuve, ce serait une sorte de punition pour toi. Je ne voudrais pas que tu voies… Peut-être n'aurais-tu plus jamais envie de coucher avec moi.

— Sottise !

— Laisse-moi en décider. Je t'en prie. Je t'aime, Carl, mais je ne veux pas que tu me voies au moment de la délivrance. Alors, je t'en prie. »

Il partit.

L'infirmière entra précipitamment, retapa l'oreiller, tira le drap et dit : « Votre docteur est là. » Elle s'appelait miss Spirus, et elle devait assister à l'accouchement.

Le Dr Marson arriva, accompagné de deux jeunes gens en blouse blanche ; chacun était muni d'un stéthoscope. L'un d'eux était grand et beau ; il portait un nom simple : Robert Moore, qui lui allait bien. L'autre interne, petit, mince, avait un visage hâve qui exprimait l'impatience soucieuse ; il portait le nom magnifique de Lazarus Levine.

Au moment des présentations, Annie inclina la tête à l'intention de l'interne, Moore, et adressa un sourire à Lazarus Levine, parce qu'elle aimait son nom.

Le Dr Marson lui souleva les paupières, lui projeta un rayon lumineux dans les yeux, lui ausculta le cœur à l'aide du stéthoscope, lui prit le pouls et la tension. Puis il adapta une gaine en caoutchouc à son index droit et fit un signe à l'infirmière. Celle-ci aida Annie à se tourner sur le côté.

« Cela est plus indigne que tout le reste », soufflat-elle, quelques secondes plus tard.

Le docteur rit, posa sa grande main sur la petite main d'Annie et dit : « Tout est parfait, Annie. Le bébé est dans la position correcte… l'accouchement devrait se dérouler normalement.

— Je suis si heureuse, docteur Marson.
— L'infirmière Spirus prendra bien soin de vous. »

Annie éprouva soudain une douleur fulgurante, comme un avertissement. Elle serra les dents et attendit. La douleur disparut aussi brusquement qu'elle était venue.

Elle en resta curieusement engourdie. Elle commençait à la fois à rêver et à s'endormir. Elle marchait dans un parc… (Ou était-ce la cour de l'université ?) Carl était avec elle. Il y eut un souffle de vent… Annie frissonna et ouvrit les yeux. Son drap était rabattu, et ses jambes nues étaient glacées.

Brusquement, elle eut besoin de la présence de son mari. Elle voulait lui dire qu'elle l'avait renvoyé parce qu'elle l'aimait tant, et que sa douleur à lui doublerait sa propre douleur. Elle voulait lui dire combien elle avait peur – qu'elle était la plus grande poltronne…

Eh bien, pensa-t-elle, un jour, j'écrirai tout ceci, et je le lui ferai lire. Alors il comprendra.

Elle entendit une voix d'homme, devant la porte… « … Voir ma femme. » Une autre voix, celle d'une infirmière répondit : « Pas maintenant. Elle se repose. »

Annie crut reconnaître la voix de Carl. Elle appela son nom et attendit. Mais elle perçut seulement un bruit de pas qui s'éloignaient dans le couloir.

L'interne Levine entra, suivi par miss Spirus. « Comment vous sentez-vous, madame Brown ?

— Je me sens bien, docteur Levine. »

Il alla au pied du lit pour vérifier la courbe. L'infirmière retira le drap et dit à Annie de se tourner sur le côté. Annie dit : « Ah non ! Encore !

— Ce ne sera pas nécessaire, ma sœur, dit l'interne.

— Alors pourquoi êtes-vous ici ? fit-elle avec rudesse.

— J'aimerais avoir un entretien avec la patiente.

— Eh bien, soit. » L'infirmière se dirigea vers la fenêtre, s'appuya au rebord et croisa les bras.

« Je vous ferai savoir quand j'aurai terminé », dit-il. Il ajouta : « Merci. »

L'infirmière quitta la chambre.

L'interne attira une chaise plus près du lit, prit place et se mit à bavarder avec Annie comme s'ils se rencontraient pour la première fois à un cocktail.

« J'ai appris que vous êtes de Brooklyn, madame Brown. Je n'y suis jamais allé.

— Beaucoup de gens n'y sont jamais allés. Mais beaucoup y vivent.

— On dit que c'est un coin intéressant.

— C'est bien vrai. C'est là que se trouve Ebbets Field, vous savez.

— J'en ai entendu parler. »

Après un échange de questions et de réponses pour faire connaissance, l'interne demanda : « Puis-je vous apporter quelque chose, madame Brown ?

— Quoi, par exemple ?

— Un verre d'eau froide ?

— Pourquoi pas un sandwich ? J'ai terriblement faim.

— Non, voyez-vous, il est préférable d'aller à la salle de délivrance avec l'estomac vide.

— Mieux vaut y aller avec une civière. »

La réflexion était destinée à le mettre à l'épreuve. S'il riait, ou même souriait, Annie saurait qu'ils seraient amis.

L'interne sourit. « Je suis d'accord avec vous, madame Brown. Rien de tel qu'une civière.

— Appelez-moi Annie.

— À condition que vous m'appeliez Lazarus.

— Je le ferai. Mais seulement quand nous serons entre nous, pas en présence de l'infirmière.

— Marché conclu.

— Je crois que je vous empêche de dîner, dit-elle.

— Non, j'ai déjà mangé.

— Mais pas moi.

— Et vous avez faim. Eh bien, peut-être ceci vous fera-t-il patienter. » Il retira une tablette de chewing-gum de sa poche et ôta l'enveloppe.

« Oh, merci ! » Elle s'arrêta et ajouta, un peu confuse : « Lazarus. » Elle prit une tablette de gomme. « Hmm ! À la menthe ! Mon parfum préféré. » En mâchant avec contentement, elle dit : « Saviez-vous qu'il existe à Chicago un grand immeuble qui porte le nom de ce chewing-gum ?

— Je sais. Je viens de là-bas. Et je vais y retourner pour y exercer mon métier – après mon stage d'interne – dans le quartier ouvrier où j'ai grandi.

— Vous ne gagnerez pas beaucoup d'argent.

— Non. Mais j'aurai une clientèle nombreuse. Les gens pauvres ont des tas d'enfants, vous savez.

— Et comment ! Si je le sais ! Dans mon voisinage… »

La sueur inonda son front. Lazarus aperçut ses dents serrées et l'entendit pousser un cri d'animal. Il prit sa main et la tint fermement.

« Ne luttez pas, Annie. Criez si vous en avez envie. »

En quelques secondes ce fut fini. L'interne marqua l'heure sur la courbe, puis revint vers Annie, dont il essuya le visage avec un mouchoir propre qu'il tira de sa poche.

Lorsque Carl revint à l'hôpital, l'infirmière de la réception lui dit avec un sourire : « Mme Brown est dans la salle de travail. »

Carl se sentit pâlir. « Dans la salle de travail ?

— Allons, monsieur Brown, il n'y a pas de quoi s'inquiéter. Elle est en bonnes mains. Préférez-vous attendre dans sa chambre ? Il n'y en aura que pour une heure ou deux.

— Je veux bien, fit-il avec reconnaissance.

— C'est la chambre 405.

— Je sais. »

Le lit étroit était préparé, les draps rabattus, dans l'attente d'Annie. L'odeur qui lui était particulière flottait dans la pièce, venant de sa valise ouverte. On aurait dit qu'Annie était partie pour quelques minutes et qu'elle serait tout de suite de retour. Carl reconnut son écriture sur le bloc ; il le ramassa et lut.

Je n'aime pas cette chemise d'hôpital. Elle ne m'arrive pas même jusqu'aux genoux et me laisse nue dans le dos. Elle me rappelle trop un souvenir d'enfance.
Il y avait ce magasin d'un entrepreneur de pompes funèbres. Et ce linceul, dans la vitrine. C'était un ensemble, pantalons et veste en une seule pièce, le devant d'un col orné d'un véritable nœud de cravate, et un mouchoir factice dans une poche factice. Mais il n'y avait pas de dos – un simple cordon pour assembler le tout, autour du cou, de la taille et des pieds. Le cadavre serait couché dans le cercueil, le dos nu, sur la soie bouffante. Nous les gosses, nous étions en arrêt devant la vitrine, et nous nous moquions. Un garçon disait avoir pitié du raide *qui devait porter ça : il se gèlerait sûrement le derrière, pendant son voyage vers le ciel. Et cela nous faisait tous rire.*
C'était pourtant une chose horrible. De rire. Pourquoi riions-nous ? Je ne le savais pas, alors ; mais je le sais, maintenant. Nous riions, parce que nous avions peur de la mort. Mais nous ne voulions pas l'avouer. Voilà pourquoi je n'aime pas cette chemise. Elle me rappelle mes souvenirs.

Carl eut un sourire et se sentit réconforté par cette lecture. Annie reste toujours Annie, pensa-t-il.

Il s'attarda un petit moment, puis il retourna à l'usine.

Ses douleurs duraient depuis près de cinq heures déjà. Annie avait hurlé pendant une heure. L'infirmière Spirus avait appelé une collègue pour l'aider – Annie essayait par moments de descendre de la table de travail. L'infirmière s'appelait Maida. Elle continuait à exhorter Annie à ne pas crier autant – parce qu'elle usait sa résistance.

Entre ses cris, Annie gémissait : « Pourquoi dois-je souffrir ainsi ? Qu'ai-je fait de mal ? J'aime mon mari, j'ai voulu ce bébé. Pourquoi, pourquoi, pourquoi ?

— C'est la volonté de Dieu, ma chère, dit Maida.

— Vous voulez dire qu'il regarde d'en haut et qu'il voit le petit moineau tomber, mais qu'il ne me voit pas, moi ? »

Annie se vit soudain entourée par des gens. Le docteur et les deux internes étaient à ses côtés, en blouse blanche, avec masque et gants de caoutchouc. Annie crut entendre le docteur parler ; elle essaya de comprendre. Elle entendit le bruissement d'un tablier empesé. Elle comprit que quelqu'un se tenait derrière elle. Puis elle aperçut une infirmière qui poussait vers elle une tablette couverte d'instruments.

« Non ! Non ! hurla-t-elle. Ne me faites rien ! » Elle se souleva et s'efforça de descendre de la table. L'interne Moore la maintint en place.

« Écoutez, Annie, dit le Dr Marson. Écoutez-moi. Vous êtes très fatiguée. Nous devons vous aider.

— Ne m'incisez pas, pleura-t-elle. Vous allez lui écraser la tête.

— Allons… allons, dit-il sur un ton conciliant, nous allons vous faire dormir un petit peu. Quand vous vous réveillerez, vous aurez votre bébé.

— Laissez-moi essayer encore une fois ! Je vous en supplie… je vous en supplie… » Le docteur soupira. « D'accord. Laz, tenez-lui les mains. »

Le petit interne dut se pencher loin sur la table pour saisir les mains d'Annie, qu'il garda serrées. Elle poussa de toutes ses forces, mais sans résultat !

Le médecin tendit sa main gantée. L'infirmière y plaça un scalpel. Quelqu'un derrière Annie lui posa sur le visage une chose légère, rigide et concave. Une voix étrangère dit : « Comptez jusqu'à dix, s'il vous plaît. Très lentement. »

D'un geste du bras, Annie se débarrassa du masque et hurla d'une voix stridente, exténuée. « Encore une fois ! Il vient… il vient… »

Elle inspira profondément et, de quelque source inconnue, il lui vint une force de géant : elle poussa de toutes ses forces une nouvelle fois.

Elle eut l'impression que tous ses os craquaient. Elle entendit quelqu'un s'écrier : « Mon Dieu ! » Puis la voix de l'interne Levine dit sur un ton de triomphe : « Sans pleurs. » Elle crut encore entendre le docteur : « Voici. Prenez le bébé, ma sœur. » Puis tout devint noir.

Maintenant le Dr Marson lui donnait des tapes sur le visage. « Réveillez-vous, Annie ! Réveillez-vous ! » Elle ouvrit les yeux. « Poussez encore une fois, Annie.

— Des jumeaux ? » dit-elle d'un ton las.

Il rit. « Non. C'est la délivrance. Ce sera facile. » Il pressa fortement de sa main le ventre d'Annie. « Maintenant ! »

Ce fut fini en un instant. « Voilà. Nous en avons assez tiré de vous, miss Annie. »

Elle sourit à cette petite plaisanterie. « Où est ma fille ? demanda-t-elle.

— Il se fait faire sa toilette.

— Il ?

— Vous avez un énorme fils de huit livres.

— Vous voulez dire un garçon ? »

Elle était incrédule.

« Un beau garçon.

— Comment est-ce possible ? J'étais si sûre que ce serait une fille.

— Si vous n'en voulez pas, je le garderai.

— Oh non, vous n'en ferez rien ! Il n'y a pas beaucoup de femmes qui peuvent avoir un garçon dès la première fois, se vanta-t-elle. Ai-je des points de suture ?

— Dites-le-lui… » Il prit un temps et sourit. « Docteur Levine. »

Le Dr Levine s'éclaircit la gorge et se redressa, avant de proclamer fièrement : « Pas de sutures. »

Annie fut ramenée dans son lit étroit. L'infirmière avait fini de l'éponger et de la sécher. Elle prit la brosse à cheveux et lui lissa les mèches emmêlées et humides de sa chevelure.

« Ah, vous êtes si gentille, miss Spirus.

— Tout le monde me dit cela, fit l'infirmière en souriant. Sauf les internes.

— Puis-je voir mon bébé maintenant ?

— Il n'est vieux que d'une minute à peine et ne doit pas encore être transporté. Aussi le docteur veut-il que vous preniez d'abord un peu de sommeil. Il vous demande d'avaler ceci. » Elle aida Annie à tenir le verre. « Buvez tout, comme une bonne fille. Cela vous fera dormir, et quand vous vous réveillerez on vous apportera le bébé. » Annie, obéissante, absorba le sédatif. « Bonne nuit, madame Brown. »

Une délicieuse somnolence l'envahit aussitôt. Elle attrapa son bloc et son crayon et nota quelques mots ; mais elle s'endormit avant de pouvoir remettre le bloc sur la table.

« Félicitations, monsieur Brown ! Quelle impression cela fait-il d'être père ? dit l'infirmière de la réception.

— Une excellente impression. Mais pourrais-je voir ma femme ?

— Elle a pris un sédatif.

— Je ne la réveillerai pas. Je veux seulement la regarder.

— Eh bien… » L'infirmière était hésitante. « D'accord, dit-elle enfin. Mais rien qu'un moment.

— Merci. »

Il abaissa son regard sur Annie. Elle dormait paisiblement. Toute couleur s'était retirée de son visage ; ses joues semblaient s'être creusées. Les paupières fermées paraissaient plus transparentes que d'ordinaire. Une boucle de cheveux humides s'était égarée sur son visage. Carl étendit la main, dans l'intention de la lisser en arrière ; mais il n'en fit rien. Il ramassa le crayon tombé à terre et reposa le bloc sur la table de nuit. Il lut les quelques mots qu'Annie avait écrits, avant que le sédatif produisît son effet.

Ils disent qu'Il abaisse son regard sur nous et qu'Il voit le petit moineau tomber. Mais a-t-Il regardé en bas, et m'a-t-Il vue ? Je suis plus importante qu'un moineau.

À cause des larmes, Carl éprouva comme un picotement dans les yeux quand il ajouta sous les mots écrits par Annie :

Oui, tu l'es ! Et je t'aime, Annie.

Il se mit à genoux auprès du lit, enfouit son visage entre ses bras et pleura.

23

Il était long et maigre, et avait des cheveux noirs et raides comme ceux d'un Indien. Son teint était d'un rouge sombre d'Andrinople ; sa peau semblait avoir besoin d'un repassage. Mais Annie trouva qu'il était beau !

« N'est-il pas beau, sœur Treener ? demanda-t-elle. Qu'il est beau ! Il est si beau que ça me fait pleurer. » Et Annie pleura parce qu'il était si beau.

« Il est en train de se mouiller copieusement », observa l'infirmière. Elle défit la couche du bébé.

Annie aperçut le minuscule pénis. « N'est-il pas mignon ? fit-elle. Et pas plus gros qu'un dé à coudre.

— J'ai entendu appeler ça d'un tas de noms, dit l'infirmière, mais jamais un dé à coudre. » Elle changea la couche et enveloppa le bébé dans la couverture. « Allons-y, Buster.

— Puis-je le garder un peu plus longtemps, s'il vous plaît ?

— Plus tard. Le docteur veut vous voir maintenant. »

Le Dr Marson entra avec les deux internes. « Vous vous en êtes bien tirée, Annie, fit-il.

— Je pense bien ! dit l'interne Levine.

— Je suis fier de vous, ajouta le docteur.

— Nous le sommes tous », confirma l'interne Moore. Sa voix semblait moins froide.

« L'avez-vous dit à Carl, docteur ?

— J'ai fait la commission.

— Et qu'a-t-il dit ?

— Il a dit : "Ça alors !" et il a raccroché aussitôt.

— Ce n'est pas vrai !

— Le docteur veut seulement vous taquiner, Annie, dit l'infirmière.

— Qu'a-t-il dit vraiment, docteur ?

— Annie, ce garçon était si bouleversé qu'il n'était guère capable de dire quelque chose de cohérent. Il attend dans le couloir en ce moment.

— Oh, infirmière ! Donnez-moi mon rouge à lèvres et mon peigne, s'il vous plaît ?

— Je crois que nous avons compris, n'est-ce pas, les amis ? » fit le docteur. Et tous quittèrent la chambre.

« C'est vrai, Annie. J'étais si surexcité que je ne trouvais plus un seul mot, quand le docteur m'a appris que j'avais un fils.

— Que *nous* avions un fils.

— Exact. Trouvons-lui un beau prénom maintenant.

— Je lui en ai déjà trouvé un.

— Sans me demander mon avis ?

— Fallait-il que je te pose la question ?

— Écoute, Annie. Après tout, je suis son père.

— Je sais. C'est pourquoi j'ai choisi… » Elle prit un temps. « … Carlton !

— Carlton ? » Carl eut un large sourire. « Sincèrement, chérie ? » Elle acquiesça. « Carlton ! J'ai toujours aimé ce nom. J'en voulais en quelque sorte à mon père de l'avoir abrégé en Carl. Maintenant, il me revient avec mon… je veux dire *notre* fils. »

Soudain, il se sentit honteux de sa joie. Il savait combien elle avait voulu avoir une fille. « Je suis désolé, Annie – si désolé que tu n'aies pas eu la fille que tu désirais.

— Ça va. J'aurai une fille la prochaine fois.

— Il n'y aura pas de prochaine fois. J'y veillerai.

— Ne dis pas de sottises.

— Ils m'ont dit combien tu as souffert. Je ne veux pas que tu connaisses de nouveau pareille épreuve.

— Bien sûr que j'ai souffert. Mais en suis-je morte ? La prochaine fois ce sera plus facile. Je saurai ce qui m'attend et j'aurai moins peur. »

Quelques jours plus tard, Carl lui apporta une coupure de l'hebdomadaire publié à Lopin, *Le Clairon*. Sous le titre « Ce qui se passe ici » étaient annoncés les naissances, mariages et décès de la semaine.

NAISSANCE : *Pour Carl et Annie Brown, un fils, Carlton. M. Brown est gardien du stade d'athlétisme de l'école supérieure.*

Carl fut surpris par la réaction d'Annie. Elle s'extasia de voir son nom imprimé pour la première fois. Elle trouvait qu'il faisait merveilleusement bien. Galamment, il lui dit qu'elle verrait son nom imprimé encore bien souvent dans les années à venir. « Merci », fit-elle avec modestie, comme si c'était une affaire réglée d'avance – que son nom fût imprimé.

Elle lui demanda d'envoyer une coupure à sa mère à lui et une autre à sa mère à elle. C'était la preuve qu'elle n'était pas enceinte avant son mariage. Carl demanda qui s'en souciait. Annie s'en souciait. Lorsque Carlton serait grand, elle ne voulait pas que l'une ou l'autre des grands-mères lui raconte que son père avait été obligé d'épouser sa mère.

Annie reçut la visite de ses amies, Mme Ridinski, miss Aggie et Mme Hansmon. Elles apportaient des cadeaux. Le jeune Carlton finit par avoir deux paires de chaussons roses et un hochet en celluloïd.

Goldie arriva, apportant Less comme cadeau. Annie fut heureuse de le revoir. « Et voici Less, fit-elle.

— Ci… Ess, dit-il.

— Il parle beaucoup maintenant, fit remarquer Goldie toute fière.

— Parle-moi, Less », demanda Annie.

Elle eut droit à tout son vocabulaire : « Cheval !… Pop » – et à une phrase entière : « Ess plus pi-pi culotte !

— Ah, dit Annie, tu es adorable !

— Ma adolab, accorda-t-il.

— Vous voyez comme le petit bâtard en apprend des nouveaux mots ! » s'extasia Goldie.

Annie reçut une carte coûteuse sur laquelle étaient imprimées les paroles de la *Berceuse* de Brahms, en lettres dorées et entrelacées de boutons de roses. Le nom de Beverly Karter en lettres noires vigoureuses s'étalait en diagonale en travers de la carte. Annie eut un sourire et donna une pensée au vieil ami.

Le doyen de l'école de droit envoya sa secrétaire pour lui transmettre ses compliments.

Mais les deux amis qu'elle aimait le plus ne vinrent pas la voir. Henry était parti pour le Minnesota, le jour même où Annie était entrée à l'hôpital. Il était attendu dans une grande clinique du Middle West, pour y subir une opération délicate.

Et il n'y avait aucune raison, naturellement, pour que le fleuriste vînt la voir.

Ce fut une semaine mémorable que celle où ils célébrèrent presque en même temps la naissance du bébé, le premier anniversaire de leur mariage et le dix-neuvième anniversaire d'Annie. Carl lui acheta d'occasion un livre de poésie, comme cadeau d'anniversaire. Elle se montra ravie.

« Ma bibliothèque s'agrandit. Je possède deux livres maintenant. » Elle ouvrit le livre. « Robert Burns ! Oh, splendide ! Ce chant que nous chantions aux examens… *ton flot qui murmure*... Quel mot charmant : *murmure* !

— Je n'apprécie pas beaucoup la poésie, dit Carl, mais si je l'aimais ce serait celle-ci que je préférerais. » Il ouvrit le livre et lut :

Elle est une charmante petite chose
Elle est une jolie petite chose
Elle est une adorable petite chose
Cette petite femme chérie qui est la mienne...

Il referma le livre et ajouta : « Et son nom est Annie Brown.

— Serre-moi, Carl ! Serre-moi ! » Il l'entoura de ses bras et la tint étroitement contre lui. « Je suis si heureuse de t'avoir épousé, chuchota-t-elle, et personne d'autre.

— Tu veux dire que tu avais le choix ? chuchota-t-il à son tour.

— Oh toi ! Tu as toujours besoin de te moquer de moi. » Elle lui donna une bourrade affectueuse.

Bien qu'elle regrettât de quitter l'hôpital confortable, Annie avait envie de rentrer à la maison et d'avoir le bébé à elle seule.

« Vous allez me manquer, Annie, dit sœur Treener. Vous et le bébé.

— Mais je reviendrai vous voir avec le bébé.

— C'est ce qu'elles disent toutes. Mais elles ne reviennent jamais me rendre visite.

— Mais moi je suis différente. Je reviendrai. »

Jello bondit de joie en revoyant Annie. Puis il aperçut le bébé dans ses bras ; il mit sa queue entre les jambes et rampa sous le lit.

« Il est jaloux ! s'écria-t-elle. Quelle honte !

— Il s'habituera, dit Carl. Avant même que tu t'en aperçoives, ce sera entre eux le grand amour – un garçon et son chien.

— Les parents ont-ils écrit, Carl ?

— Des deux côtés.

— Qu'ont-ils dit ?

— Je n'ai pas encore ouvert les lettres.

— Eh bien, je vais coucher le bébé, et puis nous prendrons une tasse de café en les lisant. »

La mère d'Annie avait écrit une longue lettre. Elle rappelait ses souvenirs de la naissance d'Annie – et même comment la sage-femme avait volé la coiffe sur la tête d'Annie et l'avait vendue à un marin pour un dollar, afin qu'il ne fût pas noyé, s'il tombait du bateau dans l'océan. Elle terminait sa lettre par une sorte de raisonnement : maintenant qu'Annie connaissait les souffrances d'un accouchement, elle devait comprendre combien sa mère avait souffert de son côté. « J'espère que ceci t'incitera à mieux me traiter », concluait-elle.

« Pauvre maman », soupira Annie.

Le malheureux Carl craignait d'ouvrir la lettre de sa mère. « Promets-moi de ne pas commencer de dispute.

— C'est promis. Cela gâterait mon lait pour le bébé », dit-elle.

La lettre était brève, à son « Cher Fils ». Mme Brown était surprise d'apprendre qu'elle était grand-mère. À qui ressemblait le bébé ? Et Carl ? serait-il à la maison pour la Noël ?

« Voilà ! Ce n'était pas trop méchant, n'est-ce pas, Annie ?

— Pas trop bienveillant non plus. Ta mère n'a même pas mentionné mon nom.

— Allons, Annie…

— Je ne suis pas fâchée. C'est simplement que je n'aime pas être quelqu'un qu'on ignore tout le temps.

— Je sais. Viens t'asseoir sur mes genoux, chérie. Cela fait si longtemps… »

Elle s'assit sur ses genoux et il la berça et la caressa. « C'est comme autrefois », murmura-t-elle d'une voix rêveuse.

Mais le bon vieux temps ne dura guère ; le bébé se mit à pleurer.

« Ne t'en va pas, Annie, Dans une minute il aura fini de pleurer. »

Mais Annie se libéra de l'étreinte de Carl, sauta de sur ses genoux et alla s'occuper de son bébé.

24

« Annie ?

— Quoi, Carl ?

— Je ne sais pas comment t'apprendre la nouvelle…

— Il s'agit de Henry ?

— Les médecins ont fait tout ce qu'ils ont pu. Mais le cancer était trop avancé. »

Ses yeux cherchèrent son visage. « Je vois », dit-elle calmement. Puis son visage se contracta, et les larmes se mirent à couler. « Il était mon ami – mon bon ami. Et Dieu me l'a pris.

— Il souffrait beaucoup, Annie. La mort a été une délivrance pour lui.

— Comment sais-tu que c'était une délivrance ?

— Je ne sais pas, dit-il sur un ton navré. On dit ça simplement, parce qu'on ne trouve pas d'autres mots.

— Oui, eh bien… » Elle eut un regard vague, avant de dire soudain, sur un autre ton : « Ne te mets pas en retard pour le cours, Carl. »

Elle eut un autre souci : le docteur modifia le régime du bébé, parce que l'enfant avait besoin d'une alimentation plus riche. Elle pleura sur l'épaule de Carl.

« Je ne suis pas une vraie femme. Je ne peux même pas nourrir mon propre bébé ! »

Le bébé se développa rapidement grâce au nouveau régime. Après avoir perdu les cheveux qu'il avait à sa naissance, il devint un bébé vraiment beau. Il avait une jolie tête. Parfois, sa bouche s'étirait dans une expression qui le faisait ressembler à Carl, lorsque celui-ci grimaçait un sourire.

« Il te ressemble tellement, Carl, que ce n'est plus drôle.

— Bah ! On ne peut encore rien dire, chérie. » Mais Carl avait l'air terriblement heureux.

Quand Jello eut compris que le bébé allait rester là, il en prit son parti. Il ne l'adorait pas, mais du moins il le tolérait.

« Que peut-on attendre de plus ? dit Annie. Après tout, Jello était ici le premier, n'est-ce pas ? »

Il n'y a rien de plus agréable qu'un été indien dans le Middle West. Par une journée particulièrement belle, Annie installa Carlton dans sa voiture et se dirigea vers la boutique de Henry. En cours de route, elle acheta des cacahuètes pour un *nickel*. Non qu'elle s'attendît à voir venir les écureuils, mais seulement au cas où ils viendraient.

On était en train de refaire la boutique. Un groupement d'épiciers avait racheté la maison. Quand ils auront fini, pensa-t-elle, il ne restera rien de ce qui rappelait Henry. J'aimerais que tout le monde sût quelle sorte d'homme il était.

Elle retourna à la maison, fit manger le bébé et le coucha. Puis elle écrivit une lettre à propos de Henry et l'envoya au service « Lettre à l'éditeur » de la Herdstone Press – un journal qui avait un fort tirage.

La *Press* ne publia pas la lettre d'Annie dans le courrier des lecteurs. La lettre parut sous le titre de « Mon ami Henry ». Elle était présentée comme une nouvelle d'intérêt humain. Annie reçut un exemplaire du journal ainsi qu'un chèque de deux dollars.

« Je ne peux pas y croire ! » Elle en avait le souffle coupé. « Mon histoire, mon nom imprimés ! Ce n'est pas possible ! Et ils m'ont payée !

— Te voilà devenue un écrivain professionnel, dit Carl.

— Je ne l'ai pas écrit pour l'argent. Je l'ai écrit parce que je voulais qu'on sût qu'un homme comme Henry avait existé. J'ai presque envie de leur renvoyer le chèque.

— Henry serait si fier, s'il savait, Annie. Je crois bien qu'il voudrait que tu gardes le chèque et que tu achètes quelque chose pour le bébé – comme un cadeau de sa part. »

Annie se laissa convaincre et acheta un magnifique livre illustré des poèmes de Robert Louis Stevenson. Chaque nuit, au lieu de chanter une berceuse à son fils, elle lui lisait un poème. Elle ne savait pas ce qu'en pensait le bébé, mais *elle* était enchantée des poèmes.

Carl connaissait une période fatigante : douze heures à l'usine, deux heures à distribuer les journaux, assister aux cours et étudier ne lui laissaient guère plus de quatre ou cinq heures de sommeil. Et il avait aussi des soucis d'argent : dix dollars par semaine, ce n'était pas suffisant. Le bébé devenait trop gros pour dormir dans la voiture : il fallait acheter un berceau. Il fallait aussi faire du feu à la fois dans la salle de séjour et dans la cuisine, à cause du bébé, ce qui doublait la note de combustible. Carl avait lui-même besoin de chaussures, et Annie…

Travail et souci. Travail et souci… Sans aucun répit. Carl avait rarement la consolation de fumer une cigarette ou de dormir avec sa femme. Le bébé avait un mois maintenant : mais Annie restait muette sur la date à partir de laquelle ils pourraient coucher ensemble de nouveau. D'ailleurs, Carl était trop fatigué pour s'en soucier.

L'inévitable se produisit. Carl ne se réveilla pas aux heures des rondes ; le patron l'apprit. « Si vous recommencez, dit Pulaski, je devrai vous trouver un remplaçant. »

Carl se mit à somnoler en classe. Il ne pouvait plus se concentrer sur la matière du cours. « Je vous ennuie, monsieur Brown ? » demanda un jour le professeur. La classe rit ; Carl en fut humilié et se mit à manquer la classe.

Il échoua à un examen oral important et ses notes devinrent médiocres.

Évidemment, le doyen l'apprit. Il fit venir Carl pour une explication. Carl répugnait à parler au doyen de ses ennuis. Mais le doyen, par un interrogatoire adroit, finit par connaître toute la vérité.

« Votre femme est-elle au courant ?

— Non, monsieur. Elle est si heureuse avec le bébé ! Je n'ai rien voulu lui dire. »

Le doyen se leva et posa sa main sur l'épaule de Carl. « Un jeune homme aussi intelligent que vous ne devrait pas travailler comme gardien de nuit dans une usine. Nous allons nous en occuper. »

Le visage de Carl se contracta. Dieu du ciel, pensa le doyen, j'espère qu'il ne va pas fondre en larmes !

Mais Carl se maîtrisa. « Monsieur, je ne sais comment vous remercier ! »

Le doyen agit. Carl reçut un emploi dans l'arrière-salle de la bibliothèque. Il y travaillait l'après-midi et le vendredi. (C'était le jour où il n'avait pas classe.) Il gagnait dix dollars par semaine. Il garda son travail au journal. Ainsi le revenu s'élevait-il à quinze dollars par semaine. Comme l'arrière-salle était peu fréquentée, Carl eut suffisamment de temps pour étudier.

Quand la voiture fut entièrement payée, ils achetèrent un berceau. Le bébé reçut des brassières de laine neuves. Carl eut une nouvelle paire de chaussures et put enfin reprendre sa montre chez le prêteur sur gages. Il put également s'acheter un paquet de cigarettes de temps en temps. Ses notes devenaient meilleures. Il passait ses soirées et ses nuits à la maison et apprit enfin à connaître réellement son fils.

Récompense suprême : lui et Annie couchaient de nouveau ensemble.

« C'est la veille du Nouvel An, Carl. Aurais-tu jamais pensé que nous aurions un bébé, cette année ?

— Certainement pas. Tudieu !

— Pense donc ! Dans quelques minutes nous serons en 1929 !

— C'est à peine croyable !

— Sais-tu, Carl, qu'un tas de choses vont se produire en 1929 ? Je vais avoir vingt ans, cette année-là ; le bébé marchera et parlera ; toi tu exerceras. Et les moustaches de Jello, de grises, vont devenir blanches. » Elle caressa la tête du chien. « Pas vrai, pauvre Jello ? » Jello bâilla.

« Et une fille appelée Annie Brown aura une pièce publiée en 1929, dit Carl.

— J'ai perdu tout espoir de voir le livre publié. Et pourtant ! Combien cela aurait été merveilleux si… »

À ce moment même, l'horloge de l'université se mit à sonner. Carl ouvrit toute grande la fenêtre, et Annie courut fermer la porte de la chambre à coucher, pour ne pas exposer le bébé au courant d'air. La nuit était froide et calme. Dans le ciel étoilé brillait le croissant de lune ; sa lumière faisait scintiller la neige d'une blancheur immaculée, semblable à un tapis de diamants.

« Comme on dit dans les livres, fit Annie, cela coupe le souffle. »

À haute voix, ils comptèrent les coups : neuf, dix, onze…

« Bonne et heureuse année, chérie !

— Bonne et heureuse année, mon amour ! »

Le carillon fit entendre les notes de *Auld Lang Syne*. Carl et Annie, debout, se tenaient par la taille et chantaient en chœur ; Annie chantait faux comme toujours.

Quand ce fut de nouveau le silence, ils refermèrent la fenêtre. « As-tu pensé à t'occuper de la guimauve ? demanda-t-elle.

— De la quoi ?

— Tu sais bien : je voulais préparer du cacao pour êter le Nouvel An. Évidemment, du champagne serait préférable…

— Laisse le cacao tranquille pour un moment, et viens t'asseoir sur mes genoux, pour chanter *Auld Lang Syne*.

— Nous allons quand même prendre une tasse de cacao en l'honneur de *Auld Lang Syne*, dit Annie.

— Maintenant, viens t'asseoir sur mes genoux, Annie.

— Attrape-moi ! »

Il la poursuivit autour de la table de la cuisine, puis dans la salle de séjour. Jello prit part à la chasse ; il galopait derrière eux et aboyait de toutes ses forces. Naturellement, le bébé se réveilla et se mit à crier.

« Vois ce que vous avez fait », dit-elle. Elle entra dans la chambre à coucher pour prendre le bébé.

« Qu'y a-t-il, mon bébé à moi ? Qu'y a-t-il ? » Carlton pleura de plus belle. « C'est ta faute, dit-elle à Carl. Maintenant il ne va pas dormir de toute la nuit.

— Donne-le-moi, Annie. Je le bercerai jusqu'à ce qu'il s'endorme.

— On ne doit pas bercer un bébé. Cela lui donne de mauvaises habitudes.

— Au diable toutes ces sornettes ! Passe-moi mon fils ! »

Il prit Carlton, le berça et le caressa. Après avoir gémi quelque temps contre la chemise de Carl, le bébé se rendormit. Annie se leva et observa son mari qui berçait son fils.

« Jalouse ?

— Triste seulement. Parce que quelqu'un d'autre a pris ma place. »

Elle était pourtant vraiment contente. Je suis heureuse, pensait-elle, que Carl aime s'en occuper. Parce que, si jamais je mourais, je n'aurais pas à m'inquiéter pour le bébé.

25

Brusquement, on fut au mois de juin. Carl allait passer ses examens.

Annie avait une nouvelle robe blanche, parce qu'elle souhaitait éprouver le sentiment de participer à ce jour d'examen. Elle ne pouvait pas se rendre au stade pour applaudir, quand on remettrait à Carl son diplôme, à cause du bébé. Mais elle put l'apercevoir qui se dirigeait vers le stade en lui faisant un signe de la main. Elle serait du côté gauche, lui avait-elle dit, et il ne devait pas oublier de lui faire signe. Il avait promis.

Des deux côtés du chemin qui menait au stade, une foule nombreuse s'était massée. Mais les gens eurent la complaisance de laisser une place à Annie, avec le bébé dans sa voiture et Jello.

Les Ingénieurs passaient d'un air conquérant, les vêtements déboutonnés, la coiffe de travers. Ils faisaient signe aux gens qu'ils connaissaient – et à ceux qu'ils ne connaissaient pas – et les interpellaient. Derrière la bande tumultueuse des Ingénieurs venaient les Juristes, tirés à quatre épingles, la coiffe bien droite ; ils marchaient dans un alignement impeccable, avec une solennité qui semblait plus grave encore, quand on les comparaît aux Ingénieurs.

Par hasard, la seule étudiante de la classe d'examen marchait aux côtés de Carl. Ils échangeaient des propos. La jeune fille était bien faite et jolie. Annie éprouva le sentiment qu'elle connaissait bien, celui de ne pas appartenir au milieu universitaire, malgré la robe blanche qu'elle portait.

Elle prit le bébé dans la voiture et le tint à bout de bras. Mais Carl la cherchait du regard, elle et le bébé, sur le côté droit du chemin. Il allait pénétrer dans le stade sans les avoir aperçus, lorsque Jello le reconnut et se mit à aboyer furieusement. Carl tourna la tête et fit, à l'intention des siens, une grimace qui exprimait sa joie. Le bébé répondit par une grimace, découvrant ainsi les deux premières incisives qui venaient de percer. Annie agita la main. Jello remua la queue ; les gens proches d'Annie échangèrent des sourires, et tout soudain Annie se sentit aux anges.

Assise sur la marche, devant la maison, Annie attendait le retour de Carl, muni de son diplôme. Le jeune Carlton était posé sur la pelouse et s'efforçait de faire manger de l'herbe à Jello. Il lui en tendait un brin ; Jello le prenait dans sa gueule, puis le déposait sur la pelouse. Carlton reprenait le brin d'herbe, et le manège recommençait, indéfiniment, à la grande joie du bébé qui riait chaque fois.

C'était la dernière nuit qu'ils passaient dans la maisonnette. Ils partaient le lendemain matin pour Seneca, dans le nord de l'État. C'était une petite ville qui tirait son nom de la variété de cerises qu'on récoltait aux environs. Un seul juriste y exerçait, A. H. Seaborne. Celui-ci et sa femme, maintenant que leurs enfants étaient grands et qu'ils avaient quitté la maison, désiraient prendre une année de vacances, pour voyager à travers le monde. Mais M. Seaborne ne voulait pas perdre sa clientèle ; encore moins voulait-il qu'un autre juriste vînt s'installer dans la ville. Il écrivit donc à son vieil ami, ancien camarade d'études, le doyen, et lui demanda de lui recommander un jeune juriste marié de préférence, qui gérerait son affaire pendant un an. La charge était assortie d'un logement meublé ; M. Seaborne exigeait seulement le paiement d'un loyer mensuel de vingt-cinq dollars. Le jeune homme garderait tous les honoraires qu'il percevrait.

Le doyen recommanda Carl Brown, que le juriste agréa les yeux fermés.

Le doyen expliqua à Carl que son activité consisterait à rédiger des testaments, des contrats, une demande de divorce de temps en temps, à défendre de prétendus contrebandiers, et à s'occuper d'affaires du même genre. M. Seaborne tirait de sa charge un revenu annuel de cinq mille dollars. Le doyen était sûr que Carl en tirerait entre trois mille et quatre mille dollars. Bien sûr, le doyen comprenait que Carl désirait se spécialiser mais une année de pratique courante ne lui ferait pas de mal. Quand il aurait fini à Seneca, il pensait à quelque autre chose pour Carl. Il allait y avoir une vacance de poste, dans un cabinet juridique spécialisé, à Herdstone. Le doyen était sûr de pouvoir y faire admettre Carl.

Pendant les premières années, il serait salarié. Par la suite, il aurait droit à une participation et peut-être à une association au titre du moins ancien de la maison. Lui et Annie pourraient habiter à Lopin. Le doyen savait que c'était cela que désirait Annie. Carl aurait moins d'une demi-heure de voyage, deux fois par jour. Il s'était enfin occupé de faire admettre Annie à l'université, comme étudiante libre, à raison de cinq heures de cours par semaine.

Annie, assise sur la marche, pensait à tout cela. Il faudra que je trouve quelqu'un de bien pour s'occuper du bébé, se dit-elle.

Carl ouvrit le portail, les bras chargés de son diplôme, d'un appareil photographique, d'un livre et d'un pot de crème glacée.

Jello se précipita sur lui. Carlton se dressa sur ses mains et sur ses genoux pour essayer de rejoindre son père ; mais, après qu'il fut tombé par deux fois, il renonça. Carl déposa son diplôme et l'appareil sur les marches et entra dans la maison pour mettre le pot de crème dans la glacière et le livre sous son oreiller.

Ils prirent des photos. L'une de Carl, en grande tenue, son diplôme à la main ; une autre de Carl tenant le bébé, qui tenait lui-même le diplôme. Puis il en prit une d'Annie tenant le bébé ; une autre de Jello et du bébé assis sur l'herbe, et qui ne se regardaient pas.

Carl posa l'appareil sur une marche et déclara qu'il revenait tout de suite et qu'ils prendraient une autre photo. Il entra dans la maison et en ressortit avec un petit livre qu'il tenait à deux mains.

« Annie, tu as obtenu, toi aussi, ton diplôme. » Il lui tendit le livre.

Les yeux d'Annie s'agrandirent, et elle se détourna de lui : « Non ! Ce n'est pas possible ! Absolument pas… ! Ce n'est pas possible !

— C'est pourtant vrai. Le livre est sorti depuis quelques semaines à peine. Je l'ai gardé jusqu'à ce jour, pour le palmarès.

— Tu ne te moques pas de moi, n'est-ce pas, Carl ?

— Bien sûr que non, chérie.

— Et… ma pièce est-elle dans le livre ?

— J'ai oublié de regarder, dit-il pour plaisanter.

— Carl ! »

Elle poussa un gémissement.

« Évidemment, elle y est ! » Il tourna quelques pages. « La voici : c'est la troisième. *Le Mariage*, par Annie Brown.

— C'est bien vrai ? »

Il lui donna le livre. Puis, sur la tête d'Annie, il posa sa propre coiffe d'étudiant. « Tu es reçue *magna cum laude* ! »

Il la pria de se mettre debout sur la marche et de tenir son livre contre sa poitrine. Il régla l'appareil, puis l'abaissa. « Annie, cesse de pleurer ; sinon tu vas mouiller la pellicule.

— Je ne peux pas m'en empêcher. »

Elle sanglotait.

« Je suis si heu-reu-se ! »

Le dîner fut excellent. De la crème glacée, ils firent trois parts, de sorte que Jello eut la sienne.

« Quand vient-il nous prendre, demain matin ?

— Anthony ? Il sera ici à sept heures précises. Il a dit qu'il y avait quatre heures de route.

— Je me serais passé de faire le voyage avec lui.

— Écoute, Carl. Ce ne sont pas des choses à dire. Je ne lui ai rien demandé. Je suis allée lui dire au revoir et lui ai appris que nous partions pour Seneca. Il m'a affirmé alors qu'il devait se rendre dans le nord pour se réapprovisionner, et que de toute façon il passait par Seneca. Je pense que c'était terriblement gentil de sa part.

— Et nos affaires ? Tu crois qu'elles tiendront toutes dans sa minuscule bagnole ?

— Et qu'avons-nous donc à emporter ? Le berceau, la voiture, deux valises, des livres, des draps, des serviettes et une couverture. Il restera pas mal de place. Nous nous mettrons sur le siège avant.

— Tu te mettras sur le siège avant. Carlton, Jello et moi, nous resterons avec le matériel.

— Ne sois pas comme ça, Carl.

— Toi et lui, vous pourrez discuter littérature pendant quatre bonnes heures.

— Il va me permettre de lire son livre *Le Viol de la forêt*.

— Tu crois qu'il l'a terminé ?

— C'est-à-dire… il en a écrit cinq pages, m'a-t-il assuré.

— Joliment bien ! Jo-li-ment bien, après y avoir passé une année entière.

— Maintenant, Carl, cesse de te moquer. Anthony nous rend un grand service.

— Parfait, alors.

— Carl, n'allons pas nous coucher encore. Je voudrais parler.

— Très bien, chérie. » Il posa son bras sur elle. « Pour l'amour du ciel, Annie, qu'as-tu amené dans le lit ?

— C'est mon livre. Je l'ai trouvé sous l'oreiller.

— Il ne s'envolera pas.

— Je veux le garder près de moi, de façon que si je rêve qu'il existe une de mes pièces dans un livre, je veux pouvoir le prendre dans ma main, à mon réveil, et me prouver ainsi que ce n'est pas un rêve.

— De quoi veux-tu parler ? » Il fit entendre un bâillement.

« Il y a une bibliothèque à Seneca ?

— Je l'ignore. Mais il y en a certainement une au chef-lieu du comté, et j'aurai souvent l'occasion de m'y rendre. À quoi d'autre as-tu pensé ?

— Il faudra acheter une chaise spéciale pour le bébé, c'est la première chose, et puis… » Elle s'assit dans le lit.

De quelque part leur parvenait un chant :

La fille de mes rêves est la plus douce fille...

Quand la chanson fut terminée, Annie s'écria : « Dis-moi, Carl : cette année n'a-t-elle pas été merveilleuse ?

— Disons que ce fut une année mouvementée. J'en sais quelque chose.

— Elle a été merveilleuse ! Merveilleuse ! Nous n'en connaîtrons jamais une autre qui soit aussi merveilleuse !

— Nous connaîtrons des quantités d'années merveilleuses, des quantités...

— Mais aucune ne sera aussi merveilleuse...

— Annie, je t'aime, mais il est onze heures passées, et nous devons nous lever avant six heures. Dormons un peu, chérie. La journée a été dure, et je suis terriblement fatigué.

— Je ne veux pas t'empêcher de dormir une minute de plus, chéri. Embrasse-moi pour me souhaiter bonne nuit.

— Bonne nuit. » Carl se tourna sur le côté.

« Carl ?

— Quoi encore ? grogna-t-il.

— Que signifie *mania comme loden* ?

— Ce que ça signifie ?

— Ah ! Tu m'as entendue, Carl.

— Tu veux dire *magna cum laude* ?

— C'est ça. Qu'est-ce que ça veut dire ?

— Je te le dirai demain. »

FSC
www.fsc.org
MIXTE
Papier issu de sources responsables
FSC® C003309

10/18, une marque d'Univers Poche,
est un éditeur qui s'engage pour
la préservation de l'environnement
et qui utilise du papier fabriqué à partir
de bois provenant de forêts gérées
de manière responsable.

Imprimé en France par CPI

N° d'impression : 3032678
X07420/01